山羊獰笑的剎那

陳浩基

CONTENTS

本作品純屬虛構，與現實的人物、地點、團體、事件無關。

這個早晨眞是糟透了。

還沒到上班時間，我便給房東先生弄醒，被上司召喚到伊斯白爵士的府邸。

我到達大宅前，一直以爲又是鼠竊狗偷的小案子，畢竟上流社會的傢伙們都愛錢愛面子，失了一件銀器也會大驚小怪，把我們這些警察當成奴僕，呼來喚去。

可是，我錯了。

我每天上下班也會經過、樓高三層的伊斯白府如今只剩下一片焦黑的頽垣敗瓦。灰白色的餘燼在清晨的陽光下隨風飄盪，消防員從廢墟中抬出一具又一具的屍體。聽過消防隊長的報告，大宅似乎是從凌晨三時開始著火，火勢一發不可收拾，在三個小時內便完全把大宅夷爲平地。

「眞見鬼，平平一座普通的房子，燒起來竟然比上個月的棉花廠火災還難撲滅。」消防隊長啐了一句。

爵士夫人、七歲的千金和三歲的公子、年邁的管家和四位女僕的屍體陸續被抬離現場，宅第裡無人生還。

無論這是意外還是縱火，我也肯定我們分局惹上不得了的大麻煩。

「哪兒起火的？」我問。如果是意外的話，至少不用搜捕犯人，工作輕鬆一點。

「還不知道。」消防隊長搖搖頭，一臉無奈。

「對了，伊斯白爵士閣下呢？」我突然想起大宅的主人並不在屍體之中。

「也許還在裡面吧。」消防隊長用拇指指了指那片灰黑色的廢墟。

十五分鐘後，一個二十來歲的小伙子半跑帶爬地從大宅那邊走過來，臉色鐵青地說：「長官，我想您們要看看這個。」

「找到爵士嗎？」我問。

「呃……大概是吧。」

我和消防隊長隨著這個年輕的消防員步進破落的房子，來到一處看來本來是走廊盡頭的牆壁前。牆壁下方有一個地洞，由於二樓和天花板早已燒光，在陽光中我看到洞內是一道長長的石樓梯，往下方延伸。

「火似乎是從下面燒上來的。」小伙子給我們遞過煤油燈，示意我們進去。

在昏暗的燈光下，我們小心翼翼的往下走。樓梯差不多有兩層樓的高度，底部有一個小小的房間，前方有一扇打開了的、已燒焦的木門。

門後有幾位消防員，但他們只呆站著，當他們看到我們時，流露出遇見救星一樣的眼神。

穿過木門，面前是一個偌大的地下室。我提起煤油燈，讓燈光把房間照亮的同時，我感到一陣寒意從背脊湧上後頸。

地板上有個詭異的五角星標誌。

這標誌差不多跟半個房間一樣大，正中的巨型倒五角星被兩個圓形圍住，上面繪有山羊頭的正面畫像，兩隻羊角、兩隻耳朵和一撮山羊鬚分別占據著五角星的五隻尖角。

這頭山羊正對著我獰笑。

然而，在這個神秘圖形上的物體更令我無法動彈。

五角星的中央有兩具焦黑的屍體，一具躺臥在地上，另一具則跨坐在對方身上，兩者互相交纏。從屍體的外形和身體特徵可以判定這是一男一女，他們被燒死時正在交媾。

在圖形外圍還有六具焦屍，他們手腳以怪異的角度扭曲，就像瘋子在狂歡起舞。

發現這些屍體的消防員說，從身材和外型判斷，躺臥在地上的男死者應該是伊斯白爵士本人。那女的和其餘死者皆身分不明。

最讓我毛骨悚然的，是那女死者的表情。

雖然幾乎被燒成焦炭，但她的裂開的嘴角往兩邊臉頰延伸，微彎向上。

她保持著死去時臉上掛著的詭譎笑容。

那笑容跟地上的山羊圖案一模一樣。

——節錄自《曼德斯・伊斯白爵士巫術之謎》一八八九年

（The Witchcraft Mystery of Sir Mendes Eastbeth, 1889）

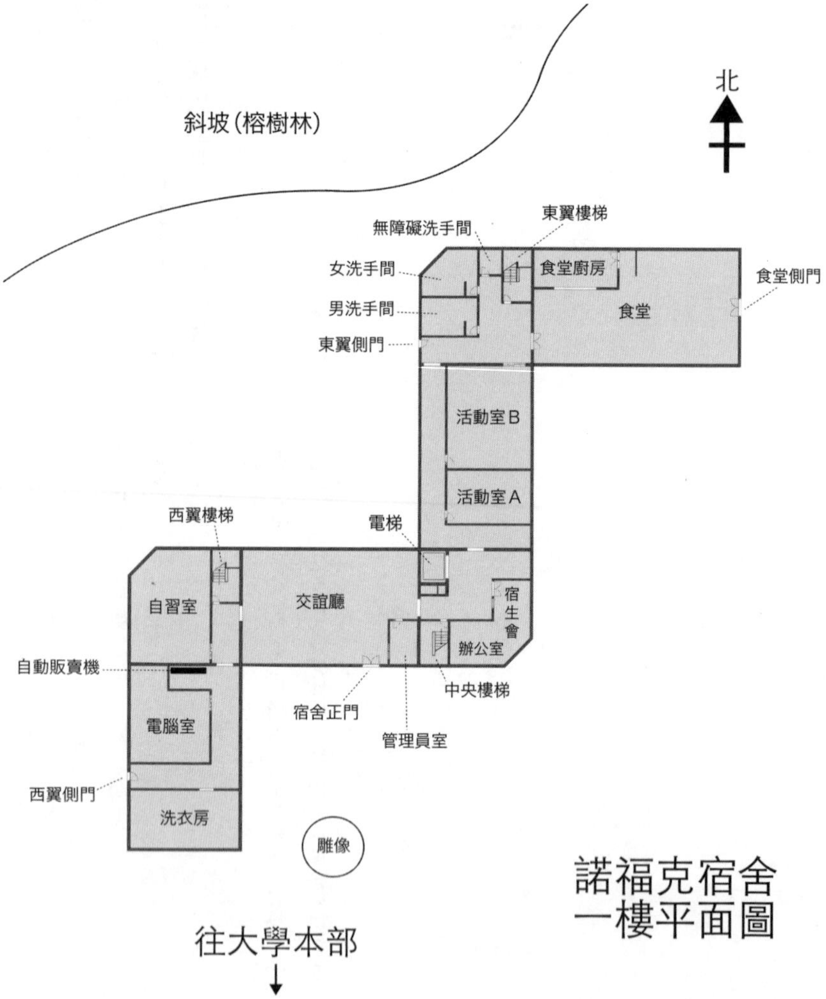
斜坡（榕樹林）
北
無障礙洗手間
東翼樓梯
女洗手間
食堂廚房
食堂側門
男洗手間
食堂
東翼側門
活動室B
活動室A
西翼樓梯
電梯
自習室
交誼廳
宿生會
辦公室
自動販賣機
中央樓梯
宿舍正門
電腦室
管理員室
西翼側門
洗衣房
雕像
往大學本部

諾福克宿舍
一樓平面圖

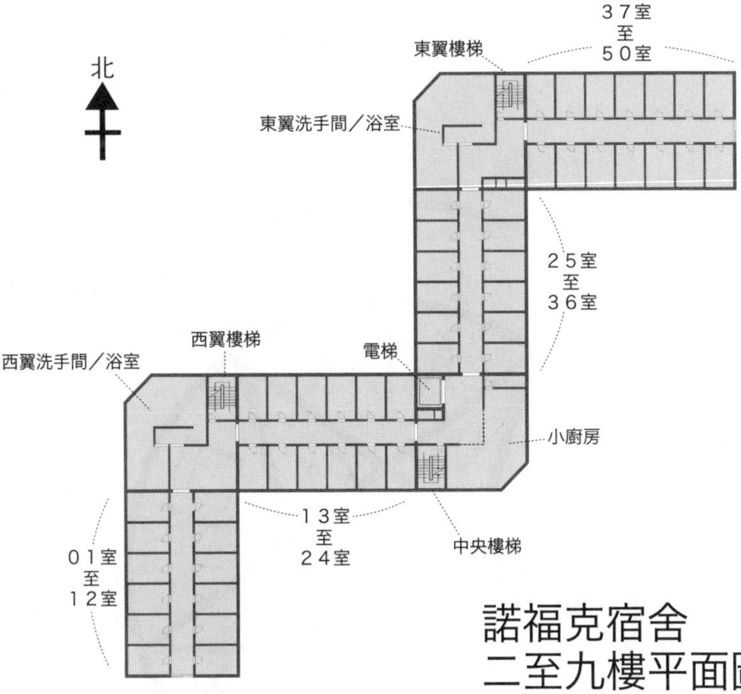

諾福克宿舍
二至九樓平面圖

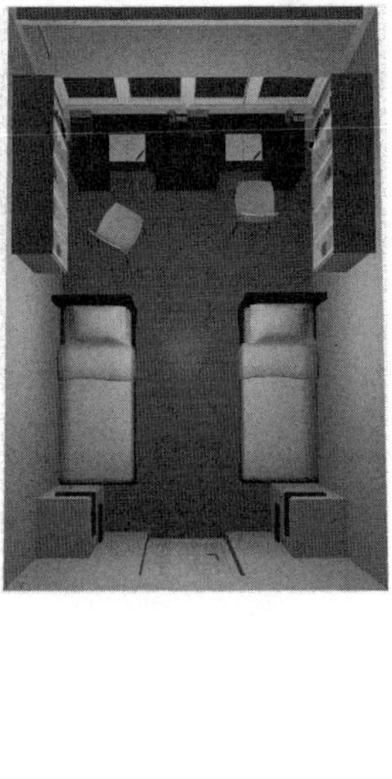

宿舍房間
室內布置圖

SA
MA
EL
LIL
ITH
ת
י
ל
י
ל

第一章

1

「妳被編到伯宿嗎？好好喔！」

在喧鬧的車廂內，這句話無意間蹦進我的耳朵。本來在打瞌睡的我不由得抬起頭，瞥了前方一眼。兩個穿得花稍炫麗、拖著行李箱的女生正站在車門旁邊，興高采烈地交談著。

「呵呵，阿美說我用光十輩子的運氣啦！伯宿去年才完成重建，本來破爛的大樓煥然一新，加上房間大景觀好，能在畢業前住上兩個學期，真難得。妳住哪棟宿舍了？」看來較年長的短髮女生說。

「唉，我被丟到約宿了。」另一個女生嘛嘛嘴，一臉不快。她邊說邊甩動染成茶色的長髮，讓我想起電視上那些表情造作、除了裝可愛外什麼都不懂的少女模特兒。

「約宿也不是這麼差吧。」短髮女生笑了笑，說：「至少比諾宿好得多。」

「諾宿有什麼不好嗎？」

「妳的學長學姊沒告訴妳嗎？諾宿……有點邪門啦。」

「邪門？」

「諾宿十一年前發生火災，舍監一家被燒死，之後一直冤魂不散哪。妳沒聽過『諾宿七不思議』？」

像模特兒的女生愣住，一雙眼睛瞪得圓大。

「『七不思議』……？是日本的怪談嗎？」

「類似啦，總之諾宿就是棟充滿傳聞的怪宿舍。搞不好那場火災是惡靈作祟，抓了舍監一家人當替身……」短髮女生挑起一邊眉毛。

「嗚，別說了！我最怕這種話題……」長髮少女裝模作樣似的掩著雙耳，以矯情的語調說。

「呵哈，妳這麼膽小，一定會被男生欺負啦。妳要習慣一下，宿舍裡鬼故事和劈腿八卦都一樣，每一棟甚至每一樓層也有添油加醋的故事，沒有才遜啦……我去年就聽過約宿五樓有兩個同房的男生為了爭女友大打出手，誰知道那女的原來還另外踏了三條船……」

「五劈？不是吧？」

她們的話題轉變成某「魔女」玩弄純情男生感情的傳聞，我就沒有繼續聆聽，反正都是些女生鍾愛的八卦。其實我沒有偷聽陌生人閒聊的興趣，可是她們對話中的某個關鍵字引起我的注意。

我從口袋掏出對折兩次的信紙，打開，再次閱讀上面的文字。

戚家烽　學生編號C10082176　理學院統計學系一年級　諾福克宿舍二四一室

香港文化大學學生宿舍組

二〇一一年九月二日

「諾宿……沒記錯是諾福克宿舍的簡稱吧。」我在心裡自言自語道。這鐵路沿線就只有香港文化大學這一所學校，如果說在車上談論宿舍、跟我一樣帶著住宿的行裝、年紀外觀像大學生的乘客的目的地跟我不一樣，機會率恐怕比中馬票要低。

文化大學的宿舍都採用英國地名來命名，叫什麼「伯明罕宿舍」、「約克宿舍」、「蘭開夏宿舍」之類，這些舊殖民地時代遺留下來的特色，在上星期的迎新宿營中我已聽過學長們的說明。雖然在宿營時曾參觀校園，但對我們這些新鮮人來說，「諾宿」、「伯宿」這些名字只留下單純的、字面上的印象，名稱背後象徵的意義、宿舍的生活模式，我們也一無所知。對不少大一的學生來說，入住宿舍就像跨過人生的某個標竿、從父母或家庭的束縛解脫一樣，面對未知的將來，雀躍和不安的心情各佔一半。

我想我也是其中之一，因為我是個平凡的普通人。

是的，如果有人叫我說明我的特點，我會答「我的特點就是平凡」。事實上在迎新宿營我便是如此介紹自己，沒想到同組的女生們反而被逗笑了。在平凡的家庭長大，在平凡的高中畢業，以平凡的成績考進大學，我的人生就像平均值，在零至十的刻度上永遠不偏不倚地指著五。連吃日式咖哩我也是選「中辛」的，太好、太壞、太快、太慢、太強、太弱等等的形容詞都跟我無緣，我想我唯一可以用上「太」這個字來形容自己的，就只有「太平凡」。

雖然這樣的性格相當乏味，但我明白，平凡是不能改變的。

所以，就算知道自己即將入住的宿舍有些鬧鬼傳聞，我都沒有在意。在迎新宿營聽到那什麼「七大怪談」，我的反應也像普通人一樣——先是有點驚訝，覺得「竟然有這麼一回事」，然後久而久之，便會把這些荒誕的傳聞淡忘，拋諸腦後。

平凡如我，恐怕連鬼魂也覺得悶蛋，懶得找上我了。中邪或見鬼之類的經歷太特別，我就是沒機會碰上，我就讀的高中的校舍也是鬼話連篇，相傳是區內鬧鬼鬧得最凶的建築物，幾年來我卻連半個鬼影也沒見過。

「……文化大學站、文化大學站……」

隨著廣播聲響起，列車駛進灰白色的月台之間。文化大學站是個簡樸——甚至可稱為簡陋——的車站，除了兩座相對的月台外，車站大堂就只有一家便利商店和一家只有兩個服務台的銀行。由於車站旁除了大學校園外並沒有其他社區，這種「簡樸」風格其實是經濟考量的結果。位於新界區的「文大」占地很廣，在香港這個寸金寸土之地它竟然獨占一百多公頃，校內有獨立的公車系統，可是師生人數再多也遠不及其他同樣大小、居民卻多上數十倍的住宅區或商業區。連鎖商店和速食店的經營者都明白，在這個車站開店虧本的機率遠大於盈利，結果，文大的車站便一直維持著這模樣。

這樣也好，我一向覺得高密度的城市令人透不過氣，能在近郊的校園生活幾年是一種很不錯的調劑。

跟我一同步出車廂的人不多。距離開課還有差不多一個星期，而且今天是星期五，看樣子大部分人留待週末或下星期才入宿。我不是比他人急性子，只是反正在家也是閒著，姑且在接受登記入宿的首天回來。早一天適應環境也是好事嘛。

我揹著裝滿衣服和日用品的背包，通過車站的閘口，來到車站旁的大學校車站。校車站附近只有寥寥數棟建築，馬路上有兩、三輛停在一旁的汽車，而在正前方更是一個標準大小的運動場，草地綠油油的一片，跟蔚藍色的天空配合成清澈湛然的圖案。我深呼吸一口帶著青草味的空氣，眺望運動場後方的綠色山坡，心裡冒起一股說不出的快意。

選擇文大果然沒有錯啊——我心道。

啪的一聲，我冷不防地被撞了一下，左邊腳趾傳來猛烈的疼痛。一個戴著耳機、冒失的男生拖著沉重的行李箱在我身邊經過，從我鞋子上那道灰黑色的痕跡來看，剛才輪子輾過我的腳背。

「Sorry－Sorry－」那呆瓜回頭亮出抱歉的神色，雙腿卻繼續往前走，沒有半分停下來的意思。我本來想喝住他，但回心一想，就算叫住他，我可以拿他怎樣？要他賠我醫藥費嗎？雖然腳趾痛得發麻，但我想頂多只是瘀傷。唉，多一事不如少一事，嘆句倒楣算了。

只是我本來的好心情，一下子就煙消雲散。我忍住趾頭的疼痛，一拐一拐地往校車站走過去。

諾宿位於校園西面的山坡下，跟大學本部和其他宿舍分開，就連校車路線也不一樣。雖然諾宿有接近八百個宿位，是文大最大的宿舍，但這刻在這邊校車站候車的人卻最少，稍遠處的那一個車站牌旁的隊伍更長，因為西面就「只有」諾宿一棟宿舍。剛才那個撞倒我的笨蛋，正在那邊的隊列中低頭把玩著他的手機，完全沒有往我這邊瞧半眼。

這就是我們的社會吧，有時不小心傷害到他人，自己卻沒有半點悔意，只要形式上說句「對不起」，就能把事情拋諸腦後。我們就是活在如此一個膚淺的世界，不過就是因為膚淺，人類才能忘掉以前所犯的錯誤，厚著臉皮繼續追求自己的人生。換句話說，我們就是因為能夠遺忘，才能夠建設人類的文明……

左腳的痛楚把我的思緒拉回來。我想得太遠了，人類文明干我屁事啊。

我低頭細看，那道黑色的「輪印」有夠深，彷彿是我這雙鞋子的花紋設計似的。我稍稍動一下腳趾頭，小趾尤其疼痛。

等等……這不會是骨折吧？

我心下一凜，不由得想到最壞的結果。如果傷及趾骨，麻煩就大了。我想找個地方坐下來，脫去鞋子看一下，可是我又不想離開校車站的隊列，因為我排在第三位。雖然隊伍不長，但排在前面，待會放行李選座位也較方便，不用在狹窄的車廂中揹著沉甸甸的背包走來走去，以及要冒被另一個冒失鬼的行李箱輪子輾過的風險。

我往後瞥了一眼，站在我後面的是一個個子矮小、土氣十足的女生，她鼻子上掛著像大嬸才會戴的黑色方框眼鏡，鏡片比啤酒瓶底還要厚，耳朵後梳著過時的麻花辮，加上一身老氣的灰色運動外套和運動褲，活脫脫是個「宅女」的模樣。而在我前面的是一男一女，男的穿得像個搖滾明星，黑色皮衣加破爛的牛仔褲，外套和褲子上繫著形形色色的金屬裝飾，頭上頂著一頭誇張的金色短髮；那被他勾肩搭背的女生卻截然不同，上半身是一件藍色格子襯衫，下面是深藍色長裙，加上那頭綁起來的馬尾長髮，感覺上是個文靜乖巧的女孩子。她身上唯一較花稍的裝飾，就是綁在左手手腕上的布製白色腕帶。天曉得這樣的女生為何會跟那種男生交往，或許就是坊間所說的「男人不壞女人不愛」吧？

……我怎麼又愈想愈遠了？腳趾的疼痛提醒我，現在的首要任務是脫鞋子檢查傷勢。

我決定就地脫去鞋子看看。我用右腳踩住左腳的鞋跟，拔出左腳。從襪子表面看來沒有流血，不過大概要連襪子也脫去才知道有沒有傷及骨頭。土氣辮子女好像對我的動作有點好奇，但我沒理會她，繼續檢查傷勢。我提起腳掌，伸手拉下襪子時，猛然想起自己背負著笨重的背包——我的身子霎時失去平衡，往右邊倒過去，我左手仍勾著襪子，在忙亂中出於本能地伸出右手……

糟糕了。

雖然我快速地收回右手，左腳也及時踩到地上令身體沒有倒下，但我已經不小心幹下天大的麻煩事。

在我前方的馬尾女生脹紅了臉，皺著眉，雙手護著胸口，表情複雜地直瞪著我的臉孔。我剛才胡亂伸手一抓，抓到她胸部了。

「對、對不起！」我連忙低頭道歉。

「你這混蛋想幹什麼！」

這句話讓我非常詫異——詫異的不是因為這句話出自金髮男之口，而是這句出自金髮男的喝罵，聲線竟然是女的。

我定睛一看，原來我一直弄錯了。這個一身龐克搖滾風格打扮的，是個男裝女生。我想任何人都會弄錯她的性別，尤其她比一七五公分的我還要高大……

「喂！你這混蛋還在瞧什麼！」金髮「女」罵道，我這時才發現自己很不禮貌地打量著她。糟糕了，這下子我一定會被當作變態。

「真的很對不起！我剛才不是有意的！」我移開視線，再次向她們道歉，深深地彎腰鞠躬。我有點後悔剛才胡思亂想什麼「悔意」、什麼「形式上的對不起」，真是現時現報。

「你這……」金髮女踏前一步，似乎要揍我的樣子。

「算了吧……」馬尾女生抓住對方，小聲的說。

「但他剛才摸……」

「我就說算了吧！」馬尾女生打斷了凶暴金髮女的話。其實剛才的意外發生在電光石火間，除了我身後的矮個子土氣女生外應該沒有人留意，可是如果金髮女大聲把經過嚷出來，馬尾女生會感到更尷尬吧。

「既然妳這麼說，那就算了。」金髮女不屑地瞟了我一眼，跟馬尾女生交換位置，站在我前方，分隔開我們二人。我像個傻瓜似的不住點頭致歉，突然察覺馬尾女生在金髮女身後偷瞄我。我循著她的視線一看，只見我的左腳襪子半褪，光著腳踝踩到地上，鞋子掉在旁邊。這時候我才意識到自己的模樣有多滑稽，可是這刻我都不知道該繼續檢查腳趾的傷，還是忍痛穿回鞋子。

幸好，校車就在這關鍵時刻到站了。

馬尾女生她們上車後直走到車廂後排，為了不再招惹她們，我只好坐在司機身後第一排的位置，離她們愈遠愈好。文大的校車在上課日不用車費，但由於現在仍未開課，所以乘客不論是在校生、教職員還是校外人，一律收費三元。在迎新宿營時學長告訴了我們這情報，我口袋準備了零錢，否則我揹著背包、一拐一拐的上車，必定更加狼狽不堪。

「同學，妳少付一元啊。」

我抬頭一看，發覺司機叫住剛把硬幣放進錢箱、本來站在我身後的小個子女生。她拖著一個巨大的綠色行李箱——或許並不是特別巨大，只是她太矮小，比例上顯得行李箱相當巨型——茫然地回頭望向司機，露出不解的表情。

「同學，妳只付了兩元。」司機從座位探出身子，向她說。

「車費不、不是、兩、兩元嗎？」蚊子般的聲音從女生的嘴巴發出。她一臉戰戰兢兢，恍若驚弓之鳥。

「四年前加價啦。」司機保持著平穩的語調，可是女生就是一副害怕對方把她吃掉的樣子。

「對、對不……」女生往回頭走，本來正要上車的乘客只好站在車門旁等待，畢竟校車的走道很狹窄，沒可能讓兩個拖行李或揹背包的人擠過去。

女生伸手插進外套兩邊的口袋，掏了老半天，卻只掏出一堆紙巾和口香糖的包裝紙。透過車窗，我看到外面等候的人漸漸鼓譟起來，站在最前方的男生正以不友善的目光盯著狼狽地找零錢的土氣女生。

「那……那個……」我把視線從窗外轉回車廂內，看到女生拿著一個小巧的錢包，慌張地往兩邊探視，含糊不清地吐出幾個字。錢包的開口處露出百元鈔票的一角，看樣子，她不但沒有零錢，連小面額的紙鈔都沒有。她大概想找人兌換十元或二十元的鈔票，但司機和她身後那個懷著冷漠眼神的傢伙都沒有伸出援手。

我想，如果換成那個綁馬尾的女孩，排在後面的一堆男生會搶著來幫忙吧。

我稍稍移過身子，從口袋掏出一個一元硬幣，投進錢箱。

「咦？你……」土氣女察覺到我了。

「我替妳付。妳再不坐下來，後面的傢伙要發火啦。」我說。

她似乎有點不知所措，沒有移動半分，但司機喝了一聲「同學妳別擋路」，她就狼狽地邊向我點頭行禮，邊拖著行李箱往車廂後面走去。

隊伍魚貫走進校車，雖然乘客不多，但因為每人都帶著行李箱或背囊，車廂幾乎滿了。剛才沒離開隊伍果然是正確的決定——啊，不過我差點被當成色狼，或許也不見得很正確吧。

校車沿著車站旁的上坡道，經過大學本部再往西駛去。從大學本部往諾宿步行要十多二十分鐘，搭校車的話卻不用五分鐘，連同從車站往本部的時間，整段車程只要十分鐘。不過這十分鐘的前段跟後段的景色卻很不一樣，從車站到本部沿途有不少建築物，大學本部更矗立著圖書館、大講堂、行政大樓、課外活動中心等多層建築，而校車一離開本部，駛往西面山坡下的諾宿，馬路兩旁的大樓剎那間消失，只餘下陳舊的欄杆、生鏽的鐵絲網和幾棟零星破落的小屋。如果那些欄杆和鐵絲網上沒掛著大學社團的宣傳布條和旗幟，我還以為已經離開了校園範圍。

不一會，校車來到諾福克宿舍外。這個「山谷」裡就只有諾宿一棟建築物，不過與其說它是「一棟」大樓，不如說它是一座複合式建築。諾宿樓高九層，每層有五十個以上的房間，整座大樓呈長條形，從空中俯瞰就像兩個「L」首尾互連，又或者可以說像一個很扁平的「M」字。宿舍正門朝南，北面有一個種滿榕樹的小斜坡，而正門前有一片翠綠的草坪，草坪外便是校車站。草坪上有一座似乎用銅製作的雕像，可是我對抽象藝術毫無認識，所以我根本分不清那是一隻動物、一個人像、一座砲台還是一堆廢鐵。

我下了校車，揹著背包，站在草坪前，再深呼吸一口青草的氣息。這回沒有人用行李箱輾過我的腳面吧！

「那、那個……」蚊子般的聲音在我身後響起。

我回頭一看，是那個穿灰色運動裝、戴眼鏡梳麻花辮的土氣女孩。她正一臉畏縮地拖著綠色行李箱，站在我身後。

「怎麼了？」我問。

「那、那……一元……我會還……」

「那個啊？區區一塊錢，別放在心上吧。」

「那……謝……」這女生結結巴巴的，似乎連道謝也說不好。

我點點頭報以微笑，本來想轉身就走，不過細心一想，她跟我搭同一輛校車，提著行李箱，即是說她也是宿生吧？

「妳是宿生？我叫阿燁，統計系一年級，住二樓。」我向她自我介紹道。從今天開始要在這「山谷」居住九個月，趁早認識一些新鄰居也不是壞事。

「我、我住八樓，翻、翻譯系一、一年級，叫Na、Nao……」她很努力地說話，可是她愈是努力，就愈是口齒不清，連名字也說不出來。

「是Naomi嗎？」我看到她行李箱上繫著的牌子。雖然她的發音像「ne」，但牌子上以藍色馬克筆寫著Naomi五個英文字母。「妳叫『直美』？我很喜歡看日本的搞笑節目，有一個肥胖的女諧星叫Watanabe Naomi渡邊直美，外表很糟糕但滑稽到爆……」

「啊、啊……」她張開嘴巴卻沒說出完整的句子，像是接不上話。

哎！我真笨，雖然她土裡土氣，搞不好那兩條不對稱的麻花辮是她費盡心思打扮的成果，我卻哪壺不開提哪壺，說什麼「外表很糟糕」。

「嗨！阿燁！」我身後傳來耳熟的聲音。我轉頭瞄了一眼，看到維基和巴士從宿舍大門那邊走過來。

我正要舉手向他們示意，直美向我微微躬身，然後拖著行李急步往宿舍走過去。她跟維基他們擦身而過，巴士也回頭看了一下。

「嗨，阿燁，那個女生是你朋友？」巴士來到我跟前說。

「剛剛認識的。」

「咦！」巴士瞪大眼睛，亮出誇張的表情，高聲嚷道：「阿燁你真讓我刮目相看啊！竟然在入宿的第一天就把妹！不，是在入宿『之前』已經出手，吾等無人能及，甘拜下風，佩服佩服！」

「你胡說什麼啊！」我敲了巴士後腦一記爆栗。還好直美已走遠，不然她聽到就有夠尷尬了。

「我倒沒想過阿燁的喜好如此……另類。」維基以平淡的語氣說。

「你們想到哪兒去了？」我有點哭笑不得，想不到連維基都揶揄我。

「當然是阿燁大人的後宮啊！」巴士裝出一副下流的表情：「不論美醜，只求就手，宅女美女恐龍正妹一律通吃，征服宿舍所有女生，享受粉紅色的宿舍生活，風流倜儻、酒池肉林……好痛！」

我這次沒有留力，狠狠的猛摑巴士後腦。

「你漫畫看得太多了吧！」我罵道。

「我是個熱血好青年，只看《海賊王》和《七龍珠》等優良漫畫，像《出包王女》、《純情房東俏房客》那些邪惡地展露美少女胴體、低俗地表現青春熱情純愛的作品我是看不上眼的！」

最好啦，看不上眼你又知道得如此詳細？

「對了，你們已辦好登記手續嗎？」為了不跟巴士胡扯下去，我問道。

「早辦好了，我今天早上已到，巴士是下午兩點左右到。」維基答道。「我們帶你去辦手續吧。」

我點點頭，和他們並肩向宿舍大門走過去。

「其實啊，她打扮雖然土氣，但人是要看內在美的嘛……」

我有點後悔說出這句話。巴士和維基不約而同地以看笑話的表情盯著我，巴士更咬住下唇、嘴角上揚，像是把話憋住不說，以免後腦勺再吃一記。

2

巴士和維基是我的高中同學。巴士人如其名，身材肥胖，就像一輛雙層巴士，所以起了這個別名。他嘴巴雖壞，骨子裡是個樂觀積極的好人，只是比其他人愛玩愛鬧。有他在的場合幾乎不會出現冷場，不過，也有些同學不喜歡他——因為他實在太吵了。

巴士跟我認識多年，而維基則是在進大學前才第一次交談。高中時我從沒跟維基同班過，只因為他和巴士相識才有過幾面之緣。在大學迎新宿營裡跟他遇上，給分到同一小組，知道我倆不但同系，還一樣獲編進諾宿，我們就開始熟稔。

文大各宿舍的房間編排乃隨機抽選，室友組合也是由電腦選出，不過校方容許宿生預先申請同房，甚至只要在同房的宿生同意下，入宿後兩星期內可以申請交換室友。我們都想，與其跟陌生人同房，不如找高中同學更好，於是我跟維基一起申請。巴士當然大吵大嚷，說我跟維基對他「始亂終棄」，不過維基在這方面跟我有共識——跟巴士當室友，大概連片刻安寧也會消失，一天二十四個鐘頭對著這怪胎，不到一星期準會發瘋。我跟維基有些地方很相似，彼此也不是多言的人，閒時喜歡打打電動、上上網看看書，就這一點來說，真是理想的室友。

不過，在我眼中維基也有點不正常。

我問過他為什麼綽號叫「維基」，他笑說是因為很喜歡瀏覽網站，巴士就替他起了這名字。後來我聽巴士說，維基他可以不眠不休地閱讀滿是資料的網頁，就像追連續劇那樣子看得津津有味。雖然別名「維基」，他看的不止是「維基百科」或「維基解密」，好像連政府資訊頁、情色討論區甚至枯燥無味的歷年天氣報告他都喜歡看，簡直是重度網癡。聽說他小時候是個圖書館癡，不過十歲時父親買了一台電腦給他後，他就黏著螢幕不放了。

然而，維基最古怪的不是他的網路癮，而是他對「卡其色」的偏好。

在維基身上，一定找到卡其色的東西。也許是褲子，也許是T恤，也許是襪子，總之他身上一定有卡其色的存在。我一直以為卡其色和土黃色或墨綠色差不多，但在迎新宿營中我說出這點後，維基就長篇大論地向我說明「卡其」、「深卡其」和「淡卡其」的定義。他的眼睛似是一台「卡其色鑑定機」，對卡其色的執著可說是異於常人。

雖然有「網癡」和「卡其控」這兩大怪癖，我覺得維基應該是個好室友，至少我在迎新宿營中跟他同房，也沒有什麼相處的問題。畢竟他的怪癖不像巴士的「起鬨癖」會影響他人嘛。

「這豬排飯意外的好吃，肉質鮮嫩多汁，外皮爽脆，加上秘製醬料，足可媲美中區著名食府櫻木町的水準……」巴士一邊大嚼炸豬排，一邊模仿食評家大放厥詞。我辦好入宿的手續，領過鑰匙，花了些時間整理過衣物，打掃過房間，檢查過腳趾的瘀傷後，就跟巴士和維基到宿舍食堂吃晚飯。

「沒有這麼誇張吧。不過我這盤義大利麵也不壞。」我說。「之前維基說不要對食堂的菜色水準有期待，還害我小擔心一下。」

「我是說我表姊夫說不要期待。他說諾宿的食堂超難吃，他當年都寧願自己煮泡麵。」維基喝了一口冰咖啡，說道。他今天穿了件卡其色迷彩短袖T恤，下半身是卡其色及膝短褲，頭頂戴著卡其色棒球帽，如果他再套上一件卡其色背心，就跟探險家或野戰軍人沒兩樣。

「咦，你的美人表姊結婚了嗎？」巴士咬著半塊豬排，抬頭問道。

「就在上個月辦婚禮。」維基保持著他一貫平淡的語氣道。

「可惡啊，這樣的大美女嫁人了，維基你這好兄弟竟然瞞住我。我知道的話，一定衝去教堂上演《畢業生》的結局……」巴士擺出一副鬧彆扭的樣子。

「你不過見過我表姊一次罷了，有沒有那麼誇張啊？」

「《畢業生》是什麼？電影嗎？」我問。

「一九六七年的美國電影，結局是男主角到教堂搶新娘私奔。」維基答道。

呵，巴士這傢伙真愛鬧……慢著，他該不會做得出來吧？

「不過巴士你也不用失望，」維基再啜了一口咖啡，「我表姊夫也是個胖子。」

「那又如何？」巴士露出疑惑的表情。

「即是說，像你這麼胖也有機會娶到美女。」維基以他一貫冷面笑匠的風格，一針見血地說道。

「混蛋，老子當然能夠把到正妹！我今年就找個要你們哈得要死的正妹做女友！」

雖然巴士誇誇其談，但我知道他從沒交過女朋友。他高中時是有一些相熟的女同學，但大概沒有人把他當成戀愛對象——不是因為他胖，而是因為他太吵。和巴士相反，聽說維基以前被不少女生倒追過，但他嫌麻煩從不甩她們。維基雖然有點怪，但他成績和體格都不俗，加上五官端正，不難理解為什麼會得到女生青睞。至於我，只能說我桃花運平平，高中時就聽過有女生說我是「最不予考慮交往的對象」，我想這是因為我太乏味、太平凡吧。

「維基的表姊夫是文大舊生？」我把話題拉回來。

「嗯。雖然我也是在上個月表姊籌備婚禮時才第一次見他，但他知道我入讀文大，有機會被編進諾宿，就興高采烈地跟我聊宿舍的事情。他當時唸土木工程系，在諾宿住過兩年。」

「他哪一年畢業？」

「大約是十年前，」維基說：「所以，他說食堂質素差，應該是十年前的事吧。說不定承辦商或廚師早換掉了。」

諾宿的食堂在宿舍一樓東翼，從早上七點營業至晚上八點半，中西日式料理都有，但當然別期待有像德國豬手或鮪魚刺身等刁鑽菜式。諾宿是一棟男女混合的宿舍，除了一樓是食堂、交誼廳、活動室、洗衣房等公用設施外，二樓至九樓都是宿舍，二、三、六、七樓是男宿，四、五、八和九樓是女宿。據學長學姊說，以前二至五樓是男宿，六至九樓是女宿，但八年前男生抗議沒機會住高層房間，所以改為今天這種編排。今年我跟維基不走運，被編到二樓，聽說七樓的房間不但空氣清爽、採光充足，對海的那幾間房間還能夠看到漂亮的晚霞。

因為今天是入宿的第一天，宿生不多，食堂的客人自然寥寥無幾。連同我們三人，整間食堂就只有十人左右，食堂老闆更大概為了省電，關掉了大廳的一半電燈，示意宿生們集中坐到近出入口的桌子。

「好，吃過晚飯，今晚有什麼節目？」巴士一邊打嗝一邊問道。他一連吃了兩大碗豬排飯，身上那件綠色T恤似要被脹大的肚子撐爆了。說起來，他的T恤上印了一個巨大的、黃色的日文漢字「丼」，真是可圈可點啊。

「我打算早一點睡，明早出市區買一些生活必需品。我會認床，所以想早一點習慣。」我說。

「我也想小睡一下，今晚繼續上網。」網路癡維基掏出手機，答道：「我昨晚找到一個關於古埃及第二王朝的網站，正讀到第三位法老尼內特吉的生平。」

「你們怎麼一點都不珍惜青春啊！」巴士攤開雙手，表情誇張地說：「這是我們成為大學生、在宿舍獨立生活的大日子！年輕人啊，你們要荒廢這麼美好的時光嗎？對你們來說，難道睡覺或什麼內急比較重要麼……」

「那巴士大爺你有什麼打算？」看到他一副發表總統就職演說的樣子，我就忍不住打斷他的長篇大論。

「這個啊！這個嘛……我們三個一起想一下，就自然會找到好節目了。」

「你根本也沒想好！」我失笑道。巴士能想到的「節目」，頂多是回房間連線打電玩《勇者鬥惡龍IX》或《魔物獵人》吧。

「我——」坐在我對面的巴士突然收起他的連珠砲發，直愣愣的越過我的肩膀注視著我的後方。他咧嘴而笑，眼神像通了電似的忽然亮起來。

「嗨，卡莉！」他舉起右手喊道。

我不曉得巴士有名叫「卡莉」的朋友，光從名字來判斷，應該是女生吧。這一點令我有點訝異，沒想到巴士在諾宿還有認識的人，而且是個女的。然而，當我回頭望向巴士揮手打招呼的目標，我的訝異剎那間變成錯愕。

沒這麼巧吧？

站在領餐櫃檯旁的藍衣少女，正是那位在校車站被我「不小心碰到」的馬尾女生。

我們的桌子跟領餐櫃檯相距不足三公尺，我想逃也來不及，而馬尾女生更在我回頭的一刻跟我的視線對上了。我沒看錯的話，她的眉毛挑了一下，她大概跟我一樣感到驚訝，但我們都裝作若無其事——至少我是。

「卡莉，在這兒遇到妳，好巧喔。」巴士露出一副我從沒見過的親切表情。我瞥了維基一眼，連一向處變不驚的他亦瞪大雙眼，像看到珍禽異獸似的瞅著巴士。

「嗯、嗯，徐同學你好。」卡莉有點吞吞吐吐，不知道是因為我令她想起尷尬的意外，還是她不懂得應付巴士這傢伙，抑或兩者皆是。

「叫我巴士就行啦。我來介紹——阿燁，維基，他們都是統計系的，跟我們一樣是新鮮人。」本名徐百俅的巴士以爽朗的語氣說道。我覺得他說「他們」和「我們」這兩組詞語時，有種刻意拉關係的味道。

「妳好。」我苦笑一下，對她微微點頭。

「我們三個是高中同學。」維基說。

「你們好。」卡莉微微一笑，跟我視線再次對上時緩緩眨一眨眼——或許只是我多心，但我覺得她像是在說「過去的事由它過去好了」。

「這位是卡莉，修讀應用物理學系，跟我一樣是天文社的新社員。」

「天文社？巴士你什麼時候對天文學——」

我話未說完已被巴士在檯底下踹了一腳。

「你問我是什麼時候加入天文社的？就是在迎新宿營第三天參觀社團活動那時候嘛。」巴士硬把我的問題扭曲成另一個，我只好暫時閉嘴，免得再被他多踹幾腳。

「妳一個人吃晚餐嗎？Come join us！」巴士話風一轉，邀卡莉同桌。他以為撂幾句造作的英語就能掩飾他的想法嗎？

「不，我吃過了。」卡莉指了指在櫃檯後正在準備飲品的食堂大嬸。「我跟朋友在交誼廳聊天，趁食堂關門前，我替她們買喝的。」

「啊，這樣子，不如我們……」

不好。巴士這傢伙一定是想死纏活纏，拉我們去交誼廳加入她們吧。讓一個女生當跑腿，卡莉的朋友當中一定沒有男生，如果我們三個臭男生硬要加入，肯定白目到爆。巴士，這樣只會欲速不達，好感度會一下子掉到負數啊！

在這個節骨眼上，我沒想到，打斷巴士話柄的竟然是維基。

「剛才巴士跟我們介紹下個月的流星雨，叫我跟阿燁陪他去看。」維基插嘴說道。

「流星——」

我的疑問未離開唇邊，桌子下又是一記狠踹，不過這回踢我的是維基。我今天一定是命犯「腳」煞吧，怎麼一整天不是被踩就是被踹？

「哦？」卡莉的神情有點改變了。「是十月初的天龍座流星雨嗎？」

「不，他說天龍座的流星雨進入大氣層時，極大輻射點已經在地平線以下，在香港我們大概一顆流星都看不到。他叫我們去看的是月底的……獵戶座流星雨，巴士，我有沒有說錯？」

「對，對，獵戶座的。」巴士再笨也察覺到卡莉的眼神不同了吧。

「我最喜歡獵戶座流星雨了！」卡莉的樣子亮了起來，語氣跟之前判若兩人。「雖然不及獅子座的壯觀，但獵戶座流星雨的母天體是哈雷彗星！我小時候常常聽爸爸說哈雷彗星的故事，我只恨自己太晚出生，沒趕得及在一九八六年欣賞七十六年才回歸一次的它呢。下次哈雷彗星返回太陽系是二〇六一年，我如果能看到都已經是個七十歲的老婆婆了……」

「哈雷彗星啊……剛才巴士還提起什麼……什麼水瓶座流星雨的？」維基說。

「咦，巴士你也知道嗎？」卡莉難掩興奮之情，說：「五月的水瓶座η[1]流星雨的母星也是哈雷彗星！因為水瓶座流星雨規模不大，就算是天文愛好者都不大在意的，沒想到巴士你也有研究啊！」

「對、對啊，水瓶座『依他』流星雨嘛，我只是略懂皮毛而已。」巴士擠出笑容道。我想他連「依他」是什麼鬼東西也不知道吧？

「同學，兩杯冰紅茶、一杯冰黑咖啡、一杯熱可可，四杯齊了。妳要紙袋嘛？」食堂大嬸打斷了我們的談話。卡莉轉身望向對方，似乎在判斷雙手能不能同時拿四杯飲料。維基用手肘撞了巴士一下。

「啊！讓我來幫忙吧。」巴士站起來，裝腔作勢地說：「反正這兒往交誼廳很近，即使只省一個紙袋，也算是對環保有一點貢獻。」

卡莉微笑著點頭道謝，我和維基把盤子放到旁邊的餐具回收架上，就跟著巴士離開座位。

「巴士你欠我一頓飯。」在離席的一刻，我聽到維基悄聲對巴士說。

「別說一頓，十頓也沒問題！不過你之後要詳細告訴我那些什麼鬼流星雨……」

趁著巴士跟卡莉走在前頭，我問維基：「你也是天文癡嗎？」

「不，我只是早前恰好看到一篇談流星雨的網誌罷了。」維基聳聳肩笑道。

交誼廳就在宿舍玄關旁，基本上，從大門走進宿舍，就會經過交誼廳。交誼廳放了好些沙發和茶几，這些沙發和茶几的款式不一，雖然算不上殘舊，但它們上面的污跡說明了它們的歷

1. 希臘字母。唸作ETA。

史，應該是二手貨或是校友捐贈的。在跟玄關相對的大廳盡頭角落，有一台四十吋電視，電視前放了幾排看來不怎麼舒適的椅子。電視的牌子我從沒聽過，應該是宿生會申請購買的便宜貨，不過對我們這些大學生來說，能看就行，畫面質素高不高、色彩美不美我們都不在乎。電視旁有一個深褐色的木書架，上面零落地放著一些書本、漫畫和桌遊，大概是以前的宿生捐出來，供學弟學妹閱讀和使用吧。

「夜貓，我回來了。」交誼廳只有三、四個人，分散地坐在不同的角落。我預想卡莉的一群姊妹淘應該在吵吵嚷嚷，可是卡莉走到窗子旁一張L形的深綠色沙發前，而沙發上只有一個人。這時候我才醒覺自己要面對另一道難題——既然馬尾女生在此，即是……

「啊！又是你這個混蛋！」幾個鐘頭前聽過的么喝，再次衝著我而來。坐在沙發上的，正是那個金髮男……不，金髮女。

「夜貓！」卡莉向叫作「夜貓」的金髮女嚷道。卡莉一臉慍色，似乎不想重提尷尬事。

「咦？你們認識嗎？」巴士沒頭沒腦地問道。

「我……我今天在校車站不小心踩到她的腳。」我撒了個謊，然後低頭道歉。「這位同學，很對不起，我不是有心的，請妳們大人有大量，原諒在下。」

「就、就是啦！夜貓妳就原諒他吧，反正都過去了。」卡莉在旁附和著。

夜貓似乎仍沒消氣，但她倒沒再說什麼，只是以不友善的眼神瞪了我一下。

「阿燁，你道歉不拿些誠意出來，又怎能強求人家原諒你呢？」巴士把飲品放在茶几上，突然說道。天，你這傢伙還想添亂嗎？

「呃，你的意思是……」

「要賠罪，就用行動負責嘛！快去買些零食招呼大家！」巴士作勢要踢我的屁股，然後以業務員的笑容向夜貓說：「妳好，我叫巴士，是化學系一年級生，跟卡莉一樣是天文社的社員……」

想不到這小子居然利用我來攀關係。他大概想我買一堆零食回來，再裝作自然留下來跟女生們聊天吧……算了，這次就姑且幫幫他。細心想一下，如果巴士知道我摸過他的女神的胸部，他就算不跟我翻臉，也至少揍我好幾拳，現在他借我耍這些小手段，我就當扯平囉。

我摸摸口袋，打算轉身往電腦室外的自動販賣機走過去。諾宿從西翼至東翼分成四段，一樓西翼第一段設有洗衣房、自習室和電腦室，而第二段就是交誼廳和正門玄關。在這兩段的連接轉角就是西翼樓梯，在樓梯不遠處放了幾部自動販賣機，除了瓶裝和罐裝飲品外，還有賣洋芋片、花生、巧克力、餅乾之類的小吃零嘴。對在電腦室和自習室趕功課K書的同學來說，鄰近走廊就有補充體力的食物飲料確實方便，而在交誼廳閒聊看電視的宿生也樂於省幾步的路程，不用光顧東翼盡頭的食堂——不過，食堂賣的比自動販賣機的便宜，光是同樣一杯冰紅茶，價錢就相差一半了。

「阿燁，麻煩你順便幫我買一罐冰咖啡。哪一款都可以。」維基叫住我，給我遞過一個十元硬幣。

「你不是剛喝過嗎？」

「我好眼睏。昨晚上網太久，今早只睡了三個鐘頭。」維基苦笑一下。我現在才留意到他眼鏡後的雙眼充滿血絲，看樣子他昨晚一定是看什麼古埃及王朝看到天亮吧。

「小丸她們說到房間換件衣服，還未回來嗎？」當我往西翼樓梯那邊走過去，我聽到卡莉向夜貓問道。

「還沒有……」

我離開交誼廳轉往西翼樓梯間，就聽不到夜貓的聲音。今天下午辦好入宿手續後，維基和巴士跟我逛過諾宿各處，所以我很清楚自動販賣機在哪兒；不過，我沒想到現在看到的光景跟下午時看到的相差甚遠。下午光線充足，自習室和電腦室顯得窗明几淨，連走道的地面也光潔雪白，可是數小時後的現在，我卻有另一種感覺。空無一人的走廊、只亮著寥寥數盞白熾燈的房間、除了窗外蟲鳴聲外近乎靜默的空氣，都讓這空間變得有點詭異。

或許因為今天是入宿的第一天才會呈現這景象，在一棟住了七百多人的宿舍裡，平時總有通宵使用電腦、或是避開室友而到自習室溫習的宿生，不過今天沒有。其實從今天黃昏開始，我發覺宿舍的人愈來愈少，大概有很多宿生今天只是來辦登記手續，帶一些衣服或日常用品回宿舍，打掃一下，然後回家，待翌日帶更多私人物品回來。明天開始，宿舍就會變得愈來愈熱鬧，說不定到時我會懷念這一股異樣的幽寂。

來到自動販賣機前，我打量著該買些什麼零食。宿舍管理員似乎作好準備，小吃販賣機裡的存貨充足，每一款都排得滿滿的。

既然是大夥兒吃的，就買一些可以分來吃的吧——我這樣想。

我花了四十多塊錢，買了洋芋片和魷魚絲，因為想到女生可能愛吃甜食，所以多買一包巧克力，以及一盒低熱量的奶酪餅乾。如果有人怕胖或節食中，也可以吃這個低熱量的餅乾……呃，我為什麼要設想得這般周到？我不過是巴士把妹的藉口罷了，犯不著如此細心啊？

其實我並不氣惱巴士，反正易地而處，我碰上心上人時或許亦會這樣差遣兄弟，只是這一刻抱著一堆讓巴士借花敬佛的零食，我突然間覺得自己有點笨。我買了維基的冰咖啡後，也買了一罐可樂給自己，特意不買巴士的份。這算是一點阿Q式的小報復吧。

我有點狼狽地抱著零食和飲品離開走廊，來到西翼樓梯前。牆上的日光燈一閃一閃的，我想是啟動器故障了。甫轉角回到交誼廳，燈光猛然閃了一下——也許不是啟動器有問題，而是宿舍的電壓不穩定所致？今晚留在宿舍過夜的人不多，用電量亦少，如果這樣子也做成電壓問題，全員入住時搞不好會經常跳電。看樣子我要買台筆電，萬一用桌機趕報告時斷電，那就麻煩大了。

「嗨！阿燁回來了。」扯開嗓門的是巴士。

即使我仍未走近，已看到他們一群人輕鬆地坐在沙發上閒聊著，巴士神采飛揚地朝我揮手。看來巴士的奸計得逞了。不過我猜，維基一定曾出言相助，引起女生們的好奇心，不然為什麼那個凶暴的夜貓會讓他們坐下來？不愧是會被女生倒追的帥哥啊。

維基和巴士坐在L形沙發對面的長椅，中間隔著小茶几，而沙發上坐著五位女生。因為沙發背向通往西翼樓梯的出入口，一開始我只看到女生們的背影，當我走近她們身旁，看清楚她們的樣子，我的內心卻不禁接連驚呼了兩聲。

L形沙發上，最右面的是穿藍色長裙的卡莉，旁邊是搖滾風金髮女夜貓，夜貓身旁有一個頭戴黃色髮箍、把一頭鬈髮往後梳露出額頭、臉上有點雀斑的女生。她上半身穿著一件寬闊的紅色足球球衣，下半身是一條螢光綠色的內搭褲，加上一雙粉紅色的拖鞋，就像世界地圖般色彩分明，國界毫不含糊，這種襯搭實在是吾等凡人無法想像之事。

不過，她的衣著顏色雖然誇張，她並不是令我驚呼的原因。

在L形沙發較短的一邊，亦即是「調色盤」女生的左邊，坐著一位沒有男性能夠忽略的少女。她的外貌出眾——不，光用「出眾」無法形容她的美貌，我覺得，她的臉蛋就像人偶一樣精緻，無論是水靈靈的眼睛、秀挺的鼻子、微翹的上唇，都恰如藝術品落在臉上最適當的位置上。她的頭髮略帶褐色，直順地垂到肩膀，稍稍遮蓋住從灰白色中袖上衣領口露出的鎖骨。她穿了一條黑色底白色碎花短褲，雙腿穿上了黑色的過膝長襪，露出一小截大腿，同時散發著時尚和性感。她無論樣貌、身材、衣著都及得上歐洲或日本的時裝模特兒，而且她更流露出一股比模特兒更特別的氣質。以男生的角度來看，如果說卡莉的外表在一百分滿分中有八十分，那這位女生就至少拿到一百二十分。

她是令我呆住的第一個原因。

至於第二個原因，並不是她身旁有另一位美女，而是我沒想過那個人也在——直美就坐在那位美少女的旁邊。

直美身上穿的已不是那件灰色的運動服，換成一件淡黃色的T恤，以及一條灰藍色的長運動褲——對，仍然是運動褲。她的衣服都好像因為洗太多而褪色，給人一種「她不是很窮就是很節儉」的感覺。她的黑框眼鏡和不對稱的麻花辮仍在，跟身邊的「模特兒」並肩而坐，落差感之大就像阿爾卑斯山和馬里安納海溝的高低差一樣。其餘四位女生面前都有杯子，她前方卻是一個小巧的銀色保溫瓶，看來她自備了熱飲，而那個微微凹陷的保溫瓶蓋子更為她的土氣加添幾分寒酸。

我沒想到直美跟卡莉她們認識，一來她們在校車站時沒有交流，二來，我以為直美沒有朋友——她的談吐舉止，令我想起那些在學校被孤立被欺負、每天中午躲在校園一角啃麵包當午餐的可憐蟲。我在中學時冷眼旁觀過不少例子，雖然我沒有助紂為虐的意圖，但也缺乏打抱不平的勇氣，畢竟我只是一個平凡得要死的學生，稍一不慎，我就會淪落為被霸凌的一分子。平凡的傢伙就應該平凡地過活，這是我的生存哲學。

「你就是阿燁嗎？要你破費真不好意思啦！啊你還買了魷魚絲，太好了，我最喜歡吃這個哩！以前我跟卡莉總會湊錢在小賣部買來吃，有一次她嘴饞把我的份吃掉，我就足足三天沒跟她說話，最後她哭著買了一包特大裝的向我賠罪……」

穿球衣戴髮箍的女生喋喋不休，一口氣對著我說，害我不懂得回話，更讓我沒機會向直美打招呼。

「小丸！」卡莉一臉緋紅，伸手越過夜貓抓住髮箍女生的手臂：「小學的糗事就別說出來啊！」

「啊哈哈，沒關係吧，反正也不是什麼糗事吧對不對？大家不覺得這種小事情顯得卡莉更可愛嗎？」叫小丸的女生說得口沫橫飛，一副毫不在意的樣子。

「呃，妳叫小丸？」我不好意思地把零食放在茶几上，緩緩地問道。

「啊我真是冒失啊！我叫林小丸，簡稱小丸，喜歡的話可以叫我阿丸，但不要叫我小丸子，更不要叫我魚丸、貢丸或小林丸。」小丸一邊說，一邊老實不客氣地打開零食的包裝。「我唸新聞系一年級，畢業後準備加入電視台當記者，目標是要當女主播，不過如果當不成的話，當跑前線的記者也無所謂，總之我要揭露社會的黑幕，讓市民知道真相！我的目標是普立茲獎……」

「普立茲獎只頒給在美國報章工作的記者喔。」維基插嘴道。我順手把咖啡和找贖的零錢遞給他，再坐到巴士身旁的空位。

「咦，是嗎？沒關係，那我就到美國工作吧！或者先到美國工作幾年，再回來香港，再到美國……」小丸咬著魷魚絲，含糊不清地說。

我猛然察覺為什麼這個小丸讓我有點似曾相識的感覺——她簡直是女版的巴士啊！雖然外表完全不一樣，談吐恍如巴士附身！我瞄了巴士一眼，心想他是否靈魂出竅，借小丸之口來談笑風生。出乎意料，巴士一改平日鬧烘烘的性格，臉帶微笑、安靜地坐在長椅上……對啊，有漂亮的女生在，他當然不會隨便起鬨。換作平時，他一定會跟小丸來個相聲，旁人肯定無法插嘴。

「喂，姍姍，到妳自我介紹啦。」小丸拍了一下那位美少女的肩膀。

「我叫姍姍，中文系一年級，阿燁你好。」一百二十分的美少女禮貌地向我點頭，再微微一笑。一時間我不知道該把視線放在哪裡，好像看著她身上哪處都顯得不甚禮貌，只好向她點點頭，回報一個笨拙的微笑。

「我、我是Naomi，翻譯系一年級……」直美以像蚊子的聲音接著說。她說話時沒有抬頭，就好像向著茶几作自我介紹。

「我們在迎新宿營同組，」小丸像是要搶白似的打斷了直美的話，「而卡莉是我的小學同學，直至今天下午我才跟她重逢，真是天意啊！沒想到相隔多年在同一間大學同一棟宿舍再見面！如果我是男生，就會說是命運安排的再度邂逅啦！」

原來直美和姍姍跟小丸同組，再因為小丸跟卡莉是舊識，所以才在一起。難怪之前在校車站時卡莉沒有跟直美談話，因為當時她們根本互不相識啊。

「我跟小丸見面後，剛才就和夜貓跟小丸她們一起到本部的餐廳吃飯，然後回來聊天。」卡莉像是為免小丸繼續胡說八道，向我說道。「對了，這個是夜貓，是我的室友。」

身穿破爛牛仔褲和黑皮衣的夜貓嘛嘛嘴，雖然沒有繼續仇視我，但顯然她對我沒有什麼好感。

「夜貓跟卡莉一樣是應用物理系的嗎？還是一樣是天文社？」我嘗試伸出友誼之手。

「不啦，夜貓本來是我的高中學姐，她為了考進心目中的學系所以重考一年，現在跟我們一樣是一年級生。」

「卡莉妳幹嘛說多餘的話……」夜貓向卡莉啐了一句。

「沒關係啦，我覺得這樣子很酷啊！埋頭苦幹，拚命溫習，最後達到目標，贏取他人的認同，太帥了。而且文大的醫學院一向難進……」

「妳居然是醫學系的？」我詫異地嚷道。糟糕，我這種反應會惹怒她吧？

「沒錯。」出乎意料，夜貓只是淡然地回答一句。我想對她來說已見怪不怪，任何人看到她一身搖滾裝束，耳朵上一串金屬環加上搶眼的金髮，都不會猜她是醫學院學生。

「我剛才也很吃驚啊！」小丸再次插嘴說：「吃飯時我聽到夜貓竟然是醫學系的，差點把湯也噴出來了！哪有醫生這麼酷啊！這就像日劇的題材，白天是醫生，晚上是地下樂團主唱，過著雙重身分的生活，然後在演唱會中遇上突然昏迷的歌迷，於是在舞台上進行緊急外科手術……」

「我沒有玩樂團，我只是喜歡這種打扮。」夜貓說。

我沒想過在我們之中，外表最不良的人成績反而最好。文大醫學院的收生要求很高，是全校最難進的學系。相比之下，咱的統計學系完全不值一哂……

「那麼說，大家都是新生囉？」我問。

各人面面相覷，沒有人否定。

「這正好嘛！我們都是新鮮人！」小丸喝了一口冰紅茶，咬著冰塊說：「從今天開始我們就是好鄰居，如果各位要借什麼文具筆記、泡麵零食、柴米油鹽，都可以來找我！」

柴米油鹽才沒有吧。諾宿每一層也有共用的小廚房，但只設有簡單的電熱水器、微波爐和電磁爐，想弄些複雜的料理也沒辦法，而且宿舍方面亦不希望宿生們煮食，除了清潔問題外，還有安全問題。我聽學長說過某宿舍有笨蛋用微波爐煮蛋，更有人打翻了放在電磁爐上的一鍋滾油，差點灼傷旁邊的人。

「妳住哪一層？」維基拿了一片巧克力問道。

「五二一，五樓西翼近電梯，超方便！姍姍跟我一樣都是住五樓，不過她住五一四，宿生會辦樓層對抗賽的話，我們就同隊啦！」小丸連房間編號都報上了。「我的室友是高中同學，她明天才入宿。」

「我跟阿燁住二樓，如果要借東西，走上五樓也太不便了。」維基笑道。

「那可以找卡莉和夜貓啊，她們住在四樓。」

「等等，宿舍不是有規定，男生不准到女生宿舍的樓層嗎？」姍姍問道。她說話不徐不疾，加上雙手捧著熱可可的模樣，讓我想到某些貴族學校畢業的優等生。

「男生在晚上九點至早上九點不准進入女宿的範圍，而女生則不能在晚上十一點至早上九點逗留在男生的房間內。」夜貓說。她說話時偷瞄了我兩次，唉，看來我被她認定成變態了。

「為什麼有差的？」卡莉問。

「當然是保護女生啊，」巴士以紳士的語氣說：「晚上如果還有男生在女宿的走廊經過，女生去洗澡也會覺得不便吧。男生就沒關係。」

換作平時，巴士一定會補上一句「男生給看光光又不會少塊肉」。

「對啊……巴士你住幾樓？」卡莉問道。

「我、我？」巴士一副大喜過望的樣子：「我住三〇九號室，妳有什麼需要儘管來找我，我也懂得一點電腦，如果電腦有問題我可以幫忙。」

「不用你費心，」夜貓冷冷的說，「電腦的話我也懂。」

巴士大概沒料到會被夜貓嗆回，表情有點微妙。對啊，夜貓大姐，妳要提防的不是我，該是巴士這傢伙嘛！天曉得他會不會借故摸進妳們的房間，圖謀不軌！

「夜貓她之前被P大錄取，但她就是寧可重考，要進醫學院。」卡莉笑道：「她放棄的是P大資訊工程系，她對電腦的認識不比男生差喔。」

夜貓稍稍露出靦腆的表情，但轉瞬又變回本來的酷臉。P大的資工也不是易進的學系，難怪卡莉一直讚她帥了。

我無意間望了直美一眼。她只是默默地聆聽著眾人的對話，沒有插話。她似乎察覺到我的視線，只見她匆忙垂下頭，雙手把玩著那個陳舊的保溫瓶。她大概也想說她住在八樓吧，不過如果我誘導她說話，搞不好她會更不自在，說話更加結巴。還是說，她有告訴大家我跟她已認識了？不，應該沒有。如果有的話，剛才她就不用再次向我自我介紹。她可能怕被聒噪的小丸揶揄，寧願裝作跟我初次見面。還好她換了衣服，巴士和維基沒認出她，不然他們又會取笑我的口味什麼了——就算我不介意，傳到女生的耳裡也會引起尷尬吧。

「吶，我跟你們說，」小丸突然故作神秘，壓下聲線對我們三個男生說：「你們猜猜卡莉她們住哪一個房間？」

「什麼哪一個房間？宿舍有特別的房間嗎？」我反問。

「當然了！」小丸吃吃在笑：「我剛才說過，她們住的是『四樓』喔，嘿嘿。」

「咦！」抓住半塊洋芋片的巴士突然在我身邊大嚷，嚇我一跳。「不是『那個』吧？」

「什麼『那個』？」我回頭問道。

「諾宿的鬼故事，『四四四室』啊。」

「沒錯！」小丸雙手按住茶几，俯身向前說：「她們就是住在鬧鬼的四四四室……」

我吞了一口口水。

「……對面的四四三號室。」小丸繼續說。

「噗。」笑出來的是維基。

「只是對面的房間嘛！又不是四四四室。」巴士也語帶不屑地說。

「好歹也是那個房間的對面啊！」小丸握著拳頭，興奮地說：「住在傳說中的房間的對面，搞不好比住在四四四室裡更刺激！」

「四四四室」是諾宿的鬼故事之一，關於兩個女生在房間裡遇上的恐怖怪事，我在迎新宿營時聽學長說過。當時學長努力地營造氣氛，可是他實在不是個說故事的能手，連組裡最膽小的女生也沒嚇到，維基更在他說到第三個怪談時打起瞌睡來。

「這樣的話，我跟維基住的二樓，也有什麼『樹影』怪談，不遑多讓喔。」我說。

「怎可以相提並論！」小丸誇張地揚揚手，「『四四四室』是諾宿七不思議之首啊！據說是宿舍最古老的鬼故事！」

「今天我跟夜貓打開房門，整理房間時，就看到不少人在走廊探頭探腦，在我們的房間前徘徊，他們都是想參觀那房間吧……」卡莉說。

「呸，什麼諾宿『七不思議』，我才不相信這些胡扯的怪談。」夜貓展現她一貫的酷勁，喝著冰黑咖啡說：「連名字也模仿日本叫『七不思議』，分明就是杜撰的。」

「名字什麼會隨著時代改變嘛！」小丸轉身向夜貓說：「以前好像叫『七大怪談』，反正都是七個恐怖的傳聞啦！」

「但我聽說諾宿七不思議的第一個故事是『活雕像』啊？」很少插嘴的姍姍說。

「怎麼我聽到的是『四四四室』？」小丸反問道。

「我以為『鏡中倒影』才是第一篇哩。」卡莉說。

「對喔，我也以為『鏡中倒影』才是。」巴士附和道。

「我……」連直美也嘗試發言。

「活火鏡樹五數四。」

冷不防地，維基說出這一句莫名其妙的話，終止了七嘴八舌的討論。

「你說什麼？」巴士問。

「活火鏡樹五數四。」維基緩緩地說：「諾宿的七個鬼故事依篇號順序是『活雕像』、『大火冤魂』、『鏡中倒影』、『樹影懸屍』、『五樓半』、『數房門』和『四四四室』。說『四四四室』是七大怪談之首或許見仁見智，但如果說它是最古老的卻不可能。」

「為什麼不可能？」小丸反駁道：「這些傳說除了『大火冤魂』有明確年份，其他都沒指出發生時間啊。」

「『大火冤魂』傳說在十一年前發生，如果『四四四室』是最古老的傳說，就要比前者更早。」維基啜了一口罐裝咖啡，說：「小丸，『四四四室』的主角是什麼人？」

「什麼人？我不知道啊，只知道是住在房間裡的兩個女生……」

「諾宿八年前才改制，之前四樓是男生宿舍，就算這故事是真的，又怎會比十一年前的『大火冤魂』早發生呢？」

小丸愣住，若有所思的說：「咦，對啊……」

「不過這樣說的話，」維基忽然以怪異的語氣，帶著詭譎的笑容說：「在時間上那個恐怖的怪談比我們想像中發生得更近，也許會再次……」

「哇呀！」

發出慘叫的不是女生，而是巴士。他整個人從椅子彈起來，摸著自己的脖子後方。

「剛才有東西摸……」巴士轉身回望，話說到一半，突然止住。原因沒別的，我也看到了——巴士座位的椅背上，有一個罐子，而拿著罐子的人是維基。他偷偷伸手把冰冷的咖啡罐移到背後，碰了巴士的後頸一下。

眾人笑成一團，巴士當然抓住維基作勢要揍他，不過大抵他看到卡莉也愉快的笑著，所以沒認真下手。維基這一下讓巴士回復正常，畢竟這麼拘謹的巴士，就連我都看不慣。

維基如此清楚諾宿的怪談，教我有點詫異，尤其在迎新宿營的通宵夜話中，他聽學長說到一半就睡了；不過現在細想一下，說不定他根本早就從網路上讀過這些傳說，所以那天晚上更抵不過學長的沉悶敘述而昏昏欲睡。

「其實十一年前是不是真的發生過火災？」我問。我想起列車上聽到的對話。我一直以為諾宿七不思議只是傳說，直到今天聽到那兩個女生的閒聊，我才開始想，說不定某些部分是事實。

「好像是真的。」維基說。他邊說邊打個呵欠，看來咖啡因對他作用不大。

「所以就說這宿舍真的有不散陰魂囉！」小丸再次亮出振奮的表情。「香港有不少鬧鬼的地區，都曾發生過嚴重意外，像跑馬地馬場大火，因為死了很多人，至今仍被稱為香港島最猛鬼的區域之一……」

「如果說火災的話，這兒可不止發生過一次喔。」

一把低沉的聲音從我身後響起。我回頭看過去，只見一個穿深藍色運動套裝、膚色黝黑、身材健碩的男生，坐在跟我們相距不遠的一張單人座沙發上。他手執一本黑色封面的硬皮精裝書，抬頭瞧著我們。

「啊，不好意思，我擅自插嘴了。」那個男生說：「我不是有心偷聽的，只是剛好聽到罷了。畢竟今晚交誼廳裡就只有我們。」

我瞧了瞧大廳的四周，的確如他所言，交誼廳裡就只剩下我們和他九個人。我記得之前還有幾人在看雜誌或聊天，看來他們都回房間了——不會是嫌我們太吵，所以離開了吧？

「你是宿生嗎？」巴士問道。我覺得這句是廢話，穿著便服、晚上九點多在宿舍交誼廳看書的人不是宿生是什麼啊？

「對，我叫阿亮，四年級生，住三樓，今年是宿生會幹事之一。」對方答道。「你們都是新生吧？歡迎加入諾宿。」

「啊！原來是學長，吵到你不好意思。」卡莉說。我們紛紛向他點頭表示歉意。

「不，真的不用介意。我以前就像你們，入宿的第一天非常雀躍，跟新朋友們聊個通宵達旦。不過待了三年，朋友們都懶得早回來登記，結果今天回來的就只有我，哈哈。」學長乾笑兩聲。

「學長，你剛才說諾宿不止一次發生火災是什麼意思？」小丸露出興味津津的樣子，問道。「對了，我叫林小丸……」

「你們不用自我介紹了，我剛才都聽到，妳是小丸吧。你們叫我阿亮或亮哥就可以了。」學長站起來，拉過旁邊一張椅子，坐在我的右手邊。說來慚愧，原來我們剛才旁若無人地聊天，對話都讓陌生人聽到了。

「我說的不是『諾宿』，是『這兒』。諾宿在十一年前曾發生火災，但如果論嚴重的程度，在諾宿建好之前發生的那事件可怕百倍——也離奇百倍。」亮哥的視線慢慢掃過我們各人，臉帶微笑，可是語氣卻跟他的笑容不一致，帶點陰森詭異。

「這兒以前是什麼建築？」我問。

「這要從文大創校談起。」亮哥看著我說：「文大在一九六〇年代創校，由三間書院合併而成，而這三間書院分別在二次大戰後的四〇年代末期至五〇年代建立。諾宿是在合併後才興建的，至今大約有四十多年的歷史，在那之前，這地皮上是一棟在大戰期間被炸毀的平房。那房子大約在一九一〇或二〇年代建好的吧，但我不大清楚，總之在二戰時被炸掉大半，直至六〇年代建宿舍前，這兒是一個廢墟。」

「你說的火災就是打仗時被砲火波及的意外嗎？」小丸的語氣顯得有點失望。

「當然不是，那種故事不值得一談啊。」亮哥笑道。「我想說的，是那棟被炸毀的房子『之前』的事。你們知道在殖民地時代，香港有很多英國人居住吧？」

我們點點頭。

「當時有不少達官貴人從英國來港，可能是擔任殖民地政府的官員，可能是跟清政府或民國政府打交道的外交人員，可能是從事貿易的商人，也有可能只是來度假，見識一下遠東風貌的有錢人。一百年前，有一位擁有爵士頭銜的富豪來港居住，在諾福克宿舍的原址建了一棟三層高的大宅，大宅的主人叫伊斯白，全名曼德斯．伊斯白爵士。」

「喔喔！」小丸發出怪叫，像是對這話題很感興趣。

「伊斯白爵士年紀不大，應該是四十多五十歲吧，外表就是很普通的英國紳士。他有一位妻子，兩個未成年的孩子，除此之外，家裡就只有一位老管家以及四位女侍。那個年代，貴族僱用大量僕人是天經地義之事，伊斯白只僱用了五人，顯得有點低調哩。」

「一百年前，是指一九一〇年左右的事情嗎？」我問。

「不，是更早的，伊斯白到香港的確實年份我不清楚，但一定比一八八九年早。」

「為什麼一定早於一八八九年？」姍姍問道。

「因為在一八八九年他們全部人都死掉了。」亮哥以平淡的語氣說：「爵士和三位家人、以及五位僕役一夜之間全部死光。被大火燒死的。」

雖然有點意料之內，但亮哥說出這句時，我還是感到訝異。其他人跟我一樣露出驚訝的表情，就連夜貓也皺著眉頭。

「當時的大宅被燒光了，跟夷為平地差不多。其實在那個主要用煤油燈和蠟燭照明的時代，發生火警並不稀奇，奇怪的是這場火火勢極猛，一晚燒光了整座大宅。而且，消防隊和警察調查火災原因時，發現了詭異的東西——大火是從大宅地底一個地下室往上蔓延的，而在這個地窖裡，竟然有一堆來歷不明的死者。」

「來歷不明？」巴士邊嚼洋芋片邊問。

「傳聞中，伊斯白爵士的妻子、兩個孩子，以及五個僕人都死於大宅內，但伊斯白爵士本人死在那個地窖裡，跟他一起被發現的，還有七具身分不明的屍體。據說，那個地下室被佈置成某種祭壇，地板上畫著像魔法陣的圖案，很可能是某種巫術祭祀儀式。」

「巫術！是像歐洲著名的那種女巫嗎？」小丸雙眼發光，她好像特別喜歡這種話題。

「應該是，不過我都不清楚。」亮哥搔了搔頭髮。「傳說中死者全部被燒成黑炭，四肢扭曲，包括大宅主人伊斯白爵士。他們被困在地窖裡，活生生的燒死了。」

聽到亮哥繪影繪聲的描述，我們都倒抽一口涼氣——不，夜貓沒有。維基也好像沒有，不過我覺得他有點心不在焉，搞不好他太眼睏，根本沒有留心聽。

「事後調查，從英國傳來消息，原來伊斯白爵士有另一個身分。十九世紀末歐洲有很多權貴對神秘主義、巫術之類十分有興趣，而伊斯白爵士也是狂熱者之一，在某個圈子裡，他有『黑主教』的綽號。由於無法查明起火的原因，殖民地政府只好草草結案……不過知情者都有一致的看法，認為『黑主教』主持的某個儀式出了亂子，祭壇意外失火，讓自己和信眾以及家人賠上性命。」

亮哥頓了一頓，再以沉穩的聲線說：「以上就是『諾宿七不思議』沒包括的『另一場大火』的傳說。」

隨著亮哥的話音落下，交誼廳裡餘下一片死寂。我覺得大家不是因為害怕而不作聲，而是因為某些詭異的情節——像身分不明的死者和異常的死亡地點——觸發聯想，令人感到不是味兒。

「哈！真是有夠胡扯的。」打破沉默的是夜貓。「這種牽扯到什麼巫術什麼邪教的傳聞聽起來蠻精采，可是放在這個城市，就完全不搭調啦！這兒是香港，十九世紀的歐洲神秘主義？騙誰啊？又不是《達文西密碼》！」

「但香港的確曾被英國統治超過一百五十年，這理據也很充足嘛！」小丸率先跳出來反駁：「亮哥說的很多細節都有根有據，像十九世紀英國神秘主義興起的事情，我早就知道了。夜貓妳聽過『黃金黎明會』和『薔薇十字團』沒有？那時候英國的上流社會就有不少秘密結社成員，他們都熱衷於研究巫術和魔法，以及猶太的神秘主義和古埃及宗教……」

看來小丸對這些「異聞」比「新聞」更有興趣，我想她畢業當小報記者可能會更成功。聽到她提起古埃及，我就想起維基說過這一兩天在看有關的網頁，於是轉頭看看他有沒有什麼意見——可是他閉上雙眼，靠著椅背，不知道他是睡著了還是因為太睏而閉目養神。

「不過怎說也太扯吧！」夜貓挺起胸膛，跟坐在她旁邊的小丸辯論起來：「這種以訛傳訛的鬼故事，每經過一個人就添油加醋的加以『潤飾』，大部分都沒有證據，只是『我聽朋友的朋友提起』！更何況這故事背景竟然是十九世紀末的香港？這已經變成『我聽朋友的朋友的朋友的朋友說』的程度吧！百多年前的故事，怎樣編也可以了，反正沒有辦法提出實證嘛！」

小丸不服氣地說：「雖然沒有直接證據，但我們可以從客觀的間接證據來判斷啊！像我剛才舉的例子，十九世紀歐洲……」

「有實證啊。」

我們眾人盯著突然丟出這句話的亮哥，小丸和夜貓更瞠目結舌，似乎忘掉爭辯中的論點。

「有實證？」巴士問道。他老早就放下了洋芋片，聚精會神地聆聽著這詭秘的傳說。

「有。」亮哥點點頭。

「是有什麼文件記載嗎？」小丸問。

「比那個更實在，」亮哥緩緩地說：「那個地下祭壇仍在我們腳下。」

這句話猶如震撼彈，令我們每個人都懾住。各人都不由自主地瞥了一下地面，姍姍和直美更縮起雙腳，好像害怕踏在地板上。

「那……那個地窖仍在？」卡莉顫聲問道。

「對啊。很詭異吧。」亮哥撇了一下嘴唇，說：「即使經過兩次重建，那地窖仍然保留，也許建築師知道那個詭異的傳說，怕掩埋地窖會招來噩運吧。」

「你……到過那地窖？」我問。

「去過一次。那應該是我一年級第二學期的事，那天有宿舍的慶祝活動，晚上學長們一時興起，就跟我們提起這故事，更帶我們去『實地考察』。」亮哥苦笑一下：「我本來也以為是學長戲弄菜鳥的惡作劇，但看到實物後……這樣說吧，如果是惡作劇，就比電視台的整人節目更成功，簡直是世界級的水平了。」

「只是一個地窖，有什麼『水平』可言？」夜貓追問，她似乎仍不死心，要戳破這個無稽之談。

「很難用說話來形容，總之……」

「亮哥！」小丸突然很大聲的說：「你可不可以帶我們去看看？我好想好想看一下！」

「這個……我不知道門有沒有上鎖……」

「不要緊！如果沒辦法進去，到時就回來吧！」小丸情緒高昂，雙眼閃閃發光。

亮哥搔搔頭，從椅子站起來說：「好吧。不過別抱太大期望，畢竟我覺得很震撼的場面，對你們來說或許是小兒科。」

看樣子小丸幾乎要歡呼出來，整個人興奮地從沙發跳起。

「去看……真的好嗎？」卡莉一臉害怕的樣子。

「去吧，我就不信有什麼特別。」夜貓也站起來道：「頂多是一個發霉的地下室而已，有什麼好害怕？人就是會自己嚇自己，被想像力所害哪。」

卡莉點點頭，姍姍也似乎覺得夜貓的話有道理，跟隨她站起來。既然大夥兒有了決定，我也只好跟他們一同去了。

我離開座位，走開數步後，卻發現只有巴士跟我一起動身，維基和直美仍坐在他們位置上。巴士匆匆走到卡莉身邊，似乎要繼續獻殷勤，於是我只好回去看看維基和直美在幹什麼。

「我不去了，」在我開口前，維基瞄了我一眼，說：「我好眼睏，那罐咖啡完全沒有提神功效。」

維基說罷就把帽子脫下，蓋在臉上，連眼鏡也沒除下，躺在我和巴士本來坐著的位置上。

「你不回房間睡？」我問。

「不用，我在這兒小睡一下就好，你們回來後再叫醒我，告訴我看到什麼無聊的地下室吧。」維基十指交疊，放在胸前，平躺在長椅上，轉瞬間便傳來打呼的聲音。

「喂，維基……」我本來想問他這樣真的好嗎，可是看樣子他已經睡著。這傢伙還真能睡，迎新宿營時他已經不下一次在一旁睡著，可是小睡十數分鐘，又能生龍活虎地跟我們打屁玩集體遊戲。

「那麼，妳呢？」我轉向直美問道。

「我……我也不想去。」直美緊張地搖搖頭。

「其實大夥兒一起去，也不用害怕，那個……」

「阿熚，我們要走了，你們不想去就留下吧！不過錯過了別後悔！」巴士在交誼廳的另一邊嚷道。

「等一等我！」我回應道。

我回頭瞧了瞧直美，只見她沒有半分站起來的意圖，於是我只好跟她擺擺手，向她告別。

亮哥、小丸、巴士、卡莉、姍姍、夜貓，還有我，一行七人離開交誼廳，沿著走廊往東翼走去。走在最後的我回頭一望，覺得只餘下維基和直美兩人的大廳顯得有點落寞——不知道從何時起，窗外的蟲鳴聲也消失了，整個大廳杳無聲息，就像幽冥暗昧中的一個角落。

3

諾宿有三道樓梯、一部電梯。宿舍一樓從西往東分成四段，第一段是洗衣房、自習室和電腦室，第二段是交誼廳，第三段是兩個活動室和宿生會辦公室，第四段是食堂，而三道樓梯設在各段之間，亦即是從交誼廳往電腦室那邊走就會看到西翼樓梯，往活動室的方向就會經過中央樓梯的穿堂，食堂和活動室之間就有東翼樓梯。電梯在中央樓梯旁邊，不過聽說除非住在五樓或以上，宿生們都寧可走樓梯，因為宿舍人多，等電梯相當花時間。

「地窖從這邊進去。」亮哥領著我們，走到食堂入口旁邊的東翼樓梯前。食堂有兩個出入口，一個在宿舍內，鄰接東翼樓梯，另一個對外，在東翼盡頭，方便宿生從外面回來想直接到食堂時，不用繞圈子往宿舍大門走一趟。不過，兩個出入口都只在食堂的營業時間開放，晚上八點半打烊後，兩扇門都會鎖上。此外，諾宿除了交誼廳旁的正門外，還有兩扇側門，一扇在洗衣房和電腦室之間，另一扇就在東翼樓梯旁邊——亦即是我們現在所在之處。

「地窖連接著東翼樓梯？」看到亮哥走往樓梯間而不是往外面的側門，我有點詫異。我以為那地窖的入口在宿舍東翼後面的山坡上，或是在室外某個像防空洞或下水道的出入孔，壓根兒沒料到竟然在宿舍室內。

「與其說是連接著東翼樓梯，不如說建築師剛好留下地窖的入口沒有封掉。」亮哥說。

「或者當初打算讓那個地窖當作倉庫吧？」

我們一個一個隨著亮哥走進東翼樓梯間。因為食堂已經打烊，活動室也沒有人使用，諾宿一樓東翼現在就只有我們。牆上的日光燈雖然明亮，但我總是覺得空氣中充斥著一股黑暗——可能是心理因素，亦可能是因為食堂和活動室一片漆黑，那股陰暗從門上的玻璃滲透出來，一點一滴的蠶食著老舊日光燈發出的微弱光線。

我依然是隊列中最後一人。快走進樓梯間時，我無意間往左邊瞥了一眼，卻看到令我疑惑的影子。

一個長髮的小女孩。

東翼的側門上有一面大約一公尺乘一公尺的玻璃，我可以從中看到宿舍外面的小路和山坡。就在那不到半秒的一瞥，我看到一個穿紅色裙子、約莫七、八歲的小女孩，經過宿舍外面的小路。

是舍監的家人？

不，諾宿的舍監不是住在宿舍內。校園內另有教職員宿舍，諾宿今年的舍監是工程系的教授，我記得有說他一家住在校園另一邊的房子。

或許是管理員的孩子？

也不對。諾宿的管理員也沒有在宿舍內居住。諾宿的管理員有兩人，分早班和夜班兩輪，迎新宿營時學長提過，夜班的管理員是位獨身的六十歲大叔，他沒有孩子或孫子。

那我剛才眼花了嗎？

諾宿東翼側門對著山坡，理論上沒有人會經過，因為附近沒有其他房子。不過我肯定剛才有人走過，尤其側門外安裝了日光燈，某程度上室外比室內更明亮。

不會是……幽靈吧？

「阿燁！你慢吞吞在幹什麼？」

小丸的叫聲把我從遙遠的思緒拉回來。不過是晚上九點多十點，見鬼也太早吧。我搖了搖頭，擺脫奇怪的想法，走到亮哥他們所在的地方——東翼樓梯間的一個角落。

我們七人擠在小小的樓梯間。一樓的樓梯只有往上，沒有往下，所以樓梯旁有一個大約寬兩公尺、長五至六公尺的長方形的空間，堆滿瓦楞紙箱、摺椅和附輪子的活動看板等雜物，活動看板上貼著不少海報和通告，像宣傳諾宿週年慶典「諾福節」、召募宿生參加宿舍對抗足球賽、樓層之間的隊際常識問答比賽通告、介紹獎學金申請辦法等等，不過日期全都是去年的。亮哥移過一個看板，騰出一條小小的通道，在那通道盡頭的牆上，我看到一扇只及我胸口的高度、淡灰色的、有點生鏽的鐵門。

「就在這兒。」亮哥走進狹窄的通道，小丸興奮地跟著，其他人陸續走到他們身邊。原來的雜物都堆到那個長方形空間的前面，鐵門前有一個小小的空位，勉強足夠我們七個人擠進。

「啊，沒有上鎖！」小丸指著門閂說。門閂是六、七〇年代的設計，就是一根T形的轉軸，下方有洞，可以套上掛鎖或數字鎖——不過這個門閂的洞上空空如也，沒有掛著鎖頭。

亮哥打開門閂，拉開鐵門，一股濕霉刺鼻的氣味撲面而來。門後是一道往下的階梯，兩旁沒有扶手，就像陵墓的甬道，往黑暗一直延伸。如果亮哥沒有告訴我們，光看那扇鐵門的外表，我還以為這只是個樓梯下的儲物室。

「喔喔喔！」小丸起勁地叫道：「有手電筒嗎？要回去拿手提燈嗎？」

亮哥微微一笑，往門內踏前一步，伸手向右邊的牆上摸了一下。啪的一聲，黃色的光線照亮了甬道階梯的各處——原來牆上安裝了電燈泡。

小丸露出掃興的表情，她大概以為這地窖像金字塔或古堡，充滿冒險風情吧。不過，亮哥打開的那個黑色開關、還有電燈泡的燈座，甚至昏黃的電燈泡，都似是歷史悠久的產物，那種簡陋的圓形按鈕，我只在一些等待拆卸的老舊樓房見過。諾宿雖然也有接近五十年的歷史，但水電裝置都曾翻新，換成符合安全規定的新設備。燈座的電線只用釘子釘在牆上，而釘子都已變成醜陋的鏽色，好像只要一碰就會掉下來的樣子。我想，電燈是在諾宿興建的時候加上的。

因為階梯的寬度只能容納一人，我們只好一個接一個的進去。帶頭的當然是亮哥，之後是小丸，而我這次走在第三。卡莉好像有點害怕，巴士要當護花使者固然跟她一起，夜貓為了防止卡莉落入護花使者的魔掌自然也不會走在前方。姍姍就在我後面。

「啊！」姍姍腳下一滑，差點跌到。還好我走在她前面，在她失去平衡時伸手拉住她。

「謝謝。」她站穩後向我道謝。雖然只有一剎那，但她的手掌綿軟，那種感覺停留在我的指尖上。我得承認牽住她的時候，有點臉紅心跳，不過這也是人之常情吧。這女孩子不但漂亮，連手掌也綺麗過人，上天真不公平，竟然讓這麼多的優點集中在一個人身上。

甬道出奇地長。石造階梯的表面打磨得相當光滑，但邊緣有些崩裂，能看出有點歷史。牆身和梯級沒有什麼裝飾，只是平凡的、灰色的石磚。有點讓我意外的是甬道裡沒有蜘蛛網，搞不好管理員或清潔工有定期打掃？

經過兩個彎角，走了差不多兩層樓的高度，我們來到甬道的盡頭。甬道的盡處是一個小房間，面積大約有四公尺乘四公尺，跟階梯相對的牆上有一扇木門。木門的外表非常古老，刻著某種歐洲式的花紋，門的上方更有一個微拱的裝飾，附著不知道是吉祥物還是野獸的頭像。如果亮哥所說的傳說屬實，我想這門是大火燒毀後重建時裝上的，如此說來，這門也有九十至一百年的年紀了。

「有心理準備沒有？」亮哥故作神秘，一手握著門把問道。老實說我不知道該有什麼心理準備，不過我肯定我們之中最有準備的是小丸——她已經迫不及待站在門前。

咿呀一聲，亮哥拉開木門，開門聲從木門後迴盪著，發出重疊異樣的聲音。門後一片漆黑，甬道的貧弱燈光只照亮了門內不到三步之處，不過我感到空氣有點不一樣，跟甬道的霉臭味相比，門後傳來的反而似是古老大宅散發出的氣息，是帶點冷冽冰涼的大理石或木材的味道。

「這需要什麼心理準——」

當夜貓提出反駁時，亮哥往門後牆邊某處按了一下。就像剛才打開階梯的電燈開關一樣，啪的一聲，門後一片通明，但映入眼簾的景象，跟剛才看到的甬道有著天壤雲泥的差別——而這差別，足夠讓夜貓嚇呆，無法完成說到一半的話。

那是一隻正在獰笑的山羊。

門後，是一個偌大的、八角形的地窖。地上有一個直徑約為十公尺的圓形圖案，差不多有半個地窖大。圖案由兩個同心圓形和正中央的一個倒五角星組成，但任何走進這個地窖的人，一定先留意到五角星裡的山羊頭畫像。五角星上方的兩個三角形，包圍了山羊頭頂兩隻彎曲的、尖銳的犄角，左右兩方的三角則圍住山羊一對微微垂下的耳朵，下方指著我們的倒三角形，裡面畫著山羊詭異的下頷和羊鬚。山羊的雙眼就在五角星的正中間，從入口處看來，牠就像跟我們對視著，不懷好意地對視著。

在五角星的尖端外、兩個圓形之間，刻著五個符號。那些符號像彎曲的蚯蚓，又像五線譜上的音符，或許那是阿拉伯文或希臘文，但我完全不曉得。在星星的尖角之間，亦即是內圓的空位，則寫了英文字母——至少，我相信是英文字母吧。在羊角旁邊的三個空間，寫著「SAMAEL」，每兩個字母分成一組，而在羊嘴的左右，則寫著「LILITH」，每三個字母一組。因為這兩個詞語都是向著門口的方向，並不是圍著圓形而寫，所以我肯定這是兩個詞語，而不是SAMAELLILITH或AELLILITHSAM之類。

地面以灰白色的石磚鋪成，而這個山羊圖案——或許如亮哥所說是「魔法陣」——是用油漆畫在上面的。看到這情景，我就明白為什麼亮哥說「如果這是惡作劇，就是世界級的水平」，因為這圖案繪畫得非常精緻，山羊臉上的細節也一絲不苟，那雙瞳孔彷彿能發出異樣的光線；而且，油漆的顏色很淡，就像經歷了歲月的打磨，顏料因為氧化或水氣侵蝕而褪色。山羊和符號以紅色繪成，而五角星、圓環和英文字母則是用黑色。

「夠誇張吧？」首先開口的是亮哥。我們慢慢地走進房間，視線從沒有離開地上這個詭異的圖案。

「這……這太厲害了！」小丸大嚷道。她蹲下身子，伸手摸了摸圖案的外圍，似乎是想確認油漆能否用手擦去。「天啊，這是真貨！我記得在書上看過這圖案……亮哥，這是大新聞呀！是文物古蹟呀！」

「不是新聞吧。」亮哥搔搔頭髮，說：「看，既然這兒裝了電燈，即是校方也知道這地窖的存在，而宿生們一代接一代的把跟這個地窖相關的傳說流傳下去，也就是說這兒不是什麼秘密。小丸妳想過這兒值得報導，妳的學長學姊也一定想過嘛，既然沒有變成廣為人知的文物古蹟，就說明這兒沒有價值了。況且，伊斯白大宅離奇大火只是傳說，就像夜貓說的，搞不好只是以訛傳訛的故事。這地窖只能證明以前有信奉神秘主義——或巫術——的人存在過，他在這兒弄了個地下室。」

「對、對啊！就是這樣！」夜貓大概沒想到亮哥亦認同自己，趁這時候向小丸反擊：「說不定只是某個有錢的瘋子，以為自己是巫師，弄個稀奇古怪的地窖而已！就算退一萬步，諾宿興建前原來的大宅真的被燒毀，也不見得跟巫術或什麼的有關嘛！」

「那為什麼浪費這樣一個地窖呢？這兒可以當作倉庫或自習室啊。」姍姍一邊環顧四周，一邊說。我隨著她的視線望向周圍，這個地下室沒有梁柱，就是一個八角形的空間，粗略估計接近二十公尺寬和深，頂部離地差不多有六公尺，相當高。房間裡有四個燈座，都安裝在牆上。

「外面的樓梯又窄又陡，怎可能做倉庫？」亮哥說：「至於活動室，恐怕是顧慮到通風的問題吧。這地窖似乎有通風口，但上百年的地窖，不改裝一下就不能用，改裝的話就要花錢。所以才一直空置吧。」

「再者，我想沒有宿生願意在這種邪門的玩意上溫習。」我指著地面的圖案說。

「你們實在太膽小了。」巴士突然說：「這不過是個圖案，有什麼可怕的？夜貓說得好，說不定只是個神經病富翁的傑作，傳聞什麼都是後人追加的吧！到我們告訴學弟學妹時，甚至可能變成魔神現身，墮天使跟惡魔大戰……」

我本來有點奇怪巴士會說出這種人模人樣的話，不過聽到後半段，就知道他的用意。他是想跟夜貓站在同一陣線吧！俗語說，射人先射馬，擒賊先擒王，籠絡心上人的室友當然是最有效的招數。可是我真的想告訴他，基督教裡墮天使就是惡魔，墮天使跟惡魔大戰的話不就是窩裡反、鬼打鬼了嗎？

「就是啊，除了地上的圖案外，這地窖平平無奇嘛！」夜貓說：「不過既然亮哥帶我們下來，我們就不妨好好參觀一下！」

剛進這地窖時，我還覺得夜貓是強裝鎮定，畢竟地上的圖案相當具震撼力，可是這一刻我覺得她的態度並不是假裝出來，而是漸漸適應了這兒的氣氛。她也說得沒錯，這地下室最怪異的，就只有地上的山羊頭魔法陣，撇開這一點，不過是個地窖罷了。就連地上的圖案，也不過是幅平面圖畫，只要保持平常心便沒有什麼值得畏懼。歐洲的古老建築物，不都是有些面目猙獰的怪獸石雕嗎？理性地想一下，這些雕塑、圖案只不過是裝飾啊。

我們眾人分散，走到地窖各處，漫無目的地察看牆壁和地板。一開始，我們都沿著圖案外圍走動，沒有人踏上那個詭異的圓形，不過，當小丸蹲下細心研究那魔法陣，一步一步的走到正中央山羊的雙眼處，我們就再沒有忌憚，沒把地上的圖形或符號當作一回事，踩在上面走過。

的確如夜貓所說，這地下室乏善可陳。牆壁跟地面的石磚同款，一樣是灰白色，摸上去有一種冰涼爽滑的感覺，或許是某種不便宜的石材。建造這地窖的人應該很用心，因為即使過了整整一百年——如果那個傳說是真的話——我也能看出石磚併合得如何仔細，打磨表面花了多少工夫。我模仿小丸蹲下，看看地上的圖案有什麼特別，不過沒什麼發現，除了褪色、微微龜裂的油漆，我實在看不出任何反常之處。

亮哥漫不經心地四處走動，姍姍和卡莉則在門口，她們似乎對木門的花紋有點興趣。巴士居然沒有纏著卡莉，反而跟夜貓站在跟入口相對的盡頭，二人不知道在看牆壁還是什麼，一邊看一邊討論。小丸則在地面敲敲打打，似乎想看看山羊圖案下有沒有暗道或暗格——不過看她一臉失望的樣子，應該是沒有吧。如果真的有暗門，這就比《達文西密碼》更誇張了。

「亮哥，你覺得傳說是假的嗎？」我走到亮哥旁邊，趁著他身邊沒有人，問道。「你之前在交誼廳說得言之鑿鑿，可是一下來就附和夜貓的說法……」

「我覺得是真事哪。」亮哥答。「不過小丸和夜貓各執一詞，這樣子雙方也較易說話。」

學長果然是學長，思慮周詳，處事成熟。

「維基和那個叫Na什麼的女生是因為害怕，所以沒來嗎？」亮哥問。

「直美是害怕，但維基這小子只是眼睏所以沒來。」我苦笑一下。「維基是個怪人，我想這兒嚇不倒他啦。」

「呵，是嗎？」

我跟亮哥邊說邊走到蹲在地上的小丸後面，看著她在地上像個考古學家般摸索。其實小丸的打扮跟她的行為有夠不搭調的，試問哪有考古學家會穿紅色球衣配螢光綠色內搭褲？

「實在無聊啊。」巴士走到我們身邊，站在山羊的左角上，說：「這山羊頭乍看很嚇人，看久了，不覺得蠻可笑嗎？這兒就是一個普通的地窖，沒什麼不可思議嘛。」

小丸站起來，聒噪的她居然沒有反駁巴士，看來她也覺得滿失望就是了。我想，即使沒有暗道，她也一定想過有離奇大火的痕跡，可是地面沒有半點異樣，別說是燒成焦炭的人形，就連半點熏黑的跡象都沒有。

「不過，這地窖也對那個故事的可信性提供了一定的支持，或許就是這種似是疑非的情況，才會變成傳說，流傳下去吧。」我嘗試打圓場，說道。

小丸點點頭說：「嗯，不能證實，也不能反證，根本就沒有什麼能確定，這樣子才有意思啊。」

其他人聽到我們談話，也紛紛走過來。

「入宿的第一天，看到這兒，也算是大開眼界了。」姍姍說：「誰會想到宿舍下面有這樣一個像古墓的房間呢？」

「對、對啊，告訴住其他宿舍的朋友，說不定會讓他們非常羨慕哩！」卡莉附和道。她似乎仍有點害怕，談吐略略不自然，不過有夜貓在，我猜她應該不會覺得不安。

「那麼我們回去囉？」亮哥問。

「等一下！」巴士突然嚷道。看到他的表情，我隱約覺得他在打什麼壞主意。「就這樣回去，太無聊吧！我們不如在這兒玩一個小遊戲？」

「什麼小遊戲？」我問。

「你們有沒有聽過『拍四角』？」巴士揚起一邊眉毛，不懷好意地說。

「什麼來的？」姍姍問。

「不知道啊。」卡莉說。

「等等，是在黑暗的房間裡，四個人玩的那個？」小丸插嘴說。她好像因為巴士這句話而顯得雀躍。

「就是那個！」巴士回答道。

「『那個』是什麼？」我向小丸問。如果出自巴士之口，「黑暗的房間」只會讓我聯想到一些佔女生便宜的下流玩意，但小丸也知道，看來並不是什麼糟糕的話題。

「嘿嘿，是『招魂』的遊戲。」小丸吃吃的笑了兩聲，說：「玩法是午夜十二點在一間長方形的房間裡，關上燈，讓四個人站在房間的四個角落。第一人貼著牆壁，順時針方向往前走到另一個角落，拍一下前方的人的肩膀，然後停下來留在這個位置。被拍肩的人則向前走，像是接力一樣到下一個牆角拍第三人的肩膀，如此類推。當走到無人的角落時，就要咳一下，然後繼續走，直至找到下一人。傳說中，只要一直玩，就會發覺咳聲漸漸消失了——亦即是明明無人的角落，有多了一『人』混進房間裡參與遊戲……」

「不！好可怕！」卡莉一副像要哭出來的表情，叫道：「我不要玩這麼恐怖的遊戲！」

呵呵，看來巴士這回踢到鐵板了。

「那才不是真的嘛！」巴士貌似緊張地解釋道：「我就是想用這個遊戲，證明這兒沒有什麼可怕的事情。我是壓根兒不相信什麼大火呀、巫術呀之類的鬼話，如果我們連這種『禁忌的遊戲』也玩過，不就進一步證明這世上沒有幽靈或鬼魂嗎？」

「對啊！根本沒有什麼好害怕的！」出乎意料，夜貓竟然同意巴士的話。「而且現在又未到十二點，我們就痛痛快快玩一下。卡莉，妳不用擔心，我保證不會有事情發生。」

「這……」在夜貓的說項下，卡莉似乎屈服了。

「好啊，玩吧玩吧！難得有這種機會，不玩一下太浪費了！」小丸興奮地說。

「我無所謂。」亮哥聳聳肩。

「如果阿燁同意的話，我就加入吧。」姍姍說。我沒想過她會提我的名字，其實我本來想反對玩這種邪門的遊戲，但如今我說不玩就太沒種了。平凡的男生真可悲，被美女點名，又怎可以退縮呢？

「好、好吧，稍微玩一下就好。」我無奈地說。「不過我們有七個人，怎玩？」

「這個地窖也不是只有四個角嘛。」巴士笑著說，他似乎一早已盤算好了。「我們七個人，這兒有八個角，說起來還欠一人呢！不過這沒關係，反正這遊戲聲稱會愈玩人愈『多』……」

卡莉聽到這句話時，臉色委實難看。我心想巴士要搞怪，也該看看情勢吧。維基不在，無人能幫你啊。

「如果房間丁點光線都沒有，可能會不小心撞到前面的人。我的手錶有夜光功能，我放在房間正中央的地上，這樣子至少能看到朦朧的輪廓。」巴士脫下手錶，放在地上。手錶錶面發出淡淡的藍光，有規律地閃動著。

「好，我們每人走到一個角落吧！阿燁你別慢吞吞的，爽快一點嘛！」巴士邊說邊推著我的背脊，走到門口左邊的角落。

「喂，你這傢伙不是想趁黑對女孩子亂摸吧？」我小聲說。

「你笨蛋啊，我吃了熊心豹子膽也不敢這樣做啦！」巴士答道。「而且，你看，卡莉又不是在我前面。」

就如巴士所說，卡莉略顯猶豫，走到地窖的另一個角落。

「阿燁，你站在那個角落吧，我負責關燈。」巴士指了指在門口旁邊的電燈開關。我們各人就位，準備開始遊戲。假設地窖入口是正南方，那麼我現在就是站在東南方牆壁的起點角落。巴士站在南面的牆角，亦即是入口的左方。我身後東面牆角是夜貓，之後在東北方的是卡莉。小丸、亮哥和姍姍分別站在西角、西北角和北角，換句話說，大門右邊的西南角沒有人。

「各位，記得是順時針方向走動，大家先面向正確的位置，伸出左手摸著牆壁……對，就是這樣子。」我們依著巴士的指示，用左手扶著冰冷的石牆。「首先開始的是……卡莉吧。」

「為什麼是我啊！」卡莉一副欲哭無淚的表情。

「因為妳在無人角落的對面嘛！由我開始的話，就會出現連續兩個無人的角落，不好玩啦。」巴士說。「可以了嗎？我要熄燈囉。」

「等、等一下！」卡莉叫道。她深呼吸了幾口氣，似是抖擻精神。

「卡莉，不用害怕，我就在妳前面啊。」夜貓說。

卡莉聽到夜貓這樣說，看來心定了下來。她向巴士點點頭，表示ＯＫ。

「好，開始！」

啪的一聲，在燈泡閃爍一下之後，地窖變成漆黑一片。在關燈的一剎那傳來微弱的驚呼，我也不知道是卡莉還是誰的聲音。「光」真是很神奇的東西，明明是相同的空間，光明和黑暗卻令人有截然不同的感覺。我知道自己仍在那個繪畫了詭異山羊頭的地窖，但感覺上像是墜入了不明明的境界之中，空氣中的氣味改變了，手心傳來的石磚的冰涼感不同了，就連聲音也像被黑暗影響，變得細碎窸窣。

在眼睛習慣了黑暗之後，巴士放在房間正中的手錶變得很搶眼。在黑漆漆的一片中，那點藍色就像夜空中的北極星般明亮。不過，巴士說那點光可以讓我們看到前方的輪廓就大錯特錯，我甚至無法判斷那一絲光線跟我的距離——在我眼中，就是黑色的世界裡有一點似遠似近的藍色，懸浮於這個神秘的空間裡。

房間裡迴盪著微弱的腳步聲。因為是密閉空間，聲音會在牆壁之間迴響，明明腳步聲該在我身後發出，我卻聽到前方傳來相應的柔弱足音。我有點不安地聆聽著聲音的流竄，冷不防地被一隻手掌拍在我的背脊上。

我差點嚇得把心臟從喉嚨吐出來。或者夜貓真是人如其名，像貓兒在黑暗中無聲地行走，搞不好她更像貓一樣能在黑暗中看到事物。被她拍了一下後，我緩緩向前走，不一會就摸到了牆角——對，摸到牆角，就代表前方的人在伸手可及之處。我向前拍了一下，不偏不倚的，正正打在巴士那肥胖的肩頭上。在他離開後，我就站在他原來的位置，等候下一次的接力。

「咳。」

不遠處——或是房間某處——傳來咳聲。細想一下，巴士前方的角落沒有人，所以他被我拍肩後，往前走就會摸到一個無人的角落，於是如規則所定咳一下。這遊戲真的會招來「多餘的人」，令咳聲消失嗎？

不一會，再傳來另一聲咳聲。那大概是一開始時卡莉離開起點而做成的空角落吧。這麼說，咳的人就是排在卡莉背後的姍姍了。

我不知道等了多久——聽說在黑暗中人類對時間的感覺會變得遲頓——突然背後再被拍了一

下。我摸著牆壁往前走，卻摸到不一樣的感覺。對了，那是地窖的門口，我摸到門框和木造的門板。

越過門框後，我摸到牆壁的轉角。我拍了一下，一如預料，前方沒有人。我咳了一聲，再往前走。在下一個角落處我碰上那個熟悉的、胖胖的肩膀。

我們在房間裡團團轉的繼續遊戲。之後我被拍了幾次，也碰上一兩次無人的角落，亦再次摸到門框和大門，漸漸覺得這「招魂」遊戲根本毫無意義。或許就像巴士和夜貓所說，玩過了也沒有什麼異樣，不就進一步證明什麼幽靈、什麼巫術無稽可笑嗎？

「咳。」

遠方的咳聲打斷了我的思緒。

「咳。」

看，又是無人的角落，哪會招來什麼「多餘的人」嘛。

正當我洋洋得意之際，肩膀傳來一下拍動。我一如以往，向前走，然後摸到巴士的背脊。

「咳。」

巴士離開後不久，前方再傳來一下咳聲。

這一下咳聲讓我有點疑惑。

咳聲好像變得頻密了？

這或者是錯覺，畢竟我發覺遊戲的節奏加快了。開始時大家都戰戰兢兢的，貼著牆壁慢慢走，不過走過了一圈，大家都走得更快，腳步跨得更大吧。

「咳。」

在地窖的另一方發出一下咳聲。

咳聲、呼吸聲、衣服摩擦聲、腳步聲，在空洞的地窖裡交錯著、迴盪著。

「咳。」

「咳。」

有點不對勁。

我理清頭緒，覺得有點不對勁。咳聲太多了。

按道理，從移動到再次被拍肩膀之間，應該會聽到兩次咳聲，因為我們是七個人在八個角落玩這遊戲，減去移動中的那個人，餘下六個人站在六個角，換言之中間會出現兩個空位。除非自己在之前或之後走到無人角落，否則，應該會聽到兩次咳聲。

可是我剛才好像聽到三次咳聲？

漆黑讓人的感覺混亂起來。我無法判斷自己有沒有數錯。

「拍。」我的肩膀被拍了一下。

我往前走，發覺是一個空角落，咳一聲後繼續走，然後拍了拍前面的人的肩頭。

這個人是巴士嗎？

我突然感到不安。我好像已經無法從觸感判斷那是不是巴士的肩膀。黑暗似乎麻痺了我的五感。

「咳。」前面傳來一聲咳聲。我耐心數著。

「咳。」第二聲。

「咳。」

果然不對！我沒弄錯，出現了第三聲咳聲！即是說，地窖裡多出來的不是「人」，而是……多了一個「角落」？

「咳。」

第四聲咳聲讓我毛骨悚然。

當我思想陷入混亂時，我感到肩頭上被拍了一下。我只能呆呆的、懷著滿肚疑問，依著規則貼著牆壁往下一個角落。

「咳。」因為是無人的角落，我咳了一聲。

沿著牆再往前走，我到了下一個牆角。伸手一拍，空空如也。

沒有人。

這也是無人的角落？

我壓抑著慌張的心情，乾咳了一下後，繼續往前走。為什麼我前方多了一個無人的角落？這個地窖不是只有八個角嗎？

……難道在黑暗之中，這地下室的形狀正不斷改變？

我開始懷疑「地窖有八個角」這記憶是否正確。難道我記錯了？

走過兩個無人的角落後，我再次摸到牆角。這一次我特意用力的抓了一下。

「痛，阿燁你幹嘛抓我？」雖然很小聲，但的確是巴士的聲音。

我從來沒想過，巴士的聲音如此讓我安心。我正想告訴他角落增加的異狀時，他卻甩開了我，快步往前走。

「咳。」

「咳。」

「咳。」

直到我再被拍肩，我已不知道中間有多少咳聲。遊戲的速度好像變慢了——不，或者不是我們走慢了，而是地窖變大了——這個地窖「生」出更多的牆壁，變出一個個新的角落，我們繞圈的路線變得更長……

我往前走，摸到一個無人的牆角。咳了一聲後再往前走，又是一個無人的角落。而當我走到第三個角落時——

沒有人。

不知從何時開始，我跟巴士之間再冒出一個角落。

我胡亂地咳一聲，急步往前走。

可是巴士不在下一個角。

我開始慌張了。牆壁之間的角度雖然沒變，但我似乎走進了地窖以外的空間。我一邊咳，一邊喘氣，左手掃著牆壁的空角落，就是無法走到巴士身處的位置。這個地窖恍似無限地擴大，連帶地上的魔法陣，讓空間扭曲、接疊，製造出一面又一面的牆壁……

我彷彿看到山羊在黑暗中獰笑著。

我到底身在何處？

我已經無法按捺住顫抖，雙腿不聽使喚地發麻。我的左手仍緊貼著牆壁，右手向前伸出，蹣跚地找尋黑暗中下一個有人的牆角。左手偶然傳來不一樣的感覺，但我已經無法細想那是什麼異樣的觸感，我只想快點找到下一個有人在等待的牆角……

不管那是巴士，還是「多餘的人」也好。

忽然間，我察覺到左手偶爾傳來的觸感是什麼。

那是門框。

我不知道自己走了多久，跑了多遠，但我知道，現在我左手摸到的是地窖的門框。

門框旁邊就是電燈開關。

黑暗中，巴士手錶的殘弱藍光仍在，但我覺得它已經像天上的流星一樣遙不可及。我的手沿著門框，找到了電燈的開關鈕。

我不敢猜想亮燈後會看到什麼詭異的景象，但我已經別無選擇。

我一咬牙，扳下開關。燈光令我無法睜眼，我只好將手放在額前，讓眼睛慢慢適應光線的變化。

地窖中再現光明，眼前的景象漸變清晰，但我無法理解眼前的情況。

我站在地窖大門旁邊，房間仍是八面牆壁八個角落，地上的山羊頭魔法陣沒有任何變化，唯一不同的，是……巴士他們六人站在房間的正中央。他們都滿臉笑意，嘴角上揚，注視著我。

「你們……」

「噗哈哈哈哈！阿燁你笨死了！」他們的笑聲打斷了我的疑問。

這一刻，我才明白發生什麼事。天啊，我好笨——我被整了！地窖不是冒出新的無人角落，而是有人離開了牆角！所以空角落愈來愈多！

「阿燁，你跑得這麼快，打算參加馬拉松嗎？」巴士調侃道。

「巴士你好壞！」小丸也在大笑，一邊笑一邊拍打著巴士的背脊。

「你們……你們是什麼時候想到聯合整我的？」我整個人無力地癱坐在地上。我剛才一個人焦急地圍著地窖在跑圈，他們一定早就站在中間，等候我開燈一刻展現出狼狽相吧！

「我們沒有聯合整你啊，是巴士的主意。」姍姍微笑著說。

「沒有夜貓幫忙又怎成事呢？呵呵。」巴士一邊說一邊跟夜貓比一個大拇指。夜貓也難得地展露笑容。

「巴士你這混蛋，給我一五一十說清楚。」我擦過額上的汗水罵道。

「其實沒什麼啦，」巴士裝模作樣地說：「剛才我問夜貓想不想合作整你，她就一口答應了。要怪只能怪你不小心踩過她的腳，又沒有好好的道歉吧。」

我靠，巴士你借我拉攏夜貓，方便你對卡莉出手是吧？

「基本上，就是借『拍四角』這個遊戲，讓你一個人愚蠢地跑圈子囉。」夜貓對我笑道。

原來之前巴士跟夜貓在一邊聊的，是討論如何戲弄我。可惡。

「這個設計偉大吧？完美吧？」巴士像舞台劇主角般擺著手，說：「一般人都以為這遊戲是招魂的，沒想過反過來愈玩人愈少，哈，這夠好玩吧？」

我差點想說我以為角落增加了，但閉嘴沒提，反正說出來，只會讓他們更厲害地嘲笑我而已。

「你在遊戲開始前如何通知所有人的？」我問。

「沒有啊，開始時只有我跟夜貓合謀。我們特意安排你站在我們之間，就是為了整你。」巴士說。原來那時候巴士推著我到角落是有預謀的。

「之後呢？」

「然後很簡單啊，遊戲進行到一半，我跟前面的人小聲說：『這其實是我跟夜貓設計戲弄阿燁的遊戲，你現在往我的手錶走過去，待會只餘下阿燁一個，他就會傻愣愣地一個人狂跑啦。』之後代替那人再往前走，拍下一人的肩頭。重複幾次，人數就會愈來愈少。當然我有時要特意退回一兩個角落，以免你發覺前面的空牆角愈變愈多啦。」

原來那手錶是整我的關鍵道具，用途不是讓我們看到前面的人的輪廓，而是讓其他人知道看好戲的集合點。

「當其他人都到中央等待，我發覺前方的人是夜貓時，就代表大功告成。之後我拍你的肩膀後再跟夜貓一起退到集合點，就能期待你慌張亂跑的表演囉。」

他們每個人都是忍俊不禁的樣子，就連卡莉亦破涕為笑。唉，巴士，這回我這麼大犧牲，你不好好報答我，就別怪我心狠手辣，叫你的情路多舛……

「抱歉啊，阿燁，」亮哥說：「黑暗中我們沒有選擇，只好聽從巴士的指示了。」

「對啊，作弄了你很不好意思。」姍姍也說。嗚嗚，你們都是好人！尤其是姍姍，真是天使臉孔、菩薩心腸！

「呵，這回好好的整了你，下午的事情就一筆勾銷吧！」夜貓搭著卡莉的肩膀說。拜託，人家卡莉是受害者都不跟我計較，妳幹嘛老是提著啊！不過這樣也好，看樣子夜貓真的放過我了，如果要我以後常常看她的臉色，乾脆被她惡整一次也許更划算。

「好了，」亮哥拍拍手掌，說：「時候不早了，我們回去吧。」

各人點點頭，夜貓更走過來扶起我。從結果來看，大家之間好像比之前更融洽，小丸和夜貓也沒有再就傳說真偽爭辯，巴士這個惡作劇是利多於弊。

我們站在地窖門外的小房間，待亮哥熄燈和關上地窖的木門。在熄燈的一剎那，燈泡閃爍熄滅的瞬間，我往地窖瞥了一眼，一股寒意從背後竄上。

在地窖遠處、昏暗的燈光映照下，我好像看到一個人影。

一個雙手垂下、長髮及腰的背影。

那個背影站在跟大門相對的一個角落，面對牆壁。

我來不及多瞄一下，地窖已變成一片漆黑，亮哥關上木門。他以疑惑的眼神看著我，好像我臉上掛著什麼奇怪的表情——雖然我自己也不知道露出了什麼表情。

似乎除了我之外，沒有人看到那怪異的景象，各人神態自若地閒聊著。我搖了搖頭，猜想是太累看錯了，加上之前被巴士戲弄得神不守舍，所以才胡思亂想。那或許是老舊電燈泡閃爍下造成的錯覺。陰暗的房間、長髮的背影……對，一定是小丸之前提到「四四四室」，才讓我在意識中浮現幻覺吧。

一定是了。

不過——

「在時間上那個恐怖的怪談比我們想像中發生得更近，也許會再次……」

維基之前說過的那句話，就像毒蛇似的，突如其來地從暗處偷襲我。

在昏黃的光線下，我們沿著階梯向上走。他們都興高采烈邊聊邊走，只有我一人走在最後，默默地想著「諾宿七不思議」中「四四四室」的傳聞。

那個長髮背影的傳聞。

第二章

有一位女生發覺她的室友每天半夜也會起床溫習。由於她們都是大四生，正準備畢業論文和考試，所以女生也不覺得有什麼奇怪。她的室友每晚只亮起昏暗的檯燈，光線並不刺眼，這位女生通常半夜醒來，瞥了一眼便轉頭繼續睡。

這情況持續了一個多月，女生發覺室友容顏愈見憔悴，想勸告一下，可是她知道對方是個硬性子的人，又怕對方以爲她埋怨晚上的光線妨礙她睡覺，於是按捺下來，沒有作聲。某天半夜女生被翻弄紙張的聲音吵醒，她不以爲意，正想轉頭面對牆壁再睡，忽然聽到一句語氣含糊的話：

「麻煩妳把燈遮一遮好嗎？」

女生覺得奇怪，她認得說話的人是她的室友。她轉過身子，悄悄戴上本來放在床邊的眼鏡，赫然發覺室友仍躺在床上，用被子蓋著大半邊臉龐。她戰戰兢兢地把視線移向書桌，只見一個長髮的背影坐在桌前，慢慢地翻著書本，搖著筆桿似是在寫什麼。女生嚇得整個人僵住，不敢亂動，只能眼巴巴的瞪著那個陌生的女人。對女生來說，這段時間裡一分鐘就像一小時那麼長，她不斷祈求那個不知是人是鬼快點消失。

長髮背影忽然停手，放下筆，熄掉檯燈，房間刹那間變回一片漆黑。女生屏息靜氣，深怕被發現自己正醒著，但她聽不到任何腳步聲，亦沒感到有人在床邊走過。慢慢地窗外的天空泛起魚肚白，女生看到房間裡就只有她跟室友二人，那個人影消失得無影無蹤。

當陽光射進房間時，女生一躍而起，哭喪著臉把室友搖醒，一五一十把看到的告訴對方。

室友聽聞後大驚，原來她一直以爲半夜溫習的人是女生，她本來便是個睡得不熟的人，這一個多月來她因爲睡不好而精神委靡，可是她又不好意思向對方抱怨。因爲天已亮，加上互相壯膽，她們走到窗前檢查書桌，只見一頁頁散亂的活頁紙，以及凌亂的參考書。活頁紙上寫滿潦草的文字，她們無法看清上面寫著什麼，只在一張便條紙上看到一句：

「我明天回來」

結果她們直到畢業都不敢回宿舍過夜。據她們查探得知，相傳這間編號「四四四」的房間曾有一位女宿生因交通意外離世，她生前是一位非常勤奮的學生，立志以一級榮譽畢業。那天她本來在宿舍溫習，因爲親戚從外國回來不得不回家赴宴，沒料到在返家途中遇上車禍。她離開前書桌放滿打開的參考書和筆記，爲了提示室友不要亂碰，她留下便條，告訴對方「我明天回來」。

——諾宿七不思議　其之七　四四四室

1

「哦，你們回來啦。」維基一邊打呵欠，一邊說。

離開那條古老的甬道、回到宿舍一樓時，那份盤纏在我腦海的不安突然一掃而空。地窖裡的山羊頭、閃爍昏暗的燈光、若有若無的詭異背影，都從我的思緒裡消失掉。我想，人很容易被環境影響，因為再次看見「正常」的宿舍景物，連帶想法也變得踏實了。回去交誼廳的短短路程上，巴士繼續纏著卡莉談話，夜貓跟在他們身旁，姍姍、小丸和亮哥仍在談論著地窖的事。當我們熙熙攘攘的回到只有兩人的交誼廳，我就看到維基在伸懶腰，似是剛睡醒的樣子。

「維基，你錯過阿燁的精采表演了。」巴士以滑稽的表情，像模仿諧星的動作，雙手指著我。

「咦？你們不是去地窖探險嗎？怎麼變成看阿燁表演了？」維基戴上卡其色的帽子，揉揉眼睛道。

「說來話長，讓我們坐下再慢慢說……」巴士沒有坐到本來的位置，反而坐在維基對面的沙發上——他這舉動太明顯了，分明就是要大家交換座位，好讓女生們分開來坐，自己能繼續待在卡莉身旁。

「啊，已經十一點了，我們要回房間去啦。」卡莉瞧了瞧交誼廳的時鐘。

「原來已經這麼晚囉？」小丸接著說：「哎呀，雖然我也想繼續聊，但晚睡是美容的大敵！對女生來說充足的睡眠很重要！今晚也夠好玩了，長了不少見識，住進宿舍的第一天有此奇遇實在不枉此生……」

我無視小丸的嘮叨發言，向直美望了一眼。她仍然坐在本來的位置上，把玩著保溫瓶，抬頭瞧著小丸，像是聆聽著對方的演說。看樣子，我們在地窖期間，她一個人默默地坐著，偶然吃點零食，和聽著維基打呼吧。能待個一個多鐘頭仍毫無怨言，又沒有先回房間，一直乖乖地等著我們回來，她中學時一定是被欺負慣了。

「那麼女生們就回去囉。」夜貓說。直美和姍姍都點頭，直美更站起來，離開沙發。

「等等！這……這些零食還沒吃完，好歹也是阿燁的一番心意，吃完才回去吧！」巴士再次發揮他死纏的功夫。

「這個時間繼續吃想不發胖也很難。」卡莉說：「巴士，你想減肥的話，我勸你也別吃較好。」

我差點想笑出來。卡莉這句話其實很貼心，但巴士聽在耳裡，會不會以為卡莉嫌他胖呢？

我想他一定這樣想吧，因為他的臉色明顯變了，而且沒有繼續苦纏下去。

「我們走了，以後請多多指教。」姍姍向我們點頭道。「明天如果碰面，我們再聊吧。」

「好的，明天見。」我向她們揮揮手。女生們一行五人，消失於交誼廳往電梯間的出口。

確認她們已經離開，連聲音都沒聽到後，我一把抓住巴士，罵道：「你這個混帳傢伙，『有異性沒人性』，為了籠絡心上人，連兄弟也出賣是吧？」

「阿樺你別動氣嘛，我都是為了你才出此下策。正所謂冤家宜解不宜結，我這麼一搞，你看夜貓她對你的態度不是改善了嗎？我是苦口婆心，苦口良藥，讓你苦盡甘來，以後你跟夜貓之間就沒有嫌隙……」巴士嘻皮笑臉地說。

「哼！苦口婆心？我看你是『苦中作樂』，不過苦的是我，樂的是你吧！你就不信我跟卡莉告御狀，跟她說你對天文學一竅不通，有興趣的是A片裡的天體營而不是天體物理學……」

「阿樺大哥！是我不對！你大人有大量，請高抬貴手，饒小人一命！」巴士故作緊張地說：「苦海無涯，小人所作所為不過是人生中的丁點追求，拜託大哥你放過小弟，頂多以後有何差遣，為弟自當兩肋插刀，鞠躬盡瘁，死而後已！」

「混蛋！明天先請我和維基好好吃一頓，之後再說！」我笑著罵道。畢竟我跟巴士相識多年，這段「孽緣」根深柢固，我被他惡整也得認命了。

「呵，原來巴士你想追卡莉嘛。」亮哥說。對，我們忘記了學長仍在場！這下子巴士的秘密曝光了。

「亮哥！拜託你也高抬貴手，大人有大量……」

「放心啦，我不會跟女生們說什麼。」亮哥打斷了巴士的「哀求」，笑著說：「這情況也見怪不怪了。青春真好喔。」

「喂，你們到底在說什麼？」維基問：「巴士剛才對阿燁幹了什麼？」

看到維基一臉疑惑，我不禁莞爾而笑。他一定很奇怪，我們明明去地窖探險，怎麼回來會變成某人被戲弄？於是我把地窖的見聞、巴士提出的「禁忌遊戲」以及惡作劇的始末告訴維基。

「哈哈！巴士你難得這麼精明啊！」維基聽罷大笑說：「好出色，無論是佈局、執行手法、目的、結果都完美無缺，阿燁你這回就認了吧，就如巴士所說，夜貓她們不再敵視你，你也算是得益者嘛——雖然最大的得益者，當然是我們的『智將』巴士大人了。」

「不過我有點意外，」已經坐下來的亮哥說：「巴士想追卡莉而不是姍姍，畢竟姍姍是她們之中最漂亮的一個吧。」

「與其追逐觸不到的玫瑰，不如採摘身旁的雛菊。」巴士突然文謅謅的道。

「你裝什麼鬼，大詩人？」維基笑道。

「姍姍的確是超級正妹，」巴士說：「不過像她那種正妹應該很多人追吧。雖然她性格好像滿不錯，但自尊心一定很強，這種女生還是不碰為妙。可是卡莉呢，卻是最好的選擇，外表可愛，身材苗條，更重要的是清純乖巧，溫文爾雅，略帶書呆子的味道……這種女生當女朋友才是最讚的！」

巴士侃侃而談，就像是個戀愛高手，閱人無數，但其實他根本毫無實戰經驗。我覺得，他不過是「先入為主」罷了，如果他先遇到姍姍，才不會這樣說。

「亮哥，你想追姍姍吧？你只要別打我的卡莉主意，我就聲援到底喔。」巴士不懷好意地說。這傢伙真不要臉，居然說「我的卡莉」，如果被卡莉本人聽到就好玩了。

「我已經有女朋友啦。」亮哥笑道。「阿燁和維基仍是單身嗎？」

我點點頭，說：「我這麼平凡，沒有女生對我有興趣。維基也沒有女友，不過他跟我們不同，我高中跟他不熟，也經常聽到他拒絕女生表白的傳聞。記不記得他拒絕了多少個女生，巴士？」

「單是高中生涯，至少有八人吧。真是暴殄天物，混帳啊。」巴士邊說邊抓起茶几上的巧克力，往維基身上丟過去。

「我不是挑剔，只是找上我的那些女生都明顯跟我合不來。與其之後鬧分手帶來一堆麻煩，乾脆一開始拒絕掉較輕鬆。」維基聳聳肩，不以為然地說。

亮哥表示欽佩地吹了一下口哨，再說：「那麼，阿燁你不打算追求那些女生嗎？趁著剛進大學這一刻，女生都很好追喔。」

我沒有細想這個問題。雖然進大學交女友好像是很正常的事情，但我沒有好好考慮過。

「就追姍姍吧，你也覺得她很正，對不對？要吃就得趁新鮮吃，嘿嘿……」巴士一臉猥瑣地說。沒有女生在場，這傢伙就現形了。

姍姍的確是一等一的美女，不過不知道為什麼，這時候在我腦海中竟然冒出坐在姍姍旁邊的直美的影子。天啊，我竟然想起這個土氣妹，我一定是頭殼壞了。一百個男生裡，有九十九個會選姍姍吧……而餘下的一個，不選姍姍的理由一定是因為他是同性戀。

「說這個太早吧，我們不過才剛認識，對她們一無所知，說不定她們都有男朋友呢？」我說。雖然好像是扯開話題的藉口，但也有一半是真心話。

「這也對……不過我肯定卡莉沒有男朋友！這是男性的直覺！」巴士挺起胸膛說道。我很想吐槽「男性的直覺」往往都不準，準的是「女性的直覺」。

「如果她們都沒有男朋友的話，我覺得小丸會最搶手吧。」

維基突然爆出這一句，我們都不禁瞪住他。

「維基，你沒睡醒是吧？很明顯只有卡莉和姍姍是『水準以上』啊？」巴士挑起眉毛，很刻薄地嚷道：「而且，你說那個比我更多話的怪氣女生最搶手？」

難得巴士有自知之明，知道自己說話絮絮不休，而且廢話比實話多上百倍。

「你們沒看到她的衣服嗎？」維基一邊吃巧克力一邊說。

「那種顏色誇張的搭配？有什麼特別？是時下最流行的服飾打扮嗎？」我問。我一向對時尚不感興趣，我相信維基這個卡其色控不會比我知道更多，不過搞不好他在網路有瀏覽過女生潮流時裝的網站。

「不是搭配，是她的上衣。」維基邊說邊揪了自己衣服的領口。

「那件球衣有什麼特別？」亮哥問。

「那是日本J-League鹿島鹿角隊的球衣，定價近二萬日圓，會把這衣服當便服在宿舍穿，小丸肯定出身自相當有錢的家庭。」維基淡然地說。

「等等，釣金龜我就聽得多，有錢的女生並不一定吃香吧？」我問。

「別小看富家女的潛質，」維基嘶嘶嘴，說：「少年十八無醜婦，論長相小丸不算差，亦沒有太胖或太瘦，只是聒噪一點，很多貪財的男生才不介意。當然，我只是說她最搶手，並沒有說那些追她的人都是真心真意的。」

真是既現實又殘酷的評語啊。

「那件球衣搞不好是廟街販賣的四十元山寨版呢？」巴士笑道。

「看來不是，手工很精細，隊徽的部分更不像仿冒品。不過顏色好像比我記憶中深色了一點，或許是我以前看那個球衣販賣網站的照片拍得不好吧。」維基果然又是從網路上知道這種無聊的資料。

「不過就算卡莉是個窮光蛋，我都不會介意。」巴士忽然吐出這句，害我不由得噗哧一聲的噴笑出來。

「巴士，你追到人家再說吧。」我說。

「你還要惡補一下天文知識，像大熊座的位置和木星有多少顆衛星等等。」維基補上一句。

「不是什麼水瓶座『依他』嗎？為什麼變了大熊座？」巴士問。

「唉，總之你想追人，便好好進修吧。」維基搖頭苦笑。

「你們不回房間嗎？」亮哥問道。我看看時鐘，已經是晚上十一點十九分。

「先把這些零食吃完吧，」巴士邊咬著洋芋片，邊說道：「這是阿燁的一番心意，當然不可浪費。」

「還不是你幹的好事！」我抓了一把魷魚絲放進口裡，心想巴士你愈吃愈胖，卡莉就鐵定會拒絕你。

「阿燁，不如你去看看有什麼東西拿來玩。」巴士指了指電視旁的木架，我記得上面有一些桌遊、棋盤和撲克牌。「我們剛好有四個人，可以打撲克玩『大老二』。亮哥你要回去了嗎？」

「我不睏，沒關係。」亮哥答道。

我如巴士所說走到木架子前——我又一次聽從巴士使喚，真是個無可救藥的濫好人——看看有沒有撲克牌。架子上有好些書本，我隨手翻了翻，似乎是一些有十幾年歷史的漫畫單行本，以及一些通俗小說，還有十幾二十本歷屆宿生會製作的宿舍紀念冊，每本都薄薄的，按年份排好直立在木架子的第三格處。在這些紀念冊旁，放著一本黑色外皮的精裝書，我認得那是之前亮哥在看的，他應該是在帶我們去地窖前，把書放回原處吧。在書架下方的間格裡，放了一個圍棋棋盤、一副跳棋、一盒大富翁，還有兩副撲克牌。圍棋棋盤旁有一個半透明的塑膠盒子，裡面好像還有一些桌遊和棋類遊戲，但我沒有打開細看，畢竟撲克牌已找到了。

我拿了紅色的一副，回到座位，丟給巴士。這回別想使喚我要我洗牌和派牌。

「哦，蜜蜂牌，沒想到宿舍交誼廳的撲克牌竟然是上等貨。」巴士把盒子翻來覆去，說道。他打開盒子，把牌抽出，再將鬼牌放在一旁。這款撲克牌的鬼牌並不是面目猙獰的小丑，而是一個穿小丑裝的小孩，站在一隻巨型的蜜蜂之上。我沒記錯的話，這是美國製造的撲克牌，和「單車牌」好像是同一家生產商，我家裡也有一副。

想到「猙獰的小丑」，我的腦海再度浮現出地窖裡那個山羊頭。

然後是那個一閃即逝的古怪背影。

「亮哥，你對『諾宿七不思議』清楚嗎？」我問道。我其實不是想打聽什麼，但那個背影就像一根木刺，刺在我的背上令我渾身不自在。

「就是七個鬼故事囉。你沒聽過嗎？」亮哥問。

「聽過，我只是想知道……」我嚥下一口口水，有點猶豫的問道：「是真事嗎？」

我最想知道的，是四四四室是否曾有女學生車禍逝世。維基指出這故事如果是真的，就一定在過去八年之內發生，那麼，四年級的亮哥或許略有所聞。

「不知道，除了『大火冤魂』之外，其他都是虛構的吧。」亮哥說。

「『大火冤魂』是真的？」巴士停下洗牌的動作。

「好像是。」亮哥搔了搔頭髮，說：「你們聽過的版本是怎樣的？」

「就是十一年前諾宿的舍監一家五口在宿舍火災中遇害，之後冤魂不散，有宿生在半夜看到幽靈徘徊。」巴士說。

「不是一家四口嗎？」我問。

「我也聽說是一家四口，但卻是連同宿生三人死、多人受傷。」維基說。「我表姊夫當年是宿生，他說的該是第一手資料。」

「重點不是多少人死傷，而是事發的原因和經過啊。」亮哥略略皺眉，說道。

「好像是縱火？」巴士問。

「唔……也算是吧。」亮哥以帶點苦澀的語氣說：「聽說舍監因為搞婚外情，被妻子知道，患精神病的妻子就把心一橫開瓦斯自殺，並且要家人陪葬。結果因為意外瓦斯爆炸，發生火警，舍監一家不是瓦斯中毒身亡，而是慘遭大火燒成焦炭……」

雖然我之前已略有所聞，但出自學長之口，加上身處肇事現場，這故事令我感到不同於鬼故事的真實性。

「之後就傳聞死者的鬼魂作祟嗎？」我問。

「對。」亮哥點點頭。「舍監宿舍本來在九樓，東翼全層都是舍監的寓所，算是相當不錯的福利。大火把九樓東翼燒得面目全非，校方打算重新裝修，不過繼任的舍監放棄居住，於是校方就把東翼重建成學生宿舍了。之後就傳出九樓有前舍監一家的鬼魂作祟的怪事。」

「怎樣的怪事？」維基問道，看來他對這傳聞也有點興趣。

「就是半夜在走廊看到白影飄過，或是傳來哭聲、吵架聲和慘叫聲，都是些一般的傳聞。」亮哥又再搔搔頭髮，「『大火冤魂』跟七不思議的其他六個故事相比，恐怖程度相差甚遠，但它是七個傳說中唯一一個有確實紀錄的故事……畢竟鬧到這麼大，燒掉了大半層宿舍，想隱瞞也沒有辦法吧。」

亮哥的言下之意，好像在說七不思議的故事都是真的，不過只有「大火冤魂」的真相沒有被掩埋。那麼，真的曾有入住「四四四室」的女學生因車禍去世嗎？如果只是一個人意外死亡，校方和死者家屬都會以個人隱私為理由，不公開資料吧……

「那位死去的舍監叫什麼名字？」維基問道。

「姓楊，楊庭申博士。」亮哥想了想，回答道：「應該是經濟系的教授，兼任諾宿的舍監。好像說出事前在諾宿住了五、六年。」

「嗨，暫時別說了，來玩吧。」巴士說。剛才亮哥講述舊事時，巴士再度洗牌，並且分派成四份，放在茶几之上。

我們伸手拿過撲克牌，準備開始遊戲。我跟維基坐在之前的長椅上，巴士坐在沙發，而亮哥仍坐在他本來坐著的椅子。這個距離打撲克剛好。

「巴士，你搞什麼啊？」我仍未打開牌，就聽到維基說道。巴士派牌的手法很隨意，我面前的牌都凌亂地散開，要用雙手撥好，而維基已很敏捷地把牌拿起，像扇子般打開——不過他皺著眉，一邊瞧著他手上的牌，一邊轉頭望向巴士。

「什麼？」巴士邊說邊疊好他自己的一份牌。

「你出千了吧？」維基把撲克牌攤開，放在茶几上。那十三張牌令我怔了一下，因為那是整齊一套紅心花色的牌——從2至A，漂亮的一條龍。

「媽的，你這麼好運！這樣我們不用玩——」巴士話說到一半，戛然止住，雙眼盯著他手上的牌，沒有移動半分。他慢慢地把牌放下，在我看到的一剎那，我完全了解他為什麼有這種反應——因為我也呆住。

巴士手上的，是方塊的一條龍。

「這……這是巧合嗎？」我以不可思議的語氣說。就在此時，一個念頭突然閃過。我整個人僵住，不敢低頭看雙手——不敢看我手上握著的十三張撲克牌。

我緩緩的轉頭望向亮哥。他已經打開了牌，雖然我只看到牌背，但很明顯的亮哥已經看到他拿著的牌組。他的眼神同樣流露出驚懼，猶豫不決地來回瞧著我、他手上的牌以及巴士和維基的臉。

我吸了一口氣，按捺住抖動的手指，牌背朝下地緩緩放下手上的牌。最上面的牌是一張黑桃A，那個黑桃標誌佔了牌面的一半以上，中間更繪畫了一個蜂巢。我慢慢地撥開撲克，在A後面的，是K，之後的是Q，再之後的是J……

黑桃的十三張牌，也是一條龍。

亮哥垂下他的牌，一如所料，是梅花的2至A。

這……未免太邪門吧？

「巴士！你耍什麼老千啊？」維基罵道。他仍是一貫的冷靜。

「我……我沒有！」巴士高聲地回答。「我如果懂得這樣使詐，我早就到賭場賺大錢啦！怎會這麼巧合……」

「你剛才有沒有洗好牌？」我緊張地問。

「當然有！你也看到的啊！」巴士回答道，語氣帶著一絲焦躁。

「巴士，你真的沒有特意派這樣的一副牌？」維基平靜地問道。

「沒有！天地良心，我巴士玩牌從不出千！」巴士作勢豎起三根手指，像是要立誓。

交誼廳裡只有我們四個人，我不由得感到一股異常的氣氛，慢慢籠罩著四周。那種感覺，就像是有不知名的東西在陰暗處偷窺著我們，並且伸出無形之手，悄悄移動我們面前的撲克牌，懷著惡意嘲笑我們……

「那麼再來，重發吧。」維基攤攤手，挨到椅背上，一副不在乎的樣子。

「重發？維基你不詫異嗎？四條龍啊？」我大聲地說。「洗牌後，每人手上的牌應該很平均才是嘛！應該每人每款花色有三至四張才合理嘛！數字不應全部相連才對嘛！哪有可能同花色的都偏到一個人手上？」

「沒錯這不像是巧合，如果是巧合的話，這恐怕是天文數字的機會率，可以進金氏紀錄了，」維基笑了笑，「但會不會跟巴士的洗牌手法有關呢？」

「洗牌手法有關？」巴士以訝異的語氣問。

「如果這副牌本來是分好花色，從小至大排好，然後巴士從中間切牌，把兩種花色分成一疊，然後每張牌左右互疊，再重複一次，之後順時針方向分發成四份，就會不偏不倚，派成四條龍。」維基輕鬆地說。「巴士你洗牌前沒有看過牌是不是排好吧？」

「呃，的確沒有……」

「那麼，剛才的情況就很可能發生了。雖然說洗牌時完美地把牌切成一半、再完美地讓每張牌左右相隔地互疊不常見，但這種情況比起巧合派出四條龍的機會率高太多，況且這副牌是紙質優良的蜜蜂牌，牌與牌不會互相黏住，增加了這種完美洗牌的可能性。人一生之中總會遇上一兩次奇特的偶然或巧合，這實在不值得太驚訝啦。」

維基就是這種處變不驚的性格，讓他受盡女生的青睞吧。他說得沒錯，如果把牌切成一半，左右互疊，重複一次，而牌本來是順花色排好，那麼發牌前牌疊就會排列成黑桃A、紅心A、方塊A、梅花A、黑桃K、紅心K……如此類推。再以順時針方向派牌，就會出現四條龍的結果。

「可是我剛才應該切了好幾次牌……還是我記錯了？」巴士自言自語道。

巴士接過所有撲克牌，再洗一次——這次他很用心的洗，我們的視線也沒有離開他的雙手。他分發四副牌後，維基率先拿起。

看到維基的表情沒有變化，我們也跟著抓起撲克牌。這次就正常得多了，我手上的牌黑桃有四張、方塊、梅花、紅心各三張，有三對同點。剛才果然是巴士搞砸了……吧？

「誰拿方塊三？方塊三先出。」巴士像是安心下來，單手拿牌，另一隻手在抓差不多已吃光的洋芋片。

「在我手上……」當我說出這句時，身後卻傳來腳步聲，讓我不自覺地轉頭瞥了一眼。是夜貓。

她已換過衣服，龐克風格已消失了八九分，不過她身上穿著一件印著「Sex Pistols」字樣和英國國旗的紫色T恤，依然予人前衛的印象。她從中央樓梯那邊的出入口向我們走過來。

「你們有沒有見過卡莉？」她問道。她沒有半點笑容，似是有點焦急。

「她不是跟妳回房間了嗎？」巴士問。

「我們是一起回房間，我是問她之後有沒有來過大廳，或在你們面前經過？」

我們四個男生面面相覷，然後我搖搖頭說：「沒有。妳們離開之後，沒有任何人經過。」

「這就奇怪了……」夜貓咬著右手拇指指甲，低頭沉思。

「卡莉不見了嗎？」巴士緊張地問。

「我們回房間後，卡莉說要上洗手間，」夜貓說：「可是她去了差不多半個鐘頭，我覺得奇怪，於是去洗手間看看，但洗手間空無一人。」

「會不會去了另一邊的洗手間？」維基問道。「妳們住四四三室，應該靠近東翼的洗手間，但說不定卡莉因為某些理由，到了西翼的呢？」

諾宿每層都有兩個洗手間和浴室，一組在東翼樓梯旁，一組在西翼樓梯旁。當然在男宿的樓層只有男浴室和男廁，女宿的樓層只設女浴室和女廁。

「我已看過了，一樣是沒有人。」夜貓一邊說一邊四處張望：「我以為她有事找你們，或者到自動販賣機那兒買飲品，但你們說沒見過她……」

如果她去買飲品，應該會經過交誼廳，跟我們打招呼。當然，如果她察覺巴士的「不軌企圖」，特意避開我們，利用西翼樓梯上下的話，我們亦有可能沒看到她……不過我想她未看穿巴士的想法吧。

我瞄了時鐘一眼，時間是十一點半。

「她會不會迷路了？」巴士問道。

「應該不會吧……」夜貓一臉浮躁，說：「諾宿雖大，但又不是迷宮……」

「我們一起去找她吧！」巴士放下撲克牌，從沙發站起來。

「不用吧，我想……」夜貓有點猶豫，但看來她也拿不定主意。

「不，我認為巴士說得對。」維基也站起來說：「萬一卡莉因為身體不適，在走廊昏倒，又沒有人注意，就非常危險。今晚留宿的學生很少，如果在某些樓層的盡頭，或是梯間死角受傷，她就很需要我們幫助了。」

「就、就是啊！」巴士提高聲調附和道。我想，在維基說出這些可能前，巴士也沒察覺當中的嚴重性吧。

「我們分頭去找，」亮哥展現出學長的才能：「阿燁你和夜貓一組，去女宿的樓層搜尋，巴士和維基到男宿各層看看，我就去檢查一下一樓各出入口。按道理晚上除正門外所有側門都已上鎖，但我還是去檢查一下較好。」

「呃，晚上男生進女宿的樓層似乎不大妥當吧？」我說。

「所以我才叫夜貓跟你一起啊。」亮哥說：「因為是突發情況，沒有人會追究的。今天晚上管理員又不知道到了哪裡摸魚，我們只好靠自己了。」

我們循著亮哥的視線，望向連接交誼廳的宿舍玄關——玄關旁是管理員當值室的窗口，可是窗口裡空無一人，狹小的當值室裡只有一張空椅子。

「好了，我們分頭行事吧！十五分鐘後回來交誼廳集合。」亮哥拍了一下手，示意各人行動。亮哥獨自往洗衣房查看，維基沿西翼樓梯往上走，巴士則到東翼樓梯，而我跟夜貓就決定從中央樓梯走往四樓。

經過管理員當值室時，我無意間往右邊玄關瞄了一眼。一股似曾相識的恐懼感霍然襲來。隔著宿舍的玻璃大門，我可以看到被夜燈照亮的草坪，以及草坪上那座古怪雕塑。

在那雕像旁邊，我看到一個不尋常的身影。

那個在地窖裡見過的長髮背影。

「阿燁，你在看什麼？」

夜貓的話令我轉過脖子，把視線移開——我本來打算死也不會讓眼睛離開那個詭異的背影，直接到草坪上看個究竟——就在這短短半秒，我回望時影子已消失得無影無蹤，草坪上只有空盪盪的一片。

餘下來的，就只有那股仍纏繞著我的恐懼感。

2

「喂，你幹嘛精神恍惚的樣子？」

夜貓的話讓我回過神來。我們已走在中央樓梯之上，就在二樓和三樓之間。

「沒、沒什麼，我可能有點累。」我沒有把剛才看到的鬼影告訴夜貓，畢竟連我自己也懷疑是錯覺，說出來只會添麻煩。或許因為這一天有太多新事物、新環境、新朋友、新遭遇，我的腦袋一時負荷不了，所以冒出古怪的幻覺。

「打起精神啊！卡莉可能在某處等待我們救援……」夜貓一臉愁容，語氣帶點憂慮。

「妳跟卡莉的感情真好。」我沒細想就把感想說出口。

「你！我們不是那種關係！」

夜貓的反應讓我有點意外。她在階梯上停下來，回頭以慍怒的眼神盯著我。

「什麼？什麼那種關係……啊！我不是指那個……」我呆頭呆腦地說了半句，才明白夜貓指的是什麼。她也大概發覺我本來沒有想到「那個」，只是她自己多心，這一刻她脹紅了臉，一臉窘困。

我並沒有想過她是同性戀啊。

夜貓默默地往上走，我只好跟在她身後。

「其實啊……」我為了打破這僵局，說道：「我覺得同性戀也沒有不妥，感情是兩個人的事……」

夜貓再度停下來，轉身盯著我。

「不，我不是說妳們是同性戀，我只是有感而發罷了！就算妳們是同性戀，或者不是同性戀，我都覺得沒關係！啊，不，我是說，如果妳們是同性戀，我都不會像一般人那樣子歧視妳們的……我亦不會胡說八道，請妳放心……」我發覺我有點害怕夜貓，就像青蛙害怕被蛇盯上一樣。入宿第一天便遇上天敵，真是不幸。

「唉，阿燁，你真是個笨蛋。」夜貓嘆了一口氣，無奈地說。她看來不像在生氣，反而似是在苦笑。

「呃，我……」

「你就別說了，你這笨蛋只會愈描愈黑。」夜貓這回真的苦笑了一下。「我跟卡莉不是戀人，她只是把我當作親姊姊一樣，跟我要好而已。」

我點點頭。仔細咀嚼夜貓的這番話，我覺得有更深的含意——卡莉視夜貓是姊姊，可是夜貓呢？是把對方當成妹妹般疼惜，還是抱持著單戀的心情？說不定夜貓真的喜歡卡莉，但她不敢表白，害怕破壞二人之間的關係吧……人的感情真是複雜啊。

不過如果這是真的話，巴士最大的情敵就是夜貓了，嘿。

「今天在校車站時，我真的很想痛扁你一頓。」我的天敵說道：「卡莉連手都沒有被男生牽過，你這個變態居然裝模作樣，借勢抓了卡莉的胸部一把，我恨不得把你的指甲逐片逐片的拔下來……」

「我真的是無心的！」聽到夜貓放狠話，我不禁焦急地反駁。

「當時我不知道啊。怎麼看你都是在裝無辜吧。」

「我真的是無辜……咦，妳說『當時』，即是說現在已相信我嗎？」

「嗯。」夜貓半嘆氣、半苦笑地說：「看到你在地窖裡像個呆瓜一樣喘著氣狂奔，就證明你真的是個笨蛋。只有笨蛋才會在校車站路邊單腳站立脫襪子吧。話說回來，你幹嘛在校車站做那麼古怪的舉動？」

我有點哭笑不得，原來夜貓是因為這個而仇視我。不過回心一想，她說得沒錯，那時我的舉動實在太可疑了。

「別提了，就是有另一個笨蛋害我以為腳趾骨折……」我嘆一口氣，搖了搖頭說：「現在還是快點找卡莉吧。」

「對。」夜貓回頭邊走邊說。

來到四樓梯間，我突然有一個念頭。

「妳有沒有上五樓找過？」我問。

「五樓？沒有……」

「卡莉會不會覺得四樓的洗手間太髒，或是看到蟑螂之類，於是上五樓的洗手間，碰巧門鎖壞了，被困在裡面呢？」

「對啊！」夜貓話畢，三步併成兩步，往五樓跑上去。我匆匆跟上，因為萬一跟丟了，在女宿的走廊裡被女生看到我，大概又會被當成變態吧。

離開中央樓梯，夜貓像一支箭般往五樓東翼洗手間跑去。在樓梯出口處的牆上，貼著房間編號的指示牌，一邊寫著「五〇一至五二四號」，另一邊寫著「五二五至五五〇號」。諾宿從西至東分成四段，除了一樓外，每層首三段各有十二個房間，最後一段有十四個房間。我看著她衝進在五三六號室隔鄰、附浴室的洗手間內，不斷在呼叫著卡莉的名字。我站在門外等候，雖然我是個笨蛋，但這一刻才不會笨得走進女浴室之內，被人逮到的話，這回跳進黃河也洗不清。

「沒有。」不到一分鐘，夜貓從洗手間走出來。「可能在另一個洗手間。」

夜貓沒有浪費半秒，一口氣直奔西翼洗手間。我繼續跟在她身後。

「卡莉！」她在門口已經大喊。我本來想勸告她，叫她別太大聲，因為已近午夜，可能會吵到其他人。但我環顧四周，五樓很靜——連丁點聲音都沒有。

「也沒有……」夜貓從西翼洗手間出來時，垂頭喪氣，擔心之情溢於臉上。

「或許她去找小丸了？」我說。剛才從東翼跑過來西翼時，我望向左右兩邊的號碼牌，想起小丸說過她住在五二一室，而姍姍在五一四。五一四離洗手間不遠，而五二一也不過跟五一四室相差三、四個房間的距離。

「如果是這樣，她應該會跟我說一聲嘛……」夜貓半信半疑地說。我們走到五二一室前方。

「小丸！」我邊叫邊敲門。

沒有反應。

「小丸！是我們！我是夜貓！」夜貓也伸手敲了幾下。

仍沒有反應。

我大膽地扭了一下門把，門把卡住，似是上了鎖。我把耳朵貼在門板上，靜聽房間內的聲音，可是裡面一片寂靜。接近午夜時分走進女宿偷聽女生的房間，我的舉動真的好像變態。

「好像沒有人。」我說。「說不定在姍姍的房間？」

我們走了幾步到五一四室，同樣敲了門，同樣沒有反應。房門亦一樣鎖上了。夜貓死心不息，不住的敲門。

「那麼說，或者在八樓……」我自言自語道。或者姍姍和小丸跟直美到八樓的房間看夜景，碰巧遇上卡莉，於是邀請同行……不對，如果小丸和姍姍住四樓，在往八樓時遇上住五樓的卡莉就說得通，可是她們住的樓層是相反喔？小丸和姍姍跟著直美往八樓，用不著先經過四樓……

「卡莉會不會已回到房間呢？」

夜貓突然說。

「妳說什麼？」我問。

「或者卡莉已經回房間去呢？」夜貓說：「諾宿有三道樓梯，一部電梯，搞不好我們彼此錯過了。小丸她們不在，有可能到我跟卡莉的房間找我們吧？」

這亦有道理。比起跑上八樓，到四樓的機會更大，而且小丸好像對「四四四室」的傳說很有興趣，她們特意到夜貓她們的四四三室「參觀」也不出奇。

「對，或許她們在妳房間裡聚會……」我說：「她們可能正在奇怪妳跑到哪裡去了。」

於是夜貓和我經過中央樓梯，往下走一層，來到四樓東翼盡頭。諾宿每層的房間從一號編到五十號，西翼盡頭的是一號室，東翼盡處是五十號，夜貓她們的四四三室，就在四樓東翼盡頭，單數房號那邊的倒數第四個房間。

雖然這刻我們的目的是找尋不見了的卡莉，但我來到四四三室的門前，仍不免對對面的房間感到在意——在四四三室房門的正前方，相隔不足兩公尺，就是傳說中的四四四室的房門。

單從外觀而論，四四四室的門口跟宿舍其他房門沒有不同，一樣是褐色的木板、銀色的圓形門把、白底黑字的長方形塑膠房號牌。十公分長、簇新的塑膠牌子上刻著三個阿拉伯數字「4」，就像角子老虎機拉中巨獎的排列，只是牌子上的是「4」而不是「7」。

就在我瞥了一眼，把注意力放回正要開門的夜貓身上時，腦海赫然閃過一個想法。

一個令我感到不協調的想法。

為什麼門牌是「簇新」的？

門板和門把都有點老舊，似有十多年的歷史，可是號碼牌很光鮮，就像用不到兩三年。

門牌是新的？

為什麼要裝新門牌？

我想不起其他樓層的房間號碼牌是否一樣簇新，不過這讓我有不著邊際的聯想。

假設某年四四四室真的發生了某事件，引起傳言，令之後被編到這房間的宿生不敢入住，校方就必須正視這問題。校方可以讓房間空置，但這就等於承認校方認同怪力亂神的傳聞，這會影響大學的公信力。他們能夠做的，只有一件事。

重新編配房間的號碼。

校方只要在學年開始時公佈「因為行政理由重新為所有房間編號碼」，宿生們就不知道哪一間是原來的四四四室。即使被編進四四四室，宿生也可以抱著「這房間並不是當年那間四四四室」的心態來居住，而被編進有問題房間的人，壓根兒不知道自己入住了那間鬧鬼的房間。

問題是，校方如何重新編號碼？

因為宿舍房間的號碼不能亂排，要讓四四四室變成其他房號，只有兩個方法。一是把數字倒過來，原來是西翼至東翼排一至五十號，變成從東翼至西翼排一至五十號。

至於另一個方法比較簡單，連梯間旁邊寫著「四〇一至四一二號」、「四一三至四五〇號」的方向指示牌都不用更改。

把單雙號的門牌對調。

把本來的四〇一室跟相對的四〇二室對調，四〇三室跟四〇四室對調，如此類推。

如果曾採用這方法，那間鬧鬼的四四四室……

「咦，我明明沒有關燈啊？」

夜貓打開房門，房間內一片昏暗。走廊的燈光射進房間內，但沒有照亮房間。在房門對著的房間盡頭，是房間的窗子，窗子前有兩張並排的書桌。書桌前有一個人影。

「卡莉！妳之前到哪裡去了？」夜貓邊說邊走進房間，伸手往牆上的電燈開關摸過去。

我不知道從哪兒得到勇氣，竟然敏捷地一把抓住夜貓的手腕，把她拉住。她好像衝著我說了什麼，但我沒聽清楚，因為我直愣愣地瞪住昏暗房間裡的那個身影。

那不是卡莉。

夜貓似乎察覺到我的表情——我想，這時我的面容應該扭曲得很難看。我整個人不住顫抖，震顫從手上傳到夜貓的手臂上。她跟我一起盯住黑暗中的那個背影。

那是一個長髮的女人。

由於房間沒有亮燈，我們只能憑著走廊的燈光，隱約看到那個背影。那個「人」坐在書桌前，在黑暗中對著書桌，似在埋首寫字或翻書本。

夜貓一定已經察覺到了，因為我聽到她的呼吸聲，跟我的一樣沉重，就像壓抑著某種情緒那樣沉重。

我們站在房間和走廊之間，盯著那個陌生的背影。偶然傳來書本翻頁的聲音——嘶、嘶——令我想起荒郊的蛇，在草叢中緩慢地爬過的響聲。

也許很魯莽，但我想知道這個令我感到不安的背影是什麼。

因為這已經是第三次。

首先是地窖，之後是草坪，然後是現在的書桌前。我肯定我看到的，是同一個背影。

我之前看到的，不是幻覺。

我鬆開抓住夜貓的手，往房間裡踏前一步。

「躂。」

長髮女人雙手的動作停住。她好像注意到我的腳步聲。

夜貓反過來抓住我的手臂。她很用力，可是我沒有感覺到痛，只感到她的手心冒汗，傳來恐懼和不安。

長髮女人突然站起來，雙手無力地垂下。

她好像要轉身面向我們。

我再往前踏一步。

「躂。」

在我發出第二下腳步聲時，那個詭異的長髮女人猛然轉身——

但我沒看到任何事情。剎那間，她在空氣中消失了。

在走廊僅有的燈光映照下，我只看到一張空椅子，一張放滿書本的書桌，和一扇打開了、附有紗網的窗子。

「那、那、那、那、那……」夜貓一口氣說出五個「那」字，卻無力完成整句句子。

我伸手按下電燈按鈕。

「啪。」

房間裡燈火通明，沒有半點異樣的氣氛。

那個長髮女人亦不見影蹤。

「阿、阿、阿樺，你、你、你也看到了？」夜貓結結巴巴地問。

這本來是我想問的問題，我只好點點頭，眼睛不停地觀察房間的每個角落。

「那、那是什、什麼啊！」夜貓仍緊緊抓住我的手臂。

「我……我不知道。」我裝出精神的聲音說。

我大膽地往前走，因為夜貓沒放手，她只能跟著我，走到書桌前。桌上一片凌亂，參考書、筆記、活頁紙、自動鉛筆、螢光筆，散滿整張桌面。

「這、這些都不是我的……」夜貓顫聲說道。

參考書上拼著不像是英文的外語。那應該是參考書吧？封面都是一些幾何圖案，紅色的、藍色的，就像一般大學參考書的設計。我猶豫一下，謹慎地翻開了其中一本。裡面密麻麻的寫滿以拉丁字母拼成的詞語，但我完全看不懂——我連那些是法文、義大利文、西班牙文還是波蘭文都不知道。唯一知道的，是那些不是英文。

我合上書本，再細心觀察旁邊的筆記。筆記上佈滿潦草的手寫字。同樣地，我一個字也不明白，而且上面完全沒有任何中文字。就在我以目光掃過桌面上的所有紙張時，我看到了。

我看到「那張」字條了。

黃色的、長寬都只有六、七公分的、上面只有一句話的那張字條。

——「我明天回來」。

在看到那五個字的同時，我感到血液倒流，心臟胡亂地跳動。

我們目睹了一次活生生的、傳說中的鬧鬼事件。

我轉頭望向夜貓，她也回望著我。她的瞳孔裡流露出一份惶悚，而映進她的眼簾的，正是我駭然的樣子。

不約而同地，我倆一起從桌子旁後退了幾步，回到房間門前。我彷彿感到繼續待在書桌前會有某些不好的事情發生，而我相信，夜貓跟我有相同的想法。

「我們……我們遇上了。」我說。

「不、不是這、這麼『猛』吧？」夜貓說。我們說話時，眼睛仍緊盯著房間裡的書桌。

「妳看到那張字條吧。」

「看、看到。」

「妳剛才離開房間前，有沒有什麼……異樣？」我這個問題或許是廢話，但我這一刻腦袋麻痺了一半，只能把想到的話直接說出來。

「沒、沒有，不過……」我聽到夜貓吞了一口口水：「書桌上的東西都被換掉了……我、我和卡莉的衣物和用品都不見了……」

我向房間四周瞄了一眼。書架上放著不少我看不懂書名的書本，還有一些乾糧、泡麵、碗筷、杯子、盥洗用品等等。這的確不像入宿第一天的房間模樣。在房間左右兩邊的床上有水藍色的床單和被子，還有印有卡通動物的枕頭，其中一個床頭架子放著鬧鐘。兩個衣櫥都緊閉——老實說，即使我這刻再大膽，也不敢打開衣櫥的門。

「那些書本、被單都不是妳和卡莉的？妳之前沒見過那些東西？」

夜貓搖搖頭，表示毫不知情。

「我……我們該怎辦？」夜貓說話不再結巴，不過語氣仍充滿驚懼。

「我……我不知道。」其實我也是六神無主。碰上這種詭異的場合，哪會想到下一步？

我們呆立在房門口，漸漸我發覺，這樣子繼續站住也沒有意義。

「我們……我們去求救吧。」我說。

「求救？」

「這種情況，我們實在不知道如何應付。找其他人來看看，一起想想該做什麼事吧。」我的腦海中閃過「做法事超度亡靈」和「請驅魔人對付惡鬼」兩個選項，而我知道這兩個選擇都不是我和夜貓兩人能夠做到的。

「嗯、嗯。」我們慢慢地離開房間，沒關燈也沒關上門，就這樣子退出走廊。我們不敢轉身，彷彿一轉身，背後就有不知名的東西把我們抓住。

我們緩緩退到東翼樓梯門前，小心翼翼地打開門，盯住走廊，後退到樓梯間……

「喂。」

其實這只是很平常的一聲，但這時我跟夜貓都嚇了一跳，夜貓更用力的抓了我手臂一下。

我們像驚弓之鳥般回頭，望向聲音的來源——巴士就站在樓梯上。

「我連七樓都找過了，不見卡莉……咦，你們這麼親熱，手挽手啦？」巴士以略帶訝異的語氣嘲弄我們道，可是他大概也看出我們的表情有異。「你們怎麼臉都青了？見鬼嗎？」

這小子竟然一說就中。

「沒錯，見鬼了。」如果平時我這樣回答，任何人都會覺得我是說笑，可是配合我跟夜貓的認真表情，巴士也不會認為我們是在胡扯吧。

「見鬼了？」巴士露出狐疑的眼神。

「真的，見鬼了。」夜貓慌張地說。「就在我的房間裡……」

巴士二話不說，走到我們身旁，打開通往走廊的門，大踏步往夜貓和卡莉的房間走過去。

有巴士壯膽，我跟夜貓都鬆一口氣。我不是說巴士很可靠，只是這時有一位神經粗大、聲線洪亮、坊間稱為「陽氣極重」的傢伙替我們打頭陣，確實教人心安。或者簡單的說，巴士的正常舉動把我們拉回現實世界，感覺鬧鬼什麼的都是假象。

我們看著他走到四四三室的門前，頓了一頓，然後向我們招手，示意我們過去。我拖拉著夜貓——很明顯她不想接近房間半步——走到沒關上的門前，望向房間之內，書桌上仍是那堆我看不懂的外文書和筆記，紗窗依然打開，微風吹拂著桌上的紙張，發出不規則的「啪、啪」聲。

「鬼呢？」巴士問。

「你自己去書桌前看看，」我指了指書桌，「看看那張字條。」

巴士略略皺眉，卻爽快地走到書桌前。我和夜貓繼續站在門口，不敢輕舉妄動。

「哦，是這個嗎？『我明天回來』，是四四四室的傳聞嘛。」巴士頭也不回，說道。

「剛才我們還看到那個長髮女人的背影，不過剎那間消失了。」我說。

巴士低頭察看桌面，沒有回應我。
「那……那個『人』就站在巴士你現在站的位置上……」夜貓說。
巴士仍然一言不發，背著我們像在注視著什麼。
「巴士？」我覺得有點不對勁。巴士他雙手垂下，沒有半點動作。
「巴士？」夜貓也喊道。
突然巴士的身子抖了一下，脖子歪到一邊。
「你—們—是—誰？」
我怔了一怔。巴士沒有回頭，以詭異的語氣說道。雖然聲音是巴士的，但語氣跟他平日完全不一樣……
「你—們—是—誰？為—什—麼—打—擾—我—溫—習？」
巴士仍沒有回頭，但他的脖子在不規則地抖動。
「我……」我不知道該如何回應。夜貓早就害怕得躲在我背後，我聽到她牙關打顫。
「打—擾—我—溫—習—的—傢—伙，我—要—他……」
我雙腳就像被釘子釘在地板上，不敢亂動。
「……死！」巴士猛然轉身。
我跟夜貓幾乎向後跌倒，可是——
「哇哈哈哈！你們在搞什麼啊？」
巴士轉過身，高舉雙手，吐出舌頭，擠眉弄眼裝出鬼臉，但轉瞬間便爆笑出來，捧著肚子，指著我跟夜貓大笑。
「你們以為隨便弄亂檯面就能嚇倒我嗎？」巴士挨在桌邊，笑著說：「這叫以其人之道還治其人之身，好玩嗎？呵呵呵。」

「你……沒有被附身？」我問。

「阿燁，你這時候就不要再裝吧？」巴士拿起桌上的一本書，說：「這是你跟夜貓合作整我吧？為了報復我在地窖戲弄你是吧？我一眼就看穿了！卡莉也有份嗎？是躲在衣櫥裡看好戲嗎？呵，我巴士才沒有這麼容易上當哪。」

「我們不是在裝！」夜貓亦怒亦懼地說：「那都是真的！桌子上的書我都沒見過！」

「夜貓，妳就省口氣吧，」巴士把書本和筆記撥到一旁，一屁股坐在桌上，一邊翻閱手上的書一邊說：「這是醫科用的參考書嗎？我真的一個字也看不懂，很深奧嘛。妳是高材生，拿這些參考書來騙——」

咕嚕。

巴士沒把話說完。

巴士沒「能夠」把話說完。

在我和夜貓眼前，出現一幕不能用常識來說明的景象。

書桌張開嘴巴，把巴士吞掉了。

本來平板的桌面，在不到一秒之間變成一公尺高的錐體，中間垂直地打開一條裂縫，然後裂縫擴張成洞穴，一下子從左右兩邊包覆著巴士。在僅僅的一瞬間，我看到那個「洞穴」的裡面，洞壁是血紅色的，長滿數排白色的尖牙。在我能作出反應之前，巴士整個人被吸進書桌的血盆大口，在毫無徵兆下，消失在我們的眼前。

我跟夜貓啞然地瞪著整個過程。書桌很快回復原形，但桌面隆起，就像吞噬了比自己體型龐大的獵物的蟒蛇一樣。

「那、那、那……」夜貓的失語症再次發作。

「嘎叭！」

桌子突然傳來詭異的聲音。一條手臂倏地從桌面冒出，就像冒出水面、求救的遇溺者的手臂。我赫然醒覺，知道這是拯救巴士的最後機會，倉皇往前衝——不過接下來的景象讓我再一次卻步。

書本和筆記都張開嘴巴，噬咬巴士的手臂。

檯面上的參考書和筆記就像野狗，爭相湧到冒出手臂的隙縫，拚命的爭奪糧食。它們又像回巢的螞蟻，不斷的往蟻穴鑽，要把戰利品扯進巢穴之中。

巴士的手臂慢慢向下沉，手掌似在掙扎，但還是沒入桌面之內。

在手臂消失前的一刻，我在張開的掌心中看到一個奇怪的符號——

，

符號呈近乎黑色的深紅色，就像一個逗號。我似乎在哪兒見過這符號，可是一時間想不起來。而且，比起這個發現，眼前的情況更是駭然得令人無法思考。

巴士的手臂，連帶著幾本參考書和筆記本，完全陷入桌面之內。

沒救了。

我站在房間中央，動彈不得，眼巴巴看著多年好友被不明物體吞吃掉。

一張黃色的紙條從桌上飄落，掉到我的腳邊。我低頭一看，正是那張寫著「我明天回來」的字條。

窗外傳來一陣風。字條被風颳起，露出背面。

背面也有字。

那是很簡潔的六個字，但我看到後，感到一陣暈眩。

──「別亂動我的書」。

「哇呀呀呀！」夜貓發出慘叫，往走廊逃跑。不知道從何時開始，她已經沒有抓住我的手臂。

對，逃跑。面前的是怪物也好、鬼魂也好，總之就是危險。巴士已經被吃掉了，留在這兒，搞不好會變成書桌的甜點。

我追著夜貓，往走廊逃去。夜貓好像摔了一跤，半爬半跑地往樓梯逃命。我很快就追上她，連忙一手抓住她的胳膊，一手抱住她的腰，兩人連滾帶爬的衝進東翼樓梯間。就算再次被她當成變態也不要緊，我害怕她被後面的「東西」追上，成為第二個犧牲品。

當回過神時，我倆已經坐在二樓的梯間。我們好像拚死往下跑了兩層樓梯。

「好、好像沒有追來……」我喘著氣，含糊地說。

「阿、阿燁……」夜貓眼泛淚光，嘴巴無法合上，滿臉驚悸，跟她之前的強悍形象截然不同。夜貓畢竟是個女生──不對，這時候，不論男女有這種反應都很正常。事實上，我這一刻也好想哭出來，不論是出於恐懼，還是因為看到朋友慘死出於悲慟，我都有足夠的理由痛哭一場，只是剛才遇上的情況太不真實，我好像失去了正常人的反應。

我只能牽著夜貓的手臂，背著牆角，按捺著強烈的反胃感，惶惑地看著空無一人的樓梯間。

「躂……」

是腳步聲。而且不止一人。

「咦，你們怎麼坐在這兒？」是亮哥和維基。

我張開口，但無法想到該說什麼。要說宿舍鬧鬼？有怪物存在？還是……巴士死了？

「嗨，怎麼了？你們還好嗎？」維基走到我們跟前。

「巴、巴士被桌、桌子吃掉了。」夜貓結結巴巴地說。她果然比我堅強，能直接說出來。

「妳說什麼？」亮哥和維基面面相覷。

「我們見鬼了，真的見鬼了。」我抖擻一下，說道：「四四四室的傳說是真的，巴士死了。」

亮哥和維基明顯被我的話嚇到。我想我跟夜貓的表情，令他們不敢輕率對待。

「阿燁，你慢慢說，從頭說起，不用心急。」亮哥以沉穩的聲線說道。他的語氣令我感到安心。

於是，我從夜貓提出卡莉可能已經回到房間，我們兩人打開房門，看到陌生背影開始，談到巴士被吃掉，我們逃離現場的經過。

亮哥搔搔頭，以質疑的語氣問：「真的嗎？」

「我們為什麼要撒謊！」夜貓突然激動起來。「巴士就在我們眼、眼前，被那、那、那東西吃掉……」

「夜貓她們的房間是真正的四四四室，校方一定是便宜行事，把房號對調了……」把事情敘述一遍後，我好像回復冷靜。「房間的號碼牌都是簇新的，這明顯有問題吧。」

「校方重新安裝號碼牌不見得有調動過房間編排啊，」維基說：「有時牌子掉了、房號數字褪色，校方也得修好，所以才會換成新的牌子吧？」

「但不管怎樣，我們就是遇上傳說中的怪事啊？」我反駁道。這已經不像之前夜貓跟小丸爭論傳說真偽，因為我們已見過證據——我們就是證人。

「我們去看一下吧。」亮哥指了指往上的樓梯。

「不要！萬一連你們都被……」夜貓緊張地說。

「我們不靠近書桌就行吧？」維基說：「剛才阿燁說，巴士是挨在桌邊才被襲擊，我們別接近就夠安全了。你們來不來？」

夜貓有點猶豫，但我想，我們必須再次用雙眼確認。我向夜貓點點頭，她再次緊抓住我的手臂，一同緩緩站起。

我和夜貓跟在亮哥和維基背後，回到可怕的四樓走廊。在走廊中，我們已看到四四三室的門沒有關上，房間裡的燈光射進走廊。亮哥和維基很謹慎，他們慢慢走近房門，貼著牆壁，先往房間裡瞥了一眼，再走進去。

我跟夜貓隨著他們走近。來到門口時，我往房間看了一眼——

咦？

房間的樣子跟之前完全不相同。書桌上沒有東西，架子上亦空空如也，床上的被單變了款，床邊有兩個打開了的行李箱，一些衣服、書本凌亂地散在床上。

「變、變回來了？」夜貓在我身後嚷道。

「這是妳和卡莉的東西？」我指著床上的衣物。夜貓點點頭。

「你們說，房間已變了樣嗎？」亮哥問。

「對，剛才不是這樣子的……」我答道。

「你們肯定剛才沒走錯房間嗎？」維基一邊在房間走動，一邊問道。

我回頭望向門上的號碼牌。沒錯，跟剛才一樣，是四四三。

「會不會是巴士再次佈局作弄你們呀？」亮哥微笑著說：「例如串通旁邊的四四一室或四四五室，來個誇張的惡作劇……」

「今天四樓盡頭只有我們這個房間有人！」夜貓說：「入宿第一天，大家都會習慣打開房門打掃房間吧？今天下午這邊就只有我們的房間有打開門，卡莉還以為那些參觀四四四室的無聊人是鄰房的宿生……啊！卡莉！」

對了，我們本來是要找卡莉的——她去了哪兒？難不成跟巴士一樣……

「我們留在這兒也無濟於事，不如先跟管理員報告，商量一下吧。」亮哥說。「無論是否鬧鬼，至少卡莉不見了是事實，而阿燁和夜貓亦指出巴士遇上不明的意外，算是緊急事故了。」

我們點點頭，四人離開房間。亮哥離開時，把門關上，但他沒有上鎖。維基很大膽地敲旁邊的房間的門——甚至四四四室也沒錯過——確認沒有回應後，更乾脆扭動門把，可是所有房間都鎖上。他似乎仍認為那是巴士的惡作劇，利用旁邊的房間，佈局作弄我們。

到底發生了什麼事？為什麼房間復原了？不，鬧鬼就不應該問這個問題，我應該問，巴士被殺，是因為他犯了「四四四室」傳說的禁忌，亂動了桌上的書本嗎？卡莉又到底到哪裡去了？小丸和姍姍的房間沒人，她們是去了直美的房間嗎？

「咦，怎麼妳們在這兒？」亮哥的話打斷了我的思緒。我們已回到交誼廳，出乎我的意料，在玄關管理處的窗口前，小丸、直美和姍姍都在。

「姍姍房間的門鎖壞了，回不了房間，我們只好找管理員幫忙。」小丸說。「我們剛才要討論一些迎新宿營小組的組聚活動，在我房間談了大約半小時，之後姍姍回房間卻發覺門鎖壞了。我們只好下來找管理員囉，怎料又不見人，我們剛才還四處找了找，也不見他。」

照這麼說，剛才我跟夜貓在五樓找不到小丸她們，很可能是因為她們搭電梯回到一樓，碰巧錯過了。她們不是到直美的房間，而是下來找管理員。

「妳們有沒有見過卡莉？」夜貓焦急地問。

「沒有啊？咦……夜貓妳……」小丸以訝異的眼神瞧著夜貓。我不知道這是因為小丸察覺夜貓一臉沮喪慌張的表情，還是因為看到她抓住我的手臂。
「卡莉不見了。」我說。「我們找不到她，而且……巴士他……」
「巴士怎麼了？」
「阿燁說，巴士死了。」維基淡然地說。「他說夜貓的房間鬧鬼，鬼魂化成書桌吃掉了巴士。」
小丸她們一臉不解，直盯著我臉上，就像我說出什麼不可思議的話──再想一下，沒錯，我的確說出了不可思議的事情，就連我自己也懷疑腦袋是不是出毛病了。
我把事情的經過再敘述一次，直美和姍姍默默地聆聽，就連一直聒噪多嘴的小丸，亦一言不發地聽我說完，沒有打岔。
「所以說，巴士被鬼魂所殺，卡莉失蹤？」小丸以凝重的語氣問道。她似乎變得很認真。
「對……我實在沒想到鬧鬼事件會在我們眼前發生……」我答道。
「我就說，這些都可能是真事啊。」小丸嘆了一口氣。「而且這麼說來，有一點就說得通了。」
「什麼？」夜貓顫聲問道。
「你們不覺得今晚宿舍特別寧靜嗎？」小丸環顧一下，說：「今天下午我打掃房間時，曾留意過同一層有多少人入宿，只要看看有幾多間房間跟我一樣打開門就知道。在五樓大約只有七至八個房間。保守估計，今天有十分之一的宿生登記，然後只有一半留宿，那好說歹說，也該有二、三十人吧。可是我們今天晚上，卻沒有再遇上其他人啊？就連交誼廳也只有我們幾個。你們不覺得奇怪嗎？」
「小丸，妳的意思是……」亮哥說。
「其他人已被『抓替身』吧？」小丸以陰森的語氣說。

「妳是說，他們被鬼魂殺害？」維基問道。他的語氣有點輕佻，像是覺得這說法很無稽，可是我想只有我一個人聽得出來。

「你以為『抓替身』就是鬼魂殺人嗎？嘖嘖。」小丸嘟嘟嘴，說：「『抓替身』從來不是這麼簡單。冤魂抓替身不單要『殺死』對方，更要對方『取代』自己，讓怨念持續。當一個懷著怨恨的人死於非命，往往會成為冤魂，被困在某個地方，例如身故的地點，或是生前最思念的場所，在日本這叫做『地縛靈』。冤魂為了離開被困之處，只能找另一個靈魂取代，可是這做法只會讓對方繼承怨念，變成怨念更深、更猙獰惡毒的怨靈。」

「妳的意思是，宿舍的其他人——包括巴士——被冤魂奪去靈魂，變成它的同類？」

「而冤魂的下個目標，就是我們囉。」小丸奸笑了一下。

我們沒有人作聲。這太恐怖了吧。

「當然，這只是猜測而已。」小丸攤攤手。「不過怎說都好，宿舍的其他人不見了，的確大有問題。」

「我們該怎辦？」夜貓問道。她已經放開我的手臂，我想，她一定是覺得小丸比我更可靠。

「我不知道。但至少，既然卡莉不見了，就得先找到她再說吧。而且樂觀一點，說不定巴士也沒死，只是被怨靈幽禁了，還有救。」

小丸的一番話，突然讓我產生勇氣。對，巴士說不定沒死呢？被桌子吃掉，不見得跟被刀子刺進胸口、被烈火燒成焦炭相同啊。巴士或許跟卡莉一樣，只是被冤魂抓住，仍有一線生機呢？

「事不宜遲，我們分組尋人吧。」我鼓起勇氣，說。

「我跟阿燁一組，我想知道更詳細的經過。」小丸舉手說。我點點頭表示沒有異議。

「餘下的人分成兩組吧，」亮哥說：「我們三組人到宿舍各處看看有沒有異樣，留意有沒有卡莉或巴士的蹤跡，如果發現管理員或其他宿生，就嘗試告訴他們目前的古怪狀況。有任何發現都不要魯莽行動，先通知大家……大家有帶手機嗎？」

有人點頭，有人搖頭，而我是後者。我的手機放在房間裡，沒帶在身上。

「對了，」小丸邊說邊掏出一部手機：「你們的手機有沒有問題？我的不知道為什麼壞掉了。」

小丸把手機遞給我們看。畫面一片花亂，就像電腦遊戲當機的畫面，滿是不同大小的色塊。

維基也從口袋掏出他的手機，卻不小心掉下幾個硬幣。他拾回零錢後，在我們面前按了手機幾下，畫面只發出白濛濛的一片，毫無反應。

「剛才我試過宿舍的公共電話，似乎亦故障了。」姍姍說。「話筒沒有聲音。」

「看來，這冤魂的力量蠻強大哩……」小丸苦笑一下，好像在為自己不幸言中感到抱歉。

「那麼，如有任何發現，就回到交誼廳這兒等待吧。」亮哥走到管理員窗口旁的白板前，說：「這兒有一塊傳言板，如有需要，我們就在上面留下訊息。ＯＫ？」

我們點頭。

「我們分組解散吧！」

亮哥和姍姍一起往東翼走去，維基、直美和夜貓則向自習室那邊出發。

「阿燁，在出發前我想聽你再說一次整件事的經過，無論有什麼細節都要說出來。」小丸說。她的口吻儼如專家，好像對靈異事件了然於胸。於是我站在交誼廳的一角，複述在四四三室的所有見聞。

「妳好像很了解這些靈異事件？」我問。

「只是稍有研究。」小丸報上一個深邃的微笑。

因為我們身處交誼廳，可以從窗戶看到草坪，我猛然想起一件我沒提過的重要情報。

「我、我在四四三室看到的背影，是第三次了。」我吞了口口水。

「第三次？」小丸一臉詫異。

「第一次是在地窖，第二次是在草坪，第三次是在房間。我認得是相同的背影。」我一口氣的說道。

「地窖？」

「對，就是離開的時候，我往地窖裡看到。她站在角落，面向牆壁。」

小丸突然沉默不語。良久，她抬起頭。

「走，我們去八樓。」她說。

「八樓？為什麼是八樓？」

「你知道諾宿七不思議中，八樓有什麼傳說？」

「八樓……是『鏡中倒影』？」

「沒錯。」小丸似是按捺著激動的心情，說：「我想，我們把『鏡中倒影』的那傢伙召喚出來了。」

第三章

諾宿八樓西翼的洗手間有兩面相對平行的鏡子。從來沒有人知道爲什麼它們如此裝設，整棟宿舍就只有這一間洗手間多鑲一面鏡子。只要站在其中一面鏡子前，便會看到不斷反射的影像，先是自己的臉孔，然後是自己的後腦勺，之後自己的臉孔再出現，接下來的是後腦勺、臉孔、後腦勺、臉孔、後腦勺……無止境的延伸下去。

某年冬天的一個夜晚，八樓的一位女生因爲趕論文徹夜未眠。那一天是星期六，大部分宿生都回家度週末，留在宿舍的學生寥寥無幾，而這位女生獨自在房間裡對著電腦工作。凌晨三時，疲累的她往洗手間走去，打算用冷水洗個臉，讓自己抖擻一下。她扭開水龍頭，把毛巾浸到冷水中，冰冷的感覺從指尖一直傳到頭皮。她一邊呼吸著濕冷的空氣，一邊把毛巾往臉上擦，每擦一下，她便感到多一分清醒。她抬頭望向鏡子，只見自己一臉倦容，於是她用雙手拍拍臉頰。在鏡子的倒影中，她看到另一面鏡子反映的自己的背面，然而她赫然發覺一個怪現象——她看不到之後自己的樣子，只有背面、背面、背面。她揉揉眼睛，不斷移動身體改變角度，可是她就是無法在鏡子的第二重倒影後再次看到自己的臉孔。

女生懷疑自己太累，看東西不清楚，於是她舉起右手摸摸後腦的長髮，鏡中倒影的動作也一樣。當她細心留意鏡中的每個倒影，她發覺在鏡子「深處」——即是十多個倒影之後——能再次看到臉孔。

可是，那不是她的樣子。那是一個正在獰笑的陌生女人。

女生大驚，奪門而出，回到房間躲進棉被裡，打電話向已回家的室友求救。在睡夢中被吵醒的室友不以爲意，好不容易聽完對方幾近歇斯底里的轉述後，隨便安慰兩句，說對方眼花看錯云云便掛掉電話。

翌日下午，女生的室友回到宿舍，發現女生仍躲在床上，衲被蒙頭。室友隔著被子拍了對方一下，想爲之前的敷衍態度道歉，可是她發覺女生一動也不動。她小心翼翼地掀開棉被，看到女生俯伏在床上，把臉孔埋在枕頭裡，她心想對方一定是怕得要死，這樣子睡了一整天。

然而，她把棉被往下一拉，眼前的光景讓她陷入恐慌，令她發出淒厲的慘叫。

女生不是俯伏在床上，而是躺臥著。

她的脖子被扭轉一百八十度，後腦勺朝上，一頭長髮散落在胸前。

床上躺著的是一具冰冷的屍體。

——諾宿七不思議　其之三　鏡中倒影

1

我跟著小丸，走到一樓東翼樓梯間。

「小丸，妳說我們召喚什麼出來了？那是什麼意思？而且，妳說我們到八樓去，為什麼我們要繞圈子，來到東翼樓梯？為什麼我們……」

「你先停一下，」小丸伸出手掌，擺出像是要制止我的手勢，說：「別一口氣丟出一大堆問題，我不知道該回答哪一個啊。」

「那，我們來東翼樓梯幹什麼？是……是要到那個地窖嗎？」我憂心忡忡地說。我實在不想再到那個詭異的地下室，而那個入口，就在我們面前一堆雜物的後面。

「我只是來確認一下方位，沒打算走進去。」小丸答道。

「方位？」

「嗯……」小丸盯著通往地窖的鐵門的位置，伸出雙手，指著前方和左方。「宿舍大門向南，側門向西……東翼樓梯坐南向北，門口跟樓梯平行……」

我完全搞不懂小丸在說什麼。正當我想開口發問時，小丸說：「阿燁，你記得那道階梯轉了多少個彎？」

「『那道階梯』？是指往地窖的樓梯嗎？應該是……兩個吧？」

「方向呢？」

「好像是先拐向右，再拐向左？」我努力回想當時的環境。

「那就對了，證明我沒有記錯。」小丸放下雙手，說：「兩個彎角的方向相反，但角度差不多相同吧。」

我點點頭。我記得姍姍差點滑倒就是在第一個彎角之前。

小丸沒說話，只是像風水師傅那樣拈起右手手指，合指算著什麼。她真的懂這個？

「果然沒錯。」小丸突然轉頭瞧著我說：「我們現在到八樓吧。」

她踏上梯級。

「我們不搭電梯嗎？」坦白說，之前在地窖亂跑，加上剛才在四四三室的經歷，已讓我雙腿發軟。我實在累得不想爬八層樓梯了。

「不，走樓梯較好。」小丸沒說明理由，只是說：「如果你累的話，我們就一步一步慢慢走吧。」

即使「慢慢走」，爬八層樓還是一樣累人啊？不過這個時候我懶得吐槽，因為我已經沒有吐槽的氣力了。況且，小丸好像很清楚自己的決定，她的樣子充滿自信，我似乎沒有提出反對的立場。我們緩慢地沿著樓梯往上爬。

「我說，」雖然只走了一層，我已有點抬不起腿，「小丸妳剛才說『方位』，是什麼意思？」

「你有沒有聽過『奇門遁甲』？」

「是風水學的那個嗎？」

「對，那個。」小丸沒有回頭，走在我前面說：「『奇門遁甲』裡的『門』指『八門』——『休生傷杜景死驚開』。」

「什麼休傷？」我完全摸不著頭腦。

「不是『休傷』，是『休生傷杜景死驚開』，八門的名稱。休門、生門、傷門、杜門、景門、死門、驚門和開門，共八門，指向八個方位。生、休、開為吉，杜、景為中平，死、驚、傷為凶。」

「即是風水裡面的吉位凶位嗎？」

「你可以這樣想。」小丸聳聳肩。「剛才我問，往地窖的樓梯有多少個彎，你記得有兩個，對吧？」

「嗯。」

「諾宿的大門朝南，四段大樓從西往東依序是南北向、東西向、南北向和東西向，三道樓梯建在連接處，中央樓梯座北向南，其餘兩者坐南向北。通往地窖那扇鐵門向著北方。」

小丸說得沒錯。我記得入學前看過地圖，諾宿的坐落方向就如她所說。當時我仔細研究，因為我想知道哪些房間會被斜陽直照，夏天時會熱得很。

「換言之，往地窖的樓梯一開始是向北的。」小丸繼續說：「然後我們走到一個向右拐大約四十五度的彎，樓梯變成向東北；再往下走，是向左的四十五度彎角，變回向北，之後我們就到達地窖了。」

「對，那又如何？」

「地窖是朝正北方建造的，入口在南面。地窖是個八角形房間，每一面牆均對著八個方位。」小丸說：「你記得我們在裡面玩了什麼遊戲嗎？」

「什麼遊戲？就是那個騙人的『拍八角』，結果愈玩人愈少……」

小丸停下來，轉身看著我，說：「但你記得那個遊戲原來的目的是什麼嗎？」

我怔了一怔。

——招魂。

小丸看到我的表情，大概知道我已明白她所指，就繼續往上走。

「那個遊戲其實不一定成功，而且傳說要在午夜玩才有效果，但我沒想到我們真的召喚了不得了的傢伙。」小丸的聲音似乎有點苦澀。「我們在那個遊戲裡，巧合地缺了一個人，讓一個角空置——我想，這比一般人玩的方法更是觸犯了禁忌吧。」

「為什麼觸犯了禁忌？」

「剛才我說地窖的八面牆是指向八個方位，你記得我們讓哪一個方向空置了？」

當時我站在房間的右面，如果門口是在南方，我的位置是東南吧。巴士在我前面，所以他站在南方，亦即是大門所在的那面牆前。他前面沒有人，所以是……

「西南？」我說。

「西南方，在八門裡稱為『死門』，是最凶的方向。」
我停下腳步。
「最……凶？」我顫聲問道。
小丸也停下來，說：「死門在八卦裡居於坤，屬土，是陰氣最盛、最不吉利的方位。古人認為，死門只宜用刑送葬、殺牲狩獵，任何吉事都不可在此方位辦理。」
我直視著小丸雙眼。雖然她一直侃侃而談，但此刻我從她的眼神看到，她跟我一樣不安。那是洞悉真相、了解原因的不安眼神。
「而我們卻空置了這方位，加上那個『遊戲』，『邀請』了一位不速之客。」小丸以平靜淡然的語氣說。
「那怨靈是因此而被……被我們招來的？」我有一種闖下大禍的感覺。
「在風水學上，東北至西南有另一種說法。」小丸突然改變了話題。「一棟房子，從東北至西南的方向，有一條有特別名字的線。」
「叫什麼線？」
「『鬼門線』。」
我倒抽一口涼氣。
「不同的術數學派有不同的算法，但對西南方的見解卻一致，萬變不離其宗。」小丸說：「套用『鬼門線』的說法，西南方稱為『內鬼門』。它還有另一個較少人用的名稱，叫『女鬼門』。」
長髮背影站在地窖一角的場面，再次在腦海中浮現。
「在『鬼門線』上，東北方叫『外鬼門』，西南叫『內鬼門』，鬼門上不得設門窗，否則會招來惡鬼。你記得我們在地窖玩那個遊戲，是從誰開始？」

——「為什麼是我啊！」

是站在「無人角落」對面的卡莉。

她站在「東北方」的位置。

我訝異地張開口，沒法說半句話。

「卡莉當時從『外鬼門』開始遊戲，而她現在失蹤了，阿燁你更說在地窖裡看到女鬼。而且今天是農曆八月十二，丁卯日，日值月破，是大事勿用的破日。唉，如果我當時有注意到方位和日子，就不會贊成玩那個遊戲了……」

我沒料到，事情的原委是這樣。

我們都是笨蛋。咎由自取。

巴士枉死，也怪不得人。是他想出這樣的餿主意……

不，如果我當時沒有意氣用事，堅決反對玩這種邪門的玩意，就不會落得如此下場。

是我的錯。

「我們為什麼要去八樓？『鏡中倒影』的傳說跟這有關嗎？」我搖了搖頭，把悔恨丟到一旁問道。可能的話，至少要救回卡莉。

「怨靈不是憑空而來的，」小丸說：「我們召來了女鬼，那女鬼也有其根源。諾宿七不思議中，提到『長髮的陌生女人』就只有『四四四室』和『鏡中倒影』，既然你已見過『四四四室』，那我們就有必要調查一下『鏡中倒影』。」

小丸說完這句，就繼續走樓梯。我默默地跟在後面。

「鏡子是很特別的道具。」小丸一邊走，一邊說：「古今東西，很多宗教儀式、巫術魔法都會用到鏡子，有人認為鏡子能驅邪擋煞，有人認為鏡子可以預視未來，有人認為鏡中影像和照鏡的人共用一個靈魂。相傳鏡子是聯繫陽間與陰間之物，是一種『通道』，如果從這個角度來分析『鏡中倒影』的傳說，我們就可以猜八樓的鏡子是讓傳說中女鬼接觸現世的出入口，說不定她就是從這通道回到四四四室的。」

我猛然發覺小丸話中含義。

「妳是說，『四四四室』的女鬼，就是『鏡中倒影』裡面那個面貌猙獰的鏡中女人？」

「對。我是這樣猜測的。女生因為車禍成為冤魂，起初仍執著於回到房間溫習，久而久之，累積怨念，於是對那個跟她一樣勤奮的女生下殺手……或許她就是『抓替身』的犧牲者之一。」

「而我看到的就是那個……冤魂？」

「不知道。」小丸搖搖頭。「可能是仍未抓到足夠的犧牲者、之前住在四四四室的女生，可能是『鏡中倒影』裡取代了原有怨靈的那個女死者，甚至可能是再之後、繼承了幾次『抓替身』怨念的某個受害人。」

「所以卡莉她……」

「很可能是這連鎖的目標之一。」小丸說。「別忘記，她是站在『外鬼門』的人，又住進或許曾經是『四四四室』的房間，怨靈盯上她並不出奇。」

如此說來，卡莉就很危險。我不知不覺間也加快了腳步，跟小丸並排而行，她看到我走快了，也一樣走得更快。

雖然一口氣走了八層樓梯，我有點氣喘，但因為有明確的目標，所以幾乎沒留意雙腳的疲勞。我跟小丸已來到八樓。

我們沿著走廊從東翼樓梯走到西翼。走廊寂若死灰，連一根針掉到地上也能聽到。果然如小丸所說，除了我們外宿舍裡所有人都不見了。剛才跟夜貓一起到五樓和四樓，我也有相似的感覺，宿舍似被「什麼」依附了、控制了，我們被困在這個棋盤裡，跟名為「恐怖」的無形對手進行對弈……只是，這盤棋並不公平，我們是只會被吃的一方。

八樓西翼洗手間的門口跟其他樓層的沒有分別，就是沒有門、入口處有個保障隱私的彎角設計、彎角牆上鋪滿瓷磚的模樣。唯一跟我認知不同的，是瓷磚的顏色——女生宿舍的洗手間用上粉紅色的瓷磚，男宿的是藍色的。

小丸往洗手間入口踏前一步，但我沒有動。

「怎麼了，害怕嗎？」小丸問。

「不，這是女洗手間啊，萬一有人，我就會被當成變態了。」

「你笨蛋啊！」小丸笑著罵道：「如果廁所裡有其他女生，我們就真是要燒香酬神了！」

小丸說得對。我今天好像不斷的說蠢話。

我們走進傳說中的洗手間。因為我沒進過女廁，所以我不知道它的間隔跟宿舍其他女洗手間有什麼不同，但至少它不像宿舍的男廁那樣，裝設了一排小便斗。洗手間的入口處分左右兩個通道，轉左是淋浴室，而轉右就看到兩排廁格。其實淋浴室跟洗手間互相打通，只是入口處有一面L字形的牆，讓外面的人覺得分成兩個區域。在洗手間跟淋浴室之間的牆上，有一列盥洗盆，盥洗盆前很正常地裝著牆鏡。然而，在它相對的牆上，亦有一面三公尺長、兩公尺高的大鏡。這面鏡子的位置相當突兀，因為這不但讓兩邊的鏡子出現無限倒影，而且這面牆上實在沒必要鑲鏡。我記得二樓男洗手間的那個位置上不過是一面普通的牆，牆角有一個放清潔用具的鋼櫃，而這兒卻沒有，相同位置上只有一支拖把，以及一個紅色的塑膠桶。

「這面鏡好奇怪。」小丸查看過廁格和淋浴格沒有任何人後，站在鏡前說：「的確，就只有八樓這個洗手間裡有多一面鏡。」

「其他的女洗手間都沒有嗎？」雖然有點多此一問，但我還是想確認一下。

「沒有。」小丸一副無畏的神情，在鏡子前左右移動，並說：「不過，這看起來就像是普通的鏡子而已。」

我隨著她的視線，望向鏡子。在鏡裡，我看到很多個小丸——就像「鏡中倒影」的傳說所言，我看到小丸的臉孔，然後是後腦勺，之後再是臉孔、再是後腦勺……一直延伸下去。我記得因為鏡子不會完美地反射所有光線，所以每反射多一次，影像就會灰暗一點，而漸漸地趨於漆黑，所以我只能看到十數個倒影，之後的糊成一片。

我把目光移向自己，鏡子裡映出我的臉龐。可是，我看不到自己的後腦。我往前往後移動，鏡子裡仍是我看了接近二十年的尋常臉孔。對了，利用兩面完全平行的平鏡，自己無法看到自己的後腦勺吧？因為光線是直線進行的，我後腦反射出來的影像，是沒可能繞過我的頭顱，射進我的眼睛。要用兩面鏡子看自己的後腦，鏡子必須有一點角度上的差異，好讓影像反射到前面。不過，如此說來，傳說中只看到無限的後腦勺就非常詭異——

還是說，女生看到的，不是自己的後腦勺？

我不禁打了個哆嗦。因為我正看著「那面」鏡子。

「沒有什麼問題啊……」小丸在鏡前比手劃腳，又蹲在牆前，細看鏡子的邊緣，看來是想看看鏡子和牆壁之間有沒有異樣。不過看到她失望的樣子，我就知道沒有發現——那表情跟她在地窖裡檢查地板上的魔法陣時很相似。

「鏡子沒有異常。」她像是作出結論，後退了數步。在她檢查時，我只是呆呆的站在旁邊。

「沒有異常……或者是我們檢查的方法不對？」我問。

「這也有可能。」小丸側了側頭，說：「傳說中，死者是用冷水洗了臉，抬頭瞧見異象的。」

我們一起回頭望向盥洗盆。

「妳……要試嗎？」我說這句時有點結巴。

「總有一個人要試吧。」小丸的語氣雖然平靜，但她大概跟我一樣有點猶豫。如果傳說成真，那我們之後做的，就跟自殺無異。

「來，猜拳。」我伸出拳頭。我其實沒勇氣去試的，但在這個場合，我覺得讓女生冒險就太沒種了——雖然我想，在地窖時如果我「沒種」一點，我們就不會落得如此下場。

「好，剪刀石……」小丸伸出右手，卻突然頓了一頓。「等等，贏的去還是輸的去？」

「贏的吧。」我說。如果讓輸的人試，這場猜拳就像是賭命的遊戲，敗者會輸掉性命……不，不要這樣想較好。

「來，剪刀、石頭、布！」小丸邊說邊搖動拳頭，在她喊出「布」的時候，我們一同伸出右手。

以前我看過好些電影，這時候都會先打和，增加一下緊張的氣氛。我都很想這樣演，可是現實不是如此——我伸出打開的手掌，小丸伸出拳頭。

這時候我才不想勝出啊。

我硬著頭皮，站在盥洗盆前。因為傳說沒說明死者是用哪個盆子，我只好選正中的那一個。我扭開水龍頭，冷水倏地湧出。沙沙的流水聲在洗手間裡迴響著，劃破了本來的靜寂。我伸手摸了摸水柱，冰冷的感覺從指尖傳到我的頭皮……但我不知道是因為冷水的溫度很低，還是我內心的恐懼令我發冷。

我回頭看了看小丸，鼓起勇氣，把臉孔埋到盆子，用手把冷水潑到臉上。水好冰。現在不過是九月，勉強算是初秋罷了，為什麼水那麼冷？是因為諾宿位於郊區，自來水經過室外的水管所以特別冷嗎？我覺得自己連背脊上也起了雞皮疙瘩，臉上只感到麻痺。

我不知道自己往臉上潑了多少次冷水，但我知道，我要抬起頭，面對結果了。

我用雙手撐著盥洗盆的邊緣，然後緩緩的，伸直本來弓著的腰……

冷水從我的額頭沿著眉骨滴下，滑過我的眼角，我張開口用力的吸著氣。

在我眼前的，是……我。

鏡子裡是滿臉水點的我。

我依然只能看見自己的臉孔，無法看到自己的後腦勺。

我瞟了旁邊一眼。小丸依舊站在我左後方，直愣愣地瞧著我。她的眼神有點不安，不過，我覺得當中帶著一絲期待。

我再細心看著鏡中的影像，找尋異常的地方……

沒有。

一切都很正常。

沒有長髮背影、沒有猙獰面孔，也沒有張牙舞爪的怪物。

我站直身子，後退三步，再略帶不安地轉身，望向那面多出來的鏡子。

小丸跟我一起回望。

鏡子裡，只有我倆，以及無限反射的倒影。

「什……麼都沒有嘛！」小丸說。她再次站在鏡子之前，查看著鏡子下面的牆壁，用手敲敲打打。

我內心有點五味雜陳。我當然不希望像「鏡中倒影」的主角那樣子遇到悲慘恐怖的經歷，但沒有發現，就即是在尋找卡莉和巴士一事上沒有進展。

「看來要從其他方面著手了。」小丸嘆一口氣，好像對自己的判斷有誤感到失望。

「還有什麼『其他方面』？」我問。「是七不思議的其他傳說嗎？」

「雖然是方法之一，但我覺得連性質最接近的『鏡中倒影』都沒有給我們有用的線索，其他傳說就不一定有意義。」小丸再次側著頭，一臉思考中的樣子。

「那麼，妳有沒有什麼頭緒？例如有沒有什麼特別的發現？」

「唔……好像有一點，不過是很小很小的事情。」小丸瞧著我，說：「我剛才回到房間，覺得有人曾經進去過。」

「有人進去過？」

「明明只有我有門匙，房間卻被人……啊，不，那不一定是『人』吧？嘿。」小丸像是自嘲地笑道。坦白說，這時候我笑不出來。

「房間有什麼問題？」我問道。

「我放在床上的衣服不見了。」小丸說：「我跟卡莉她們吃過晚飯後，到交誼廳聊天前，我先回房間換衣服，我把外套和T恤丟在床上，不過剛才回去，卻不見了。」

「妳沒有即時向管理員報告有小偷嗎？」我問道。

「我當時沒留意，直至房間餘下我一人時我才發覺。」小丸說：「當我還在思考是不是自己記錯時，姍姍就因為門鎖出問題，回不了房間向我求助。」

對了，小丸、姍姍和直美先到小丸的五二一室談組聚的事情，所以小丸沒留意衣服也不出奇。姍姍之後發覺門鎖有問題，於是三人回到交誼廳找管理員，然後跟我們重遇……

只是卡莉和巴士已經不在了。

不，他們生死未卜，我不要這樣想。

「繼續待在這裡也沒有用，我們走吧。」小丸往出口的方向走過去。

我點點頭，但我突然有個想法。

「鏡中倒影」的故事裡，死者不是在洗手間被殺，而是在宿舍房間，用電話向室友求助後才遇害的。

到底她在打電話後遇上什麼事情？

雖然我沒有在鏡子中看到「猙獰的女人」，但我已經遇見了那個詭異的背影三次。或許，我已經滿足了「遇害的條件」？

我感到一陣惡寒。

不過，這樣的話，只要我回到某個房間，就能引發事件。

雖然我不想死，但只有這方法才知道卡莉和巴士是否仍然在世。

我們身處八樓，直美的房間就在這一層，我想，可以用她的房間來引怨靈現身。不知道她有沒有鎖好房門，如果鎖上了的話，我就乾脆用腳踢開。若我之後仍有命，才考慮修理的問題吧。

「小丸，妳知道直美住哪一個房間嗎？我想，惡靈說不定要在照鏡的人回到房間後才會……」

我說話時，小丸回頭望我，但我發覺她沒有聆聽我的話——她的目光射向我後面，而她的表情，像是看到某些既可怕又振奮的事物，張開嘴巴卻沒發出聲音。

我回頭一看，也看到了。

不是猙獰的陌生女人，也不是詭異的長髮背影。

是卡莉。
而且是外表正常、不像被鬼魂附身的卡莉。
唯一不正常的，是她所在的位置。
她在鏡子之中，在十多個倒影後的影像之內。
就在那面「多出來」的鏡子之內。
她按著鏡子，不斷的用手捶打著，又焦急地回頭張望。我沒有聽到任何聲音，但我可以看到卡莉正在大喊著。
她站在鏡子前，卻相隔了十數個倒影，令我們跟她的距離既近且遠——在那個倒影裡，我看到卡莉就站在我和小丸身旁，但那只是鏡子裡的我們。卡莉她就像站在十多重的玻璃之後，無力地拍打著玻璃，向我們求救。
「卡莉！」小丸大叫。
卡莉不一定聽到小丸的聲音，但很明顯她看到我們。在我跟她眼睛對視的一刻，我看到她露出了欣慰的表情——縱使那只是在恐懼無助之中的一點欣慰。
我趕到鏡子之前，企圖拉近我們之間的距離，而鏡中的我的影子，亦走近了卡莉。不過，當我走到跟卡莉所站著的位置時，我在鏡中的影像蓋過了卡莉，就像我的影子在鏡子上是一個平面，令我無法看到她。我向旁邊走一步，就看到卡莉仍在裡面，繼續拍打著鏡子。
「小丸！怎麼辦？」我問。
小丸衝到鏡子前，跟卡莉一樣用力捶打著玻璃。「卡莉！」她不住大喊。
「小丸！我們該怎辦啊？」我再問一次。卡莉是小丸幼時好友，我想這時候，小丸也失去冷靜了。

「啊呀！」小丸沒回答我的問題，突然發出驚呼。我移過視線，望向鏡中的卡莉，隨即明白小丸慘叫的原因。在鏡子裡卡莉的後方，冒出一個黑影。那黑影在卡莉身後的鏡子之內——如果卡莉在大約十面鏡子之後，那黑影差不多在第十五面。因為愈遠的鏡子倒影愈暗，我看不清楚那個黑影的模樣，但從輪廓看來，我幾乎能確認那是什麼。

那是我見過三次的長髮背影。

問題是，這次它不再背著我。我看到它正一步一步的逼近鏡子，向著卡莉走過去。

「卡莉！小心後面！」我也加入捶打鏡子，希望能引起卡莉注意。可是，卡莉只是繼續朝我們拍打著、大喊著，對身後逼近的惡意毫不知情。

「卡莉！後面！」小丸用手指指向鏡子裡，然而卡莉看不明白。她完全沒有回頭。長髮的鬼影霍然跨過一面鏡子。它跟卡莉之間只有四面鏡的距離。

那怨靈依舊垂下雙手，一步一步的接近卡莉。

「卡莉！」

「阿燁！快想辦法！」小丸嚷道。天啊，這時候我怎知道有什麼辦法？

「打破鏡子行嗎？」我脫口而出。

「可是如果打破鏡子，仍無法讓卡莉走出來，我們就失去拯救她的唯一機會了？」小丸緊張地說。

我回頭望向卡莉。

怨靈跟她之間只有三面鏡的距離。

在這個程度，我漸漸看到怨靈的外表。它身上是一件骯髒、沾滿血污的灰白色袍子，長髮垂到腰間，腳上沒有鞋子。它的膚色很深，不像一般所謂「蒼白的鬼魂」，顏色甚至深到幾近黑色。因為光線不夠充足，我看不清它的臉孔，但似乎在嘴巴的位置上有點異樣。

「事態危急，只能賭一把！」我說。我掄起膠桶旁的拖把，站在鏡子前，準備用柄子敲破玻璃。

「小丸，妳站遠一點！」我命令道。小丸後退了數步，我就狠狠地以拖把揮向鏡子——

慢著！

在柄子跟鏡子只餘下幾公分時，一個無意間的發現，令我猝然住了手。

「阿燁？」小丸訝異地問。

好險！我差點犯了大錯！

卡莉仍在鏡子裡用力拍打著，但一個細節讓我感到不對勁。

卡莉的右手。

她雙手拍打著玻璃，可是，她的右手手腕上戴著白色的腕帶。

我從校車站開始已看到她手上綁了這個，不過，她是戴在左手上的。

我赫然望向背後的盥洗盆。盥洗盆上的鏡子沒有異樣，沒有慌張求救的卡莉，也沒有步步進逼的長髮怨靈。卡莉和怨靈只在「多出來」的鏡子內。

但鏡中卡莉的腕帶，戴在相反的手腕上。

所以鏡子裡的，其實是卡莉的「倒影」。

那麼說……

「弄錯了！有問題的鏡子是另一邊才對！」我猛然衝到盥洗盆前，用力揮動拖把，在小丸還沒來得及反應前，打中盥洗盆上的鏡子。

不過鏡子沒有應聲破裂。

拖把就像插進水面，鑽進鏡子裡。

在我還未懂得發生什麼事情之前，一股龐大的力量抓住拖把，將我一瞬間拉進鏡子之內。事情發生不到一秒，我也不知道為什麼雙手像黏在拖把之上，但當我搞清情況時，我已發覺自己躺在洗手間的地板上，手上仍抓住那支有點髒的拖把。

我連忙站起來，卻發現詭異的情境——我獨個兒站在八樓洗手間裡，不過這洗手間跟我剛才所處並不是同一間——它的環境跟剛才的完全相反，就像鏡子裡的倒影。

而在盥洗盆上的鏡子裡，我看到小丸正一臉詫異地摸著玻璃。她應該看不到我，因為她的視線正在左右亂瞄。我回頭望向另一面鏡，卡莉仍在裡面——不過她的腕帶已回到她的左手上。

那怨靈仍在裡面。它跟卡莉之間只有兩面鏡之隔。

雖然剛才摔了一跤，屁股痛得要命，但我勉力爬起來，抓住拖把，往鏡子衝過去。當我用手貼著鏡面時，鏡面像湖面般冒出波紋，我用力一按，竟然整個人穿過去了。

我沒再多想，一口氣越過好幾面鏡子。卡莉她似乎看到我走近，因為我看到她露出振奮的表情——不過她不知道背後的長髮黑影，現在就在她身後的鏡子之內。

「卡莉！」我大喊。我跟她之間只餘下兩面鏡，而我正要跨過盥洗盆時……

那怨靈已跟卡莉身處同一空間了。

卡莉緩緩向後望——她一定是聽到什麼聲音——然後我看到她渾身發抖。我現在也看清楚那怨靈的臉孔——那是一副焦黑的臉，就像枯死的樹皮，形成龜裂狀，眼睛和鼻子的位置微微凹陷，而嘴巴左右裂開，往面頰延伸過去，就像一隻在獰笑的怪物……

它正舉起右手，伸向卡莉的脖子……

「卡莉！逃啊！」

卡莉僵住，沒有移動半分。

卡莉跟我只相差一面鏡，我們之間不到幾公尺，而我只能眼巴巴看著她遇害。

就像巴士那時候一樣。

巴士被吞噬的一幕在我腦海中閃過。

不！

我不容許這種事情再次發生！

我不知道自己從哪兒得來力氣，竟然隨手甩動拖把，像擲標槍的樣子用力投出去。拖把像箭一樣越過空中，正中鏡子，而幸運地，直接刺向怨靈的頭顱。鏡子就像水面，完全沒有干涉拖把，讓它筆直地擊中怨靈。

「卡莉！」我大喊。

或許是拖把貫穿鏡子，讓我的聲音傳進裡面，卡莉終於回過神來，回頭瞄了我一眼，再往下跌倒，避過怨靈那像樹杈的鬼爪。拖把插在怨靈的脖子上，另一端卡在鏡子，我趁這機會抓住拖把的一端，再連人帶拖把衝過鏡子。

「阿、阿燁！」是卡莉的聲音。

我沒有回頭，因為我手上的拖把，正刺著一隻怨靈。怨靈發出怪異的聲音，就像豬的嚎叫，又像颱風颳過的尖聲，不住在掙扎。黑色的血沿著拖把柄子滴下，但我沒有鬆懈，把它推到盥洗盆邊，再用力一撞，它的上半身陷進鏡子之內。

「給我滾！」我大罵。

怨靈突然被鏡子吸了進去，而在下一秒，盥洗盆上的鏡子應聲爆裂，化成數十塊碎片。拖把斷成兩截，而那些怪異的聲音，連同怨靈的身影一同消失於空氣之中。

我抖著大氣，站在盥洗盆之前。我從鏡子碎片裡看到自己的倒影，而回頭一看，「多出來」的鏡子正映照著我面前碎掉的大鏡，以及鏡後的粉紅色瓷磚。

卡莉正瑟縮在那面鏡子下方。

我仍抓住半截拖把，恐防怨靈偷襲，謹慎地走到卡莉身旁。

「妳……沒事吧？」我蹲下身子，笨拙地問道。這時候，我真的不知道該說什麼。

「嗚哇！」卡莉突然一下子摟住我脖子，嚎啕大哭。

「沒……沒事了。」我拍了拍她的肩膀。我這輩子從沒被女生摟抱過，不過認真說一句，我才不想在這種糟糕的情況下被女生擁抱。

因為盥洗盆上的鏡子破掉，無限倒影沒有了，我亦無法在鏡中看到任何異像，包括小丸所在之處。在這個空洞的洗手間裡，就只有我跟正在啜泣的卡莉。

這兒是鏡子裡的世界嗎？還是現實裡諾宿的另一個洗手間？我們在哪兒？

算了，暫時別管這些就好。至少，卡莉仍活著。

數分鐘後，卡莉漸漸回復平靜。雖然她仍在抽鼻子，但已沒再流淚。

「好了，沒事了。不用害怕。」我扶著她站起來，柔聲說道。卡莉淚眼婆娑，雙手緊緊抓住我的肩膀。

「阿、阿燁……那是什麼？」卡莉一副驚魂甫定的樣子，結結巴巴地說。

「不知道，大概是怨靈吧。小丸是這樣說的。」

「啊！小丸！」卡莉突然像是想到什麼似的，望向鏡子。「小丸呢？小丸在哪兒？」

我搖搖頭。「好像只有我過來了。希望她平安吧……」我說。

卡莉把頭靠在我胸口，好像再次想哭的樣子。

「妳為什麼會在這兒？之前妳遇到什麼事嗎？」或許有點殘忍，但現在卡莉必須面對現實。我才不相信我剛才胡亂一戳就戳死了惡靈，那傢伙很可能會再次來襲。

卡莉抬起頭，說：「我……我只是上洗手間，然後就發覺回不了房間……」

「回不了房間？」

「走廊都變了樣，門牌都不見了，而且無論轉多少個彎，都走不到自己的房間……」

「所以你到八樓來了？」

「八樓？」

「這兒是八樓西翼的洗手間啊。」其實我說錯了吧，這是八樓西翼洗手間的「鏡子裡面」。

卡莉慌張地回望一下，說：「我沒有走樓梯啊！我、我在走廊裡發覺回不到房間，一直在跑，後來看到了……嗚……」

「看到什麼？」

「一、一個長髮的背影，站在走廊裡……」

長髮背影……果然是了。

「我、我覺得那個背影很恐怖，於是轉頭就跑……」卡莉嗚咽起來。「我好像跑了很久，每次回頭，總會看到那背影站在不遠處……最後我逃進這洗手間，然後在鏡子裡看到你和小丸……」

這宿舍果然有問題。

「剛才夜貓等不到妳回來，於是到一樓找我們，然後我們就四處找妳了。」我說。「我們發覺這宿舍似乎鬧鬼，幸好小丸對此有點研究，我才能夠在千鈞一髮間找到妳。其實我都不肯定拖把能不能對付鬼魂……」

卡莉突然脹紅了臉，後退了半步，但仍緊捉住我的胳臂。「呃，剛才……謝謝你。」

我想起夜貓那句「卡莉連手都沒有被男生牽過」，害我也忽然不好意思起來。

「不、不用客氣。」

「我們……現在怎麼辦？」卡莉問。

「想方法回去吧。」

「回去？」卡莉訝異地問：「回去哪裡？」

「回到現實世界。」我說：「小丸懷疑七不思議裡『鏡中倒影』的怨靈借用八樓的古怪鏡子作惡，所以我們才到八樓搜索，也在鏡裡看到妳被困。看來不知道什麼時候，妳被怨靈拉進這個鏡子裡的異世界了……」

卡莉張大嘴巴，說：「是……我進入了鏡子，而不是你們在鏡……鏡子裡？」

我無奈地點點頭。

「妳說妳沒走過樓梯，走廊的房門又沒有門號，而且宿舍裡有兩面鏡子的洗手間只有一個——從任何角度看來，有問題的是我們身處的這個地方，亦即是妳被怨靈逼進的這個地方。」

卡莉再次露出一副泫然欲泣的神情。其實長髮背影跟剛才我擊退的惡鬼是不是同一隻鬼魂呢？我開始有點疑問。外型上的確相同，但它的行動有點怪異。為什麼它不直接襲擊卡莉，要讓她在這個詭異的地方逃命？怨靈好像有意玩弄卡莉似的，像要逼得她精神崩潰。

「我看看有沒有方法離開吧。」我說。

我拾起地上一片較大塊的鏡子碎片，稍稍猶豫一下，放到牆上的大鏡前方。雖然我害怕惡靈會從裡面跑出來，但我現在想到的，就只有這個辦法。兩面鏡子互相反映著，形成一個無限重複的鏡像，可是這回我看不到任何異常。鏡像裡沒有惡鬼，也沒有小丸。我伸手碰了碰兩面鏡子，表面都像冰一樣寒冷，但兩者都沒有像之前一樣變成可以穿過的水面。通道關閉了。

卡莉勾著我的手臂，一直在我身旁。我模仿小丸在鏡子上下敲敲打打，卡莉也跟我一起做，可是一切都是徒勞。

「到外面看看吧。」我說。

其實我怕一如卡莉所言，那個長髮背影在走廊埋伏，我們出去就是送羊入虎口，不過這時候沒有選擇。

我們兩人戰戰兢兢地往洗手間出口走過去。我揮動半截拖把，先確保轉角沒有「東西」躲藏著，再一步一驚心地前進。可是，當我繞到出口時，卻發現面前是不可理解的光景。

是一個裝璜華麗、放滿上等木製家具、牆壁貼著棗紅色花紋牆紙的房間。

我們面前有一張直徑約一公尺的圓形木桌，上面放了一個銀花瓶，花瓶裡插著幾朵嬌豔的紅玫瑰，而旁邊有兩張木長椅，扶手和椅背都有細緻的雕刻，跟綠色的坐墊、背墊很配。房間裡燈光柔和，每面牆上都有兩盞燈，但它們都不是電燈，玻璃燈罩內冒著小小的火焰。其中一面牆上掛著一幅油畫，畫中描繪的，是幾個站在花園裡賞花、穿禮服撐洋傘的紳士淑女。

這個房間就像維多利亞時代的英式起居室，我幾乎覺得自己嗅到那股古老的氣味。

「阿燁！」卡莉傳來一陣驚呼。我循她的視線望過去，發覺身後的洗手間出口已經消失，我們背後是一面牆。我敲打了數下，牆壁只傳回結實的聲音。

房間沒有窗戶，盡頭有一扇門，門板跟家具一樣，裝飾著精細的雕刻。門旁有一張小桌子，桌子上有一個銀盤，盤上有一個裝著茶色液體的玻璃瓶——我猜是白蘭地或威士忌——另外還有幾個杯子。在銀盤旁邊有一份對折著的報紙，我懷著不安的心情，走到那桌子前。

「阿燁？」卡莉勾著我的手臂，跟我一起來到桌子旁。
我低頭看了一眼，感到一陣暈眩。有時我很討厭自己的預感準確。
報紙上面以某種古典字體印著「The Daily Telegraph」——即是《每日電訊報》，而左方印著日期。
——February 20, 1889
一八八九年二月二十日。
我跟卡莉被送回一百二十二年前了。

2

「一八八九……阿燁！我們在……」在我注視著桌上的報紙時，卡莉似乎也看到那個異常的日期。「我們回到一百年前了？」
「我不知道。」我搖搖頭。這或許是惡靈的把戲，以幻象迷惑我們，但也可能是我們穿越到一個陌生的時空。看過巴士被書桌吃掉、經歷過穿透鏡子用拖把擊退怨靈，我的膽子似乎練大了不少，掉進像是一百年前的異常環境，我比我想像中還要鎮定。
我唯一的疑問是，為什麼我們會來到這個地方？
可惜小丸不在，我想熟悉玄學靈異的她一定能找出蛛絲馬跡——如果沒有她，我也不可能走到八樓，在鏡子中找到卡莉。目前，我和卡莉只能靠自己，走一步算一步。
「喀嚓。」
房間盡頭傳來的聲響，令我和卡莉立時回頭，就像突然察覺捕獵者的羚羊。聲音來自那扇雕刻了精細花紋的門板，我們還沒來得及找到躲藏的地方，木門便倏地打開。我匆忙移過身子，擋在卡莉前方，緊抓住那半截拖把，向門口警戒著。我不是想在女生面前逞英雄，只是我知道，我再不濟事也比手無縛雞之力的卡莉強一點點，既然之前我曾成功打退那鬼魅，那說不定我還可以再做一次。

然而現身的不是長髮女鬼。

打開房門的，是一個二十來歲的白人女性。她穿著白色領口、白色袖口的黑色襯衫，腰間披著白色圍裙，頭戴白色髮箍。她神態自若地走到我們面前的桌子旁，提起盛著酒瓶和杯子的銀盤，再往門外走去。從進入房間至離開，她沒瞧我和卡莉半眼。

就像我們不在這兒似的。

「剛、剛才那個人……」卡莉戰戰兢兢地問道。

「看樣子，是個女僕。」我說。這是廢話吧，雖然裙子比較長，那身裝束跟目前流行的女僕咖啡店的服務生裝扮差不多，有常識的人一看便知道——當然，我恨不得我是在日本東京秋葉原看到這種女僕，而不是在這個冷森森的鬼地方。

「她沒看到我們嗎？」卡莉再問。

我也覺得很奇怪。我們就站在桌子後面，可是那女僕視若無睹，沒對我們作出半點反應。雖然房間裡光線不太充足，但除非她是個大近視，否則不可能錯過我們吧。

不過，如果現在真的是十九世紀末，女僕這種薪水不高的勞動階層，缺錢配眼鏡也不無可能？

「我們出去看看。」我將那些不著邊際的無聊想法拋到一旁，著眼於目前的情況。我看不出待在這個房間有什麼用，而且說不定那齜牙咧嘴的怨靈會突然從牆中冒出，更何況外面或許有讓我們回到未來的通道。

卡莉大概跟我有相同的想法，她點點頭，緊抓住我的手臂，隨我一步一步往木門走過去。

我謹慎地打開房門，探頭往外窺視一下。門外是一條寬闊的走廊，兩邊牆上沒有窗子，只掛著火光閃爍的燈。我不知道那是煤油燈還是瓦斯燈，但牆上的火光一直沿走廊往前延伸，簡直就像電影裡才看得到的情景。走廊中，房門左方不遠處放了一副銀灰色的西洋盔甲，它站在兩盞燈之間。盔甲的面罩沒有合上，裡面空無一物，但我總覺得那空洞的頭盔裡有雙無形的眼睛在瞪著我，只要我一背向它，它便會突然動起來，揮舞兩手握著的銳劍砍向我和卡莉。

房門右方有一道往下的樓梯，梯間漆黑一片，彌漫著一股不祥的氣息，我們只好小心翼翼地經過盔甲前，往走廊的另一邊走過去。走廊牆上掛著好些油畫，畫中全是一些歐洲風格、超過一百年的主題，像是戰爭的情境、穿著禮服的男女、裸體的希臘神話人物等等。

「阿燁！」卡莉突然小聲喊道。她伸手指著右前方，我循著她所指的方向一看，發覺右邊牆上不遠處有一面寬約兩公尺的長方形鏡子。鏡框跟其他油畫的畫框差不多，所以我們差不多走到鏡前才察覺那不是畫而是鏡。

「那、那女鬼會不會在那鏡子裡？」卡莉緊張地問。

「不……不會吧？如果在的話，我再狠狠戳它一下。」我揚了揚手中的半截拖把，故作輕鬆地說。

「嗯。」卡莉聽到我這樣說，露出放心的表情。能夠成為女孩子的倚靠，感覺其實滿不錯，只是這一刻我心底那份「無福消受」的感覺更強烈。我硬著頭皮，將拖把架在前方，慢慢走到鏡子前。

剎那間，我被鏡中的影像嚇呆了。

鏡裡沒有披灰白袍子的怨靈，只倒映出走廊中的牆壁、油畫、燈火、地毯等等。

「只」有走廊中的牆壁、油畫、燈火、地毯等等。

鏡子裡沒有我和卡莉。

「阿、阿燁！」卡莉喊道。她也察覺異樣了。我們站在鏡前，但鏡中沒有我們的影像。我幾乎以為那不是鏡子而是一面透明玻璃，玻璃後是另一條走廊，可是，我們身後牆上一幅描繪了某名穿軍服男人的油畫，在鏡裡反映出左右相反的鏡像。鏡子裡的走廊空無一人。

我大著膽子，伸手推了推背後那油畫的畫框，油畫輕輕的擺了一下，而令我和卡莉驚異的場面，同時在我們眼前發生——鏡中的畫框，同步地往相反方向移動。就像網路上鬧鬼的影片，物件莫名其妙地移動一樣。

「噗嗒。」

低沉微弱的腳步聲，剎那間把我們的注意力從鏡子拉回來。一個女僕從右方向我們走過來，她的衣裝跟之前我們遇見的那位一樣，不過她的年紀比較大，身材略胖，看來有四十多歲。我和卡莉太投入觀察鏡子，渾然不知有人接近。

我們當場僵住，可是那年長的女僕沒有停下來，就在我們跟前不到十公分之處走過。她經過鏡子前的一刻，我的心跳差點停止——鏡子裡，她的倒影毫無異樣地走過，換言之，那的確是一面鏡子，只是我和卡莉失去了倒影。

就像鬼魂一樣。

「為、為什麼我們沒有影子的？」卡莉情急地嚷道。我連忙掩著她的嘴巴，因為我不知道那女僕會不會聽到我們的聲音，但對方完全沒有停下腳步，繼續往走廊一端的轉角處走過去。

「她聽不到我的聲音？我們也沒有倒影……阿燁，我、我們其實是不是已、已經死了，變、變成鬼魂……」我放開手後，卡莉哭喪著臉，結結巴巴地說道。

「不，這想法太無稽，」我試著安慰卡莉，「如果我們真的變成了鬼魂，為什麼會掉到百多年前了？這說不通啊！萬一真的變了鬼，也該在諾宿裡面嚇我們的學弟學妹，而不是在這個怪地方嘛。」

「這……也對。」

「所以暫時別想太多，既然我們不會被人看到，那我們更不用擔心會被發現。我本來蠻擔心被人逮到，會被當成神經病，給送到更糟糕的地方啦。天曉得這個醫學不昌明的年代，會用什麼鬼方法『治療』精神病人啊。」

卡莉點點頭，露出一個不大安心的笑容。

坦白說，這番話連我自己也不大相信。也許正如卡莉所說，我們已經死去，魂魄被送到一百年前，又或者像小丸說的，我和卡莉被「抓替身」，已經變成怨靈作祟的犧牲品。

只是如果真的是這樣，我們倒沒有什麼需要擔心的，反正最壞的已發生了。不過，萬一這不是事實，我和卡莉便要避開更壞的情況，並且找出脫離這困境的方法。

我們繼續沿走廊向前走，不到幾步，走廊分成左右兩邊的岔路。當我猶豫著該往哪一邊探索，微弱的鋼琴聲隱約傳入我的耳中。

「卡莉，妳聽到嗎？」我問。卡莉點點頭。

琴聲來自左方，於是我們向左走，拐過一個彎角後，琴聲霎時響亮起來。轉角不遠處是走廊盡頭，連接著走廊的是一扇寬敞高大的拱門，拱門沒有門板，我清楚看到門後的空間——那是一個偌大的大廳。

率先映進我眼簾的，是一個身穿紅色洋裝裙子的金髮女孩。她背對著我，坐在一座深棕色的三角鋼琴前，彈奏著輕快的音樂。從背影來看，她應該不到十歲，但鋼琴中流溢出來的卻是毫不生澀的樂章。我沒認錯的話，那應該是柴可夫斯基的《胡桃鉗》中的曲子，但要說出是哪一首，不熟悉古典音樂的我便無能為力了。

當我仍注視著那女孩時，卡莉用力地拉了拉我的衣角。我轉過頭，看到她一臉不安地盯住大廳的另一方。我們站在拱門旁，門口對著的便是正在彈琴的小女孩，而我循著卡莉的視線望向右邊，便看到那既正常又異常的景象。大廳的右方有三張長椅、四張桌子、一座比我還要高的老爺鐘，還有一些放擺設裝飾的架子和木櫃，近老爺鐘的長椅上有一位衣著華麗的外國婦人，她身旁有一個看來只有三、四歲的小男孩，正依偎在婦人懷中。在稍遠的桌子旁站著一個四、五十歲的金髮男人，他的目光放在彈琴的女孩身上，右手拿著一個酒杯。在他身旁的桌子上，放著我剛才見過的那個放在銀盤上的酒瓶。這些人就像參加化妝舞會，穿著維多利亞時代的英國衣裳，我和卡莉恍如誤闖舞台的不速之客，和這環境格格不入。

不過，所謂「正常又異常的景象」，「異常」並不是指這些人——在這個環境之下，他們才是「正常人」吧。拿酒杯的男人身後牆上有一面鏡，一如走廊中的鏡子，我和卡莉在鏡中沒有倒影，在鏡裡我只看到那些古裝人。在另一面牆上有一扇窗，窗外一片漆黑，我完全看不到窗外的景物。看到窗子時，我心頭泛起一股惡寒，覺得我不是看不到窗外，而是窗外的世界並不存在。「那片黑暗比我見過的漆黑還要黑」，雖然這種形容毫無邏輯可言，但這是我的第一直覺。

一如之前遇過的兩個女僕，這些人對我和卡莉靠近毫無反應。然而，看到他們令我確信心底的某個想法。在看到報紙上的日期時，我已有這個聯想。

「伊斯白爵士年紀不大，應該是四十多五十歲吧，外表就是很普通的英國紳士。他有一位妻子，兩個未成年的孩子，除此之外，家裡就只有一位老管家以及四位女侍。」亮哥曾如此說過。我眼前的，恐怕就是伊斯白一家。

這是他們一家仍未遭遇「諾宿七不思議」沒包括的「另一場大火」之前的情境。亮哥提過，伊斯白一家四口連同五位僕役，一夜之間被燒成焦炭，我一想到這裡，不由得打一個冷顫。

聽到「有人被燒死了」，正常人都會感到恐怖，但那只是字面上的感覺。如今他們在我眼前，即使時代不同，他們一家跟我們沒有分別。伊斯白夫人輕撫著兒子的頭髮，伊斯白爵士則臉帶微笑、陶醉在女兒美妙的琴聲之中，這光景就如尋常融洽和樂的家庭。

但這些人會在我們身處的一八八九年的某天遭到慘殺。他們會被無情的火焰圍困，在猶如地獄的烈火之中，伴隨著劇痛和絕望，看到自己的身體逐漸被烤熟。

「阿燁？」卡莉輕聲地說。她一副惶恐不安的樣子，我不知道那是因為這環境嚇怕了她，還是我剛才的顫抖被她察覺，令她以為我害怕眼前的這些人。

雖然這些人應該聽不到我們的聲音，我還是向卡莉做了一個手勢，示意她不要作聲，又擠出一個微笑，表示情況不算太壞。的確，比起來勢洶洶、殺氣騰騰的長髮女鬼，目前的狀況只是令人費解而已。

音樂持續了數分鐘，期間我和卡莉站在拱門旁的牆角，注視著大廳中各人。隨著樂章完結，那女孩彈奏出最後一個音符，伊斯白爵士放下酒杯，緩慢地、有節奏地拍掌。

「很好，Joy，很好。」伊斯白爵士以英語說道。這一刻我才擔心起來，我的英語聽力有點不濟，像這種簡單英語還好，複雜一點的話，我大概完全聽不懂。「Joy」是那女孩子的名字吧？那該不會是某種一百年前的英式流行語？

女孩子回過頭，向父親報上一個燦爛的笑容。

「爸爸要再聽一首嗎？」她問。

正當伊斯白爵士要開口，一位年邁的老翁赫然在我身旁走過。我和卡莉完全沒察覺這老頭的氣息，看到卡莉掩著嘴巴的樣子，便知道她幾乎驚叫出來。那位老人家滿頭白髮，就像一位六、七十歲的老紳士，但從他步行的姿態可以看出他老當益壯，體力不遜於年輕人。他的衣服不如伊斯白爵士般華麗，但仍是筆挺整齊的西服。

「主人，克勞利先生來了。」他說。他稱伊斯白爵士做「主人」，他一定是亮哥提過的老管家。

「你帶他去書房，我隨後就到。」伊斯白爵士道。老管家微微點頭，從我們身邊經過，離開大廳。

「親愛的，你又要熬夜嗎？每次克勞利先生來，你們都會聊個通宵達旦。我真不懂你們男人為什麼有那麼多話。」在長椅上的伊斯白夫人抱怨起來。難得她說的話我都聽懂，看來我的英語水平比我預期的好一點。

「克勞利先生見多識廣，遊歷遍佈大英帝國的每寸領土，倫敦的上流人士都爭相巴結他，難得他跟我投緣，這是我曼德斯·伊斯白的榮幸。」伊斯白爵士吻了吻妻子的額頭，說：「妳和孩子們乖乖的去睡，我請克勞利先生給我介紹相熟的郵輪公司，到夏天我們一家去德里度假。」

「油嘴滑舌。」伊斯白夫人啐了一聲，表情卻甚為欣喜。「孩子們，晚了，去睡囉。」

靠在夫人身旁的小男孩揉揉眼睛，緩緩地從長椅站起來，而坐在鋼琴前的小女孩好像因為沒能再給父親彈一首曲子，樣子有點彆扭，但仍順從地離開鋼琴。我瞄了瞄大廳另一端的老爺鐘，時間是九點十五分——這個時代的人真早睡啊。

伊斯白爵士首先離開，之後他的妻子拖著兩個孩子，在我和卡莉身旁走過。

「阿燁，要跟上去嗎？」卡莉問。

我點點頭，雖然我不知道該跟著伊斯白爵士還是他的妻子，但留在這個無人的大廳有點令我心寒。我踏出第一步，打算跟在那些古裝人身後時，一件我意料不到的事情發生了。

伊斯白的女兒突然回頭望向我。

她停下來，站在走廊的中央，向我和卡莉直盯過來。我和卡莉站在拱門旁，附近空無一物，我看不到有什麼能抓住她注意的東西，但她的視線就是放在我們身處的位置上。這突如其來的動作，令我和卡莉站住，不敢移動半分。

「Joy，怎麼了？」伊斯白夫人也回頭，向她的女兒問道。

小女孩沒有回答，只是緩緩轉頭，繼續往前走。從她的眼神，我知道她一定是察覺到我和卡莉——即使不是確實地看到，也肯定她感覺到我們的存在。

看到夫人和兩個孩子轉過彎角，我和卡莉才鬆一口氣，確定我們依然是「透明人」，沒有被他們發現。雖然，我也不知道「被看到」還是「不被看到」哪一個較令我安心。

「那個穿紅色裙子的女孩看到我們嗎？」卡莉問。

「似乎……啊！」我本來想回答卡莉，卻猛然想起一個畫面，一個令我喊叫出來的畫面。

「怎麼了？阿燁？」卡莉吃驚地瞧著我。

「我、我見過那女孩！」我微微顫抖，說：「在東翼樓梯間，我曾透過宿舍側門的玻璃窗，看到一個七、八歲、穿紅色裙子的女孩！」

卡莉瞠目結舌，亮出一副不敢相信的表情。

「你、你肯定是、是那個小女孩嗎？」

「不……」我稍微冷靜下來，再說：「不，或許不是同一人，但我確實看到一個穿紅裙的女孩……當時我便很奇怪，為什麼晚上宿舍外會有小學生流連。今年的舍監住在校園另一邊，我也沒聽說管理員有家人。」

「那……那麼說，那女孩子的、的鬼魂一直在宿舍附近徘、徘徊了一百年嗎？」

卡莉的話如醍醐灌頂——我沒有想到這理由。如此一來，事情不是有眉目了嗎？一百年前伊斯白一家慘死，死者的幽靈困在原地，怨念累積，導致後來更多無辜者死亡，引發一堆怪談。而一如小丸所說，我們在地窖錯誤地招來當中最惡毒的「地縛靈」，可能巧合地打破了某些本來束縛著它的條件，令諾宿變成誘捕活人靈魂的陷阱……

不過，那長髮女鬼到底是什麼？是怨念的集合，化身成女鬼的模樣嗎？

我在宿舍側門看到的女孩幽靈，又是為了什麼出現？

我不知道。

「假如我之前看到的是伊斯白女兒的鬼魂，她和長髮女鬼一定有什麼關聯……」我說。

「所以我們應該能在這兒找到……那女鬼的正體嗎？」卡莉問。

「有可能。如果伊斯白家是事件的關鍵，我們或者能在他們身上找到線索。」我指了指走廊說：「我們快追上去，看看伊斯白爵士和他的家人有什麼動靜。」

我們躡手躡腳，走到走廊的彎角，再小心翼翼地探頭張望，畢竟我不知道那個可能看到我們的小女孩在不在。可是彎角後的走廊中空無一人，空蕩蕩的走廊中，只有那些冒著火光的壁燈、掛在牆上的油畫，以及我和卡莉都不願意再走近的大鏡。

在先前岔開的走廊中，我們走左邊來到那個大廳，那麼往右可能便是書房和伊斯白一家各人的臥室。我們繼續走，卻發覺走廊盡處有一扇關上了的門。我將耳朵貼在門上，確認門後沒有聲音，便輕輕扭動門把。

扭不動。

我再三用力，也無法扭動門把分毫。

「鎖上了？」卡莉問。

我搔搔頭髮，表示不解。會不會門後並不是書房或臥室，伊斯白爵士他們不是走這邊，而是往走廊的另一邊？不過我剛才在岔路上看過，那邊的走廊沒有人。或許洋人身材高腳步大，不用半分鐘便走完那道長長的走廊？

「我們到另一邊看看。」我指了指走廊的另一端。「我們一開始離開的那個房間，在門口右邊有一道樓梯吧，說不定他們往那邊去了。」

我們趕緊回頭，沿著走廊走到那副盔甲的所在。我們經過大鏡時，都急步跑過，不敢瞄鏡子半眼。雖然我手上仍抓住「武器」——那半截拖把——但萬一女鬼撲出來，恐怕還是凶多吉少。

「看來他們沒有走下去……」我往漆黑的梯間望了一下，說。

「你怎知道？」

我指了指梯間牆上沒點亮的燈。「如果這是通往書房和臥室的樓梯，牆上的燈應該亮著吧。」

「對啊。」卡莉點點頭。「那麼說，剛才那扇鎖上的門通往書房和臥室？」

「大概吧。或者門後是另一個穿堂，是往樓上的梯間。」我其實不明白，為什麼那扇門上了鎖。就當是入夜後，為了防盜所以鎖好門窗，那些人將大廳與大宅另一邊分隔，可是這邊的燈還未熄滅，一般來說，僕人要負責晚上撲熄燈火吧？不然引起火警……

啊，對，伊斯白家的確遇上火災。難道這是元凶？

「我們要下去看看嗎？」卡莉的話打斷我的思路。

「下、下去？」我有點訝異，想不到膽小的卡莉會提出這種建議。

「下面……下面可能便是那個地窖，有我們回到現代的線索……」卡莉表情略帶不安，但仍一口氣說道。

一語驚醒夢中人，伊斯白大宅和諾宿的共通點，便是那個地窖啊！

「我真笨！卡莉，妳說得對！」我往梯間踏前一步，卻發現貿然跑下去很危險。「我們要先點亮那些燈……」

「我們沒有梯子，也沒有打火機，如何點亮那麼高的壁燈？」

卡莉說得對。這時候我真希望有一支手電筒。

「我們回去大廳，看看有沒有合用的工具。」我說。如果我們拿著椅子穿過走廊，看到「浮在空中的椅子」的女僕大概會被嚇至昏倒，但這一刻我才不管得那麼多。

我們趕緊往回走過去，可是一拐過走廊的彎角，便令我們愣住。大廳變得幽暗，裡面的燈火好像差不多全熄了。

「一定是僕人把燈熄了。」我們謹慎地走近拱門，客廳裡沒有人，可是因為只有兩盞燈仍亮著，房間裡一片晦暗，彷彿有某些可怕的東西埋伏在角落，伺機對付我和卡莉兩隻獵物。

我們在大廳繞了一圈，確認沒有危險後，四處摸索查探。房間裡雖然有椅子，但都很重，抬著它到走廊另一邊很礙事，我便提議看看有沒有火柴，只要有一盒，我相信足夠照亮我們走過那通往地窖的陰森甬道。這個時代火柴是日常用品，大廳裡應該也有吧。我們默默地在大廳搜索，可是木架上只有飾物擺設，抽屜裡放的不是像窗帘的布匹便是杯子之類。

「呃，卡莉，妳跟夜貓很要好吧？」靜默加上幽暗令我很不自在，於是我隨便找個話題。

「嗯。我剛上高中時，在學校附近遇上……遇上色魔，幸好有夜貓，不然我不知道會發生什麼事。」卡莉邊伸手進一個抽屜邊說。

我停下動作，望向卡莉，但她沒有發覺，繼續低頭找火柴。我跟她不過認識了幾個鐘頭，她便願意跟我說這種事？細心一想，或許因為之前有跟怨靈搏鬥的可怕經歷，她現在很信任我了？被巴士知道的話，他一定嫉妒得——

啊，巴士已經不在了。我心裡一陣刺痛。

「那天我晚了回家，怎料在學校附近的巷子碰到一個男人。」卡莉繼續說。「他突然在我面前脫掉褲子，我嚇得大叫，夜貓卻忽然從一邊閃出來，一腳向那男人的胯下踢過去。聽說那陣子學校附近有變態出沒，夜貓便在放學後巡邏，打算親手對付那傢伙。」

「從那時起妳們便成了好朋友？」

「大概是吧。夜貓在學校裡很受歡迎，不過她就是願意跟我這個學妹一起。」對了，夜貓比卡莉年長，當了一年重考生。

我好像不知不覺間探聽了她們兩人之間的關係——其實我真的不想知道，無論她們之間的感情是哪一種，都跟我無關。為免話題向那方向發展，我還是聊其他的事較好。

「妳是高中時對天文學產生興趣嗎？」我打開架子上的一個陶罐，希望在裡面找到火柴，可是裡面空無一物。

「不啦，我從小學開始便很喜歡了。」卡莉的語氣突然開朗起來。或許談這個，會讓她忘記我們目前面對的惡劣情況。

「我對天文學一竅不通哩。」我苦笑道。

「下次我們一起去看流星雨吧？你可以加入天文社，反正巴士也是社員，你們正好有伴兒……你怎麼了？」

聽到卡莉提起巴士，我不由得停下動作。卡莉仍不知道巴士已遇害啊……

「沒事。好，我們回去後，就跟巴士和夜貓一起去看流星雨。」我不忍心說出在卡莉房間巴士被桌子「吃掉」的事。而且這時候說出來，對眼前的困境沒有幫助。

「一言為定喔。」卡莉露出一個甜美的笑容。

雖然我想再改變話題，但巴士的身影在我腦海中揮之不去。

「那個……妳知道大熊座的位置和木星有多少顆衛星嗎？」我想起維基之前揶揄巴士的話，隨口說了出來。

卡莉突然轉過頭來，盯著我。

「阿燁，你知道了喔？」卡莉一副驚喜的樣子，雙眼炯炯有神。在微弱的燈火下，她好像有點臉紅，不過我不知道是否錯覺。

「什麼？我知道了什麼？」

「大熊座和木衛四啊。」

我如墮五里霧中，完全不曉得是怎麼一回事。

「那是從巴士和維基那邊聽回來的，我完全不明白啊。」

卡莉微微垂頭，表情好像有點複雜。「那……那是我的名字。」

「咦？」

「阿燁你知道木星的英文吧？」

「是……Jupiter，對嗎？」我的英文再不濟，也不會弄錯這種初中程度的單詞吧。

「沒錯。Jupiter就是羅馬神話中的主神朱庇特，亦即是希臘神話中的眾神之神宙斯。希臘神話中宙斯生性風流，有不少情人，他曾經追求一位漂亮的公主，那公主叫『Callisto卡莉斯托』，天文學家便以此命名木星的第四顆衛星。」

「所以『卡莉』這名字來自希臘神話和天文學啊。」我恍然大悟。「那大熊座又是什麼一回事？」

「宙斯和卡莉斯托的關係被天后赫拉知道了，醋勁大發的赫拉將卡莉斯托變成一頭大熊。那便是大熊座的典故。」

談到天文知識，卡莉就像換了一個人似的。

「沒想到巴士居然有留意這一點呢……」卡莉再說。

就讓卡莉對巴士留下一個好印象吧，雖然這似乎很殘忍，當她知道巴士遇害，一定更難受。不過話說回來，維基居然知道這些無用的知識，他一定是在聽到卡莉的名字、學系和社團時已猜到出處了。或者比起巴士，維基和卡莉更合襯……

「噹——」

突如其來的響聲，嚇得我差點把心臟吐出來。大廳裡傳來一連串的金屬管碰撞聲，音調高低不一，雖然聲音不大，但頓時劃破本來寧靜的空氣。

「是大鐘！」卡莉也嚇了一跳，但她很快找出聲音的源頭。仔細一聽，原來那是老爺鐘報時的曲調，就是很常聽到的「叮咚叮咚」十六連音，只是這個鐘有點走音，旋律變得有點怪異。

「嚇死我了，原來只是老——」我的話遽然止住，因為在那老爺鐘的鐘面上，我看到不對勁的東西。

鐘面的長針指著十二，但短針指著三。

那十六連音響過後，大鐘傳出三下「噹」便回歸沉默。

「剛、剛剛不是才九點多嗎？」卡莉也察覺到了。伊斯白一家離開大廳的時候，不過是九點十五分，我和卡莉之後在走廊來回走了一趟，加上在大廳找火柴，頂多只過了十分鐘。然而大鐘卻跑了差不多六個鐘頭……

發生什麼事了？

我望向通往走廊的拱門，赫然發覺拱門外比大廳還要暗。我湊近一看，走廊的壁燈全熄了，大廳僅餘的兩盞燈是唯一的光線來源。

「有、有人在我們沒留意時熄燈了嗎？可是為什麼大鐘變了三點？」卡莉在我身後，緊張地問。

「別慌張。」我邊說邊拾起之前放在一旁的半截拖把，以防不知名的東西突然從黑暗襲來。走廊的彎角後，似乎有些動靜。開始時我以為是錯覺，但十數秒後，我肯定外面有些東西。走廊轉角漸漸亮起來，就像有一個光源逐步逼近。

「阿燁！」卡莉小聲嚷道。她躲在我身後，而我們正站在拱門旁，貼著右面的牆。轉角後的光線愈來愈明亮，光線搖搖晃晃，就像一個提燈的人一步一步走近——只是，我不知道那是不是「人」。

當走廊中的光線亮至我差不多能看到遠方牆上的油畫時，卻慢慢轉暗。

「對方好像退回去了？」卡莉說。

看著光線變弱，我猛然察覺那燈光的意義。

「不！不是退回去了！我們趕快追上去！」我拉著卡莉，往走廊外跑過去。

「怎、怎麼了？」卡莉的聲音有點顫抖，但她配合著我，一起向前跑。

拐過轉角，走廊仍是空無一人，但光線從放鏡子和盔甲那邊的走廊射過來。我們再連忙走到分岔路口，在那兒我看到光線來源。

就如同我所想，剛才光線變暗，並不是提燈的人退回去，而是對方從上鎖的門走出走廊，所以我看到愈來愈亮；可是那人走到岔路後轉到另一邊，於是近大廳的走廊由明轉暗。

不過，我沒想到提燈的人們是這個模樣。

我本來以為是女僕或老管家半夜檢查門窗，或是上廁所之類，只要跟著對方，便可以拿到照明工具；可是在我眼前，一步一步往走廊另一端走過去的，絕不是什麼女僕或老管家。

那是一群身穿長披風、頭戴兜帽的人。那件披風好像是黑色或深紫色，因為光線不足，我看得不清楚。他們似乎有七、八個人，其中最前和最後的人提著煤油燈，搖曳的火光照亮了走廊四周。

我壓根兒沒想過會看到這樣的人們，一來他們的裝束古怪，二來人數未免太多了。他們就像我在電影中看過的中世紀僧侶，或是秘密結社的成員——

「啊！」我不自覺地喊了一句。亮哥說過，伊斯白爵士有另一個身分，是某個巫術團體的狂熱者，有什麼「黑主教」的綽號。面前這些人，一定是他的信眾們。他們集中在這裡，目的不言而喻——他們準備到那個地下祭壇進行儀式。只要跟著他們，我們便不用找什麼火柴，讓他們帶路，到那個可能跟未來相連的地窖中。

不過，看到他們緩步而行的樣子，我有種不祥的預感。不，與其說是預感，不如說是聯想，因為我已經知道結果了——在某次儀式中，伊斯白爵士和他的信眾會被困失火的地窖裡，活活燒死。跟著他們，會不會叫我和卡莉同樣身陷險境？可是，我不知道那場大火到底是一八八九年哪一天發生。莫非就是今天？

一想到這裡，我便感到雙腿無力，舉步維艱。

「卡莉，」我回過頭瞧著卡莉，「那些人很可能正前往地窖，可是我不知道今天是不是伊斯白大宅大火發生的那一天，我們跟上去，很可能會遇上危險。」

「阿燁你認為我們應該跟上去？」

我點點頭。「對，因為那個地窖應該是關鍵。不過如果妳害怕……」

「我相信你的判斷。」卡莉斬釘截鐵地說。卡莉的手心冰冷，我想她這份表面上的鎮靜只是強裝出來。

我們接近那些神秘人的隊伍，走在最後提燈的人身後。我大著膽子，悄悄走到那人的旁邊，想一窺兜帽下的臉容。我做這動作時已有心理準備，考慮過對方可能看到我，或者兜帽下是某個恐怖異常的模樣，可是我看到的臉孔很是平凡，對方是一個年約四十、蓄八字鬍的西洋人。那略胖的臉龐在燈火映照下是有點詭異，但比起之前我見過的裂嘴長髮女鬼，這傢伙頂多像在遊樂場鬼屋拿手電筒嚇小孩的售票員而已。

確認到我和卡莉仍是「透明人」，我便仔細打量這些人。因為他們三三兩兩並肩而行，我難以在不碰到他們身體之下走到前列，所以除了最後的提燈鬍鬚大叔外，我只瞧到在隊尾另一個人的樣子，那是一個顴骨突出、嘴唇薄的男人，感覺上不大好惹。他們身上的披風都是一樣，連同兜帽都是深紫色，在邊緣處好像用金線或銀線繡了裝飾，而兜帽正前方有一個倒五角星。那件「披風」其實是「斗篷大衣」，把整個人罩住，只有臉孔露出來——如果把兜帽往下拉，恐怕連五官也能遮住。鬍鬚男人的右手從斗篷伸出來，看來那件長至垂地的斗篷有隱藏式的袖子，像長袍一樣。

我和卡莉跟著這些人，走下走廊盡頭的那道樓梯。樓梯往左轉了三次，下面是另一條走廊。這走廊比較樸素，牆上沒有油畫裝飾，只有一些沒點亮的燈。因為走廊一邊牆上有窗子，我才發覺原來我們剛才在二樓——或是二樓以上。窗外仍是一片漆黑，我無法判斷這兒是否一樓。

這條走廊有好些分岔，每走幾步便分成左右兩邊，如果讓我和卡莉獨自探索，可能要花上很長的時間。經過第五個分岔後，我們來到走廊的盡頭。前方的人不知道在做什麼，然而忽然間，盡頭的牆壁傳來低沉的怪聲。從人群之間的空隙，我看到那面牆緩緩地往一邊移動，就像拉門一樣。走廊在牆後延伸了一小段，然後在暗淡的燈光下，我看到似曾相識之物。

那條通往神秘地窖的甬道階梯。

帶頭的人往甬道走去，因為階梯狹窄，本來並肩而行的人逐一向下走。在隊尾提燈的鬍鬚漢通過那面有機關的牆壁後，牆壁慢慢關上，我和卡莉急忙竄進去。原來鬍鬚男正在牆後拉動一根繩子，那繩子連接著天花板上的一組滑輪。看他吃力的樣子，那機關似乎很重，繩子拉了數下，牆壁才關上數公分。

前方的人已陸續走進甬道，但鬍鬚大叔仍在關門。難怪他們要兩盞提燈，因為有人要殿後關上機關。我拉了一下卡莉，示意不用理會那男人，直接走下階梯。在那陡斜的甬道裡，我左手牽著卡莉，右手抓住當作「驅魔神器」的半截拖把，結果走得很狼狽，差點失去平衡滾下梯級。甬道裡唯一的光源來自前方帶頭的人，我和卡莉跟在隊尾，光線不足，要靠感覺來確認每一步。

拐過兩個彎角後，我和卡莉再次來到幾小時前才到過的門前。地窖的入口跟我們之前見過的沒有分別，刻著花紋的古老大門、門頂上的野獸頭像裝飾再度呈現眼前。那扇木門跟我在一百年後看到的幾乎一模一樣，當時我想原本的門被大火焚毀，似乎並不是事實。

隊列前的人已走進地窖，木門沒有關上——他們是等鬍鬚男人吧——而越過門口，我已看到那張猙獰的面孔。

地上那個山羊圖案。

那詭異的圖形就像跨越時代的詛咒，嘲弄著被擺佈的我們。五角星、神秘符號、英文字和山羊頭跟我記憶中的分毫不差，不過顏色顯然深得多，圓環和五角星的黑色就像沸騰的瀝青，而山羊頭的紅色如鮮血般嫣紅。

我和卡莉戰戰兢兢地踏進地窖，地窖裡相當明亮，除了八面牆上各有一盞燈，在正對入口的深處還有一張長桌，桌子兩邊各有一個用金屬柱子架起來的火盆。桌上放著兩個插著黑色洋燭的燭台、一個銀色的酒杯、一綑不知名的植物、一把匕首、一個金屬製的倒五角星裝飾品，還有一些零碎但我看不清楚的東西。桌後的牆上有一面鏡，尺寸跟我在走廊看過的差不多，不過它的四周圍著金屬裝飾，頂部還有跟地窖門頂一樣的野獸雕像。那些穿斗篷的人分成兩組聚集，一組四個人站在桌子旁，另一組三個人站在入口右方不遠處，似乎各自在談話。

「看，是伊斯白爵士。」雖然聲音不會傳進那些人的耳裡，我還是壓下聲音對卡莉說。桌子旁的四人組之中，有兩個人放下了兜帽，其中一個便是伊斯白爵士，另一個則是我們沒見過的男人。他看起來比伊斯白爵士年輕一點，頭髮梳理整齊，眼神帶著威嚴，神態自若。另外兩個戴著兜帽的人跟他們有一點距離，從態度上看來，微微彎腰低頭的他們就像是從屬於伊斯白爵士和那男人的下僕。

因為另一組仍戴著兜帽的人在地窖右方，我和卡莉便悄悄走到左方的角落。不一會，一個提燈的人走進地窖，並且關上大門。他褪下兜帽，沒意外地是那個負責殿後的八字鬍男人。除了站在伊斯白身旁一個身材較矮小的人之外，其他人紛紛褪下兜帽，包括那個顴骨突出的男人。我掃視一下，那些人都是男性，年齡從二十來歲到五十來歲不等。他們慢慢散開，走到地窖中間，圍著地上的圖案站立。伊斯白、眼神威嚴的男人和仍未褪下兜帽的矮子站在桌子前，伊斯白站在三人的中間。

「各位，在儀式開始前，我要公佈一件事。」伊斯白爵士朗聲說道。他的表情跟面對家人時截然不同，語氣不帶感情，既像軍隊的長官，又像向學生訓話的老師。「克勞利先生已獲得我傳授秘儀，被賦予大司祭的資格。從今天起，他便跟我擁有相同位格，而這更代表我們已作好迎接巴弗滅大神降臨的準備。」

什麼「秘儀」、「大司祭」、「位格」、「巴弗滅」我完全聽不懂——雖然很意外地我聽得懂這些英文名詞，我卻不知道這些詞語有什麼意思。

「阿姆。」其他人回應道。天曉得「阿姆」是什麼。

「今天的儀式，我交給大司祭負責。」伊斯白話畢便退到一旁，讓身邊的男人站到中間。我想他便是「倫敦上流人士也爭相巴結」的克勞利。

「各位，我們夢寐以求的一刻，即將來臨。」克勞利的聲線很動聽，彷彿像唱歌劇的男中音。「我遊歷各地，終於找到萬中無一、適任巴弗滅女巫的媒介。憑著她的法力，我們今天便能讓巴弗滅大神成肉降世，統領我們，粉碎那些自稱為王的無知人們。」

克勞利伸手卸下身旁矮子的兜帽——兜帽下的，竟然是一個容貌豔麗的年輕女性。她的五官勻稱，眉清目秀，長有一張瓜子臉，膚色白裡透紅，烏亮的長髮沿著面頰垂下，看來年約十八至二十。她的美貌令人目眩，教我想起姍姍。

「阿姆。」圍著山羊頭圖案的五人再和應道。

克勞利走到桌子後，雙手舉起酒杯，而伊斯白則和那美女踏上山羊頭的圖案上。這時我才發現，原來其餘五位信眾站在五角星的五個尖端前，他們從本來面對克勞利的方向，轉身朝向魔法圓內。他們合掌垂頭，看來儀式準備開始。

然而下一秒卻令我大吃一驚。

那個被稱為「巴弗滅女巫」的美女，褪下紫色斗篷——斗篷之下，她居然一絲不掛。伊斯白爵士也解下他的斗篷，他在斗篷下也是光著身子。

克勞利在桌子後舉著酒杯，詠唱著不知名的咒語，而赤條條的伊斯白爵士則躺下，臥在山羊頭之上。身材姣好的裸體美女接下來跨坐在伊斯白爵士身上……

我沒想到，A片的劇情會在我眼前上演。左手手心傳來一下震動，我才赫然想起卡莉在我身旁。我瞥了她一眼，只見她脹紅了臉，露出震驚的表情。我是個正常的男生，當然有在網路上看過A片，可是就連巴士跟我這麼熟稔，我也沒有跟他一起觀看的經驗，更遑論這一刻在我身邊一同看著這一幕的，是一個相識不久的女孩子。

克勞利在桌子後繼續吟唱，那五個信徒面不改容地圍觀，伊斯白和那女人則抖動著腰正在交合，而我和卡莉目不轉睛地注視著這荒唐的光景。那女人煽情的呻吟聲跟克勞利的吟唱混合，在地窖中迴盪，然而，雖然那比不少明星漂亮的裸體美女正演著跟A片一樣刺激的情節，我卻沒有半點興奮的感覺——我的心底反而冒起一股嫌惡感。

就像這世上最醜惡的氣息，正從面前的一男一女身上散發出來似的。

「嗚……」卡莉微微發出一聲，我回過頭望向她，只見她別過臉，沒有繼續看。她的表情不是尷尬，而是痛苦——我覺得她跟我一樣，感到那份異常的嫌惡感。

「嘻——」一下尖銳的笑聲，把我的注意力抓回伊斯白和那女人身上。那女人的動作沒停下，但她正在笑——而且是很怪異的笑。那不是愉悅的笑聲，反而是某種惡毒的笑。在她胯下的伊斯白雙目反白，恍如靈魂出竅，躺在地上的只是一副空殼。

「哈哈哈！」那女人的笑聲突然爆發，她雙手按著伊斯白的胸膛，就像一個瘋婆子般笑著。這時我已無法在她身上找到半點俏麗，縱使她的容貌、她的身材沒有改變。

「霍——」

突然間，克勞利身旁的兩個火盆冒起長長的火舌。

「巴弗滅大神！巴弗滅大神！」克勞利高呼道。他的眼神變得瘋狂，拿著匕首在空中揮舞，本來整齊的頭髮變得散亂。

「神降臨了！」克勞利大喊。

剎那間，火焰倏然熄滅，連同牆上的油燈、放在一邊的兩盞提燈也頓時熄掉。可是，地窖裡沒有變得黑暗，反而比之前更亮——地上的魔法圓形正發出光芒。

「阿嘢！」

一道強光從伊斯白左邊的地上射出，不到一秒後另一道在他右邊射出來。四、五條黃色的光柱從地上伸出，圍在圓形外的五個信眾似乎有點慌張，他們不再合掌垂首，只是緊張地張望。

一條光柱忽然改變方向，直插站在倒五角星右上角的鬍鬚男人，穿過他的胸膛。

看到這異變，我和卡莉不由得驚叫出來，光柱就像蛇一樣變得彎曲，向各人伸過去。被擊中的人手腳扭曲，就像被玩壞的人偶，四肢以詭異的角度扭動，然後「噗」的一聲，紅色的火焰從斗篷的下襬冒出，迅速向上延燒。

「巴弗滅大人！你要的祭品來了！」

令我詫異的是，這句話並非出自克勞利之口，而是來自那個跨坐在伊斯白爵士身上的裸女。她仰頭大笑，而我望向克勞利，只見他跟其他信眾一樣，被光柱化成的火蛇纏身，正在狂舞。

「阿、阿燁——」卡莉緊握住我的左手，惶恐地說。可是她把話說到一半便止住，因為我跟她都看到那令人窒息的情景。

那裸女轉頭望向我們。

她的眼神就像野獸望向獵物，但嘴角仍是向上揚。她在對我們笑著，叫我們從心底發寒地笑著。

光柱改變方向，撇下那些被火焰焚燒中的屍體，我以為它們要衝向我們，卻看到光柱都射向伊斯白和那女人身上。那女人依然瞪著我們，火焰纏上她和伊斯白身上時，她仍在笑。她的嘴角一點一點的裂開，皮膚慢慢變得焦黑，而她的額上突然冒出詭異的藍色光芒。那些藍色的光就像英文字。

「BABA……LON？」那七個英文字母就像烙印，印在那女人的額頭上，而火焰繼續燃燒，她和伊斯白的身體就像木柴，成為火焰的燃料。火焰變得很猛，令人窒息的熱風打在我的臉上，我知道此地不宜久留，於是連忙拉著卡莉往門口逃去。

可是，門把拉不動。

「阿燁！快開門啊！」卡莉大嚷。

「不行啊！門卡死了！」我大喊。

火焰從圓形的中心向外擴散。再開不到門，恐怕我倆會活活燒死。

「開不了！」我向門踹了一腳，可是厚實沉重的大門紋絲不動。我急中生智，說：「亮哥說過這地窖應該有通風口，我們找一找，或許可以從那兒逃走！」

卡莉點點頭。我們沿著牆、避過火焰，跑到克勞利伏屍的桌前。我管不了那麼多，一把推倒桌子，看看地上有沒有通風口，可是地上只有結實的磚塊。我和卡莉在牆上搜索，眼見火舌逐步逼近，我們卻找不到通風口的半點痕跡。

我還在努力地敲打牆身時，卡莉卻停下來，跪在地上開始啜泣。「沒救了……這次沒救了……」

「別放棄啊！」我抓住卡莉的臂膀。

「不，就算真的有通風口，也應該是人難以通過的大小吧？嗚……阿燁，謝謝你來救我，可是我連累你了……」

「妳說什麼喪氣話！未到最後一刻，我們也不可以放棄……」

「現在已經是最後一刻吧……」

「卡莉！」

一把聲音突然響起。剛才那句「卡莉」並不是我說的。

「卡莉！阿燁！」

是小丸！我認得是小丸的聲音！

「小丸！妳在哪兒？」我大喊。卡莉也似乎注意到，急忙張望。

「這邊！阿燁！這邊！」

我循著聲音一看，赫然看到不可思議的情景——不，我該說是看到令我們安心的情景。聲音來自鏡子，而鏡子裡，是小丸、夜貓和亮哥他們。小丸正用力敲打著鏡子，她一定是看到我們。

「小丸！」卡莉半爬半跑地走到鏡前。「阿燁，這鏡子是通道嗎？」

「看來是！」我將手貼在鏡面上，可是無法穿過去。

「小丸！」卡莉用力捶打著鏡子。

火焰跟我們只有幾十公分的距離，再想不到辦法，我們只能在小丸眼前被燒死了。

有什麼方法穿過——

我突然察覺手上那半截拖把。

我之前來到「這邊」，用的方法是……

「卡莉！抱住我的脖子！無論如何也不能放手！」我大喊。

「怎麼了？」卡莉一副不明所以的樣子，但仍依我所說，在我身後緊緊抱住我。

「小丸！退後一點！準備——一、二、三！」我揮動手上的半截拖把，往鏡子砸過去。

「阿燁你——」

拖把擊中鏡面的瞬間，鏡子變成水面般波動，然後一股龐大的力量吸住拖把，將我們扯進鏡子裡。

要通過鏡子，就要抱著打碎鏡子的覺悟，用力狠狠一擊——我就是如此，從諾宿八樓的鏡子中來到這一百年前的異界。

「阿燁！卡莉！」當我回過神，我和卡莉已經狼狽地倒在地板上，各人圍在我們身邊。

「回、回來了？」我坐起身子，環顧四周。

「卡莉！」夜貓一下子抱住卡莉。

「這兒是……洗衣房？」我問。我們身旁有一列洗衣機，而在我身後，有一面全身鏡。這兒應該是諾宿一樓的洗衣房。鏡子裡一片白濛濛，就像被水氣覆蓋的樣子，而那片白色慢慢消退，在鏡中我看到眾人——包括我和卡莉——的倒影。

「阿燁，剛才好險啊。」小丸說。

「你們看到了？」

各人臉色一沉，就像看到幽靈般的表情。

「我告訴他們你和卡莉被鏡子吃掉，他們都不相信，可是當我們在這兒的鏡子裡看到你們被大火圍困，他們就不得不信了。」小丸苦笑一下。「鏡子是穿梭異界的通路，你們掉進鏡子，那出路也一定是鏡子。我帶著他們找遍宿舍的鏡子，結果在這兒找到你們。」

「你們在鏡子裡遇上什麼事?小丸說她看到阿燁你衝進鏡子後，鏡子突然爆裂了。」亮哥說。

「八樓的鏡子碎了嗎?」我問。我想起我戳怨靈、鏡子碎掉的一幕。

「嗯，突然粉碎了，我也再看不到你們的身影。」小丸說。

「別管那麼多，卡莉和阿燁平安無事便好。」夜貓說。「我們先到外面，再談到底發生什麼事吧。」

我點點頭，瞧了卡莉一眼。她似乎鬆一口氣，跟我眼睛對上時，露出溫婉的笑容。

「咦，卡莉，妳什麼時候貼了這種紋身貼紙?」

夜貓望著卡莉的左手臂膀，說道。我循著夜貓所指，看到卡莉的手臂上有一個紅黑色的符號。

不祥預感再度在心底湧現。

一雙焦黑色的手臂，突然從後環抱著卡莉。

我視線向上移，在卡莉的肩膀上，有另一個人頭。一個長髮、嘴巴裂開、皮膚如同焦炭的女人，從後臉貼臉地抱住卡莉。女人的臉上冒出白煙，表皮就像剛烤焦了的肉，黑色的痂塊間透出深紅色的紋路。

我們所有人——包括卡莉——還沒來得及反應，卡莉遽然往後被拉扯。女人和卡莉霎時消失於鏡子之中，同時鏡子發出尖聲——

「乒!」

那面兩公尺高、一公尺寬的鏡子裂開，化成碎片，散落一地。

「卡、卡莉!」夜貓這時才驚懼地喊道。

我知道每一個人這時候都陷入恐慌，可是，我相信我比任何人都要驚惶。

因為我看到卡莉手臂上的符號。

」

巴士在被桌子吃掉前，手掌也有類似的符號。當時我不知道符號代表什麼，但現在我知道了。

再到一次那地窖，令我知道了。

那是地上倒五角星的符號。

那五個被火柱吞噬、在烈焰中狂舞的信徒所站立的位置前的符號。

第四章

傳說諾宿的五樓和六樓之間，有一個詭異的樓層。

某天，一對情侶在門禁前回到宿舍。當時諾宿二至五樓是男生宿舍，六至九樓是女宿，而這兩位學生恰好一個住在五樓，一個住六樓。二人進入電梯，男生同時按下五樓和六樓的按鈕。電梯中只有他們兩人，他們親熱地依偎著，到電梯門打開，男生才依依不捨的放開女生，轉身往門外走去。女生正要跟男生說再見，卻察覺男生呆立在她身前，她以爲對方鬧彆扭，笑著推了男生背部一把，男生一個踉蹌，衝前幾步，掉進電梯門外的走廊。這時，女生才留意到電梯門外不是她熟識的走廊模樣，牆壁換成剝落了一半的白色油漆，本來標示著樓層數字牌子的位置空空如也，燈泡忽明忽暗，陌生的走廊遠處傳來窸窣綿密的怪聲。

女生抬頭一看，發覺電梯指示燈中五樓和六樓同時亮起，再往前一看，只見男生回頭亮出驚駭的表情，目光瞟著左前方，就像在她看不到的電梯外走廊轉角處有某些不能用言語形容的恐怖佇立著一樣。男生顫抖著，企圖回到電梯裡，但女生一時慌了手腳，錯誤地把關門的按鈕當成開門。在電梯門關上的一剎那，女生看到男生滿佈血絲的眼睛、扭曲的面容，接下來只有手指甲抓刮金屬門發出的尖聲。電梯再次開門時已是平常的六樓，女生在走廊看到相熟的朋友，便拉她進電梯，回到五樓一探究竟。可是，她們來到五樓時，電梯門外卻沒有任何異樣。

女生和友人連忙找五樓的宿生找尋男生，可是男生沒有回到房間，眾人向管理員報告，翻看電梯監視器的片段，卻只有漆黑一片。男生就像在宿舍消失了，任憑宿舍的所有人如何努力，找遍每一個角落，也沒有看到失蹤的男生。沒有人知道發生什麼事情，甚至有人懷疑是女生設計的惡作劇。兩天後，凌晨三點管理員巡視完宿舍各層，回到一樓時突然聽到電梯門打開的聲音，回頭一看，只見失蹤的男生從電梯中蹣跚地爬出走廊，身上滿是血污。

「……不要……不要過來……」

男生張著枯乾的嘴唇，在走廊喘著大氣，一邊痛苦地呻吟一邊用四肢爬行。管理員趕緊召喚救護車，把男生送往醫院。男生沒有表面傷痕，醫生也不知道他身上的血跡從哪兒來，只是這個男生患上精神分裂症，無法正常地說話，不能講述失蹤的經過。

一星期後，電梯管理公司替電梯進行檢查，沒有發現任何機器失靈。可是，工作人員檢查電梯槽時，發現了怪異的事情。在電梯槽五樓和六樓之間的牆壁上，有幾個暗紅色的手印，還有兩個紅色的、歪歪斜斜的文字。

「救我」

最讓檢查人員不解的是，這兩個字都是左右顛倒的鏡像文字。

就像有人在結實的牆壁內側寫上這兩個字一樣。

——諾宿七不思議　其之五　五樓半

1

一眨眼，洗衣房裡只餘下七個人。

目睹卡莉被不知名的物體抓去，消失於我們眼前，溫度彷彿剎那間掉到冰點，空氣變得像糨糊般黏膩，教人難以呼吸。我突然覺得自己跌進一個無聲的世界，即使我看到旁邊的人驚懼尖叫的樣子，我卻聽不到半點聲音。夜貓像是發瘋似的抓住只餘下鏡框的鏡子，嘴巴在喊叫著什麼；姍姍臉無血色，原地僵住；亮哥慌張地四處張望，似是恐怕自己會像卡莉一樣突然被抓走；直美縮在房間的角落蹲坐地上，雙手握拳不斷打顫；維基眉頭緊皺，緊盯著地上的鏡子碎片，露出我沒見過的不安表情；而小丸……

「快！快靠過來！」

小丸的吆喝令我清醒過來。她衝前抓住歇斯底里的夜貓，硬把對方拖回房間正中，其他人都聽從她的話走近她身邊。她將正在嚎啕痛哭的夜貓交給姍姍照顧後，站在我們跟鏡框之間，豎起左手的食指和中指，再用餘下的手指握著同樣豎起食指和中指的右手。她口中唸唸有詞，不住打量房間四邊。

「小、小丸，妳在幹什麼？」我問。

「這是『不動明王手印』，配合『不動明王心咒』可以驅邪治鬼。」小丸答道。

「妳懂這些……法術？」亮哥問。

「我讀過幾本佛教密宗的書，書裡有說明。」

「可是對方是西洋的惡魔，佛教的法術管用嗎？」我緊張地說。

「管它東洋西洋的，總之就用用看吧！」雖然小丸為了回答我們，嘴上沒再唸咒，但她雙手仍握著那個「手印」，在前方有規律地揮動。

「阿燁，為什麼你說『西洋的惡魔』？你知道那……那黑色的女鬼是什麼來的？」姍姍問道。

「你們剛才不是在鏡裡看得一清二楚嗎？那場詭異的儀式，來自地獄的火焰……」

「你說什麼儀式？」小丸回頭，直盯著我。「我們剛才在鏡裡只看到你和卡莉被大火圍困——你們在鏡裡遇上什麼？」

之前跟小丸一起到八樓找卡莉時，我已經察覺她有認真的一面，而現在她更流露出一份領袖的風範，說話斬釘截鐵，毫不含糊。

「我在鏡子裡很可能看到『一切』的源頭……我和卡莉——」

「先等一下。」小丸沒解開手印，一邊警惕著四周，一邊說：「我們先到交誼廳，這兒陰氣很重，那邊較安全。」

「陰氣？」

「洗衣房只有一扇小窗，陽光少濕氣重，幽靈邪氣易聚集。交誼廳的窗子大又沒窗簾，終日受陽光照射，鬼魅難以作祟。」

雖然我不知道「陰陽」的說法是否適用於源頭是西洋惡魔的怨靈，但這一刻我難以反駁小丸。我沒想過這個衣著搭襯古怪、話多聒噪的女生比我們幾個男生更可靠，剛才看著卡莉遇難時，我嚇得動彈不得，實在有夠窩囊。

在小丸指示下，我們謹慎地離開西翼盡頭的洗衣房，經過空無一人的自習室和電腦室，回到宿舍正門玄關旁的交誼廳。交誼廳裡沒有半個人影，窗子旁綠色沙發前的茶几上，仍放著我們之前沒吃完的零食，以及散亂的撲克牌。牆上的時鐘顯示著十二點四十六分，這時我才發覺，從夜貓走來說卡莉失蹤開始，至今只過了一個鐘頭多一點。接連經歷各種恐怖詭異的事情，這一個鐘頭就像一個星期那麼難熬。

「這兒應該安全了。」小丸像法師一樣打量四周，似乎確定沒有什麼「邪氣」或「陰氣」。

我們像是有默契地坐回原來的座位上，只是我和維基之間巴士那肥胖的身影已經消失，而夜貓身旁也空出一個位置。我們大部分人都露出坐立不安的樣子，唯獨小丸在不安的表情中流露出一份自信。

「卡莉……」夜貓掩面啜泣。原來她也有如此脆弱的一面。

「阿燁，告訴我們你跑進鏡子後，和卡莉遇上的所有事。」小丸以命令的語氣說。

我沒有猶豫，將從衝進鏡子、用拖把擊退惡靈、誤闖一八八九年的世界、在大宅中被《胡桃鉗》的琴聲吸引、遇見伊斯白爵士一家、跟隨神秘信眾再到地窖、儀式進行和失控的經過，一一說明。複述伊斯白爵士和那女人的「儀式」有點令人難以啟齒，但為了讓小丸了解細節，我不敢隱瞞。

「你確定聽到的是『巴弗滅』？」小丸眉毛揚起，直勾勾地瞪著我。

「應該是吧？總之是類似的發音……小丸妳聽過這名字嗎？」

「怎可能沒聽過！」小丸訝異地看著我，彷彿我不知道這名字反而更奇怪。「你知道『聖殿騎士團』吧？」

「那個在電影和小說裡經常拿來當題材的中世紀騎士團？」姍姍插嘴問道。

「正是。『聖殿騎士團』明明是打著基督教名號的騎士團，但最後被教廷勒令解散，你們又知道原因嗎？」

我搖搖頭，表示不清楚。我瞄了維基一眼，我猜他應該對這些無用的知識瞭若指掌，可是這刻他擺出一副無話可說的表情，只是凝重地聆聽著小丸的話。

「『聖殿騎士團』被取締，」小丸將視線放在我身上，「原因是有團員褻瀆基督、違背教義、祭拜偶像、舉行淫穢儀式——那個『偶像』，便是『巴弗滅』。」

祭拜偶像、舉行淫穢儀式——我聽到這些描述，立即聯想到鏡中世界所看到的一切。

「所以，一百年前那場大火不單是事實，更是和巫術儀式有關……」亮哥心不在焉地說。

「阿燁，你如何知道那個時代是一八八九年？」維基突然問道。

「我和卡莉曾看到桌上放著一份《每日電訊報》，上面的日期清楚印著一八八九年二月二十日。」

「這年份跟傳說吻合啊。」亮哥插嘴道。「雖然那地窖有點邪門，我倒沒想過那場大火背後有如此離奇的真相……我以為只是一群神秘主義狂熱者，不小心打翻油燈導致火災……」

「那麼說，阿燁和小丸看過的那個女鬼，便是剛才……擄走卡莉的怪物？亦即是一百年前的什麼女巫人選？」姍姍問。我猜她本來想說「殺害」而不是「擄走」，只是她不想說出那可怕的事實。

「阿燁你說看到那女人額頭冒出英文字吧。」小丸對我說，我點點頭。她繼續說：「BABALON……那應該是聖經啟示錄提過的。」

「聖經？妳說的是基督教的聖經？」什麼惡魔「巴弗滅」已完全出乎我意料，我更沒想到連聖經也給扯上關係。

「啟示錄記載，世界末日前，會有一個『騎著獸的大淫婦』降臨，她的額上寫著『巴比倫』，所以被稱作『巴比倫大淫婦』。這不是巧合吧？」小丸擠出一個難看的微笑，她似乎想讓氣氛輕鬆一點，只是她的話的內容愈來愈沉重。

「什麼惡魔！什麼啟示錄！什麼巴比倫！我不管這些鬼話，總之把卡莉還給我！」

夜貓突然大嚷。她雙眼通紅，滿臉憤慨，身體不住抖顫。

面對夜貓激動的叫喊，我們陷入沉默。維基一直眉頭深鎖，小丸也沒接上話，坐在姍姍身旁的直美蹲坐在沙發上，彷彿害怕女鬼會從地板冒出來拖她的腳。

「我們到外面求救吧。」良久，我說道。「事情已不是我們能夠處理的了。」

「阿燁，你要我們逃走？你要我們丟下卡莉不管？」夜貓怒目而視，對我質問道。

「不是啊！只是我們都是平凡人，哪有能力對付什麼惡魔或女鬼？」我反駁道。

「我……我們有小丸在！她一定能想出辦法救回卡莉的！」夜貓望向小丸。兩、三個鐘頭前，夜貓還跟小丸針鋒相對，說巫術之類都是胡扯，這時候卻視對方為最能信任的同伴了。

「你們先冷靜下來。」小丸擺擺雙手，做出安撫我們的動作。「讓我分析一下目前的形勢，好嗎？」

我和夜貓微微頷首。

「阿燁說到外面找救兵，我覺得很合理，事件已超越我們的能力範圍了。可是，我有三點憂慮。第一，我們一旦離開，卡莉和巴士便恐怕沒救，這時候我們必須爭取時間，就像剛才無意間打通了鏡子通道讓阿燁回來。第二，即使要找幫手，我們也得面對一道難題，就是不知道該找什麼人。我們要找道士？神父？還是警察？光是向他人解釋我們的見聞經歷，恐怕也得花上好幾天，而我們甚至可能會被當成神經病了。」

的確，如果沒有親眼看到這些詭異的事，哪有人會相信我們？

「第三呢？」亮哥問。

「這禍是我們闖出來的，解鈴還須繫鈴人，能解決事情的，只有我們。」

「我們是罪魁禍首？」姍姍詫異地反問。

小丸點點頭，開始將在梯間跟我說過的「地窖招魂」、「八門方位」等複述一次。

「妳、妳說，因為卡莉站的方位是什麼『女鬼門』，所以她才會遇害？」夜貓氣急敗壞地問。

「我不肯定，但可能性很大。」小丸無奈地答。

「嗚……」夜貓再次痛哭。我們都明白原因——那場惡作劇的主謀是巴士，夜貓是幫凶，換言之害死卡莉的不是別人，正是夜貓自己。

「慢著！」姍姍說：「到底我們要應付的，是惡魔巫術，還是怨靈鬼魂？」

「我認為兩者其實是同一件事。」小丸邊說邊掃視我們各人。「或許那儀式真的能打開地獄之門，召喚惡魔巴弗滅，但這一百年來人類沒遇上什麼魔神降世、世界末日，我認為伊斯白他們沒有成功。不過，我猜那儀式遺留了某種不可思議的力量，或是邪靈之類，而這種無以名狀之物，一直影響著這地方——」

「所以諾宿才有『七不思議』！」我嚷道。

小丸點點頭。「沒錯。我的想法是那種『力量』每隔一陣子便會浮現，以『怨靈』或『女鬼』等現象干涉我們。百多年前大火的死者，或許跟這力量滙聚成一種怨念的集合體，出現在四四四室、八樓洗手間的平行鏡子等等之中，企圖捕捉無辜者，壯大這股怨念。」

我感到一陣寒慄。

「我們意外地在地窖玩了那種『禁忌遊戲』，怨靈跟我們已有某種聯繫，我認為現在即便逃到天涯海角也於事無補，那『東西』只會繼續纏擾我們。」小丸再次掃視我們各人後，說：「我不能勉強你們跟我有相同的決定，面對這種怪異事件，想逃離也是人之常情。可是，我認為我們必須共同進退，分散的話只會落得……像巴士和卡莉的下場。我們做個簡單的投票，決定到外面求救，還是留下來找尋解決方法。」

我們各人互相對望，然後向小丸點點頭。

「認為我們該逃走的，請舉手。」

我猶豫著該不該舉手時，維基卻面不改容地舉起左手。也許他的動作慫恿了我，我無視夜貓的怨懟目光，稍稍舉起右手。其他人只有直美慌張地瞧著我，右手半舉，好像想附和我但又礙於環境，不敢表態。

「認為我們該留下來的，請舉手。」

小丸話畢，夜貓果斷地舉起右手。亮哥、小丸和姍姍互望一下，再緩緩地舉手。

「少數服從多數，我們暫時留下來，尋找線索吧。」小丸抓了一下她的鬈髮。「阿燁曾用拖把擊退怨靈，證明那東西也有實體，我們或許還有一點勝算。」

小丸的話就像特意安慰意見被否決的我。看到巴士遇難，我還可以說服自己巴士沒死，只要努力便能救到他，可是卡莉在我眼前被那黑色的怪物捕捉，我已經失去反抗的勇氣。小丸他們沒見過那些被火蛇吞噬、在火海中狂舞的人，更沒親身感受過那場儀式中散發出來令人噁心的嫌惡感。如果卡莉還在，我想我仍能樂觀一點，可是失去卡莉令我覺得一切努力只是徒勞。

我覺得再逞強，只會落得逐個被殺死的下場。

「我們該從哪兒著手找線索？」亮哥問。

「阿燁說，他最早看到怨靈出現的地點是地窖，那麼那兒可能便是關鍵，不過我有點擔心那兒的邪氣太強，貿然進去會全軍覆沒……」

我突然間察覺不對勁的地方。

「不、不對！不是從地窖開始的！」我大嚷。各人紛紛注視著我。

「我、我剛才說過伊斯白有個女兒吧？」我緊張地說：「我說她好像看到我和卡莉的樣子，所以我們沒能跟上去，留在那個大宅的客廳中，時間卻忽然跳轉了六個鐘頭……」

「你剛才說過了。」夜貓冷冷地說。

「我剛才沒說的是，那女孩我好像之前已見過了——而且不是在一百年前。我在東翼側門的窗子，看到外面有個穿紅色衣服的女孩走過，那裝束跟伊斯白的女兒正好吻合！」我吞了一下口水再說：「可是，我現在才想起，我是在走進地窖『前』，經過側門時看到的！」

「你確定你沒記錯？」小丸狐疑地問。

「我肯定！那時妳還問我慢吞吞在幹什麼！當時我就是奇怪為什麼晚上十點宿舍外還有小孩亂跑啊！怪事在我們去地窖前已開始了！」

小丸臉上閃過一絲陰霾，她應該也記起當時的情況了。

「如果事情不是從地窖那招魂遊戲開始，那麼怨靈……」小丸沉吟道。

「等等，阿燁你有清楚看到那女孩的樣貌嗎？」亮哥說：「我們往地窖時和側門有一段距離，而且宿舍外照明不多，你會不會把另一個穿紅裙的女孩當成伊斯白的女兒了？」

「這兒附近有小孩嗎？我聽聞舍監住在校園另一邊，也沒聽過諾宿的管理員有孩子……」

「你說得沒錯，但有小孩在附近也不稀奇吧？也許有教授帶著女兒，駕車來諾宿辦事呢？」

亮哥這麼說，我才發覺自己之前想得太理所當然。假如舍監有事到宿舍跟管理員交代，開車跟女兒同行，期間女兒下車亂跑碰巧被我看到，這種可能性也不能抹煞啊。那甚至可能是某宿生的妹妹，借入宿的機會跟家人一起來參觀一下兄姊唸書的地方，我看到那孩子時她剛好跟父母離開？

「對哩……」我只好點點頭，認同亮哥的觀點。

「那我們要再進去那個地窖嗎？」亮哥向小丸問道。

「唔……不，鏡子。」小丸頓了一頓，說：「我們先找鏡子。我說過，鏡子是往異界的通道，阿燁也是因為鏡子而闖進一百年前，那股神秘力量一定跟鏡子有關。我們快去找找鏡子，說不定能救出卡莉。」

夜貓聽到小丸的話，立即從沙發跳起。「你們還在等什麼？快一起去！」

「先找些可以當武器的東西吧，萬一遇上那長髮女鬼，也能勉強應付。」小丸邊說邊環顧交誼廳，不過我想這兒沒有可以當成武器的物件。

「管理員室有工具箱，可能有合用的東西。」亮哥指了玄關旁的管理員當值室。

管理員室的門沒鎖，可是我們沒找到太多有用的工具，至少我們都知道，螺絲起子再尖銳，也不可能對女鬼做成致命一擊。最後我們只找到一把六、七十公分長的鐵撬、一把掃帚和一柄長傘。這些武器由我們男生負責，亮哥拿著鐵撬，維基握著長傘，而我再次把一根長長的打掃工具當成保命符。

一樓的洗手間在東翼食堂旁，男女廁裡面各有一面鏡子。小丸結著手印，跟亮哥一起走在前面，維基在人群中間，而我負責殿後。來到洗手間門前，我仍未進去，已聽到帶頭的人的驚呼。

「怎麼碎了？」

男廁裡的地面滿是玻璃碎，牆上的鏡子只餘下鏡框。我們轉到女廁，情形也一樣。小丸急步帶著我們走到二樓，可是無論東翼還是西翼的浴室及洗手間，鏡子全都碎掉。

「我、我們快到三樓……」夜貓焦急地說。

「不用了，那只是浪費氣力。」小丸打斷夜貓的話。「我們剛才在洗衣房看到異象前，不是也檢查過一樓和二樓的洗手間嗎？當時鏡子都完好無缺。然而不過十數分鐘，這些鏡子都無聲無息地碎裂，那怨靈應該先下手為強，將通道都封掉。」

「那、那卡莉……」夜貓抓住小丸的手臂，就像掉進深淵的人抓住救命繩索似的。

「我沒說過放棄，我只是說不用再找鏡子。」小丸拍了拍夜貓的肩膀。「我們……去搭電梯。」

「我們是要再去八樓？」我問。

「不，我們要去的是五樓和六樓。你們都知道『五樓半』的怪談吧。」

「那個某男生失蹤兩天，他女友說他掉進介乎五樓和六樓之間的『不存在的樓層』的鬼故事？」

「對。」小丸點點頭。「假如那個傳說是事實，也是因為那股神秘力量引發而起，那麼，電梯和五、六樓之間也許是鏡子以外另一條往異世界的通路。」

「可是諾宿七不思議中，其他傳說也或多或少有『連接上異世界』的關係啊，為什麼選這個？」亮哥問。

「『五樓半』的傳說中，有提到工人在檢查電梯槽時，在五樓和六樓之間發現了血掌印，以及『救我』兩個字，不過那兩個文字是左右翻轉的。你們不覺得這跟『鏡子』有某種關係嗎？」

小丸的話像閃電一樣，令我內心驚跳一下。我沒想過「五樓半」和「鏡中倒影」之間有這一個共通元素。怨靈一直蟄伏在異世界，八樓的某女生巧合地打開了鏡子通道所以被它殺害，而五樓的某男生則直接掉進那個瘋狂的世界，結果失去理智……照這樣說來，我和卡莉其實已到過「那邊」，只是幸運地回到現實。的確，在那個百多年前的大宅待不到一個鐘頭，我已經覺得自己快瘋了，天曉得那男生在那邊有什麼更可怕、更失常的遭遇，被折磨了兩天之久。

「啊！難怪之前我們去八樓，妳說走樓梯較好。」我想起分組找卡莉時，小丸沒有搭電梯。「妳是怕電梯有古怪？」

小丸略微點頭。「我怕到時連我跟你都會失蹤……不過現在的情況不一樣，我們只好硬著頭皮上了。」

我們經西翼樓梯回到一樓，再次走過幽靜的交誼廳，來到中央樓梯間旁的電梯前。諾宿的電梯已服務了好一段歲月，銀色的電梯門上有不少刮痕。電梯門旁有個顯示電梯位置的面板，從下至上刻著阿拉伯數字1至9，而目前「1」字亮著，換句話說電梯正停在我們面前的金屬門後。

我們七人圍在電梯門前，卻沒有人往前走近一步。我不知道其他人怎麼想，但那扇銀色的門竟然令我產生錯覺，跟我印象中那地窖的大門互相重疊，彷彿門後是另一個詭異反常的空間，打開後便無法關上，任由那黑色的、來自幽冥的氣息，把我們一一吞噬。

「我要按按鈕了。」小丸看了我們各人一眼後，走到電梯口，伸手放在面板上的黑色圓形按鈕上。

「咚。」電梯傳來清脆的電子音，金屬門嘎的一聲緩緩打開。在我眼前展現的，只是尋常的電梯空間，淡黃色的燈泡，正照亮著電梯裡面棕色的牆壁和灰色的地面。

在小丸確認電梯裡沒有異常後，我們魚貫走進電梯裡。諾宿的電梯可以容納十三個人，所以我們全部進入電梯後，還有不少空間。

「接下來便可能無法回頭了喔。」小丸將食指和拇指放在電梯裡右側的面板上，食指指著寫著「6」的按鈕，而拇指靠在「5」的旁邊。

「妳說要共同進退嘛。」我揚揚手上的掃帚，苦笑道。雖然我覺得到外面求救比光憑著一股蠻勁亂闖更明智，但這刻同伴增加了，卻有種或者重返那鬼宅便能解決事件，甚至可以救回卡莉和巴士的感覺。

我當然希望這不是錯覺。

其他人紛紛點頭，小丸便模仿傳說中的鬼故事男主角，同時按下五樓和六樓的按鈕。電梯門緩慢地合上。

電梯的樓層指示燈在門的正上方。那是一個長方形的銀灰色金屬板，從左至右有九個數字，而每個數字都是從金屬板鏤空，背後各附一個小燈泡。那些燈泡一個一個交替亮著，隨著「1」字由明轉暗，「2」字亮起，再到「3」字發出暗淡的黃光，我們的呼吸聲愈來愈沉重，電梯裡的氣氛愈來愈緊張。

鏤空的「4」字變成黃色。

我們目不轉睛，緊盯著電梯上方的指示燈。

當「4」字變暗，「5」字亮起時，我聽到旁邊有人深深喘了一口氣。

「嘎——」

電梯門在毫無預兆下猛然打開，就像某人在靜謐之中狠狠按下琴鍵，發出一記低沉的巨響。

然而映入眼簾的是鑲在五樓牆壁的數字牌，旁邊還有「五〇一至五二四號」、「五二五至五五〇號」的方向指示牌，跟我不久前見過的毫無分別。

我抬頭望向門頂的指示燈。「5」字是亮著了，但「6」沒有。

「失敗了？」亮哥一邊探頭到電梯外查探，一邊問。

「我們關門再看看。」小丸說。

電梯門徐徐關上，不一會再次打開。門外的是六樓的房間指示牌。

「沒能成功啊……」小丸自言自語道。

「卡莉！卡莉！」夜貓衝出電梯，在走廊大聲呼叫。可是走廊傳回的，只是她叫聲的回音。

「夜貓，妳別亂跑——」小丸匆忙追出去。亮哥、維基和姍姍都跟著離開，我便向直美示意，讓她先走。天曉得女鬼會不會突然從背後破牆而出，拿著掃帚當武器的我至少能抵擋一下。

「嘎。」電梯門因為打開的時間太久，慢慢關上，我見狀便本能地伸手按住開門的按鈕。

然而我犯了一個大錯。

我居然按下關門鈕。

電梯門倏地關上。

直美本來已走近門邊，因為門快要關上，她慌了手腳，呆立在門前。密封的電梯空間裡，餘下我和她兩人。
我立即按下開門鈕，但電梯門沒有反應。我感到地板一下微震，電梯似乎慢慢地往下移動。
直美瞧瞧我，再不知所措地退到角落，而我亦手忙腳亂地按下六樓以下的按鈕。
「不用緊張……」我對直美說。她點點頭。
電梯門再次打開，我往門外一看，令人安心的五樓指示牌仍在。電梯內只有「5」字指示燈亮著。
「沒事，沒事。」我鬆一口氣，對直美笑道：「我還怕門後會是什麼鬼域異世界。」
直美跟著探頭察看，她看來也鬆一口氣。
「嗯、嗯。」她擠出一個很生硬的微笑。
「我們還是走樓梯到六樓跟小丸他們會合吧。」我指了指走廊。
直美點頭如搗蒜，看來她也不想再搭電梯了。
五樓的走廊看來一切正常，我抓住掃帚走在前方，直美緊貼在我身後。電梯旁便是中央樓梯，我一打開梯間的門，便聽到上面傳來談話聲。我帶著直美，三步併成兩步，走上樓梯，直美個子小，腳步沒我快，我只好每走幾步便停一下。
六樓梯間的門突然打開。
「小丸，剛才我不小心——」我對著門後說，可是我沒有把話說完。
開門的，是兩個陌生的女生。
我嚇了一跳，往後退時差點跌倒，只見她們有說有笑，沿著樓梯往七樓走上去。她們穿著T恤和運動外套，腳上踏著拖鞋，就是一般宿生的模樣。
自從我們到過地窖後，我就沒見過宿舍裡有其他人，我知道機不可失，連忙叫住她們。

「不好意思！這兩位同學……」我向走在樓梯上的她們喊道，可是她們沒理會我。

我跟直美面面相覷，直美似乎也想叫住她們，可是她只發出蚊子般的聲音，說著「請、請、請問……」當我打算追上去，我聽到六樓走廊還有人聲，於是往外面走過去。

接下來的光景我難以理解。

難以理解不是因為「異常」，而是「正常」。

在電梯前的走廊，有三個穿便服的女生正在閒聊，其中一人更拿著杯子。中央樓梯間旁邊是每層皆有的小廚房，一個長髮女生在流理台前拿著鍋子，似乎在煮泡麵。就是再尋常不過的宿舍生活情景。

「阿、阿燁，小、小、小丸他們呢？」直美結結巴巴地問。

「不好意思……」我向直美擺擺手，示意她別擔心，再對正在聊天的三個女生說。

她們完全無視我。

「對不起？請問……」我走近她們。

不對。

不對。

不對！

我突然發覺不對勁的地方。

為什麼我面前的是「女生」？

諾宿的二、三、六、七樓是男生宿舍啊？

我回頭望向牆上的牌子，那的確是個「６」字。

我再望向拿著杯子的女生，我便明白原因。

只是那原因再次叫我感到一陣暈眩。

諾宿樓層改制前，二至五樓是男生宿舍，六樓以上是女生的。

那女生身上的T恤，寫著「舞蹈社99」。

她身旁牆上貼著海報，上面寫著「二〇〇〇年二月二十日至二十五日．第二十一屆諾福節．Norfest 21」。

該死的，我再一次掉進過去了。

2

「直美，別慌張，冷靜聽我說……」我確認眼前的海報上寫著十一年前的日期後，轉身瞧著直美說道。她似乎仍未搞懂狀況，一雙眼睛在厚厚的鏡片之後左右亂瞄，好像仍在找小丸他們。

「什、什麼？」

我用掃帚的柄子指了指牆上的海報。「這兒不是二〇一一年。我們被那股力量送回過去了。」

直美臉色蒼白，一副快要昏厥的模樣，身體往後倒。我趕緊扶住她，在我捉緊她的手臂時，她身子一震，匆忙站好，再慢慢靠到身後的牆角。

「不用擔心，既然我能夠從一八八九年回來，二〇〇〇年簡直是小兒科。」為了令直美放心，我逞強地說。我心裡想的，其實是一八八九年僥倖闖得過，這回恐怕劫數難逃吧。

「可、可是，鏡、鏡子都破了？」

我怔一怔。直美雖然外表呆頭呆腦，說話結巴，但她好像比我還要精明。小丸說諾宿的鏡子大概全破了，如此一來，我和直美便不能使用相同方法離開這鬼地方……

不對。首要問題是，我們根本不是通過鏡子來到這兒啊？

那麼說……

我望向不遠處的電梯門。

我鬆開抓住直美的手，轉身走向電梯。在旁邊聊天的女生們對我視而不見，我就像幽靈在她們跟前飄過。這令我有種錯覺，彷彿我是什麼怪物，就像在嘉年華會狂歡的人群中仍感到孤獨的異類。我壓抑著心底這一股莫名的躁動，來到電梯前。

我沒有猶豫，毅然往電梯按鈕按下去。

沒有反應。

不但按鈕的燈沒有亮，連顯示電梯位置的指示燈也沒有亮起。

我用力再按幾次，可是電梯就像壞掉似的，電梯槽裡一片死寂。傳進我耳朵裡的，只有女生們的話音，以及小廚房裡燒開水的沸騰聲。

我退回直美身邊，她一臉無助地看著我。縱使她沒有像卡莉害怕得哭起來，我知道她這刻也是驚魂未定。

「電梯沒反應。」我說。

「那、那怎辦？」直美似是六神無主。

我細想一下，回答道：「我們去那個地窖瞧瞧。」

直美愣了一愣，像是被我的話刺到。

「那、那、那個……我、我、我怕……」

「現在可不能害怕了。」我想起直美之前害怕得拒絕跟我們一起去地窖探險。「那搞不好是唯一的出路，我們非去不可。」

直美一臉為難。

「妳放心，我會保護妳。」

直美臉上一紅，我才發覺這句無心話很造作，就像電影中的帥哥主角才會說的。不過，我其實沒有信心——畢竟卡莉就在我眼前被那女人抓走。我再努力終究也是凡人，想抵抗那股超自然力量，不過是螳臂擋車。

我們沿著中央樓梯，慢慢地從六樓走到一樓。直美步幅小，為了遷就她，我只好減慢步伐，不過反正我每到轉角都會先確認沒有危險才前進，所以並沒有比預期花上更多時間。在三樓梯間我們再次遇上陌生人，這次是一個捧著紙箱的男生。紙箱裡裝滿一卷卷色彩繽紛的巨型膠布，看來是用來製作類似舞台佈置的美術素材。他完全沒理會我們，自顧自的在我們身旁急步走過。

甫推開一樓梯間的門，就讓我感到不一樣的氣氛。交誼廳人聲嘈雜，我望向聲音來源，看到跟我年紀差不多的宿生三三兩兩地聚集，有人手舞足蹈地跟朋友談笑，也有默不作聲、一副書呆子模樣的人在看電視。管理員室的窗口中，有一位白髮大叔和一位婦人在閒聊，我再瞄了瞄大廳牆上的時鐘，指針指著七點半。透過大門和窗子，我看到宿舍外面的草坪，外面就是平常的晚間景色。我想，這便是諾宿日常的光景。

我對直美指了指穿堂的另一端，示意不用再逗留。直美跟我一樣，站在交誼廳和梯間穿堂之間，看那情景看得傻了眼。那才是正常的大學校園生活吧？為什麼我們在進宿舍的第一天，便發生這種離奇的倒楣事，要跟什麼女鬼怨靈拚個你死我活？

「喂，會長和副會長呢？」當我們經過活動室和宿生會辦公室，差不多到東翼樓梯時，我耳邊傳來這句話。我循著話聲一看，發覺活動室門旁有一個女生，她向室內一個蹲在地上的男生問道。那個男生便是剛才我和直美在三樓碰見的人，活動室地上鋪上一大幅綠色的膠布，上面放著零碎的彩色紙條，有一個巨大的「N」字和一個「R」字，看來是在弄大型的橫幅佈置之類。

「他們說材料不夠，出市區買了。」男生回答。

「不過買個材料，犯不著兩個人一起去吧？他們又想開小差嗎？老天！明天便是Norfest，佈置卻拖到今天，我看今晚大家都不用睡了？這麼冷還要半夜跑上頂樓掛橫幅……」

「妳別唸啦，今天是元宵節，他們願意留下來已很難得了。來幫我把這個圖樣剪下來吧。」

「唉，什麼『善用宿舍外牆併個宣傳圖案』，真是餿主意……」

看來他們是宿生會的成員。入宿前我已聽過，諾宿每年二月會舉辦慶典，包括一連串的文康活動和各層宿生之間的隊際比賽，為期六天，最後一天會在草坪舉行晚會，邀請流行歌手表演等等。這活動叫「諾福節」，英文名「Norfest」，就是由諾福克「Norfolk」和節慶「Festival」兩個詞語合併而成。「諾福節」中宿生最重視的是「樓層對抗賽」，每一層派出代表參加不同的競技活動，最高分的男生和女生樓層會獲得實用的獎品，像更換小廚房的冰箱、在洗手間加裝乾手機等等。聽聞每年「諾福節」期間，各層會成立智囊團，去研究如何拉攏或對付其他樓層的宿生。

我沒有興趣繼續聽他們談話，便和直美走進東翼梯間。樓梯旁一如我之前看過的模樣——或者該說，是十一年後我看過的模樣——堆滿瓦楞紙箱、摺椅和活動看板。幸好梯間沒有人，我伸手拉開看板，亮出牆上那扇高度只到我胸口的生鏽鐵門。如果有宿生經過，看到看板和紙箱等東西突然移動，「諾宿七不思議」可能要追加一則怪談了。

我走到鐵門前，伸手握住那個T形門閂——

「阿、阿熚，怎麼了？」

大概因為我的動作突然停下，被我擋在身後的直美問道。我移過身子，讓她看到我手上那門閂。門閂上扣著一個銀色的掛鎖，我搖了兩下，橫軸就像抗議般傳來兩聲「喀嗒」，不肯移動。

「鎖上了。我們之前來時，沒有鎖的。」我解釋道。

「鑰、鑰匙會不會在管、管理員室？」

「有可能，但我們怎進去找？給管理員看到抽屜自行打開，不嚇死他才怪。」

「我、我們等到晚上，管、管理員巡邏時再偷偷找。」

直美冷靜的回答令我頗意外。雖然她仍然戰戰兢兢，連話也說不好，但她接連說出有建設性的提議。

我點點頭，將看板推回原位，便和直美離開梯間。那個地方既陰森又狹窄，如果要跟女鬼死鬥，我寧願在交誼廳，至少逃跑閃躲也較容易。

回到交誼廳，身處人群中反而令我很不自在。旁人愈多，自己是異類的感覺愈強烈。我和直美最初站在玄關，期待管理員有事走開，可以立即進管理員室搜索，但和管理員大叔一直在聊的婦人似乎沒有離開的意思，看來我們只是在白等。

「管理員大概會待到門禁開始後才巡邏。」我環顧一下，說：「我們不如到洗衣房看看。既然之前洗衣房的鏡子是出口，或許在這個時代那面鏡子也有用。」

直美一臉為難，畢竟我們之前才在洗衣房經歷了那件可怕的事。對直美來說，卡莉被黑色的女人抓走一幕應該很恐怖，就像我看到巴士被桌子吃掉一樣，剎那間像有數千隻螞蟻爬上背脊，令人頭皮發麻。她還是個連跟大夥兒到地窖瞧瞧也不敢的膽小鬼，要她再到洗衣房，簡直跟要了她的命沒有分別吧。

我們小心翼翼，避開交誼廳中熙熙攘攘的宿生，走到西翼梯間前。洗衣房在西翼盡頭，在洗衣房和交誼廳之間，還有電腦室和自習室。

「直美，以防萬一，我接近鏡子時妳離遠一點……咦？」當我走到洗衣房門前，打算叮囑直美小心危險，卻赫然發覺她不在身後。我回頭一看，發覺她站在自習室門前，一動不動。

「怎麼了？」我邊說邊跑到她身旁。我以為她只是害怕得不敢跟過來，但她眼睛圓瞪，身體微微顫抖，表情很不尋常。我循著她的視線一看，也立即呆住。

燈火通明的自習室裡只有一個人，桌子上放著幾本書，那個人正低頭搖著筆桿，在打開的書本上寫字——可是那個人是個小女孩，一個大約七、八歲的小女孩。

她更穿著一條紅色的裙子。

她叫我想起伊斯白的女兒。雖然外貌完全不同，眼前的小女生是個黃皮膚黑頭髮的華人，跟那金髮洋妞沒半分相似，衣服的裁剪亦不一樣，但那鮮豔的紅色，卻是如出一轍。

她亦叫我想起那個在側門看到的紅色身影。

為什麼大學宿舍的自習室裡，有一個七、八歲的小女孩？

周遭的聲音好像剎那間消失，闃寂間只有筆尖劃過紙張的微弱短音。雖然那女孩子沒有半點可怕，整個環境就是說不出的彆扭，就像暴風雨前夕的寧靜那般詭異。

直美依然一言不發，呆愣地注視著女孩。我拍了拍她的肩膀，她瞧了我一眼，眼神中充滿著困惑。

「我們去看看。」我說。

我牽著直美的手，拖著她走近那小女孩。直美顯然相當害怕，我覺得她不想靠近對方，只是因為我硬拉著她，她才硬著頭皮跟上來。

那女孩子似乎正在做功課，她正在寫著一些英文習作。桌子上放了幾本書，有中文課本，也有數學練習。課本封面貼了貼紙，上面寫著「2B班／楊樂筠」。這應該是她的名字？

「哥哥姊姊有事找我嗎？」

冷不防地，小女孩抬頭說道。我嚇得後退了兩步，跟直美撞個正著。

她看到我們。

跟面前這女孩四目交投，我肯定她看到我們。

「呃、呃，沒事。」我緊張得只能吐出這句話。

「嗯。」女孩像是毫不在乎地嗯了一聲，便繼續低頭做功課。一時之間，我想不到該有什麼反應。

「那個……」那女孩又突然抬頭，對我說：「哥哥姊姊，您們可以教我這一題嗎？」

我大著膽子湊近，看看女孩指著的練習簿內容。那是英文練習，要依照圖畫用英文寫出相應的句子。大部分的空格都已填上，就是一幅小鳥在籠中唱歌的圖片旁，只寫著「The bird is singing」，餘下一個空位。

「我不知道這個叫什麼。」女孩指著鳥籠。

「那、那個啊，籠子的英文是cage，C-A-G-E。」我說話時，仍緊盯著女孩。

「啊！對！老師教過我們。」小女孩露出燦爛的笑容。「謝謝哥哥。」話畢她便在句子後補上「in the cage」這幾個字。

看到她的笑臉，突然令我產生了勇氣。那個真摯的笑容不可能是有意謀害我們的人或幽靈能做出來的。

「妳……妳叫楊樂筠嗎？」我問。

女孩再抬頭瞧著我，點點頭。

「為什麼妳在這兒？」我再問。

樂筠歪著頭，像是我問了一個很奇怪的問題。

「爸爸說我在這裡做家課，有問題可以問宿舍的哥哥姊姊嘛。」

「妳爸爸？妳和爸爸媽媽住在附近嗎？」

樂筠向上指了指，說：「我就住在樓上喔。」

我霎時明白了一切。這兒是十一年前，當時的舍監住在九樓。亮哥說過，那位舍監是經濟系教授，叫楊庭申。這小女孩也姓楊，一定是舍監的女兒。

「妳是楊庭申博士的女兒嗎？」我問。

「對啊。」樂筠說：「奇怪了，哥哥姊姊您們不知道嗎？您們不是這兒的宿生嗎？」

「我們今天來探望同學。」我隨便找了個藉口。

「原來是這樣啊。」樂筠合上課本，「今天其他哥哥姊姊都好忙，都沒空來教我做家課了。」

「他們常常教妳嗎？」

「對啊，尤其是三樓的帥哥哥，不但教我家課，還請我喝果汁。」

「這樣啊。」

「哥哥，為什麼您拿著掃帚？」樂筠天真地問道，我才想起我拿著掃帚的模樣一定很滑稽。

「呃，我同學的房間髒了，我替他拿掃帚，讓他打掃。」這藉口有夠爛的。

「哦。」樂筠邊說邊疊好課本，從座位躍下。「我要回家了，太晚回家媽媽會發脾氣。哥哥姊姊拜拜。」

「拜拜……樂筠妳保重啊。」我把本來想說的話吞回肚子。樂筠似乎對我的話感到奇怪，但仍愉快地揮揮手，抱著課本離開。她踏著輕鬆的步伐，走到自習室的門前，卻突然猶如幻影般憑空消失了。那個紅色的背影似是煙霧，剎那間在空氣中飄散。

這異動令我嚇一跳，但比起驚惶，我更感到憂傷。

一百年前，伊斯白的女兒叫Joy，即是「歡樂」。

而十一年前，舍監的女兒叫「樂筠」。

伊斯白一家在一百年前葬身火海，楊舍監一家在十一年前遭遇同一命運。

兩個女兒都是差不多的年紀，在我眼前現身時，她們都穿著紅色的裙子。

她們都看到別人看不到的我們。

這不可能是巧合。這兩個女孩子一定有某些命運上的關聯。

我猜，我們回到過去不是因為怨靈作祟，而是某個意識要告訴我一些重要的事情，所以才教我親眼目睹這兩次事件。

當我發現樂筠是十一年前楊舍監的女兒，我便確信，我和直美來到這個二〇〇〇年的時空，將會目擊十一年前宿舍火災的慘況。

而伊斯白的女兒也好、楊庭申的女兒也好，都難逃一死。

或者，伊斯白的女兒和楊樂筠都因為那什麼「巴弗滅」的力量而喪命，成為「地縛靈」的她們只能以這種方法向我們求救。換言之，我來到這兒，是肩負了某種任務，必須在這個時代找出線索，終結那股盤纏此地的邪惡力量……

「直美，妳冷靜地聽我說，看來我們會遇上十一年前的宿舍火災……」我正想把想法告訴直美，卻發現她仍僵住，神不守舍地站在我身後。

「直美，直美！」我抓住她的肩膀，用力搖了幾下，她才反應過來。

「妳還好吧？」我問。

直美慌張地搖頭，我也不知道她是說好還是不好。

「怎麼了？」看到她一副欲言又止的表情，我問道。

「我……我……」直美頓了一頓，哭喪著臉說：「我不要留在這裡……」

「我們就是要想方法離開啊。」我安慰她說。

「好可怕……好可怕……」她突然情緒崩潰，眼淚就像缺堤似的，撲簌撲簌的落下。先是洗衣房看到卡莉被抓住鏡子，然後掉到其他人看不到自己的十一年前，剛才又看到小女孩憑空消失，正常人都受不了吧。

「噹噹噹——」

一串響亮的警鈴聲打破本來的平靜，直美嚇得反過來摟住我的手臂，我也本能地舉起掃帚，以為是什麼東西要撲過來。確認身旁沒有危險後，我拖著直美衝出自習室，跑到交誼廳，卻發覺大廳沒有半個人，燈也關掉一半。

我望向牆上的時鐘，那鐘面像既視感一樣再現眼前。時針指著三點。

同樣的情況又發生了。在一百年前的伊斯白宅第，我和卡莉在不知不覺間躍過六個鐘頭，現在我和直美也目睹時間不合理地溜走。

「轟！」

一聲巨響，將我的注意從鐘面扯回室內。那聲音似是從上方傳出，雖然不接近，但那聲音響起的同時，我彷彿感到地板震了一下。

當我仍盤算著該怎麼辦時，一些宿生從兩邊梯間走進交誼廳。他們都身穿睡衣或便服，神色慌張，似是被警鈴吵醒，有人更連鞋子也來不及換，直接穿著拖鞋跑到玄關，想知道發生什麼事。

「好像說女生宿舍失火了！」一個剛跑到交誼廳的男生大嚷。其他人聞言都跑到宿舍外的草坪，抬頭指指點點。我和直美跟著跑到外面，結果看到宿舍東翼頂樓冒出熊熊火光。

「不是女生宿舍，那是舍監宿舍吧？」另一個男生說。

「剛才的爆炸是瓦斯嗎？」

「有沒有人被困在電梯裡？」

「糟糕，女生們不會笨得搭電梯吧？」

聽到有人如此說，我才發現在場的男生占大多數。

正當一些女生從宿舍跑出來，七嘴八舌地查問情況，馬路傳來響亮的警笛聲，一輛架著雲梯的消防車趕至。消防員下車後，分別拉動用來灌救的水喉，以及戴上面罩，準備衝進火場搜索救人。

「不好！宿生會的成員還在屋頂！」突然有人大喊。

我朝頂樓眺望，看到滿月的冷光之下，半截橫幅掛在宿舍外牆上。

第一批消防員走進宿舍，同時第二輛消防車、兩輛救護車一齊到達。現場變得很混亂，有些女生因為驚慌而哭喊，有男生在喊女生的名字，也有人被消防員帶到一旁，以防他們阻慢了救人的進度。

幾分鐘後，先前衝進宿舍的消防員陸續經過玄關回到草坪。他們抱住一個個戴著氧氣罩、神志不清的男生女生出來。救護員立即趨前，幫助他們把傷者放到擔架床上。那些傷者臉上黝黑，似乎沾滿了灰燼，看來他們曾被濃煙圍困。

看著救護員替傷者急救時，我偶然瞄到一個傷者的樣子。

咦？

我揉了揉眼睛，那個奄奄一息的傷者已離開我的視線，被抬上救護車。

我稍一定神，發現自己無法理解情況。

雖然只有一瞬間，宿舍外的街燈也不夠亮，但我相信我沒有看錯。

那張臉孔是我認識的人。

可是，那人怎可能……

「阿、阿、阿燁……」

當我的思緒仍是一片混亂時，直美忽然用力拉我的手臂。我回頭一看，只見她就像哮喘發作似的，呼吸亂成一團，我再往後瞥了一眼，我也無法呼吸，只能直視著那令人寒毛直豎的東西。

在人群之中，有一個穿著灰白色長袍、長髮及腰、看不到臉孔的女人，它跟我們之間的距離不到五公尺。其他人似是沒看到它，就像他們沒看到我和直美一樣。

如果只是這種程度，我也不會被嚇倒，畢竟我跟這傢伙交過手好幾次。但它這回的模樣，令我無法冷靜下來。

它的脖子上，仍插住一根木柱。

那半截我用來戳它的拖把。

隨著它一步一步走近，那半截拖把慢慢地往上下晃動，似是要將那東西的頭顱扳下來。黑色的液體仍一滴一滴地從「傷口」沿著木柄滴落。

看著這個詭異的樣子，我失去用掃帚再戳它的勇氣。我怕我一接近便會被它抓住。

「阿、阿燁，快、快逃……」直美往後退。

對，三十六計走為上計。

我拖著直美，轉身往消防車的方向跑過去，怎料那女鬼突然擋到我們和消防車之間。我看不到它如何跳到這位置，一瞬間它便移動了兩公尺多。我和直美連忙往相反方向跑，那女鬼再次閃到我們前面。

不能往外面跑——

我瞄了瞄消防員仍進進出出的宿舍玄關。

我一咬牙，抓住直美的手不放，兩步衝進宿舍之內。我回頭一看，那女鬼仍追著我們，但跟我們仍有四、五公尺的距離。

沒辦法，這時候只好往宿舍裡逃。我們衝進中央樓梯間，往上層跑。因為火警的關係，空氣很混濁，煙霧嗆得我上氣不接下氣，但我現在管不得那麼多。

「咳……阿、阿燁！它、它仍在後、後面！」

我拖著直美跑了半層樓梯，回頭一看，那女鬼就在階梯下方。我聽不到它開門關門的聲音，但它就是追著我們。

「繼續跑！」我大喊。

我跑到上一層，牆上的數字卻令我停下腳步。

那個數字是「9」。

這兒是九樓？

我回頭一看，發覺從樓梯欄杆之間，往下可以看到九層樓高的空隙。

為什麼我從一樓往上跑一層，會到達九樓？

我站在梯間的門後，突然察覺一件事。

門後便是起火的源頭。

我和卡莉在一百年前曾被大火圍困，那麼，我和直美現在來到這兒，或許並不是巧合？

問題是，到底是怨靈逼我們來到此地，還是紅衣女孩們的主意？

那兩個穿紅裙的女孩……

剎那間，我想起那句不自然的話。那句話跟那個被救護員抬上車的人的樣子重疊起來——

想到這處，我驚訝得無法動彈。

「阿、阿燁！那、那怪物——」直美大嚷。

我轉頭一看，那女鬼已來到梯間下方。我打開梯間的門，拖著直美衝進走廊。走廊中熱氣逼人，火苗處處，而右方有一扇正在燃燒、打開了的門。十一年前，九樓東翼全層是舍監宿舍，所以中央樓梯旁便是舍監寓所的玄關。正在焚燒中的寓所裡，我只看到一片火海，家具正劈劈啪啪地燃燒。

要往另一邊逃——我帶著直美往九樓西翼跑過去，但跑不了數步，便無法不停下。

那脖子插著拖把的怪物，擋在走廊正中。

無處可逃。

我緩緩退到火場門口。那傢伙想逼我們葬身火海？

「咳、咳……」直美受不住濃煙，用力咳嗽。

沒辦法了，再跟那傢伙硬拚吧。

我掄起掃帚，準備再跟那怪物決一死戰。

然而我突然動不了。

我不是害怕，可是我雙腳不聽使喚，動不了。

我低頭一看，只見兩隻腳踝，分別被一雙焦黑色的手抓住。那兩雙手突然用力拉扯，我一個踉蹌向前仆倒。直美嚇得尖叫，緊抓住我的手不放。我這刻才發現，有兩團黑色的物體抓住我的雙腳——兩團看來像「人」的物體。抓住我左腳的像是個上了年紀的男人，而抓右腳的是個長髮女人。我之所以說他們「像人」，是因為他們外表上不是人。

他們像焦屍。

他們身上衣衫破爛，皮膚焦黑龜裂，在地上匍匐伏行，像蟲子一樣蠕動。他們臉上沒有表情，龜裂的臉龐露出光禿的顴骨，剖開的嘴唇間有幾顆牙齒暴出。他們的手不斷往上移，先抓住我的腳踝，再抓我的小腿，然後拉住我的褲管。他們的手掌仍滲著血，在我的腿上留下紅色的、黑色的爪痕。

我頭顱裡一片空白，本能地用掃帚戳向他們，可是他們就像沒有痛覺，把我慢慢的抓進燃燒中的寓所裡。

「阿燁！」直美死命抓住我的臂膀不放。

沒救了，這回真旳沒救了。

「咚。」

微弱的電子音在吵雜的環境中蹦進我的耳朵。

我抬頭望向直美身後，九樓的電梯門突然打開。

出口，那是出口。

「直美，快逃！」我一邊用力拍打那兩具屍體，一邊喊道：「電梯門開了，那一定是出口！別管我，快逃！」

「不、不……」直美沒有放手，哭得一塌糊塗，說著我聽不清楚的話。

大概是不願意留下我之類。

「別說傻話！逃命要緊！」我再喊道。屍體已抓住我的腰了。

「不、不要……」

我嗆了一口濃煙，換不過氣，感覺快要昏倒。如果我是小丸，這時一定能想出逃命的方法吧……

小丸。

我突然想起那個什麼「不動明王手印」。

我看得很清楚，豎起左手的食指和中指，再用餘下的手指握著同樣豎起食指和中指的右手。

在迷糊之間，我丟下掃帚，模仿小丸的樣子，雙手結成手印。我忘記了那什麼心咒的唸法，默唸幾句「南無阿彌陀佛」，以手印向抓住我的屍體揮舞。

霎時間，扯住我腰間的力度減少了。

直美似乎也感到對方鬆開，猛然一拉，我整個人跟她往後跌。那兩具屍體仍在玄關地上抖動，四手亂抓，但我已縮起雙腿，他們抓不到我。

我和直美跌跌撞撞的衝進電梯，我已無力站起，躺在電梯的地板上喘氣。直美伸手按下面板的按鈕，再焦躁地不斷連打關門鈕。

在電梯外，我看到了。

那個長髮女鬼佇立在走廊中央，盯住我們。

它身上散發著惡意，好像在嘲笑我們，說我們這次能逃走，不代表下次能避得開。

在電梯門關上的一刻，我看到它在笑。

當我感到電梯向下移動時，我昏了過去。

「……阿燁、阿燁！」

我再睜開眼時，眼前是一個掛著燈管的天花板。空氣很清新，沒有半點黑煙。

「阿燁！」是小丸。

我發覺我正躺在交誼廳的沙發上。我緊張地坐直身子，看到小丸、亮哥和維基圍住我。直美挨坐在旁邊的長椅上，捧著一個杯子，一副驚魂甫定的樣子，而夜貓和姍姍坐在她旁邊。

「阿燁！你嚇死我了！」小丸嚷道。「我們發現你不見後，立即到處找尋，沒想到你居然跟『五樓半』的怪談一樣，滿身血污的從電梯滾出來……」

還真是千鈞一髮啊，幸好我及時記起妳的手印，也多虧直美不捨不棄，我才能逃出生天——

本來我想這樣回答，但我赫然記起重要的事。

在十一年前的世界裡發現的事實。

我一個翻身，跨過沙發的椅背，緊張地瞪視著眼前的眾人。

「阿燁，怎麼了？」亮哥問。

我沒有回答，只是慢慢後退，來到那個放書刊和遊戲的木架子前。我在那排整齊的宿舍紀念冊中，抽出二〇〇〇年的一本。

翻到第三頁，我便看到那真相。

那令我窒息的真相。

「我……我在卡莉被抓走後，說過曾在側門看到類似伊斯白女兒的幽靈吧。」我說。

「我們不是討論過嗎？說那可能是其他人……」

「重點不是那是不是伊斯白女兒的幽靈。」我嚴肅地說：「當時我說看到有穿紅色衣服的女孩走過，對吧？」

「嗯。」各人紛紛點頭。

「亮哥，你記得當時你怎麼回答嗎？」我問。

「我說宿舍外照明不多，你可能把另一個穿紅色衣服的女孩錯認成幽靈……」

「不，」我打斷亮哥的話，「你說的是『你會不會把另一個穿紅裙的女孩當成伊斯白的女兒了』。我說的是『紅色衣服』，為什麼你會說『紅裙』？伊斯白女兒穿裙子，只有我和卡莉知道。」

「我說了『紅裙』嗎？我不記得啦。這些細節又何須斤斤計較啊？」亮哥笑著說。

「亮哥，這關係重大。」我舉起手上打開了的宿舍紀念冊，以冷峻的語氣說道。「你知道這細節，是因為你不是我們的一份子——你在十一年前已經死去。」

二〇〇〇年的紀念冊中，印著當年的宿生會成員合照，照片下標示著名字和學系。站在前排左起第二個的人，便是穿運動裝的亮哥。下方寫著「副會長／費子亮／土木工程系／四年級」。

眾人似乎沒反應過來，只有小丸和維基後退兩步，跟亮哥拉開距離。

「我在十一年前的世界裡，看到你被送上救護車——你是當年的死者之一，亦即是受怨念牽連的受害者！」我一口氣說道：「我們不是因為在地窖玩遊戲才招來惡靈，怪事也不是從我在側門看到紅衣女孩開始，而是從我們在交誼廳聚會一刻起便被盯上！主動跟我們搭訕、告訴我們一百年前發生離奇大火、引誘我們到那個畫著魔法圓的地窖，現在細心一想，那根本全是亮哥你一手策劃做成！你就是纏繞此地上百年的怨靈的正體！」

其他人終於明白我在說什麼。他們紛紛站起來，凝視著站在我們正中間的亮哥。亮哥沒有回答，只是臉無表情地，望向我們各人驚駭的臉。

然後，亮哥臉上露出怪異的笑容。

他雙眼就像沒焦點似的，瞧著我們看不到的另一個空間，而嘴角往上拉動，形成一個跟「笑」差不多的表情。但任何人也看得出，那不是「笑」。那只是一種死物在模仿生物的拙劣擬態。

小丸他們見狀，立即搶到我身旁。夜貓大著膽子，抓起身旁木架子上一個木棋盤，狠狠向亮哥擲過去，那棋盤卻沒有擊中亮哥的身體——它在打中亮哥的胸膛時，直接穿過去，就像亮哥只是一個立體的幻影。

「嘻。」亮哥向我們踏前一步。他的頭顱往肩膀傾斜，耳朵貼在肩上，嘴角依然詭異地上揚。

咻——

在我們還沒來得及察覺，亮哥的左手像蛇一樣伸長，纏住夜貓的手臂。

「放、放開我！」

在夜貓大喊時，我們連忙抓住她，可是她已被亮哥拉住，整個人跌在地上。亮哥一步一步的往東翼走過去，我們就像拔河似的拉住夜貓，然而我們六個人卻被亮哥往反方向拖行。

「他要拖我們到那地窖！」我突然察覺亮哥的意圖。

「不、不要啊！」夜貓大喊。

「小丸！妳快用那個什麼不動明王手印，剛才我回到十一年前，那手印也有用！」我邊拉住夜貓邊說。

小丸點點頭，結起手印，可是亮哥的力量沒有明顯減弱。我們已被他拉到活動室前的走廊。

「怎麼了？沒用？」姍姍問。

「距離太遠，我要到他身邊使用！」小丸往前跑。

亮哥的右手突然像皮鞭一樣揮過來，我見狀立即拉住小丸，那右手在小丸面前掠過，轟的一聲打中牆壁，在牆上留下一道凹痕。

「好、好險！」小丸狼狽地坐在地上。

「小丸！妳還懂什麼手印心咒法術，通通給我使出來吧！要遠距離攻擊的！」我嚷道。

「哪有分什麼遠近距離——啊，有一套手印我猜有效，可是我沒練過，我怕記錯……」小丸說。

「別管對不對，先用再說啊！」夜貓咬著牙關地說，我想她的手臂一定被扯得很痛。

「好、好！」小丸站直身體，對著亮哥，雙手結著一連串手印。「臨、兵、鬥……」

「這是什麼？」我緊緊拉住夜貓，卻沒有聽到小丸唸複雜的咒語，只是很慢的唸出一個個字。

「九字護身咒。」拉住夜貓肩膀的維基突然插嘴說。

「……者、皆、陣、列、在、前！」

小丸說罷最後一個字，左手握拳放在右手掌心，然後向前伸出，像是攻擊亮哥的樣子。出奇地，亮哥突然停下，沒有繼續拉扯。

「有、有效！」我說。「小丸，再來啊！」

「嗯！臨、兵……」

小丸再次結那個九個手印，亮哥的表情卻產生異變，他好像被什麼東西擊中，身體猛烈抽搐。

「鬆開了！」纏在夜貓手臂上的左手突然縮短，回到亮哥身邊。拉住夜貓的我們猝不及防，一下子往後跌倒，混亂中維基的帽子更被我打掉。

「……在、前！」

「啊呀！」

亮哥抱著頭，在我們面前掙扎。他胸膛上隱約出現九個光點，就像彈孔一樣。

小丸往前再踏一步，站在半跪在地上的亮哥面前，態度威嚴地結那九個手印。

「臨！兵！鬥！者！皆！陣！列！在！前！」

「霍——」

亮哥突然往後仰身，胸前的光點射出強光，身上傳出一聲怪聲，不到半秒，他的身體猛然燃燒起來。小丸嚇得後退了兩步，但那火焰沒有波及走廊中的其他物品，就像纏在獵物身上的蟒蛇，只在亮哥身上焚燒。亮哥在烈焰中不斷擺動，但那不像是生物在死前的掙扎，反倒像是死物被燃燒時的物理現象。幾秒後，火焰徐徐熄滅，地上留下一堆餘燼。

「贏、贏了？」夜貓以不能置信的表情望向我們。

「贏了！小丸妳好厲害！」我興奮地說。

「呼。」小丸坐在地上。「幸好阿燁察覺，要不然我們會被亮哥引導，一個一個遇害吧。想不到這怨靈如此惡毒，用這個方法混進我們當中……」

「所以事情解決了？」姍姍問。

「差不多吧。」小丸說。「依我看，宿舍的怨念借亮哥成形，利用我們增加亡靈，累積更強大的怨念，剛才的咒術，應該直接破壞了那股怨念能量……」

「這樣子，事情告一段落吧……」我說。

「哐咚。」

一件東西，忽然在我眼前掉落，打在地板上，發出哐咚的一聲。我們不約而同地向下看。

那是一根圓形的木條。

當我了解到那是什麼，本來放鬆了的心情剎那間揪緊。

那是插在長髮女鬼脖子上的半截拖把。

我把視線從地上往上移，掃過小丸臉上時，我看到另一件撼動我神經的事。

小丸的樣貌沒有異常，可是她的額上，現出一個紅黑色的符號。

ל

我將視線再往上移。

長髮女鬼就在那兒。

它站在天花板上，就在我們正上方。

它像蝙蝠一樣倒掛著，我們抬頭望向它，它亦「抬」起頭瞧著我們。

我感到那股邪惡的笑意。

在下一秒，一團巨大的、黑色的、黏稠的液體從上掉下。它掉到小丸頭上，把她整個上半身包裹著。接下來，那團物體往上躍起，黏到天花板上。在那團東西中，我看到女鬼的身影，以及懸垂著、正在掙扎的小丸下半身。那條螢光綠色的內搭褲和粉紅色的拖鞋就在我們頭上亂舞。

「小、小丸！」夜貓大喊。

那團東西在天花板上向著電梯間飆去。我一個箭步衝前追上去，但那東西比我快得多。我跑到電梯前，只見電梯門剛合上，還有一點黑色的液體慢慢滲進門縫內。

「小丸！」其他人趕至。

「唔……唔！」電梯門後傳來微弱的聲音。

「鐵、鐵撬！鐵撬在哪？」我想起之前在管理員室找到的工具。
「在交誼廳！」姍姍大嚷。
我二話不說，衝到交誼廳，在沙發旁找到那柄鐵撬。我回到電梯前，用力把鐵撬插進門隙，用力一撬——
「嘎——」
電梯門應聲打開。
漆黑的電梯槽裡，我看不到任何東西，也聽不到小丸的聲音。
「手電筒！誰有手電筒？」我高呼道。
維基走過來，從口袋掏出失靈的手機。他打開開關，螢幕亮出白光，再往電梯槽裡一照——
小丸錯了。事情還未完結。
電梯槽的牆壁上滿佈血紅色的掌印，而在我們的正前方，在掌印之間寫著三個字。

第三人

這三個字跟掌印一樣是血紅色的。
最令我感到寒慄的是，這三個字是左右顛倒的鏡像文字。
就像有人在結實的牆壁內側寫上一樣。

第五章

諾宿北面有一個向上的小斜坡，坡上種了一排榕樹，在東翼梯間的一列窗戶可以看到樹影搖曳、氣根隨風擺動的樣子。每到黃昏，陽光便會被高大的樹木隔阻，即使在二樓也無法看清楚天空。

某一個夏天的黃昏，一位住在二樓的男生從圖書館回到宿舍。他沿著東翼的樓梯走上二樓，不經意地往窗外瞥了一眼，卻讓他即時愣住——從榕樹樹梢垂下來的並不是氣根，而是一具一具的死屍，隨著微風搖擺。屍體都伸出舌頭，眼珠突出，一副死不瞑目的樣子，瞪著男生。男生感到一陣寒意，揉一下眼睛再看，本來吊著屍體的位置只垂下普通的樹根。他以爲自己溫習太累，或是光線造成的錯覺，沒有多想便回房間休息。

翌日，他在黃昏回宿舍時，再次看到樹上吊著屍體。和前一天一樣，死屍面容可怖，眼球就像要掉出眼窩，灰褐色的皮膚活像樹皮。男生再次吃一驚，他更發現屍體的數目減少了一具。他別過頭，再往窗外一看，屍體都不見了，只有長長的、褐色的氣根。第三天黃昏，他又看到樹上掛著死屍，而這次即使他轉過頭再看，屍體仍在。比起第二天屍體的數目再少了一具，共有五個猙獰的樣貌從窗外瞪著他。他慌張地跑出宿舍，卻沒有在山坡上發現死屍，彷彿屍體只能夠透過梯間的窗戶看到。

第四天他看到這恐怖的情景時，他的室友正好跟他走在一起。他指著窗外懸吊著的四具屍體，驚訝地向室友說明，可是他的室友卻攤攤手說沒看到。他告訴其他宿友，可是每個人都認爲那是幻覺，也有人說他可能撞邪，給他符咒或十字架之類。雖然那些屍體逐日減少，但男生仍然清楚看到它們，而且它們的表情愈來愈可怖，就像流露著異樣的笑意。縱使感到不安，男生亦漸漸習慣這異常的情況，認爲是自己的問題，並且決定預約精神科醫生進行檢查。

第七天黃昏，男生在宿舍梯間遇上幾位相熟的女生。他們邊走邊聊，經過窗口時他特意往外望，發覺樹上只吊著一具死屍。他笑了笑，心想這樣下去或許翌日便不會再看到屍體了，可是這時身旁的女生發出悽慘的尖叫聲。那些女生臉色蒼白，顫慄地指著窗外的屍體，並且對微笑著的男生投以驚懼疑惑的目光。

「爲、爲什麼這時候你能夠笑出來？」

男生這時才發現，窗外眞的吊著一具屍體——那是他的室友。

——諾宿七不思議　其之四　樹影懸屍

1

我想，世上最殘酷的事，莫過於讓瀕臨絕望的人瞥見一瞬間的希望，再將那丁點希望給奪走。這就是我們目前的處境。

巴士和卡莉先後遇害，那無疑令人驚懼，但真正令我們感到崩潰的，是亮哥暴露真正身分後，小丸成為受害者之一。

亮哥和小丸在之前一連串事件發生時，不知不覺間成為我們這個團體的核心人物。亮哥是學長，身為新生的我們自然對他心存信賴，而小丸懂得的靈異知識，好幾次助我們脫險。如果將我們比喻成遭遇海難、流落荒島的遇難者，亮哥便是船長，而小丸是求生專家，只要他們在，我們就有生還的可能。

可是如今他們都不在了。

亮哥居然是怨靈之一，他不是什麼領袖，而是誘導我們一步一步邁向滅亡的死神。比起「他是怨靈」這事實帶來的恐懼，「被最信賴的人出賣」更令我們倍受打擊。

而且，小丸差不多同一時間被女鬼抓進電梯，在我們眼前消失。

她是我們之中唯一一個有能力擊敗怨靈的人。

站在空洞的電梯槽前，看著那三個血紅色的鏡像文字，我有一種被宣告死刑的錯覺。

不，被宣告死刑還好，至少我會知道該面對的是斷頭台、絞首索還是毒氣室。我們就像怨靈的玩具，對自己的命運一無所知，在餘下的生命裡，只能被那巨大的、黑暗的惡意肆意擺佈操弄。

站在電梯口的，只餘下我們五個人。夜貓、姍姍、直美、維基和我。卡莉被燒焦的女人抓進鏡子時，我們各人都被嚇得手忙腳亂，可是這刻我們卻連丁點反應都沒有——我們就是直愣愣地瞪住陰森幽暗的電梯槽，沒有吭半句聲。

這便是絕望吧。我心想。

「嘎——」

電梯門突然傳出金屬摩擦的尖聲，然後緩緩地關上。維基收回伸進電梯槽的手，把只能發出白光的失靈手機關掉，放回口袋。

「完、完了……」我身後傳來夜貓囁囁嚅嚅的聲音。「我們全都要死了，那傢伙要來抓我們了……」

「夜貓，妳——」

「完蛋了！我們要被那惡鬼幹掉了！」夜貓突然歇斯底里地大喊，打斷我的話。「哈哈哈，我們要死了，嗚嗚嗚……卡莉……」

夜貓又笑又哭，眼神游移不定，情緒激動失常。這也是理所當然的吧，畢竟除了我以外，她是唯一一個親眼目睹巴士、卡莉和小丸三人遇害的人。姍姍和直美站在夜貓身旁，沒有試圖安撫夜貓的意思，看樣子她們也在崩潰邊緣，只是憑著僅餘的自制力，壓抑住那瀕臨失控的自我。

「阿燁……」姍姍戰戰兢兢地說：「我、我們該怎辦？」

我這刻才發現，在餘下的成員之中，我跟那怨靈交手的經驗最豐富，遇上的怪事最多——縱使我不情願，我大概被其他人當作領袖了。

「怎辦？妳問怎辦？」我正要開口，夜貓便一輪搶白。「我們都要死！不用考慮怎辦啊？哈哈！說不定我們一轉身背向牆壁，那東西便會鑽出來吃掉我們啊？」

「不。」我緊握住手上的鐵撬，環視眾人一眼，說：「我們暫時應該安全……」

「怎可能安全？那怪物——」

「我們身上沒有出現符號。」我對夜貓說。

夜貓大概沒想過我會說出這個答案，她一臉不解地瞧著我。

「我臉上沒有任何異常吧？」我向其他人問道。他們點點頭。「我猜也是，如果我臉上冒出什麼怪符號，你們應該一早指出來了。剛才小丸被那女鬼抓走前，額上出現一個符號。」

我指了指自己的額頭。「而之前卡莉的左臂上也有類似的符號。夜貓，妳也看到吧？妳更問卡莉什麼時候貼了紋身貼紙。」

夜貓怔怔地瞧著我，再緩緩地點頭。

「巴士被桌子吃掉時，手心也有這種紅黑色的符號……」我在空氣中比畫，嘗試把那些符號畫出來，但其他人似乎看不明白。「……我們到交誼廳那邊再說吧。」

夜貓、姍姍和直美跟著我，而維基彎腰撿起之前混亂中被我不小心打掉的帽子。我往玄關旁管理員室走過去，卻發現維基佇立原地，瞧著手上的卡其色棒球帽，沒有跟過來。

「維基？」我喊道。雖然我說女鬼應該暫時不會現身，但落單始終有點危險。

「啊，啊，來了。」維基回過神來，急步跟上我們。

我站在管理員室窗口旁用作傳言板的白板前，撿起一支藍色的馬克筆，在白板上從上而下畫出那三個符號。

י
ו
ל

「怨靈現身時，遇害者身上都會出現類似的符號。」我指著那三個符號說：「你們認得它們嗎？」

夜貓一臉迷惘，直美呆呆地瞧著白板，但姍姍露出有所發現的表情說：「那是地窖中那個魔法陣上的符號！」

我點點頭，在白板的空位上補上餘下兩個符號。

ו
ת

「這便是那個魔法圓上五角星頂端的五個符號。」自從卡莉被抓後，我便努力回憶那個魔法圓形的細節，終於記起每個符號的位置和樣子。巴士手心的符號位於右上角，卡莉的是右下角，小丸額上的是倒五角星正下方的那個符號。「怨靈來襲前，會在獵物身上烙下印記，我們目前身上沒有異樣，便代表那怪物暫時不會抓我們。」

「為什麼被抓的人會給烙上這些符號？」姍姍問。

「我不知道。」我搖搖頭。「純粹猜測的話，可能小丸說過的『那股力量』每隔一段時期便重複一八八九年地窖大火的結果。那場來自地獄的火災中，最先死去的是站在五角星頂端的信眾，然後是『大司祭』克勞利，最後是伊斯白爵士和被不知名東西附身的女人。搞不好當我們之中有五個人犧牲後，情況會產生什麼變化……」

我說出這句時，各人臉色一沉。對，如果我沒估計錯誤，餘下的那兩個符號會出現在我們其中二人身上，而那女鬼會隨即出現，捕捉它所盯上的獵物。

「阿燁，那你認為我們現在該怎麼辦？」姍姍再次問道。

我往玄關走過去，望向宿舍外面。昏暗的街燈照著草坪，那形狀怪異的雕塑屹立在草地一隅。除了過份地幽靜外，宿舍外一切平常，彷彿我們剛才在宿舍內經歷的恐怖怪事，全都是虛構的。

「我們逃走吧。」我回頭向眾人說。「這時候我們別再說什麼靠自己救回巴士他們了……巴士是我的好兄弟，如果能救回他，要我自斷一臂也無所謂，但客觀的情況是我們根本自身難保，貿然跟那怨靈對抗，只會叫我們全軍覆沒。這說法雖然殘忍，但生存本來就是一件殘忍的事。」

我瞄了夜貓一眼。她的表情很複雜，我知道她不想放棄卡莉，但她現在肯定很清楚，不自量力地跟那女鬼糾纏下去，最終只會成為另一個犧牲品。

「我們再投票。」我想起小丸之前做過的事。「贊成逃跑，到宿舍外求救的請舉手。」

我、姍姍和直美毫不猶豫地舉手，而夜貓一臉苦澀，緩緩地舉起震顫中的右手。

這時候，我才發覺維基不在我們身旁。

我向左邊望過去，眾人亦隨著我的視線回首，只見維基站在沙發旁窗戶前，拿著我之前用來指證亮哥的二〇〇〇年宿舍紀念冊，低頭閱讀著。

「維基？」我嚷道。但他沒有反應，就像著魔似的。

「維基！」我邊說邊走近他。

當我走近時，他慢慢地抬起頭。然而看到他的表情後，我不由得止住腳步。

他以我沒見過的眼神瞧著我。

雖然維基個性內斂，鮮少露出感情，但此刻我在他臉上只感到冷峻。他的眼神彷彿流露出敵意，目光先放在我身上，再移往夜貓她們所在。

「維基，怎麼了？」我裝出自然的語氣說。明明感到維基不對勁，可是我不想拆穿。

「沒什麼。」他邊說邊合上紀念冊，丟到旁邊的茶几上。

「我們快準備離開，到外面求救吧。」我指了指身後。

然而維基做出我意料不到的舉動。

他坐到沙發上，十指互扣，放在雙膝上。他仍然盯著我們，打量著我們每一個人。

「維基？」

「我選擇留下。」他說。

「你在胡說什麼？」我有點焦急。「這個時候留下來有什麼用？而且剛才你不是贊成逃走嗎？為什麼現在改變主意了？」

「剛才是剛才，現在是現在。」維基以陌生的語氣回答。

姍姍她們大概也察覺維基的異樣，她們沒有靠過來，只站在玄關附近看著我和維基對話。

「你留下來只會成為那怪物的——」

「你別管我！」維基突然大喊。和夜貓之前的歇斯底里不同，維基表現出一股冷酷的威嚴。

「總之我會留下。」

看到維基這樣子，我不敢勉強他。我認為他不是精神崩潰，但我無法了解他這時的態度和神情。

「好吧，我們到外面找到救兵後，會回來救你……」我緩緩往後退，說道。

「你們……逃不掉的。」

維基說道。

他說出這句話時，語氣回復到平時的樣子，但他的表情瞬間僵住，叫我無法了解他在想什麼。那是詛咒？還是勸告？突然間，我覺得面前的人不是維基，而是一個披著維基外皮的陌生人。

這想法令我打了一個寒顫。

我退回玄關前，姍姍她們不安地看著我。

「有沒有手電筒？」我淡然地說。生存是一件殘忍的事，維基不願意跟我們共同進退，那我們就只好放棄他。糾纏於他的怪異行為只會令姍姍她們更擔心，為了自救，我顧不得那麼多。

「手電筒……剛才找防身武器時，我記得在管理員室裡見過。」姍姍說。

我們再次走進管理員室，依姍姍的指示，在一個木架上找到一支二十公分長、末端附著尼龍繩圈的手電筒。手電筒的外殼由塑膠製造，可不能當成武器。我打開電源，燈泡隨即亮著，但我還是有點不放心。我打開旁邊一個抽屜，看到幾排未開封的乾電池，確認尺寸和手電筒裡的相同後，便塞進褲袋。

我怕夜路走到一半時手電筒沒電，萬一路上沒有街燈，我們便進退兩難。

我將手電筒交給姍姍，示意她負責照明，而我則以鐵撬戒備。如果武器和手電筒由同一個人負責，一旦遇上突發情況，餘下的人既無法反擊亦無法逃走。直美膽子小，從小丸遇襲後她便神經兮兮的縮在一旁，默默地跟在我們身後，我不可能指望她走在隊伍前方；夜貓受到的精神打擊太大，不能委以重任。選無可選之下，我只好叫姍姍當我的助手。

這工作本來該由男生擔當。

透過管理員室的窗口，我看到維基坐在沙發上，直愣愣地瞧著我們。我別過臉，不想跟他的眼神碰上。那種感覺很不舒服。

我們離開管理員室，步出宿舍大門。姍姍和我走在前頭，夜貓和直美跟在我們後方。步出大門時，我回頭悄悄瞄了維基一眼，他木然地俟坐在沙發上，低頭瞧著仍放滿零食和撲克牌的茶几，手裡似乎把玩著硬幣。

我還是不要再看了。

我們四人沿著草坪旁的小路，往馬路走過去。諾宿位於大學西面的山谷，我們要求救，只能沿上坡的馬路到大學本部。離開交誼廳時我看過時鐘，時間是半夜一點五十分。我不知道這個時間大學校園警衛會不會到諾宿巡邏，可是與其在路邊等待，不如親自去求救。迎新宿營時我走過這段路，從宿舍到大學本部大約要十五分鐘，馬路兩旁有行人路，雖然陡斜但不算難走——當然，那是在大白天、沒有被怨靈追趕的情況，現在我是有點擔心，不知道路途上會不會出岔子。

街燈的照明不足，但我沒有叫姍姍打開手電筒。剛才交誼廳裡燈火通明，我總覺得坡道很陰暗，可是眼睛適應環境後，四周比我預想中明亮。我想最主要的原因，是天上掛著一輪明月，渾圓的月亮射出寒光，路上的視野很清晰。

我們經過校車站，踏上那長長的坡道。坡道一旁是岩壁，另一旁是豎著鐵絲網、種滿樹木向下延伸的斜坡。我們的腳步不徐不疾，縱使我們巴不得一口氣跑到本部，我們清楚知道這時必須謹慎行事。那女鬼不一定只在宿舍裡作惡，說不定諾宿四周的土地也是它的活動範圍，萬一它突然從山邊鑽出來，我便要利用手上的鐵撬跟它搏鬥，讓三位女生順利找到救援。

是的，雖然我說到外面求救，但我已有犧牲的覺悟了。

被那怪物抓住，可能即時斃命，亦有可能只是被幽禁。我們面對的最惡劣情況，不是「被怨靈殺死」，而是「在無人知曉之下全部人被怨靈殺死」。只要有一個人能通知他人，被抓去的人仍有一絲獲救的希望。我想起老電影《異形續集》，小女孩被抓走後，鍥而不捨的女主角還能從異形后的巢穴救回她。這刻拿好萊塢電影來說服自己，我覺得蠻蠢的，但我幾乎找不到任何令自己樂觀一點的藉口。

然後我想起《異形第三集》。

為了阻止邪惡企業利用外星生物作惡，主角最後跟身上的異形同歸於盡。

我真的不想走到這一步。

只是，我不知道自己有沒有選擇……

換個角度想，如果我能跟那怨靈來個同歸於盡，倒也痛快。

無論如何，我們必須讓其他人知道我們目前的處境，減少受害者的數目——就算我沒命，我也要讓那怨靈所作所為曝光，不能讓邪惡的它繼續肆虐。

我們默默地走了近五分鐘。愈往坡上走，我愈感到寒冷。我沒想過九月的夜晚已有點涼意，幾天前我在家還熱得要開冷氣才能睡著。這大概是市區和郊區的分別吧。

「阿燁……」姍姍突然開口叫我。

「是？」我瞧了她一眼，腳步沒停下來。
「你有沒有覺得，周圍好像太靜了？」
四周的確出奇地靜。一路上，我只聽到我們的腳步聲和呼吸聲，馬路兩旁的草叢不單沒有蟲鳴聲，連微風吹拂，掃過樹葉的聲音也沒有。
「沙——」
當我正想回答姍姍，一陣寒風忽然迎面颳來。樹木和草叢就像突然被無形的手搖動，發出雜亂嘈吵的聲音。風從坡上吹下來，我感到灰塵撲面，不由得用手稍稍遮掩眼睛。
「妳一說，風便來了。」我笑道。
姍姍跟我一樣，擠出笑容，我回頭望了夜貓和直美一眼，她們仍是一臉緊繃，憂慮之情溢於臉上。
「放心，看來那東西的魔爪無法伸到宿舍之外。」我說。「只要我們四個人齊心合力，一定能獲救。」
「可是……阿燁，維基到底怎麼了？」姍姍問道。「他剛才的語氣……好怪。」
「那小子只是鬧情緒吧。」我刻意淡化事情，隨便找個藉口。
「他一個人在宿舍……萬一遇上那……」姍姍欲言又止。
「別想太多，我們快點找到救援，便能早一刻幫到他。」
姍姍點點頭。
其實我有一個想法，但不敢說出口。
我懷疑那個維基不是我認識的維基了。
在靈異怪談之中，「鬼上身」不是很常見的例子嗎？萬一怨靈有這種力量，支配了維基，那他便不再是同伴，而是危害我們全體安全的危險份子。亮哥是怨靈的棋子，他被小丸消滅後，怨靈很可能利用另一種手法對付我們。這怨靈不但充滿惡意，逐一解決我們，從亮哥身上我們可以看出，它還會利用人性的弱點進行誘導，教我們踏進一個個死亡陷阱。

維基的態度豹變，眼神冷漠得像殺人鬼，加深了我的懷疑。不過我們認識日子尚短，我也無法肯定這是不是他的另一副面孔。

「啪──」突然間，我眼前一黑。

「阿燁！」姍姍嚷道，同時我感到背後傳來兩聲微弱的驚呼。我一時間無法理解情況，但稍稍冷靜下來，便知道原因。

「街燈熄了。」我說。

佇立在馬路兩旁的街燈差不多全部熄滅，我只看到坡道上方還有兩、三個光源。夜空中的滿月不知何時被雲層遮掩，只在雲間滲出朦朧的銀光。

「姍姍，手電筒。」我將鐵撬架在胸前，提高警戒。

「咦？」姍姍發出訝異的叫聲。「手電筒沒反應？」

雖然因為光線不足，我只隱約看到姍姍的輪廓，但我聽到她按了好幾次手電筒的按鈕。無論她按下多少次，手電筒還是沒有半點發亮的跡象。

「試試換上新電池。」我一邊說，一邊從口袋掏出乾電池，交給姍姍。我用腋下夾住鐵撬，再在黝闇中抓住姍姍的左手，將電池放在她掌心。

「喀。」我聽到扭開手電筒的聲音，然後是電池滑進塑膠殼的「咻」一聲。

「還、還是沒有反應！」我聽到幾下按鈕聲後，姍姍慌張地說。

「妳有沒有把電池倒過來放了？」我問。

「沒有！我摸得很清楚……」姍姍嘴上如此說，我卻再次聽到她扭開手電筒。

姍姍一試再試，手電筒仍是沒有亮著。

「不用再試了。」我說。「妳們躲在我背後，跟緊一點，別走散。」

「嗯。」她們三人異口同聲地說。

我用右手握住鐵撬，姍姍則勾住我的左臂。我沒有感到夜貓和直美拉著我，我想她們應該是一個一個的手挽手。

我們的腳步漸漸加快，畢竟我們只看到坡道頂的燈光。那微弱的黃光就像大海中的浮標，我們只能以它作為指示，朝著它進發。

我想，姍姍她們這時跟我想著相同的事。

那東西追過來了。

我們出發前才檢查過手電筒，我還特意準備了備用電池以防萬一，結果卻全部失靈。

而之前街燈也離奇地熄滅了。

在宿舍裡，我們的手機、宿舍的電話都莫名其妙地故障。

我感到惡靈的魔爪逐漸逼近。

在黑暗中，人類對距離的感覺真的很不靠譜。明明眼前便有燈光，我們卻好像怎麼走也無法接近。坡道就像無限往前延伸的荒漠，那街燈只是海市蜃樓。在這段路程上，我想起不快的回憶——在地窖中被巴士戲弄，一個人圍著地窖無止境地跑的時候。

一個恐怖的念頭在腦海中閃過。

抓住我手臂的人，到底是不是姍姍？

我突然停下腳步。

「阿燁，怎麼了？」

姍姍的聲音令我頓然安心。

「沒有什麼。大家還在嗎？」我問。

「我在。」是夜貓的聲音。

「嗯……」直美也沒有異樣。

「咳。」

我隱約聽到另一把人聲。

「剛才……妳們有沒有說『咳』？」我壓下恐懼問道。

「那……那不是阿燁你咳嗎？」姍姍問。她的聲音有點顫抖。

我沒有回答，但我的沉默似乎燃點了她們心中一直壓抑著的不安。

「阿、阿燁，你、你說有、有東西跟在我、我們後……」夜貓結結巴巴地說。

「快，大家一口氣跑到前面的街燈下！」我反過來抓住姍姍的手腕，然後往前猛跑。

向前奔出數十步，環境漸漸變得明亮。黑暗中距離感真的很難掌握，原來我們已差不多來坡道頂部，街燈就在前面。那兩盞仍亮著的街燈比正常的暗澹，就像燈泡瀕死前的樣子，所以令我誤會了距離。

在光線之下，我再次看到同伴們的臉孔。姍姍、夜貓和直美就在我身旁，她們都喘著氣，驚悸地環視四周。

我們身後沒有什麼東西追趕著。

剛才那聲「咳」是錯覺嗎？是風打在樹葉上，枝椏發出的聲音？還是我們所有人太緊張，杯弓蛇影，枉自驚惶？

「沒事，沒事。」我擠出笑容。「剛才一定是我弄錯……姍姍？」

我發覺姍姍僵住，注視著道路前方。雖然她膚色白皙，但這時我發覺，她連嘴唇也發白，就像看到比女鬼更可怕的東西。

我朝著她所看的方向望過去，那景色也令我心臟差點停止跳動。

之前在坡道下，我看到坡上有三點光源。其中兩點是街燈，餘下的一點，就在我們前方。

正確而言，那不是「一點」光源，而是「一組」光源。

前面不遠處的馬路旁，有一片草坪，草坪上有一座形狀奇詭的金屬雕刻，草坪後矗立著一棟九層高的複合式建築物，光線從窗戶透出。

在我們面前的，是諾宿。

2

夜貓和直美大概也留意到眼前的異象，跟我和姍姍一樣，驚訝地瞧著面前的大樓。

為什麼坡道上有另一座諾福克宿舍？

上坡的馬路盡頭應該是個圓環，再往前走便是位於本部的大學圖書館……可是我們面前就是一棟跟諾宿一模一樣的建築物。

我無意識地回頭瞥了一眼，沒想到那景象比面前的更令我震驚。

雖然我沒有驚呼，但我的舉動令她們三人循我的視線望過去，而她們跟我一樣，被那情景懾住。

我們身後的不是「下坡道」，而是「上坡道」。

我們剛才從山谷下往上跑，按道理我們這刻應該看到向下傾斜的馬路，可是，映進我們眼簾的是向上傾斜的坡道。

那不是「另一棟」諾宿，而是原來的諾宿。

「為、為什麼我們回、回來了？」夜貓呼吸急促地問。「我們明明沒拐過彎，一、一口氣往上跑啊？」

「妳……妳們在這兒等我。」我說。

「你要幹什麼？」姍姍慌張地問。

我往坡道走了兩步，停下，再退回她們身邊，將鐵撬塞給夜貓。

「夜貓，妳力氣大，抓緊這把鐵撬，如果看到任何怪異的東西，儘管狠狠敲下去。」

「阿燁，你……」

「我要做一個實驗。」

話畢我便頭也不回往坡道跑過去。我聽到直美在喊我的名字，但我沒有回望。

不出十數步，我便離開那兩盞昏黃街燈映照的範圍。四周變得漆黑，我只聽到自己的腳步聲和喘氣聲。剛才我們四人走在馬路旁的行人路上，但這次我乾脆走在馬路中心，筆直地沿著向上傾斜的坡道向前跑。

我一邊跑，一邊數著自己的步數。當我數到二百四十五步時，感到有點換不過氣，步速稍微放緩，可是我一想到停下來可能遇上危險，便咬緊牙關繼續前進。

「四百三十一、四百三十二……」我看到坡道上方的幾點燈光。

隨著馬路的斜度減少，環境愈來愈明亮，可是當我數到「六百八十一」時，我不由得整個人呆住了。

「阿燁！」

姍姍、夜貓和直美就在前面。她們站在草坪旁的校車站站牌下。姍姍看到我，向我揚手。

我連忙回頭，可是那景象再次令我起雞皮疙瘩。我身後是一條上坡道。

我匆匆跑到姍姍她們身邊，上氣不接下氣地問：「剛、剛才妳們看、看到我從哪邊走過來？」

「從坡道上……」姍姍惶惑不安地說。「阿燁，你……剛才是筆直地向上跑嗎？」

我垂著身子，雙手撐著大腿，無力地點點頭。

「我、我走到街、街燈下之前，仍然覺得馬路是向、向上傾斜的……」我說。

「那、那東西就是不讓我們逃走啊！」夜貓突然大嚷。她再次露出那種非哭非笑的怪異表情。「那東西要抓我們！我們全都要死！」

我猛然想起我們離開宿舍前，維基說過的那句話。

——「你們……逃不掉的。」

我肯定剛才只是筆直地往上跑，甚至走到街燈下之前，仍能確定地面是向上斜的。這跟「看起來像上斜但實際是下斜」的視覺錯覺不一樣，我是在黑暗中利用身體感覺斜坡的傾斜方向，而這個世上沒有自然現象可以改變地心吸力。

唯一解釋便是超自然力量了。

小丸說過，因為我們在地窖中玩過那禁忌遊戲，怨靈跟我們產生某種聯繫，就算逃跑，那股神秘力量只會繼續纏擾我們。她大概沒料到，那力量竟然龐大到令我們離開不了宿舍範圍……

「阿燁，我們可不可能從另一邊逃走？」

姍姍突然說。

「另一邊？」我問。

姍姍指了指宿舍。「宿舍後面的小山坡後，應該是高速公路……」對。諾宿位於山谷，東南面是通往大學本部的上坡道，但宿舍大樓北面有一座小山坡，山坡後便是公路，高層窗戶朝北的房間都能看到。公路和山坡之間可能有鐵絲網相隔，但只要走到那邊，便有可能獲救。我們手上有一把鐵撬，花點工夫總能夠在鐵絲網上開個洞。

「嗯。那山坡很陡斜，不過我們目前沒有選擇了。」我說。「我們出發吧。」

姍姍和直美點點頭，但夜貓怔怔地瞪住我。

「等等！」她以震顫的聲音道：「那、那個山坡，不是有什麼『樹影』怪談嗎？」

我們其餘三人一同愣住。夜貓說得沒錯，那個山坡是「諾宿七不思議」的場景之一。坡上種著一列榕樹，看樣子有數十甚至上百年歷史了，而怪談的主角在宿舍二樓梯間的窗子看到樹上掛著一具具屍體。屍體逐日減少，但最後主角發現自己的室友吊死在樹上。

「那……那只是怪談吧，樹上如果掛著屍體，還沒有靠近便能發現了。」我說。

「可是我們現在都知道，那些傳說統統都是真的啊！」夜貓焦躁地說。「什麼四四四室長髮女鬼、什麼鏡中幽靈，都在我們眼前重現了！我才不要靠近那什麼有屍體的山坡！」

我無法反駁夜貓，她說得對。小丸說過，七不思議的出現，很可能是受到源自惡魔巴弗滅的力量影響，既然我們經歷過之前的怪事，「樹影懸屍」再現，可說是百分之百確定。

「不過我們真的沒有選擇了。」我無奈地說。「夜貓，我們無法從馬路逃到本部，難道妳認為我們該回到宿舍呆等到天亮嗎？宿舍是那怨靈的大本營，我們回去，只是送羊入虎口罷了。」

我望向宿舍大樓。宿舍各層有不少窗戶透出燈光，乍看只是尋常風景，可是靜心細聽，便會發覺寂靜得猶如鬼城。整棟宿舍，沒有半點人類的氣息。

雖然夜貓不大情願，但她還是同意我們的決定，維持本來的隊形，緩步向宿舍後方的山坡前進。我們繞過西翼，即是經過洗衣房、電腦室和自習室的外面，來到那座種滿榕樹的小山。山坡和宿舍外牆相距約二十公尺，在山坡底有一條長長的排水溝，用來排走雨水。排水溝和宿舍之間全是沙泥地，和宿舍前平整翠綠的草坪完全不一樣，這邊只長著零星的雜草。不過，看來管理員也有定期打掃和除草，至少我沒看到任何垃圾。

從排水溝往北，地面漸次傾斜，向上延伸十公尺左右更變得陡峭，斜度恐怕有六十度以上。山坡上也有幾道從上往下伸展的水溝，有兩道的旁邊還有梯級，不過梯級只到山坡不到四分之一的高度。

如果以諾宿的樓層作比例，山坡在二樓至三樓間的高度漸漸回復平坦，數十公尺外便是公路。不過，山坡上的榕樹巍峨矗立，有幾棵長到六樓那麼高。宿舍東翼的某幾個房間跟山坡接近，一到下午五點左右，陽光便會被樹木遮擋，二、三樓尤其明顯。

「看樣子有點棘手……」我們來到排水溝前，抬頭往山坡上望過去。雖然斜坡沒有異樣——暫時沒有異樣——但那看來不是我們能徒手征服的斜度。

「果然不行嗎……」姍姍失望地說。

「不，只要有工具便ＯＫ。」我往周圍張望，然後在宿舍東翼側門旁看到合用的東西。那是一根綠色的塑膠水管，一端繫在側門旁一個水龍頭的出水口上，另一端有一個灑水頭。水管頗粗，切面大小大概跟硬幣差不多，而它在地上像蛇一樣層層盤起，看來有二十公尺長。我猜，這是管理員用來清潔宿舍後方，或是用來替山坡草木澆水的水管，不過無論是哪一種，這時找到這個，我們實在太幸運了。

我把水管從水龍頭拔下來，拖著它回到眾人身邊。這水管意外地沉重，還好我一個人也搬得動。「我們用這個爬上去。」我說。

「用這個代替繩子嗎?但如何把它的一端掛到山坡上面?」姍姍問。

我將水管附灑水頭的一端打一個結，弄一個圈圈，再讓手臂穿過它，將水管勾在肩膀上。

「我先爬上去，找一根結實的樹幹，把水管綁在上面，妳們便可以抓住它爬上來。」

「這麼斜，你能爬上去嗎?」

「總有人要先爬上去吧。」我苦笑道。

「這個……」姍姍回頭，說：「夜貓，妳把鐵撬給阿燁，這樣子他能輕鬆一些……」

夜貓一臉緊張，雙手緊握鐵撬，緊貼胸前。「不、不……萬一阿燁攀上去時，那東西出現襲擊我們，我們如何是好?」

「可是阿燁沒有工具輔助，一不小心滑下來會受傷啊!」姍姍皺眉說道。

直美以蚊子般的聲音說：「對、對，阿燁比妳更需要……」

「不!」夜貓沒讓直美把話說完，緊抱著鐵撬，大嚷：「阿燁小心一點便行了!我才不要手無寸鐵，毫無反抗地被那東西抓走!」

我搔搔頭。其實夜貓說得沒錯，如果我拿走目前唯一的武器，隻身攀上山坡，那怨靈一旦襲擊待在山坡下的三人，她們便難以抵擋。就算我第一時間從山坡上衝下來，也唯恐不及。

我回頭瞄了山坡一眼，說：「這樣啊，沒有工具也不打緊，只要環境亮一點就好了……」

一道強光突然打在我臉上，出於本能反應我只能瞇上眼。

「咦?」

光線從我臉上移走，我才看清楚情況——光線是從姍姍手上的手電筒發出。

「我剛才無意中按下按鈕，它竟然亮著了！」姍姍訝異地說。

我從姍姍手上接過手電筒，按了幾次按鈕，也檢查過電池，運作完全正常。我們面面相覷，對手電筒能發亮感到高興，但我想我們每人心底都有相同的恐懼。

剛才手電筒失靈，肯定是和怨靈有關了。

「姍姍，妳用電筒照著我。」事不宜遲，天曉得那神秘的力量會不會突然發動，再次令手電筒熄滅。我必須趁這光線充足的一刻完成任務，繫好那充當攀山索的水管。

憑著宿舍窗戶射出的燈光，以及姍姍手上的手電筒，山坡的地勢我看得很清楚。我跨過排水溝，向著山坡頂走過去。開始的幾公尺甚無難度，但隨著坡度增加，我便發覺愈來愈不容易走。

我一邊找坡上稍微平坦的落腳點，一邊用手確認目標位置的泥土是否穩固。有些凸起物看似可靠，可是我用力一按，便會發覺那只是鬆動的石塊，不可能承受我的體重。

花了兩分鐘，我只攀到三至四公尺高，但我已接近我的初期目標。

在我前面，有一棵粗壯的榕樹。

只要抓住樹幹，我便能把它當作中途站，靠在它的背面繼續往上攀。雖然山坡上比下方陡斜，但因為樹木茂密，反而有更多支撐點。

當然，因為有樹木遮蔽，光線比之前弱。所以我仍不能掉以輕心，一個不小心，可能會從坡上滾下來摔斷腿。我開始想我是不是該親自帶著手電筒，而不是把它留給姍姍，不過我現在根本騰不出拿手電筒的手。

我隱約看到我和榕樹之間的坡面有一個凹陷處，我只要輕輕一躍便能抓住，可是萬一我判斷錯誤，或是我沒能抓緊，我便很可能會失足向下滑落。

別想太多了，做吧。

我奮力一蹬，向前衝了一公尺多，用右手抓住那個凹陷位置，再靠著指頭的狠勁硬把身體放上拉。當我左手摸到冒出地面的樹根，我便知道剛才的賭博贏了。

我以左手勾住樹幹，盤算著之後的路線。樹幹之間的距離不遠，而且我看到有不少從樹枝垂下來的氣根，這些氣根未必穩固，但可以用來借力，小心一點便成。

「姍姍！」我轉頭對著坡下嚷道。

「怎麼了？」她們三人在排水溝旁，抬頭瞧著我。

「手電筒提高一點，我想確認樹幹的距離！」

「嗯！」

姍姍話畢，光線便向上移。左上方的樹木較密，看來比右方易走一點。

我拉了拉面前的一撮氣根，感覺上很牢固，不愧是老榕樹。靠著這些氣根，我敏捷地經過四棵樹，差不多來到山坡頂端。只要再多攀三公尺，經過一棵樹，地面便變得平坦。

我滿心歡喜，伸手抓住前方懸垂著的氣根。

然而這一抓令我怔住。

我不是抓空了，也不是不小心拉斷了氣根，而是我手指上感覺到的，不像是木質的根。

那是皮膚的觸感。

因為我已離開本來的位置，右手抓住的「氣根」是我上半身的施力點，我一旦放手便會向後摔倒，所以我覺得再不對勁，也只能緊緊抓住。只是我在微弱的光線下，看清楚手上的「氣根」時，腦袋和手掌的肌肉開始不能協調。

在我眼前的，是五隻腳趾。

我右手抓住的，是一隻腳掌。

我腦袋裡有一把聲音，叫我別抬頭向上望，但我的脖子彷彿失去自控，視線徐徐向上移。

我看到一張畸形的臉。

那隻腳掌的主人，無聲無息地掛在一根樹杈上。那是一個男人——或者我該說，看起來像個男人，他嘴巴微張，舌頭露出，脖子繫著一個繩套，雙手垂下。他的臉孔下半部沒有古怪之處，可是他的左眼跟舌頭一樣，「掉了出來」——那眼珠就像乒乓球，掛在那個深陷的眼窩外面，緩慢地以順時針方向旋轉，彷彿那繫著眼珠和眼窩的肌肉會突然斷裂，眼球會「吧嗒」一聲掉到地上，再沿著斜坡滾進排水溝。

我握著的，是一具屍體的左腳。

我從手上感覺不到人類的體溫，不過其實只要看到這傢伙的模樣，沒有人會認為他是個活人。我對我在確認對方是一具屍體後反而鎮定下來感到有點不可思議，大概這是因為那個更糟糕的念頭曾在我腦中閃過。

我發現抓住一隻腳掌時，曾以為那怨靈再次現身了。

屍體沒錯很恐怖，這傢伙身上的衣服還破破爛爛，就像曝屍荒野幾個月似的，那臉孔更教人打從心底發毛。不過，這傢伙只是無力地懸掛在樹上，他不像那長髮女鬼，會突然張牙舞爪施襲。

話雖如此，抓住死人的腳依然叫我起雞皮疙瘩。我用力一扯，利用那屍體借力，再往前大踏一步，左手勉強抓住目標的樹木。我大力拉扯時，感到屍體和樹枝向下晃動，當我放手、抱住樹幹後，仍感到那傢伙在我身後正緩緩地上下抖動。

樹杈發出的摩擦聲，就像那男人的呻吟。

我回頭往上望，確認那屍體依然沉默地懸吊著，可是我定睛一看，卻看到了令我真正心寒的一幕。

「諾宿七不思議」中，「樹影懸屍」的故事裡，屍體應該只有七具吧。那主角在第七天只看到一具屍體，之前每天減少一具，換言之一開始共吊著七具死屍。可是我眼前的屍體數目，卻遠超此數。

在我的頭頂上，我看到數十、不，上百具屍體。

他們全都是脖子套上環索，垂吊在樹杈間，密密麻麻的，就像在洞穴深處群居的蝙蝠。有些屍體掛在離地十公尺以上的樹梢，也有些像剛才的男人屍體一樣，懸吊在我可以伸手觸及之處。死者之中，有男有女，有上了年紀的老翁，也有身材短小，看來不足十歲的小孩。不過無論男女、不論老幼，他們都有一個共通點。

他們都像是曝屍已久的殘缺遺體。

有些屍體失去了一條手臂，有些失去小腿，有些面容潰爛，有些內臟暴露，腸子從腰間垂下來。

而我這刻正站在屍群之中，被上百具屍體包圍。

縱使它們一動不動，我也感到難以言喻的恐怖。

彷彿我跟他們變成同類，是掛在樹枝上，脖子套著絞首索的其中一員。

「阿燁！你在哪兒？我看不到你！」山坡下傳來姍姍的聲音。

天啊，這真是世上最動聽的聲音。姍姍的呼喚讓我從錯亂中回復清醒。

「我、我在這邊。」我一邊呼叫，一邊抓住水管，用力擺動。水管的另一端仍在山坡下，這樣可以讓她們知道我仍然安好。

手電筒的光線往左右擺了擺，似乎姍姍搞不清楚我在哪棵樹後。因為坡上的樹很多，樹幹遮擋了我的身影。

我腦海中突然閃過一個疑問。

她們看到這些屍體嗎？

剛才我在山坡下也看不到異樣，也許正如「七不思議」中所說，只在特定地點才能看到屍骸？

還是說，屍體在我攀上來後才出現，只是姍姍她們現在沒留意？

萬一夜貓看到那些屍體……

該死，她一定不願意走上來了。

「妳們等一下，我差不多到頂端了，現在綁水管！」我大嚷。

「明白了！」姍姍回答道。

我連忙解下肩膀上的水管，圍著身旁的榕樹樹幹繞了兩圈，再打了兩個結。我用力地揪了幾下，確保結環不會鬆開。

本來我想叫她們一個一個攀上來，因為我不知道水管或樹幹能不能承受三個人的重量，可是看到頭上的屍體群，我便覺得，此地不宜久留。

「綁好了！妳們快點上來吧！」我說。

水管猛然一陣拉扯。那個結沒有鬆開，但我仍一手抱住樹幹，一手抓住水管，以防萬一——雖然我想水管一旦鬆開，我根本不夠力拉住三個女生。

手電筒的光線在樹木之間晃動。不一會，我便看到姍姍從一棵榕樹後現身，有點狼狽地抓住水管一步一步往上走。她將手電筒掛在手腕上，燈光只打在地面，換言之她其實看不清楚前方，只靠感覺前進。她身後不遠處有兩個身影，從輪廓看來，前方的是夜貓，後面的是小個子的直美。

我確認綁在樹幹上的水管沒有鬆脫，便以左手抓住水管，向姍姍伸出右手。

「謝謝！」姍姍抓住我的右手，我一把將她往上拉。她走到榕樹後，便舉起手電筒，向夜貓和直美的方向照射。

「姍姍，低一點，照著地面就好。」我說。姍姍如我指示，光線往下移動，照在夜貓和直美腳下。

我沿著水管往下攀兩個身位，準備以相同的方法協助夜貓和直美走上來。夜貓的動作比姍姍和直美生硬，因為她仍握住那鐵撬，她只以一隻手支撐著，握著鐵撬的那隻手根本無法抓緊水管。

「夜貓！手伸過來，我拉妳一把！」我說。

夜貓點點頭，伸出握著鐵撬的手，好像叫我抓住鐵撬似的。鐵撬表面光滑，我又滿手泥沙，這樣子也能拉住夜貓的話便是奇蹟了。我只好再往前移一步，伸手抓夜貓的手腕……

突然間，手電筒的光線移動了。

光線從地上往上移。

我心知不妙。

「姍姍！別亂動——」

「哇啊啊啊啊！」

我身後傳來慘叫，回首一看，一如所料，姍姍目光朝上，手電筒舉起，照在懸掛著的屍體上，數十具屍骸剎那間清晰可見，連斷肢的切口、皮膚上紅褐色的血管影子、腐朽發黑的舌頭也細緻分明。剛才光線不足時，那些屍體令我覺得恐怖，而現在看得一清二楚，卻只教我感到莫名的噁心。

「啊——」

不好。

在我將視線放回夜貓身上時，我只看到她抬頭望著上方，臉色鐵青，同時間身子向後仰，抓住水管的左手鬆開……

在知道她往後摔之前，我的身體已作出反應。

雖然是滿愚蠢的反應。

我放開抓住水管的手，一個箭步往前衝，抓住夜貓的手腕。

我是抓住夜貓了，可是我跟她一樣，站在六十度以上的斜坡上，正失去重心往下倒。

在這千鈞一髮之際，我看到仍拉住水管的直美，她正想伸手攔下我和夜貓——

不！這樣子只會三個人一同滾下山坡！

我心念一轉，瞄準了旁邊的一棵榕樹，拉住夜貓後，我將全身的力量施在右腳上，狠狠往地面一踹，兩個人一起向左方倒過去。我的左腕「啪」的一聲打在樹幹上，傳來一陣劇痛，但我勉強能抱住樹身，沒有往下掉落。夜貓好像撞到肩膀，但她仍能抓住榕樹，半跪在地上。

「姍姍！手電筒照過來！」我大喝。我抬頭往上望，看到姍姍仍一臉驚懼，呆立在綁著水管的榕樹旁，目不轉睛地朝屍體瞪視。

「姍姍！別看！」我再大叫道。

姍姍這時才對我的話有反應，將手電筒下移，照到我和夜貓身上。直美在不遠處，戰戰兢兢地想伸手拉我們，但我搖搖頭。

「我們沒事，妳先上去。」我對直美說。

夜貓跪在地上，縱使手電筒的光線不再往上照，她仍愣愣地抬頭朝上望。

「死、死、死、死……」她已經無法說出完整的句子。

「夜貓！給我振作一點！」我忍住左腕的疼痛，抓住夜貓的肩膀。「前面便是公路，只要離開宿舍範圍，那怨靈便不能再整我們！」

「但、但、但、但、但……」

「別看那些東西！那是幻覺！它就是要我們驚恐、害怕！我們可不能就此屈服啊！」我其實不知道是不是幻覺，但危急關頭，只要能說服夜貓再扯的謊話我都說得出。「卡莉說過她高中時曾被妳拯救，那個有能力輕鬆擊退變態、保護學妹的夜貓，才不會在這一刻認輸啊！」

當我提到卡莉的名字時，夜貓的表情有一點反應。

「卡、卡莉……」

「對，為了救回卡莉，我們必須快點找到救援！妳還要在這兒一直發抖嗎？」

「卡莉……卡莉！」

夜貓突然像找回靈魂，扶著我的手臂，吃力地站起來。她二話不說，向前一躍，抓住地上的水管。

我望向上方，看到直美已站在地面較平坦的樹下，扶著另一棵榕樹，而姍姍仍站在綁水管的樹幹旁，以手電筒照向我和夜貓。她的臉色很差，我不知道是那些屍體的緣故，還是因為剛才看到我和夜貓差點摔下去，令她驚魂未定。

我想，剛才姍姍一定是看到有東西在空中晃動，一時好奇才會用手電筒照射。我應該說清楚，早點警告她，讓她有心理準備。如果我不是被怨靈殺死，而是滾下山坡，頭撞到排水溝而死，那真是蠢斃了。

我隨著夜貓，抓著水管一步一步走到姍姍和直美身旁。她們看到我們平安無事好像有點高興，可是她們面有難色，畢竟我們仍站在數百具屍駭之下。

「走，我們快離開這鬼地方。」我說。

榕樹後面的坡面不過二、三十度，只要小心不滑倒便行。姍姍以手電筒照明，而我們附近的樹木減少，只有高度及膝的草叢。

撥開一堆草叢後，我們看到前方有一排樹木。

咦？這邊有種樹嗎？

當我了解面前的環境後，赫然愣住。

她們三人也注意到了。

我們腳下的地面，已經從平坦變成向下傾斜。

本來該是鐵絲網和公路的位置，消失得無影無蹤，面前只有跟我們後方一模一樣的榕樹林。

而其中一棵樹的樹幹上，有一件綠色的異物。

那是一根綠色的塑膠水管，它在樹幹上繞了兩圈，綁著一個雙重結。

姍姍似乎跟我在想相同的事。她慢慢轉身，將手電筒照在我們身後某棵樹上。那樹幹上的結環，跟我們在另一邊看到的，完全相同。

我們就像站在鏡子的邊緣，看著兩個完全相同的世界。

「啊、啊……」直美抽了一口氣。

「阿燁……」姍姍無助地看著我。

完了。我沒想到，連這邊都出現我們在大路上遇過的狀況。在坡道上，我們還會經過黑暗，才發現自己回到原來的地方，可是這邊卻是赤裸裸地叫我們站在扭曲了的空間的界線上。我彷彿聽到那長髮女鬼的嘲笑，那些榕樹就像告訴我們無路可逃的告示。

而這些告示上方，更懸吊著無數死狀可怖、形態悽慘的屍骸。

「阿、阿燁，我、我們該、該怎辦？」姍姍緊抓住我的手臂問道。她雙眼通紅，嘴唇震顫，看來面臨這處境，她已經無法保持冷靜。

「我們……我們下去吧。」我望向前方的樹頂，盯著樹木後方的宿舍高層窗戶。

「下去？」

「回去宿舍。」我說。

「回去宿舍！」夜貓再次歇斯底里地大叫。「我們結果還是要回去那鬼地方！我們花這麼多工夫，還是得回去啊……哈哈哈……」

我嘆了一口氣。夜貓說得沒錯，一切都是徒勞。

——「你們……逃不掉的。」

維基的那句話再次在我腦海中響起。

我們朝著那不該存在的山坡走過去。我們可以選擇前進或後退——縱然前後根本一樣——但我仍決定向前走的原因，是基於僅存的一絲希望。說不定，前方的那個地方並不是真的宿舍，只是怨靈製造的海市蜃樓，我們只要輕輕一碰，幻象便會粉碎，亮出鐵絲網和公路……

可是，當我觸摸到樹木後，指尖傳來的實感讓我知道這不是幻影。

「我們抓住水管，慢慢向下走吧。」我邊說邊檢查水管綑綁的位置。「姍姍，如果妳不想第一個走，妳可以把手電筒給我……姍姍？」

姍姍沒有回答，她只是愣愣地望向右前方，像是發現了什麼。她沒有將手電筒往那個方向照射，只是瞪著那個陰暗的角落。

「姍姍？」

她緩緩地舉起手上的手電筒。她的手不住顫抖，光線也隨著微擺。

然後，我們看到了。

那令人悲慟的一幕。

我好想哭。

姍姍以手電筒照著右前方的一棵榕樹。那棵樹跟旁邊的一棵懸掛著屍骸，在約莫五公尺高的一個樹杈上，吊著一具男性屍體。

那是一個胖子，他身上穿著一件綠色的T恤，中間有一個巨大的、黃色的日文漢字「丼」。吊在樹杈上的，是巴士。

是我的老同學巴士。

他雙目圓瞪，頭顱往左邊傾側，而他臉上留下了令人反胃的傷口——他的下顎整個消失了，上排牙齒下方空空如也，傷口一直延續到顴骨的位置。他的脖子上綁著麻繩，繩套深深陷進他頸項的皮膚裡，彷彿他的體重會隨時令他從繩圈中掉下來。

在他身後，還有小丸和卡莉。

小丸五官完好，樣子也沒有其他屍體那般恐怖，可是我沒有懷疑過她是否仍然生存——因為樹上只掛著她的上半身。我不知道在那件寬鬆的J-League球衣下，小丸是失去了雙腿還是只餘下腹部以上的部分，我只知道她已經死了。

卡莉的頭髮散亂，遮蓋著半邊臉龐，左邊肩膀明顯比右邊低沉，看來左臂已經脫臼。卡莉的外觀是三人中最完整的，可是，她身上的藍色格子襯衫有一大片污跡，一直擴散到她的裙子上。那一片紅褐色的色塊，從領口一直往下蔓延，在纏著絞首索的脖子上，我看到一道很長的割痕，從耳垂一直劃到近乎鎖骨。卡莉是先被放血，再吊到樹上……

什麼早點找到救援便可以回來救出他們三人，不過是自欺欺人。

巴士、卡莉和小丸已經死了。

被那邪惡的東西肆意折磨後，像畜牲一樣屠殺了。

「卡、卡、卡莉！」

身邊傳來夜貓顫慄的聲音。她向卡莉的屍體跑過去，我連忙攔腰將她抱住。

「放開我！卡莉！卡莉！」夜貓放聲哭嚎，不斷掙扎，企圖甩開我往卡莉所在的樹下衝過去。

「夜貓！妳冷靜一點！」

「卡莉就在那兒！她就在那兒！」

「卡莉已經死了！」我們一同跌倒，但我沒放手。

「不！她沒死！她只是昏了過去！卡莉！」

「妳清醒一下！她已經死了！就算沒有失血致死，這樣子吊在樹上，一般人也早氣絕了！」

夜貓沒有再掙扎，只是跪在地上，身體不斷抖震，低聲的抽泣起來。她是醫科生，不可能缺乏這些常識，我相信她看到卡莉的模樣時，已知道沒救了。

只是她不願意接受這事實。

我也不願意。

巴士雖然煩人，但他跟我是好兄弟，我遇上麻煩他會第一時間來幫我。

可是這次我背叛他了。

我真是個爛人。

我跟卡莉和小丸認識不到一天，可是經歷過之前的出生入死，她們就像我的知己，是我們的同伴。

是可以信任、託付的同伴。

——「下次我們一起去看流星雨吧？」

我想起卡莉的邀約。我們說好了，回來後跟夜貓和巴士一起去看流星雨……

我感到一陣鼻酸，眼淚不能自控地緩緩落下。

我放開夜貓，她只在地上抱頭痛哭。我讓她獨個兒冷靜一下，擦掉眼淚，轉身看看姍姍和直美的情況。姍姍原地僵住，手電筒仍照射在巴士他們身上，而她的表情就像蠟像般失去感情，我抓住她的肩膀搖了幾下，她還是沒有反應。直美蹲在旁邊一棵樹下，雙手掩著耳朵，將臉孔埋在大腿之間，我拍她肩膀時她就像受驚的小動物，倉皇地轉過頭。

這情況太糟糕了。我沒想到在這個環境下，大家的情緒會遭到致命一擊。我扶起直美，叫她待在姍姍身旁，再回到仍在啜泣的夜貓身邊說：「我們該走了。」

「別管我……」

「卡莉很感謝妳，說妳在學校很受歡迎，但妳還是願意跟她一起。」我說。

「咦？你……」

「卡莉之前親口告訴我的。妳從變態手上保護她，也是那時告訴我的。」我瞥了外貌悽慘的卡莉屍體一眼，再直視著夜貓，說：「如果這時候妳不珍惜自己，寧願在這裡跟卡莉的軀殼待下去，直到那邪惡的凶手來加害於妳，卡莉一定不會高興。妳想想，妳就此屈服的話，在那個世界再遇上卡莉時，她一定會怪責妳沒有好好的振作。妳別讓卡莉失望啊！」

「卡莉……」夜貓的眼淚又撲簌落下。

看到夜貓沒有站起來的意思，我只好無奈地回到姍姍和直美身旁。如果無法令夜貓動身，我們只好讓她留下。這決定無疑很殘忍，但我不能因為她一人，而要姍姍和直美繼續冒險留在這個詭異的山坡之上。

姍姍比之前稍稍清醒，不過對我的話反應遲緩，一句話要說兩次她才明白。就在我們準備利用水管下坡時，夜貓默默無言地站起來，回到我們身旁。看到她的眼神，我知道她終於下定決心自救。

「我先下去，妳們跟著我。」我從姍姍手上取過手電筒，側著身子，單手挽著水管，一步一步往山坡下走。

因為有水管輔助，下坡比上坡容易得多。我往下走了數公尺，回頭望向姍姍她們，她們有秩序地一個個走在我身後。縱使她們神態慌張，夜貓還在抽鼻子，但她們穩當地跟在後面。我無意間向上瞄了一眼，卻發現有點不對勁。

屍體好像減少了？

我眨眨眼，定睛細看，屍體好像比之前少了一些。也許是角度問題，部分懸吊著的屍體被樹幹或樹葉遮擋了吧。

我走了數步後，覺得還是不對勁。於是再次回頭。

屍體再減少了。

雖然我沒有用手電筒照射，我敢肯定的說，屍體正在減少。那不是什麼角度問題，我之前回頭時，後右方一根折斷的樹枝上有一具失去左手的禿頭老翁的屍體，可是我這時回望，只看到那根斷枝，上面沒有什麼屍骸，也沒有什麼繩索。粗略估計，屍體減少了接近一半。

我猛然想起「七不思議」中的情節。

每天屍體減少一具的情節。

「妳們聽我說……」我慎重地向姍姍她們說：「直到離開山坡前，千萬不要回頭。」

姍姍一臉錯愕，而在她身後的夜貓卻回頭瞄了一眼。

「別看！」我以近乎暴怒的語氣，對夜貓大喝。她連忙緊張地瞧著我，而我把視線從她身上移到樹上時，發現屍體再減了一些，樹上只餘下約二十多三十具屍體。

我猜，那怪談中其實不是每天減少一具屍體，而是男生每觀看一次，屍體便少一具。

我轉過頭，加快速度往下跑。在斜坡上向下衝沒錯很危險，但我有種感覺，在這山坡上多留一刻更危險。

在半滑半跑的凌亂腳步下，我率先回到稍平的山坡腳。我不敢抬頭回望，只低頭望向身後的地面，以手電筒照著姍姍她們差不多的位置。不久，姍姍踏進我的視野，然後是夜貓和直美。

「別抬頭，我們就這樣走回宿舍。」我說。

「嗯。」

我伸手牽著姍姍，瞄到她向後遞手，打算挽著夜貓或直美。可是這時我聽到一句令我寒慄的話。

「咦，屍體呢？」

那是夜貓的聲音。

我顧不得那麼多，抬頭望向夜貓，只見她瞧著後上方榕樹叢的位置。

沒有，一具屍體也沒有。那只是一棵棵平凡的榕樹，垂著一撮撮氣根的粗壯榕樹。

「我、我只是想再看卡莉一眼……」夜貓慌張地瞧向我。

剝……

地面傳出怪異的聲音。

我將手電筒照向地面，找尋聲音的來源。

剝……剝……

那些古怪的「剝」聲從四方八面襲來，姍姍、夜貓和直美跟我一樣，緊張地瞧著腳下。

然後我看到了。

一隻手掌正從地上鑽出來。

接著是第二隻、第三隻、第四隻手掌。

無數的手從地面湧出。

「快跑！」我大叫一聲，姍姍她們三人才如夢初醒，向宿舍的方向跑過去。

那些手掌伸出來後，接著是手腕、手臂、頭顱、肩膀、胸膛。

屍體從地底鑽出來了。

它們發出怪異的聲音，既像野獸的嚎叫，又像人類的呻吟。它們兩手在地面亂抓，就像下半身被地下某東西抓住，奮力地爬到地上。在泥地上，它們留下一道道抓痕，有的屍體手掌齊腕切斷，只能以斷臂在地上磨蹭，發出低沉喑啞的摩擦聲。

它們從地上鑽出來的速度比我們奔跑速度高，我剛跨過排水溝，便發現連宿舍後方的泥地也有它們的蹤影。

「避開它們！」我大嚷。

一條手臂突然在我跟前鑽出，我連忙往左一躍，不料卻跑到一個沒有眼珠，半邊腦袋被削去的屍體前面。我狠下心腸，在它抓住我的腳前用力往那個不完整的頭顱踹過去，踏著那血肉模糊的異物向前跑。

「呀！」後方傳來一聲慘叫。

我回頭一看，發現夜貓摔倒，被幾隻手掌纏住。姍姍和直美也回頭望向夜貓，似乎正在考慮該不該回去救她。

「別停下來！跑回宿舍！」我對姍姍和直美喝道，同時間往回跑。夜貓倒在排水溝旁，我便三步併成兩步，跑到她身旁，一邊扶起她一邊用腳踢開那些正在抓她的手掌。

就像之前在她房間看見巴士被吞吃後，我一手抓住她的胳膊，一手攬住她的腰，連滾帶爬的往前逃。姍姍和直美在我們前面，但她們一個向左跑，一個向右跑，似乎為了避開那些屍骸，不得不選擇不會被抓住的路線。她們為什麼沒有打開前方的東翼側門，跑進宿舍？

我無暇細想，因為那些屍體愈來愈多，地上有上百條手臂和頭顱，就像之前掛在樹上的屍體統統埋到地底下再鑽出來。

「夜貓！跑快點！」我說。

「不、不行……」

我低頭一看，夜貓沾滿泥巴的膝蓋上一片殷紅，鮮血一直流到小腿上。她剛才摔倒，應該撞上排水溝的邊緣，令她受傷。

「不行也得行啊！」我有點語無倫次，但我實在想不到任何鼓勵她的話。

突然間，一股力量揪住我們，令我無法向前走。

我們低頭一看，發現夜貓受傷的腳被一隻手掌抓住。

我正要向手掌的主人踹過去，卻被那情景嚇倒。

那是卡莉。

她臉無表情，以那條脫臼的手臂，抓住夜貓。

「卡、卡莉……」夜貓也注意到了。她沒有掙扎，反而甩開我的攙扶，回過身子，湊近卡莉的臉。

「小心！」

我來不及喝止她。剎那間，十數條手臂從地上湧出，同時抓住她。

在我驚駭的視線下，夜貓的下半身被拉進泥土中。我急忙衝前抓她的手臂，可是她下沉的速度很快。

「阿燁——」夜貓只吐出這兩個字，頭部便陷進地面下。我抓不住她的手腕，只勉強抓住她一直緊握住的鐵撬。

這時候，我看到了。

那禁忌般的符號。

在夜貓的手背上，冒出一個紅黑色的符號。就是那個魔法圓中，位於倒五角星左方的第四個符號。

然而這符號只在我眼前出現不到三秒。

夜貓她抓不住表面光滑的鐵撬，被那些屍體拉進地下，只留下呆然地抓住鐵撬另一端的我。

那些手臂在抓到夜貓後，將目標轉向我。我帶著悲傷與憤怒，用力地敲打那些來襲的屍體。我把內心的怨恨化成力量，暴戾地以鐵撬反覆毆打它們，有的屍體被我打至眼珠掉落，有的被我打斷幾根手指，但我無法停手。

我想將這些屍體撕成碎片。

不過即使眼珠被打掉，手指被打斷，屍體們依然向我猛抓。它們是死屍，不會感到痛楚。

我發洩過後，漸漸回復理智，知道在這個地方待下去只會落得跟夜貓同一命運。

我往宿舍跑過去，途中擊退了幾隻手掌，敲穿了兩個腦袋。跑到宿舍外牆下，我伸手扭動東翼側門的門把。

卡。

門上鎖了。

該死的！剛才姍姍和直美一定是發現門無法打開，逼不得已才往兩邊逃走。

我望向兩邊，地上的屍體比之前多了許多，要避過它們回到草坪那邊，是不可能的任務。

我只好把鐵撬插進門縫，用力一撬——

啪。

側門的門鎖比我想像中脆弱，門應聲打開。我衝進門內，大力關上，用背部頂住門板，以防屍體衝進宿舍內。

可是，進入宿舍後我聽不到那些嚎叫聲。

我站起身，透過側門上的玻璃，望向外面。

我揉了揉眼睛，再看一次。

沒有，什麼也沒有。

外面只是一片尋常的沙泥地，長著短短的雜草的泥地。

我大著膽子，打開門，探頭察看。外面沒有什麼屍體，地面沒有半點痕跡。

屍體在幾秒間消失了。

我抓住鐵撬，走到泥地上。我保持警惕，以防手掌突然鑽出，可是就算我走到排水溝旁，也沒有任何異樣。

剛才是幻覺嗎？可是夜貓她在我眼前被扯進地底……

在我思考的同時，我看到排水溝上有一點紅色。

我趨前一看，內心再度湧起一陣寒慄。

那是夜貓摔倒，撞傷膝蓋的地方。排水溝上留下了夜貓的血跡。

那血跡的形狀毫不自然。

那是一個倒五角星的形狀。

第六章

一道神秘的守則在宿舍流傳多年——「半夜三點後至日出前，不要在走廊數房門的數目」。不遵從的人會遇上可怕的意外。

話說曾有一位男生對這傳聞嗤之以鼻，爲了在女生面前表現，某天他特意讓住在樓上的女生偷偷潛入男生宿舍，向對方證明這傳聞的無稽。凌晨三時，他帶著女生離開房間，沿著走廊從東翼走到西翼，一邊走一邊輕聲數著兩邊房門的數目。因爲他住在東翼盡頭的五十號室，所以他很清楚走到另一端一號室時會數到五十，不過爲了逞威風，他倒眞的一戶一戶的數數目。「……三十一、三十二、三十三……」女生膽小地抓著他的臂膀，他面帶笑容的慢慢數著。「……四十八、四十九、五十……五十一？」當他數到盡頭時，卻發現自己指著一號室的門，口中唸著「五十一」。他猜自己可能不小心算錯了，途中錯誤地把同一扇門數了兩次，於是，他跟女生再次從西翼邊數邊走回東翼。

由於宿舍房門都設有號碼牌，所以這回他一邊數一邊留意號碼牌的數字。「……二十九、三十、三十一……」當他數至三十多時，他突然發覺不知道從何時開始他又數錯了。他指著三十二號室卻唸成三十三。女生察覺有異，慌張地要求回房間，他只好應允。二人往走廊轉角走去，突然發現本來是盡頭的走廊一直向前延伸。男生望向旁邊的房門，卻發現門上沒有號碼牌。兩人開始驚慌，往回頭走，可是走廊就像無限的迴圈，任憑他們怎麼跑、轉過多少個彎角，前方總是無止境的走廊，以及一扇扇沒有號碼、一模一樣的房門。

兩人在寂靜的走廊狂奔，對這個奇異的陌生環境感到恐懼。他們開始大叫大嚷，渴望有人能帶他們離開，可是他們的呼救聲在走廊迴盪著，回答他們的只有自己不安的腳步聲。女生害怕得大哭，男生以憤怒掩飾惶悚，甩掉女生的手獨個兒往前走。他嘗試扭動那些沒有房號的門的把手，但每扇門也像是上了鎖，無法打開。折騰了差不多一個小時，男生用力狂踹其中一扇房門，女生無力地蹲在牆角啜泣。

砰的一聲，男生面前的門遽然被他用肩膀撞開，他整個人跌進漆黑的房間裡。女生受驚過度站不起來，於是喊叫男生的名字，可是房間內沒有人回應。她嘗試爬到房門口，突然有兩隻冰冷的手掌從後把她抓住。她嚇得不敢亂動，駭然地慢慢回頭，卻發覺抓住她的是一位認識的學長。她這時才發覺自己上半身探出了走廊的窗戶外，而在她的正下方，是摔到宿舍前的草坪上，躺在血泊中的男生。

她不知道他們兩人從何時走到宿舍七樓的走廊中，更不知道男生什麼時候打開了窗戶，從七樓跳下去。

男生跟她開始數房間時，是在三樓的。

——諾宿七不思議　其之六　數房門

1

「姍姍！直美！」

在平靜得詭異的宿舍後方，我看著那不祥的血跡，大聲呼喚姍姍和直美。目前最重要的是找回她們二人。

姍姍向著西翼側門逃走，直美則往相反方向，即是食堂那邊奔逃。食堂有兩個入口，一個在宿舍內東翼樓梯和東翼側門旁，另一個在東翼盡頭，跟宿舍前方的草坪相鄰。我跑到那個對外的食堂入口外面，可是沒看到直美蹤影。玻璃門緊緊閉上，食堂裡一片漆黑，我想用手電筒往裡面照照，卻發現那支手電筒在剛才的混亂中丟失了。

我跑過草坪，經過宿舍前方，高呼著姍姍和直美的名字，來到宿舍西翼的一端。

可是她們都不在。

她們可能已從大門跑進交誼廳裡，但這樣的話，聽到我的呼喊聲應該會回應。我一直不願意承認腦中的某個想法是事實，但我繞著宿舍外牆跑了一圈，依然不見她們，我便不得不作出那個殘酷的結論。

她們跟夜貓一樣，被那些屍體逮住，被活埋了。

這一刻，我沒有感到恐懼。我只是擔心她們的安危，以及內心充滿對怨靈的憤怒。

「有種便來對付我啊！混蛋！只對女生下手，你是如此沒種的廢物啊！」

我大嚷道。

然而四周還是一片岑寂。怨靈沒有理會我的挑釁，沒有現身。

可惡。

我突然想到另一個可能——

「維基！維基！」我邊喊邊跑回正門，走進宿舍。

就算維基不肯離開，他看到女生遇襲，也會出手相救吧？

當然，如果那個人「仍然是」維基的話。

我衝進交誼廳，卻發現裡面空無一人。

大廳裡的環境跟我們離開時沒大分別，我在傳言板上畫下的五個符號依然存在，管理員室也保持著我們搜索工具後的樣子。沙發旁的茶几上仍散滿零食和撲克牌，但維基不再坐在那張沙發上。在沙發附近有一張翻倒的木椅子，椅背碎裂，似乎曾遭到重重一擊。看到這張破椅子，我有不好的聯想。

「維基！姍姍！直美！」我大喊。可是我的叫聲就像投進無底洞中的石子，連半點反響也沒有。

我往西翼的洗衣房跑去，經過電腦室和自習室也探頭察看，可是這些房間都沒有任何人。洗衣房一如一個半鐘頭前的光景，地上的鏡子碎片教我回憶起卡莉遇襲時的混亂情形。我推門走進自習室，縱使佈置跟我在十一年前的世界見過的有點不同，那個穿紅裙的小女孩楊樂筠的身影已烙在我的腦海裡，彷彿她仍然坐在那桌子後，努力地在作業簿的空格中填上答案。

我經過交誼廳，往東翼的活動室和宿生會辦公室走過去。走到電梯前我不禁放慢腳步，警戒著那可能從電梯飆出來的惡鬼。牆上那個被亮哥擊打造成的凹痕歷歷在目，這更令我確認這是原來的諾宿，並不是什麼怨靈製造的幻影。活動室和宿生會辦公室也沒有人。

我連一樓洗手間的廁格也逐一查探，就是找不到維基、姍姍或直美。

他們被怨靈解決了吧……

我大力搖頭，想把這種消極的想法驅走。未看到屍體前我絕不認輸——想起山坡上巴士、卡莉和小丸的慘狀，我的心情更覺沉重。

回到交誼廳，盤算著下一步時，突然有另一個想法。

他們會不會回到自己的房間了？

對，遇上危險，逃回自己的所屬之處是人類的天性。在這宿舍裡，自己的房間便是一個人能夠安心的「領地」，這是生物本能反應。

怎說也好，既然一樓不見人，他們在二樓或以上的可能性也不能抹煞。

我走進西翼樓梯間，沿著樓梯中間的空隙向上望。梯間靜得可怕，但我只能硬著頭皮往上走。

然而，在我踏上第一級樓梯時，聽到微弱的雜音。

好像有東西在樓梯底移動。

西翼樓梯間跟東翼的一樣，因為一樓的階梯只有向上，梯級旁有一個五、六公尺長的空間，一樣堆滿雜物。剛才的雜音，似乎是在雜物堆中傳出的。

東翼樓梯間的雜物後，便是通往那個地窖的入口，是萬惡之源。一個恐怖的念頭閃過——西翼樓梯間會不會有相同的入口？

至今為止的異像，都跟「鏡子」有密不可分的關係。我們通過鏡子進出異世界、在異世界中我們無法在鏡子看到自己、惡靈在電梯槽中留下鏡像文字、我們在山坡上站在鏡像世界的邊緣……

搞不好，就像鏡子一樣，地窖其實有兩個，一個入口在東翼，另一個，在西翼？

我不由得吞了一下口水。

我緊握著鐵撬，謹慎地移開樓梯旁的雜物。當我準備移開其中一塊活動看板，亮出它後面的牆壁時，我的心跳聲響亮得連自己也聽得清楚。

那面牆壁上，如果跟東翼梯間一樣，有一扇淡灰色的鐵門的話……

我遽然拉開看板，卻只看到一面平平無奇的牆壁。

沒有什麼鐵門，只是一面結實的牆壁。

「呼。」我鬆一口氣。西翼梯間沒有什麼地窖入口，看來我多慮了。

我正想回頭，眼角卻瞧見令我愣住的東西。

在旁邊樓梯底的暗角，我看到一隻手肘。

在兩個疊起來的瓦楞紙箱後，我看到一隻手肘暴露出來。

我焦急地舉起鐵撬，因為我想起宿舍後方那些屍體的手臂，但我心念一轉，猛然了解眼前的是什麼。

「姍姍？」

那隻手肘上有一個灰白色的袖口，跟姍姍身上的灰白色中袖上衣一樣。

當我喊出姍姍的名字時，那手臂微微一震。

我大著膽子，一把揪起那個瓦楞紙箱。在紙箱後瑟縮一角的，正是姍姍。

她臉如死灰，雙眼失焦地蹲坐在角落。她跟我目光對上時渾身抖顫，但她依然沒移動半分，也沒有開口說話。

「姍姍！」我相當高興。至少，我知道她生還。

可是當我移開第二個瓦楞紙箱後，那光景令我呆住。

姍姍抱膝蹲坐，而她的一雙手腕上一片猩紅。我這時才看清楚，她臉頰上的污跡不是泥巴，而是血跡。

「姍姍！妳哪裡受傷了？」我緊張地問，再趨前扶她。

在我的手指碰到她時，她往後一縮，臉上露出驚懼的神情。

「姍姍？」

「我、我、我、我不、不、不、不是有、有、有心的……」

姍姍吐出這句含糊不清的話。

「什麼不是有心的？姍姍？妳是不是受傷了？」我抓住她的手臂。仔細一看，她衣服上腹部的位置也是一片血紅。

「我、我、我不是、是有心、心、心殺死小、小、小丸的……」

「什麼？」

「我、我真的、不、不是有、有心的……」

我蹲到她身前，抱住她的胳臂。她的身體很冷，可是我沒在她的手臂上看到傷口，衣服也沒有破損。

「姍姍，我是阿燁，妳別害怕。」我湊近姍姍的臉，說。

姍姍的眼珠稍微動了一下，再瞧著我的面孔，然後喉頭發出悲鳴，兩頰緊揪，剎那間涕淚俱下，泣不成聲。

「阿燁……嗚……」姍姍一個勁兒在搖頭，害我不知道她想說什麼。

「妳別害怕，我在。」我讓她埋在我胸前，輕掃她的背脊。

「我……我殺了小丸……」姍姍口齒不清地說。

「妳在胡說什麼？我們也看到她……」我本來想說看到她的屍體掛在樹上，但一時間說不出口。

「不是……剛才她、她想抓我……我情、情急之下搬了石頭砸她……我真、真的不想殺她的……」

我似乎理解了。姍姍她一定跟我和夜貓一樣，遇上從地底鑽出來的屍體，夜貓遇上的是卡莉，姍姍遇上的是小丸。

「妳用石頭砸從地底鑽出來的小丸嗎？」我問。

「對……我、我不是有心傷害她的……但她、她、她的腦、腦袋被石、石頭砸、砸中後、後、後便死、死了……很、很、很多血……」姍姍再放聲大哭。

姍姍身上的血，似乎是小丸身上噴出來而沾上的。也許她腿上的過膝襪也沾滿血，只是因為襪子是黑色的關係，所以我才沒看到。

為了活命，她克服了對朋友下殺手的心理障礙。這對她來說一定不容易吧，事實上，如果這刻姍姍發生異變，像《惡靈古堡》那樣子被病毒感染變成活死人，我也沒信心能狠下心腸幹掉對方。

姍姍的哭聲在樓梯間迴盪，就像樓梯上還有人在嗚嗚咽咽的，令人感覺錯亂。

「我們先離開這兒吧。」

我扶起姍姍，但她仍害怕得四肢僵硬，我只好半扶半抱地將她拖離那陰暗的樓梯底。差不多走到交誼廳時，她已經能勉強走路，只是步履蹣跚，而我還得攬住她的腰，托著她的脅下，讓她勾著我的脖子。她的身體傳來一陣陣顫抖，捏住我手腕的力度忽強忽弱，看來她一時三刻不能平復。

看到她一身血跡的慘狀，我立定了主意。我扶她往東翼走過去。

「不、不、不要……」經過電梯前，姍姍表現得十分抗拒，不想靠近半步。

「沒事的，不用怕。」我在她耳邊柔聲說道。我不知道自己的語氣能否安慰她，因為我只是壓抑著恐懼，裝出自信的樣子。還好我的話奏效，姍姍雖然不住發抖，但仍跟我走過電梯前。

我們走進洗手間，避過地上的碎玻璃後，來到一個盥洗盆前面。我扭開水龍頭，冰冷的水從出水口潺潺流出。如果這時候有熱水便好了——只是一樓的洗手間沒有鋪熱水管，而我想扶著姍姍走樓梯上二樓似乎有點勉強。

我將姍姍雙手放在水柱中，讓水流沖刷血跡。染成紅色的水像漩渦似的往排水口流走，不一會，姍姍雙手再沒有半點血污。

我讓我的T恤衣角沾了點水，扶著姍姍的臉龐，慢慢刷掉她臉上的血跡。她衣服上的血跡是沒辦法處理，但我想，至少雙手洗乾淨，她會輕鬆一點。

「好了，變乾淨了。」我笑了笑。洗手間裡沒有鏡子，姍姍其實看不到自己的樣子，不過我想這樣子能讓她稍稍鎮定下來。

雖然她仍有點茫然，但對我點了點頭。

我也洗了一把臉，讓自己清醒一下。我的T恤變得濕漉漉的，但我並不在意。

我扶著姍姍回到交誼廳，讓她坐在沙發上。她就像累癱了似的，整個人陷進座位中，雙眼無神地瞧著前方。

「妳在這兒等我——」

我話沒說完，她便緊張地從沙發上彈起來，抓住我的手腕，不斷搖頭。

「我只是去買罐飲料。」我試著安撫她。

「別、別、別留下我……」

我搔搔頭。沒辦法，我只好扶起姍姍，讓她跟我一起走到自習室外。或者她是對的，雖然交誼廳和自動販賣機相距不遠，但在這宿舍裡，落單會帶來什麼後果，無人能知。管他的。

來到自動販賣機前，我才發覺身上沒有零錢。

我把鐵撬插進機器右邊的縫隙，用力一扳，販賣機就像冰箱般打開。飲品排在一列列垂直的間格裡，我從左邊拿了一罐冰可樂，再從右方取了一罐熱可可。我搖了搖那罐可可，拉開拉環，遞給姍姍。

「喝下去。妳會感到好一點。」我說。

姍姍有點遲疑，我想她這刻沒喝東西的心情吧。但她仍然依我所說，接過罐子，大口大口地喝下可可。我聽說過，巧克力可以令人鎮靜，而且姍姍渾身發冷，喝一點熱的飲料應該對她身體有益。

我拉開可樂的拉環，一口氣灌了半罐。剛跑了兩次長長的上坡道，又在山坡上逃命，更別提之前在一百年前和十一年前亂跑，我早已渴得半死。這時候喝碳酸飲品對身體似乎有不少壞處，想補充體力的話該喝運動飲料，可是我就是懷念可樂的味道。

天曉得我日後還有沒有機會嚐到這味道了。

我再拿了幾罐喝的，扶著姍姍回到交誼廳。她坐在沙發上，捧著罐子，令我想起跟她初次見面時的模樣。只是，當時姍姍神態自若，流露著不凡的美女氣質，而現在她一臉委靡，令我覺得她不過是個普通的女生，跟卡莉和直美沒有分別。

我們並肩坐著，我喝光了第一罐可樂，便打開第二罐。我知道我不能丟下姍姍，獨個兒去找直美和維基，可是姍姍這時顯然沒能力陪我在宿舍各層搜索。事實上，面對目前的狀況我根本毫無對策。

逃又逃不了，想反擊也不知道從何著手。

茶几上仍放著我買的零食。我伸手抓一塊巧克力時，發覺茶几上放著一本宿舍紀念冊。

二〇〇〇年的紀念冊。

我用來指證亮哥的那本紀念冊。

對了，我們離開前，維基看過這本冊子。我打開紀念冊，翻開第三頁，露出燦爛笑容的亮哥的照片就在書頁正中。紀念冊只有二十八頁，我再翻到後面的頁數，都是一些沒有特別的照片和文章，偶然在一些合照上看到亮哥的樣子，除此之外沒有什麼令我注意的地方。

維基是看到紀念冊後才變得古怪的。難道說，亮哥的怨念寄宿在紀念冊裡，因為維基打開了某頁，所以被那神秘的力量附身了？

不了解。

我將紀念冊丟到茶几上，卻看到另一樣東西。

在另一張沙發上，有一本黑色的書。

我認得那是什麼。那本黑色封面的硬皮精裝書，便是亮哥搭話時他手上拿著、後來放回架子的那本。我記得我從十一年前的世界回來，在沙發轉醒，再在架上拿出用來指證亮哥的紀念冊時，這本黑色書仍在書架上。它現在放在沙發上，即是說維基拿了它來讀。

我站起身，彎腰越過茶几，伸手取過那本黑色書。姍姍對我站起來有點反應，但我沒有離開，她便沒有作聲。

拿到書後，我坐回原位。那本書不太厚，封面、封底和書脊都沒有任何文字、圖案或記號，材質是紙還是皮革我不大清楚，尺寸跟一般漫畫單行本差不多。書邊已經發黃，還好像曾泡過水，看來這本書有點歷史。我不知道哪一邊是封面，只好隨便打開。

泛黃的書頁上，印著四行上下顛倒的橫書文字。

「這是第一頁吧……」我心想。我把書從右翻開，但文字顛倒了，所以這本書是以英文書橫書的格式印刷，而不是從右往左翻的中文書直書格式。我將書反過來，看清楚那四行文字寫的是什麼後，赫然心頭一凜。

曼德斯．伊斯白爵士巫術之謎
作者：威廉．H．韋斯理
The Witchcraft Mystery of Sir Mendes Eastbeth, 1889
by William H. Wesley

曼德斯．伊斯白爵士！
這名字猶如火焰，刺痛我雙眼。
這是什麼？是記載了一百年前伊斯白事件的紀錄？
我迫不及待翻開後頁。

這個早晨眞是糟透了。
還沒到上班時間，我便給房東先生弄醒，被上司召喚到伊斯白爵士的府邸……

我屏息靜氣，快速讀過首幾頁，驚訝得無法作聲。作者以類似小說的形式，記錄了伊斯白府大火後，警察和消防員發現的異樣——那個詭異的地窖、那些四肢扭曲的神秘屍體，還有坐在伊斯白爵士身上、露出獰笑的女性焦屍。

書中的描述，跟我和卡莉在一百年前看到的完全吻合。

我緊張地翻回第一頁。作者叫威廉．H．韋斯理，除此之外沒有任何資料。雖然第一頁以中英文對照寫上書名和作者名，但內頁只有橫排的中文。文字印刷得頗模糊，就像是很廉價的印刷品，油墨亦有點褪色。這個威廉韋斯理是誰？是當時調查伊斯白事件的探員嗎？這是韋斯理的調查報告的中文譯本嗎？

看著書名時，我突然發現一點。

書名叫「曼德斯．伊斯白爵士巫術之謎」，清楚點出「巫術」二字。換句話說，縱使這個韋斯理是大火後才到場，後來卻肯定地指出事件跟「巫術」或「魔法」有關——

也許，這本書記錄了真相？

我再翻開書頁，但心思一轉，直接打開書本的後半部分。我沒有時間慢慢閱讀，我現在只想知道那場儀式到底是怎麼一回事，巴弗滅的力量是否殘留下來變成怨念，而最重要的，是有沒有逃離這力量的方法。

我一邊快速翻頁，一邊留意段落中有沒有有用的訊息。翻到後半時，書頁下方某句話抓住我的注意。

……那件兜帽繡了倒五角星的斗篷……

我吞了一下口水，從這段開始讀下去。

我披上那件兜帽繡了倒五角星的斗篷，事到如今，這是唯一躲過那些人的方法。

他們提著油燈，從四方八面包圍。我抓緊時機，悄悄地從一棵樹後走到其中一群團員的後方。他們沒想到，正在搜捕的傢伙，已經混進他們之中。

這樣我便可以逃出去了。

可惜的是，我這趟潛入搜查沒找到多少線索。除了確認伊斯白是他們的幹部之一，沒找到更多的資料。

我趁著前面的人沒注意，再次回到大宅之內。

這見鬼的宅第實在太大了。屋主一定非富則貴，不過換個角度想，既然伊斯白爵士也是幹部，那麼，高層成員中有其他貴族並不出奇。

難怪局長一直阻撓我追查。我本來以爲因爲伊斯白的關係，他不想惹麻煩，但現在我猜想，幕後黑手很可能是比伊斯白更有權勢的傢伙，對方已早一步威脅局長了。

在走廊拐過彎角，我聽到一陣急促的腳步聲，我趕緊躲在牆角偷看。

那是另一群穿斗篷的人。

我正想著如何混進他們之中，卻赫然發現一個嚴重問題。

他們身上的斗篷是深紫色的。

該死的！爲什麼顏色不同了？

剛才中庭的傢伙身上，都是灰色斗篷的啊？

對了，宅第的團員，跟中庭的團員階級不同，所以服裝也不一樣。身穿灰色斗篷的我一旦接近，一定會被他們發現。我不知道他們之間的暗號，只要一接觸，我的身分便會暴露。

我連忙回頭，往中庭走過去。雖然中庭沒有通往莊園外的通道，但至少我在那邊可以躲藏起來。

可是太遲了。

在走廊的另一轉角後，有一個提著油燈、身穿紫色斗篷的人，緩緩地朝我的位置走近。

我焦躁地環顧四周，可是這邊沒有任何可以逃走的出口。牆上沒有門也沒有窗户，甚至連箱子或櫥櫃也沒有。這回肯定逃不了。

既然如此，我只好放手一搏。

一邊是大約六、七人的集團，另一邊只有一個人，我想我根本不用選擇。

我必須在那人作聲，驚動其他人之前將他打昏。

可是，在這條毫無遮掩物的走廊裡，如何在他有反應前制伏他？

我知道我不能再想，那六、七個人一經過彎角，我便沒有任何勝算了。

我將兜帽拉低，遮著自己的樣子，再低著頭往中庭大門的方向走過去。

那個落單的紫袍人就在我前面。

當我步出彎角時，那傢伙明顯怔了一怔。他舉起燈，朝我的方向照過來。

我多走兩步，確認我和他之間只有五碼的距離，便突然加速，朝他衝過去。

看來他沒想到有此變卦，被我殺個猝不及防。我把他狠狠按倒，用手捂著他的嘴巴。

可是我太低估對方了。

不到兩秒，我已經反過來被壓在地上，右手被扳到背後。我連發生什麼事都不清楚，只知道對方用某種方法撥開我的手，再順勢將我制伏。

「你還是這麼衝動啊。」

完蛋了。

身邊傳來這句話，同時我的右手被放開。

我訝異地回頭，看到兜帽下的臉孔——那正是我之前遇過三次的神秘老人！

「別作聲，跟我來。」

老人扶我站起，再急步走到走廊的盡頭。他在牆上按了幾下，忽然「卡」的一聲，牆角像門一樣打開了，亮出一個高度及腰的牆洞。

「快進來。」老人蹲下鑽進洞穴，再揚揚手叫我進去。

我這刻只好信任他了。

鑽進洞裡後，那原來是一條隱密的秘道。老人關好門，再示意我跟他走。

秘道只有一碼寬，僅僅能容納一個人通過，老人擋在我前面，我看不到前方的路，只好默默地跟著他。

「老伯，你……」我說。

「噓，別作聲。這兒的牆很薄，外面的人可能會聽到。」老人壓下聲音說。「走到安全的地方才慢慢說。」

我唯有閉嘴。走了差不多一分鐘，我們好像來到秘道的盡頭。

「你叫韋斯理吧？」老人低聲說。「聽著，待會無論你看到什麼，也不要驚慌，更不要作聲。萬一被發現，我倆都小命不保。」

我點點頭。

老人拉一下牆上的繩子，秘道盡頭應聲打開。老人走了出去，我連忙跟隨。

秘道外是個陰暗的空間，因為老人的身體擋住了提燈的燈光，我看不清楚外面的環境。老人關上秘道後，提起油燈，映入我眼簾的，卻是超越我想像中的恐怖情景。

好多屍體。

我們身處一個偌大的圓形石室，石室沒有柱子，地面以磚塊鋪成。地上沒有任何東西，但石室的頂部，掛著無數屍骸。

一具具殘缺的屍骸。

它們從石室頂以鎖鏈垂吊而下，死狀猙獰可怖。有些屍體沒了手腳，有些更只有上半身，從腹部斷面露出搖搖欲墜的內臟。屍體的五官扭曲，就像在死前看到世上最可怕的景象。

我差點因這情景嚇得驚叫，但還是按捺著。

我跟著老人，走過那些屍體正下方。我不敢往上看，深怕會控制不住自己，發出聲音引來那些要對付我們的人。

我們走到石室另一端，前方有一扇木門。木門很古老，也很簡陋，老人打開後著我先進去。門後有一道往下的樓梯，我們往下走了一會，來到一個小小的房間。房間一樣簡陋，但看來有基本的生活工具和用品。

「這裡安全，可以說話了。」老人脫去紫色的斗篷，說道。

「老伯，剛、剛才那是什麼地方？爲什麼有那麼多……屍體？」我緊張地問。

「萬魔殿。」

「萬魔殿？」

「現在的年輕人連《失樂園》都沒讀過嗎？」老人邊說邊從架子上取下一個酒瓶和兩個杯子。

「約翰米爾頓的史詩《失樂園》？你指的是地獄的首都、撒旦的宮殿『萬魔殿』？」我驚訝地問。

「所以你知道啊。」老人笑了笑。「當然那不是眞的萬魔殿，只是一群狂熱者借用了名字……不過，難保某天他們找到通往眞正的萬魔殿的通道……」

「等等，老伯，到底你是誰？你是巴弗滅教團的團員嗎？」

「當然不是，是的話還會救你嗎？」老人斟了兩杯威士忌，遞了一杯給我。「我跟你一樣，是調查教團的人。跟你不同的是，你這菜鳥只調查了半個月，而我，已經追蹤了二十年。」

「二十年？」我嚇了一跳。

「可笑吧。我甚至在這種鬼地方建立了躲藏用的據點，可是仍然功虧一簣，無法抓住核心。」老人喝了一口酒，苦笑道。

「老伯，請告訴我，巴弗滅教團到底是什麼？有什麼成員？爲什麼綽號『黑主教』的伊斯白爵士會被大火燒死？火場裡那些死者又是誰？」

「你問題眞多啊。」老人嘆了一口氣。「你目前知道多少？」

「巴弗滅教團是一個秘密結社，成員很多，當中不乏上流社會人士，他們熱衷於進行某些宗教儀式，目的不明。過去幾年，城中的失蹤者似乎都跟這教團扯上關係，但無任何實質證據支持……」

「萬魔殿裡的屍體，就是你要的實質證據。」老人淡然地說，我卻因這話而目瞪口呆。

「那、那些全是失蹤者？但、但外面有上百具屍體，我手上的失蹤者名單裡只有十五人……」

「所以說，有很多人消失了，也無人報告嘛。」

「這是殺人的邪教組織嗎？」

「你搞錯了，那些死者都是自願的。他們都是團員。」

老人的話再次讓我愣住。

「他們是……團員？」

說：「我以下說的，聽起來就像天方夜譚，但我要強調全都是事實。」老人臉色凝重，緩緩地

「巴弗滅教團，是有數百年歷史的組織。組織的目的只有一個，讓巴弗滅成肉降世。」

「成肉降世？」

「你不知道巴弗滅是什麼嗎？」

我搖搖頭。

「巴弗滅是地獄的惡魔之一。」

「惡魔？」

「好像很無稽吧？但這世上的確是有地獄的。或者我該說，有我們未知的異世界，而活在那個詭異的世界裡的，便是我們祖先稱爲惡魔的生物……不，用『生物』來說明其實不對，總之是某種擁有意識的存在。」

我愣愣地瞧著老人，覺得他是不是腦袋有問題，可是他的樣子很認眞，不像瘋子。

「巴弗滅自古以山羊的形象現身，是撒旦的化身。早在十三世紀巴弗滅的信眾已開始聚集，成立秘密結社，甚至滲透貴族和騎士階層。聖殿騎士團便是教團的雛形，不過因爲崇拜巴弗滅的秘密敗露，結果被教皇鐵腕取締，而倖存者便延續使命，建立巴弗滅教團。多年來，團員爲了找尋讓惡魔降臨的方法，鑽研了大量古籍，踏遍世界各地，在本世紀初開始掌握召喚巴弗滅的秘密儀式……」

「等等！」我打住老人的滔滔偉論，問道：「聖殿騎士團不是效忠教皇的天主教軍隊嗎？」

「那只是僞裝。」老人說：「聖殿騎士團多年征戰，勢力龐大，老早掌握了很多跟惡魔相關的知識。你要知道，在那個時代知識是禁忌、是貴族才可以擁有的特權，如果沒有騎士團的

身分，巴弗滅的崇拜者根本沒辦法聚集，學習種種古老魔法。」

「那麼，這個教團目前還在進行某些儀式，而這些儀式會令團員死亡？」我指了門外。

「對，就是那樣子。召喚惡魔的其中一項元素便是人命，正如古時的獻祭，鮮血是少不了的。團員都是狂熱者，他們深信只要成功召喚巴弗滅，自己的性命微不足道，視能參與召喚秘儀為榮。事實上，參與秘儀的人也不一定會死，沒死的人更會被提拔，成為穿紫色袍的上級團員。」

「在這些秘儀中，團員會被主持儀式的人殺死嗎？」我問。

老人搖搖頭。

「他們不是被人殺死，而是被巴弗滅殺死的。」

我無法理解他在說什麼。

「你看到萬魔殿的屍體吧。你看到有什麼怪異的地方嗎？」

「那些屍體好像都有所殘缺？」

「那是其中之一，另一是他們死時的表情都很恐怖。」老人擺出一副厭惡的表情說：「據我查探得知，死者都是在儀式中離奇死亡，有的身體突然爆裂，有的手腳像是被無形的刀砍斷，有的像是心臟病發暴斃。」

「你怎可能知道這些細節？」

「我曾偷聽過生還者的對話，而且，」老人似笑非笑地瞪著我，「我曾躲起來，親眼目睹儀式過程。」

「你……看到什麼？」

「這輩子看過最瘋狂的景象。」老人再啜一口威士忌。「儀式必須在地上刻著『巴弗滅之印』的場所舉行，五個成員站在印記上倒五角星的五個角落，再由司祭詠唱咒文。我偷看的那次，五名團員中死了四人，其中一人突然凌空升起，就像有一隻隱形的手掐緊他的脖子，將他舉起，直至斷氣；另外一人左手猛然斷裂，好像有東西將他扯成兩邊。其餘兩人如何死亡我看不清楚，當我留意時他們已倒地，其中一人的眼珠更掉到地上，躺在一大攤鮮血中。一切只發生在短短數秒間。」

「他們對於團員死亡，不感到害怕嗎？」

「他們習以爲常了吧。他們會把死者放進萬魔殿，相信巴弗滅降世後，這些『祭品』們會復活，成爲巴弗滅麾下的忠僕……不過，我偷聽到司祭級的團員說，儀式似乎欠了什麼，懷疑除了司祭和五位信眾外，還欠一個『媒介』，才可以打開通道。距離成功遙遙無期呢。」

我猛然想起伊斯白的死狀。

「『媒介』？你說的媒介，會不會是一男一女？」我問。

「是一男一女嗎？我不知道啊。爲什麼你會這麼說？」

「你不知道伊斯白家事件的細節吧。伊斯白家也有刻著『巴弗滅之印』的地窖，而裡面有八個死者。五個倒在五角星的旁邊，一個大概倒在主持儀式的『司祭』位置，但在地上那個山羊頭圖案上，還有一男一女兩個死者。男的便是伊斯白爵士。」

老人驚訝地看著我。

「他、他們是不是正在交合？」

「對，你怎知道的？」

「原來他們欠的是這個……我偷偷閱讀過他們的古籍，其中一份好像提過什麼『巴弗滅女巫』，說掌握惡魔降世關鍵的是一個額上刻著BABALON的娼婦……神子基督是處女懷孕誕下的，撒旦之子自然以相反的方法誕生，他們需要在儀式中進行性交……」

「可是，伊斯白也失敗了吧？他們全燒死了啊？」

老人皺起眉頭。

「不，我不敢說他失敗了。」老人頓了一頓，說：「我本來也以爲他失敗了，但聽你剛才所說，搞不好他成功了，只是沒有完全成功。他沒有死去，只是捨棄了肉身，靈魂已經跟巴弗滅結合。爲了繼續儀式，他需要更多祭品……」

我從文字回到現實。雖然後面還有內容，但讀到那一句時，我出了一身冷汗。

他沒有死去，只是捨棄了肉身，靈魂已經跟巴弗滅結合。

伊斯白不是怨靈之一，不是什麼被那股力量操弄的犧牲者。

他本身就是那股力量的支配者。

是一切的元凶。

他仍在進行儀式，正在蒐集活人靈魂。

……儀式必須在地上刻著「巴弗滅之印」的場所舉行……

他利用亮哥引誘我們走進進行秘儀的地窖，使我們滿足儀式的第一項條件。

……五個成員站在印記上倒五角星的五個角落……

我們曾站在牆角，雖然距離不定，但我們曾經站立跟五角星頂端對應的位置，部分人更踩過五角星上的符號。這符合了第二個條件。

……召喚惡魔的其中一項元素便是人命，正如古時的獻祭，鮮血是少不了的……

而巴士、卡莉、小丸和夜貓就是這一場「儀式」的祭品。

直美和維基沒去過地窖，他們跟第二條件不符，但換句話說，餘下的祭品候補還有兩人。

我和姍姍。

假設伊斯白要拿踏上五角星的五人當成祭品……

我轉頭望向眼神仍然游移不定的姍姍。

我和姍姍之中，有一個會死。

而之後，惡魔巴弗滅便會降臨人間。

2

意外地，知道事實後我反而鎮靜下來。

明明事態沒有丁點好轉，我卻不再感到驚慌。

也許，因為我已經知道最壞結果，所以心裡便有著落。我聽說過，人最恐懼的不是什麼幽靈，也不是知道有什麼可怕的事情發生在自己身上，而是無法掌握情況。簡單而言，人類就是害怕「未知」。我們一直不知道這宿舍發生連串怪事的原因，只覺得自己被惡意操弄，於是出現種種反常的情緒。可是我現在知道真相，即使那真相再殘酷，也嚇不倒我了。

大不了，便是死。

成為祭品的人會有什麼下場呢？在地獄受無盡的折磨嗎？如果惡魔降世，人世間也會變得跟地獄沒兩樣吧？或者活著比死去更痛苦呢？

姍姍仍畏畏縮縮地坐在我身邊，緊黏著我。她沒有再顫抖，但我知道她依然很不安。

看到她的模樣，我感到一陣氣忿。

為什麼我們遇上這種鳥事？

我一直平凡地過活，度過了索然無味的十八年，遇上這種離奇可怕的怪事而死，也算是一種突破吧，比起平淡地死去，這種死法尚算轟烈。可是，姍姍的人生該從這一刻開始啊？如此和藹可親的美少女，應該在大學裡萬千寵愛集一身，享受青春啊？

可是她這時只魂不附體地瑟縮在我身旁，對慘酷的命運束手無策。

夜貓也是。她為了進醫學院重讀一年高中，那段日子一定不好受，搞不好她還要頂著家人、朋友和老師的壓力，最後用實力證明她沒有選擇錯誤。然而她的努力付諸東流，在穿上白袍前結束短暫的人生了。

熱愛天文的卡莉本來該在大學裡有一番作為吧。她未必能成為學者，但她熱愛天文學的性格，大概能讓她在大學交上很多志同道合的朋友。小丸雖然聒噪，她也說過要成為一流的記者，向著明確的目標前進。她們的未來都被那混帳的怨靈摧毀了。

巴士沒有什麼宏大的志願，生活得過且過，或許是他們之中最「死不足惜」的一個，可是，他是我的知己，是一個好傢伙。他絕對不該因為什麼「成為惡魔祭品」的垃圾理由而喪命。
我愈想愈憤怒。
去他媽的惡魔、去他媽的巴弗滅、去他媽的怨靈、去他媽的伊斯白。
他媽的。
我想起《異形第三集》。
我猛然站起來。
姍姍被我的舉動嚇了一跳，緊張地瞧著我。我坐在茶几上，跟她面對面，執起她雙手。她露出不解的神情，但她沒反抗的意思。
「姍姍，請妳好好聽我說。」我說。
姍姍大概被我的嚴肅語氣感染，凝重地注視著我。
「我已經知道真相了。那本書記載了事情的底蘊。」
姍姍往我身旁的黑色書本瞄了一眼。
「妳先不要害怕。」我保持平靜的語氣說：「按照那本書所說，伊斯白的儀式不是失敗了，而是成功了第一步。他需要更多人命來召喚惡魔，而我們便成為祭品。」
手上傳來一下抖顫。我用力握緊姍姍雙手。
「因為我們被設計，走進那地窖，所以我們符合了成為祭品的條件。我們已經無處可逃了，伊斯白要殺死我們。」
姍姍再次露出驚恐的表情。
「可是我不甘心。」我緩緩地說：「我不甘心被那可惡的惡魔擺佈，我不甘心大家在進大學的第一天便因為這種荒謬的事喪命，我不甘心邪惡的傢伙可以得到勝利。我要反抗。」

當我說出「反抗」二字時，姍姍的表情從恐懼變成驚訝。她好像沒想過我會說這話。

「我要反抗，我要不惜一切去對付那混蛋伊斯白，我要他知道現代的年輕人不好欺負，我要他付出代價。就算我最後難逃一死，我也要那傢伙吃點苦頭。我要為大家報仇。」

姍姍露出困惑的表情。我猜她同意我的話，只是不知道我有何打算。

「我要毀掉那個地窖。」

我的話讓姍姍愣住。

「那個魔法陣『巴弗滅之印』似乎是貴重的東西，那地窖是伊斯白重視的場所，我要將它毀滅、埋掉。這是我們目前唯一可以做到的事。我本來想一個人去冒險，但我放心不下，要妳獨個兒留在這大廳。所以，妳願意跟我一起去復仇嗎？」

我直視著姍姍雙眼，她也直愣愣地看著我。我們之間沉默了近半分鐘，姍姍好幾次想開口，但都沒發出聲音，似乎正在為下決定煩惱著。

良久，她微微點頭。

其實，我和姍姍之中，可能只有一人會死。五角星只有五個符號，其中四個出現在巴士、卡莉、小丸和夜貓身上，那麼，我和姍姍其一身上冒出符號，便代表是最後的祭品。

然而，無論是她還是我，我都決定反抗到底。

如果我是第五名祭品，那姍姍很可能平安度過這危難。那是不錯的結果，我已經有死的覺悟。

可是，萬一姍姍才是第五個祭品，我之後只會活在罪咎之中。我接受不了自己是唯一倖存者的事實。

所以我決定跟姍姍共同進退。伊斯白要殺害姍姍，我就跟他搏命，就算被殺也在所不惜。

「我、我們要、要怎、怎麼辦？」姍姍以微弱的聲音問道。

「我們先去找工具。」我環顧一下，再對姍姍說：「妳能走嗎？」

姍姍蹣跚地站起，雖然雙腿不穩，但仍能站起來。

「我、我會努力。」

在她眼中，我彷彿看到一絲堅毅。我想，她跟我一樣對同伴們遇害感到悲憤，決定把一切豁出去，狠狠還擊。

即使是以卵擊石，螳臂擋車，我們還是要堅持雞蛋和螳螂的志氣。

要破壞地上的「巴弗滅之印」，便要找到十字鎬之類的工具。不過我認為我們無法找到，畢竟之前也找過防身武器，結果最有用的只有我手上的鐵撬。退而求其次，最好找到汽油之類的助燃物，直接潑在印記上再點火。我不肯定後者有沒有效用，畢竟我曾見過地獄之火從印記冒出，而且那地窖在一百年前已挺過一場神秘大火；只是，從實際角度來看，高溫的火焰有可能破壞油漆，從而令那個印記失效。

問題是，我猜這兒連汽油也沒有。

有什麼類似的助燃物……

「啊。」我想到了。

我讓姍姍挽著我的手臂，急步走到東翼。我們來到食堂入口前。

食堂裡一片漆黑，走廊的燈光透過玻璃門射進食堂內，可是只勉強照亮了數公尺。我將臉孔貼近玻璃，確認食堂裡有沒有可疑之物。

「姍姍，退後兩步。」我說。

姍姍疑惑地稍微後退，我便舉起鐵撬，向玻璃門狠狠地敲下去。啪啦一聲，一邊玻璃門碎裂，只有門頂和門底的金屬邊仍繫著轉軸。
「這樣比破壞門鎖簡單一點。」我聳聳肩，說道。「小心碎玻璃。」
我們走進漆黑的食堂，花了一分鐘，找到電燈的按鈕。電燈亮著後的食堂沒半分異樣，桌椅都整齊排好，點餐處貼著特價套餐的標示，跟我數小時前見過的沒大分別。
點餐處旁有一扇木門，上面有一個寫著「閒人免進」的牌子，我想也沒想便推開。經過點餐處的櫃檯，我們往廚房走過去。
「我、我們要找、找什麼？」姍姍問。
我環顧一下，打開幾個櫃子，之後在一個木櫃裡找到想找的東西。
「這個。」我從櫃中提出一個大約四十公分高、二十公分長、二十公分寬、頂部附把手的銀色罐子。罐子上貼著標籤，上面寫著「高級食油」。
罐子有點重，我想差不多有十公斤。我打開蓋子，嗅了一下，的確是食油的氣味。在宿舍能找到、最接近汽油的易燃液體，應該是這個了。
我從櫃裡再提了一罐出來，然後在另一個架子上找到一個打火機。用鐵撬鑿碎地面的石磚，再把這兩罐油倒在那個「巴弗滅之印」上再點火，或多或少會造成一些損害吧。
我兩手提起兩個罐子，感覺有點吃力。這時我才發覺鐵撬在地上，於是放下其中一罐，拾起鐵撬。出乎意料地，姍姍伸手抓住我放下的罐子手環。
「讓、讓我拿。」她說。
「這個不輕啊。」我說。
「我、我夠力。」姍姍用雙手提起罐子。她比我想像中堅強，我笑了笑，單手同時拿著鐵撬和提起罐子，空出來的手捉住姍姍的手腕。

「這樣子我們便不會走散了。」我說。姍姍認真地點點頭。

我們離開食堂，來到東翼樓梯間外。

雖然已下定決心，來到面對的一刻，我們還是有點猶豫。

只要打開那扇鐵門，走過甬道，便會再次看到那個地窖，看到那個在獰笑的山羊頭。

在那場一百年前的儀式所散發出來的嫌惡感仍纏繞著我的內心。

我的意志告訴我必須往前走，可是我的身體卻有所抗拒，舉步維艱。

姍姍大概也察覺到，可是她沒說什麼，只默默地站在我身旁。我往前走一步，她便走一步，我停下來她便停下來。

我們根本沒有選擇——我心裡冒出這個想法，一咬牙，便大步踏進東翼樓梯間。

那些活動看板、瓦楞紙箱和摺椅仍待在相同的位置。我拉開看板，牆上露出那扇淡灰色的鐵門。

那扇通往地獄的鐵門。

我望向姍姍，她也瞧著我。我們交換了一個眼神，鼓起勇氣，走到鐵門前。

我放開姍姍，伸手握住鐵門的門閂，往一旁拉動。

「咿呀。」門閂傳來金屬的摩擦聲。

我將門閂當作門把，用力一拉——

「嘰——」

一陣濕霉嗆鼻的氣味撲面而來。

然而，門後的光景令我和姍姍呆立原地，不能動彈。

那扇鐵門後沒有什麼甬道，更沒有什麼階梯。

我們面前只有一個不到二十平方英尺、堆滿紙箱雜物的細小空間。

「梯、梯級呢？」姍姍以顫抖的聲音說。

我大著膽子，走進門後。牆上有一個古老的黑色按鈕，我按下後，天花板上一個昏黃的燈泡亮著。我打開面前的紙箱，裡面是一些塑膠布，還有一些像床單的東西。紙箱旁邊豎著幾張發霉的床墊，我伸手推開，床墊後只是一面結實的牆壁。

甬道消失了，地窖也消失了。

看到這情況，我第一個反應是懷疑自己記錯了。通往地窖的甬道，真的是在東翼樓梯間嗎？會不會是西翼樓梯或中央樓梯？

可是，當我看到姍姍跟我一樣詫異，我便知道絕對沒錯。一個人記錯可能性已經不大，兩個人同時記錯更是不可能。

我放下油罐，以鐵撬在牆上敲打，也仔細檢查地面，可是它們都沒有任何機關。紙箱和床墊上鋪滿灰塵，其中一個箱子上更結了蜘蛛網，這貯物間看來很久沒人踏足。

那麼，我們之前是如何走進那個地窖的？

亮哥的臉孔突然在我腦海中閃過。

對了，一切都是怨靈的陰謀。那個地窖只有引導者才能打開……

繼續待在這個狹小的空間中於事無補，我便和姍姍離開，關上鐵門。

「阿、阿燁，那、那個地窖消、消失了？」姍姍不安地問。

「我不知道，不過看來伊斯白不想我們接近它。」我回頭瞥了鐵門一眼，說：「這或許代表我們的決定沒錯，伊斯白阻撓我們，即是說他也有弱點，有害怕的地方。說不定，伊斯白的本體躲藏在宿舍某處，只要我們找到，將它毀滅，便能終結伊斯白的召喚儀式。」

「那、那麼，我們該如何著手？」
我陷入沉思，可是我完全想不到辦法。
我們只能消極地等候那長髮怨靈再次來襲嗎？
站在東翼樓梯間，我忽然想起一個人。
小丸。
當巴士遇害後，卡莉失蹤之時，小丸帶著我來到這兒，研究地窖的方位，再推理出卡莉被困在八樓的事實。
如果我是小丸，會從何入手？
——七不思議。
對了，宿舍的怪談就是巴弗滅力量所造成的，我們之前遇上的情況，都跟七不思議有關。消除我們已遭遇的怪談，餘下的是……
「大火冤魂」、「活雕像」和「數房門」。
「大火冤魂」是九樓舍監宿舍火災後，傳出半夜有人聽到鬼哭的怪談，既然我曾在十一年前的世界經歷過，這則傳說也可能算是已遭遇過的。餘下未調查的只有「活雕像」和「數房門」。
「活雕像」的怪談好像是說草坪的雕塑其實是怪獸，細節我不大記得，但感覺上跟我們現在的目的有點不符。我們現在想找到隱藏在宿舍裡的伊斯白正體，依我估計，他很可能躲藏在那個稱為鏡像世界的異空間裡，如此說來，「數房門」就較接近。
在那個怪談中，男生和女生在三樓數房門，結果不知不覺間走到七樓，男生更意外墜樓死亡。他們曾掉進一個房門沒有門號，無盡地延伸的走廊，這種異空間的描述跟我離奇掉進十一年前的世界，以及我們被困於宿舍外的山坡和坡道上很相似。

卡莉提過，她在誤闖八樓的鏡中世界前，也曾在走廊迷路，只看到沒有門牌的房間。說不定那條無止盡的走廊，便是伊斯白的巢穴。

「我們……我們到三樓去。」我說。

「三樓？」

「我們去數房門。」

姍姍聽到我的話後臉色一沉。

「我、我們要模、模仿那則怪、怪談嗎？」

「對。我想，這是進入異空間的辦法。不入虎穴，焉得虎子，在地窖消失的現在，我們只能用一些危險的手段了。」

雖然姍姍有點不情願，但她仍點點頭。

我們沿著梯級，謹慎地一步一步往三樓走上去。我們走得很慢，原因不是因為油罐沉重，而是我們總覺得在梯間轉角會冒出可怕的東西——可能是女鬼、可能是屍體。我們經過窗子也不敢望向外面，因為窗外便是山坡，那些榕樹仍矗立著，我不知道會不會再次看到那些懸吊著的屍體。

打開三樓梯間的門，走廊裡寂靜得叫人耳鳴。

東翼樓梯旁的指示牌上，一邊寫著「三〇一至三三六號」，另一邊寫著「三三七至三五〇號」。我們往三五〇室那一邊走過去。

我們站在走廊盡頭，三五〇室前方。我們旁邊還有一扇窗子，一陣陣寒風刮進走廊，令我回憶起坡道上的怪風，而窗框旁和地板上有零星的幾片落葉。走廊裡燈光充足，視野良好，可是我總覺得在這光明背後，那股怨念正窺視著我們，蠢蠢欲動。

三五〇室便是怪談中男主角的房間。在這門板上，我彷彿感到夜貓和卡莉的四四三——或是四四四——室的氣息。我伸手搖了搖門把，可是房門鎖上，紋絲不動。雖然我可以用鐵撬撬開房門，但我們目前要找的東西應該不在三五〇室之內。

「開始囉。」我對姍姍說，她緊張地點點頭。

「一、二、三……」我和姍姍邊往前走，邊指著兩旁的房門一一細數。

可是當我數了不足十個房間，便覺得這怪談很愚蠢。

當我指著三四五室時，我數著六，指著三四四室時，我數到七。雖然我成績不算特別好，但好歹我是個唸統計學的理科生，對數字自然很敏感，如果我數的數目跟門牌號碼的後兩位加起來不是「五十一」，我一定會第一時間察覺。在這種有條不紊的情況下，怎可能會數錯？

「……二十九、三十……」我和姍姍經過中央的電梯和小廚房，已走到西翼。我嘴巴唸著「二十九」時，手指便指著三二二室。這是理所當然的吧。

不一會，我和姍姍已走到西翼盡頭三〇一室之前。西翼走廊跟東翼一樣，盡頭有一扇窗，不過這邊不及東翼大風。當我指著三〇一室，唸出「五十」時，我還恐怕會出現什麼怪事，可是四周依然平靜，連燈光也沒閃一下。

姍姍跟我面面相覷。

「那、那個傳說裡，主角們會數到五十一……」姍姍說道。

我不知道該怎辦，於是指著窗戶，唸出一個「五十一」。

可是周遭沒有半點反應。

「我們再數一次。」我說。

於是我指著三〇一室，開始重新數數。不過，從西翼往東翼數房門，我更覺得蠢死了。我指著三〇一室唸「一」，三〇二室唸「二」，就連小學生也不可能出錯吧？

話雖如此，我仍遵循怪談的內容，忠實地一扇一扇門數著。我和姍姍回到東翼盡頭，當我指著三五〇室，唸出「五十」時，既感到灰心，又感到愚笨。

「為什麼沒有成功？」我喃喃自語。

姍姍沒有作聲，只在我身旁瞧著我。提出反擊的是我，說要利用怪談找伊斯白正體的也是我，她自然認為我有所盤算。不過我其實只是見一步走一步而已。

「姍姍，妳記得『數房門』的怪談裡，有沒有某些細節我們沒做到？」我問。

「應、應該沒有吧……我們也有兩個人，同樣地半夜在三樓沿著走廊數數……」

「啊！」我嚷道。

「怎麼了？」

「是那個了！」我拖著姍姍，往中央電梯旁的小廚房走過去。

我們來到廚房，我指著牆上說：「我們就是欠缺這個條件。」

牆上掛著一個白色的時鐘，時間是凌晨兩點五十二分。

「數房門」的故事裡，有指明時間──「半夜三點至日出前，不要在走廊數房門的數目」。

我們開始得太早了。

「大概三點後才有效，我們先等一下。」我說。

我們坐在小廚房旁的一張長椅上，油罐放在身旁。我們默不作聲，只盯著時鐘，等待三點到來。

秒針緩慢地移動。只要秒針走八圈，時間便到凌晨三點，可是我覺得秒針跑得比平時慢。

想起來，事情好像總是離不開「凌晨三點」。

我和卡莉在一百年前的世界，便是忽然被三點的鐘聲嚇到，然後看到伊斯白帶領信眾進行儀式。

我和直美在十一年前的宿舍，也是凌晨三點時遇上火警。

在「五樓半」的怪談裡，渾身血污、精神錯亂的男生是管理員在凌晨三點巡邏時發現的。

「鏡中倒影」裡，女生也是三點時在洗手間的鏡子中看見異樣。

雖然「四四四室」沒有說明時間，但怪談中提過，女生以為室友「半夜」起床溫習，如果那個「半夜」是指「半夜三點」，也跟內容吻合。

這是巧合？還是說，凌晨三時有某種意義？

因為最初的那場儀式在三點舉行，所以巴弗滅的力量在這個時刻特別強大？

我有不好的聯想。

先前我們已經吃遍苦頭，如果那還不是怨靈的最大力量，我實在不敢想像之後會發生什麼事。

「阿燁……」

姍姍突然拉了我一下。我循著她所指，發覺時鐘上分針已走到「十二」的右方。時間是凌晨三點零一分。

「我們出發吧。」我站起來，提起油罐。

小廚房位於東西翼之間，而我走到三二五室前便停下。

「阿燁？我們不是……」

「從這兒開始數便可以了。」我知道姍姍想問什麼，所以直接回答道。

「可是傳說中的主角們是從盡頭開始數？」

「『數房門』的規則是『三點後至日出前不可以數房門』，從來沒提過從何開始，我想搞不好從中間開始也可以。」我望向走廊兩端。「況且，假如真的要從盡頭開始，我們也要走這一段路，現在姑且數一下反正沒差。」

於是，我從三二五室開始，往三五〇室開始數過去。諾宿東翼比西翼多兩個房間，西翼是一號至二十四號，東翼是二十五號至五十號，換言之我從三二五室開始數，到盡頭時該數到「二十六」。

「……十一、十二……」當我數至十二時，正指著三三六室。數目很正常，沒有異樣。三三六室旁便是東翼洗手間和樓梯間，拐過彎角後便是三三七室至三五〇室的走廊。然而當我們轉過彎，走到三三七號房門前，我便停下沒再數數。

因為不用數，也看到不對勁的地方了。

三三七室至三五〇室的走廊筆直，兩旁各有七扇門，盡頭有一扇窗。可是我們面前的窗子消失了，取而代之的是一個往左拐的彎角。

「阿、阿燁，你、你、你有沒、沒有看、看……」姍姍結結巴巴地說，從她的手上我感到一陣抖顫。

我回頭察看，果不其然，我們背後本來的洗手間入口和樓梯間也消失了，身後只有一條走廊，兩邊各有六扇門。盡頭也是一個向左的彎角。

「別慌，我們到了。」我一邊說一邊警惕著四周，包括天花板。「我們盡量走慢一點，在七不思議裡，那男生意外從窗子掉落，也許我們也會面對相同的處境。地板看似結實，搞不好是假象，我們每一步也是確定沒踏空才好向前走。」

姍姍緊張地點頭，我們便緩慢地移動。我用左手提著油罐，讓姍姍勾住我的左臂，再用右手持鐵撬往兩邊的房門和牆壁敲打。我不知道這有沒有作用，不過在這個眼見不能為憑的世界裡，觸覺和聽覺可能比視覺更可靠。

跟七不思議的內容不一樣，門上的號碼牌沒有消失。我們走到三五〇室門前，往彎角後一看，便看到另一段走廊，兩旁各有一列外觀相同的房門。在最接近的門板上，我看到令我訝異的號碼牌。

「351」

諾宿每層只有五十個房間，五十一號室不可能存在，而在三五一室的對面，是掛著三五二號門牌的門，旁邊還有三五三、三五四，一直延續下去。

見鬼了。

我和姍姍小心翼翼地前進，來到下一個彎角，後面又是一段相同的走廊。房號已經增至「三六三」和「三六四」。

「我們……要繼續走嗎？」姍姍問道。

對，這樣無止境地走下去，似乎不是辦法。我望向三六三號房間，再看看手上的鐵撬，心想如果把門撬開會有什麼後果。怪談裡，男生便是撞開其中一扇門後跌進房間，之後女生才發覺男生掉出窗外摔死了。如果我貿然打開房門，會不會有相同遭遇？

畏首畏尾成不了大事——我突然想起小學時一位老師的教誨。那陣子班上突然流行下圍棋，放學後同學們都會拿出棋盤對弈，雖然我不大熱衷，但常常被抓去湊人數，因為他們說要玩什麼團體戰。當時的數學老師是個棋迷，他常常在我們下棋時觀戰，有時會作出指導。有一天他叫住我，說我下棋的風格好保守，只想著圍出自己的陣地，對方攻過來只會消極地防禦，沒想過從對方陣地另一邊的弱點反擊過去。「畏首畏尾成不了大事啦」是他當時的忠告。

現在，我應該不顧一切，無畏地反擊吧？

我放下油罐，將鐵撬插進三六三室房門的門縫。

「姍姍，妳拉住我。不過萬一有任何危險，妳先顧自己，別管我。」

姍姍欲言又止，最後點點頭。我猜她想說不能不管我，但她應該很清楚，如果面臨危險，一點遲疑也可能害自己沒命。雖然沒說出口，但我們已有共識，如果要捨棄性命，便不要在無謂的地方浪費掉。

至少要對伊斯白作出丁點傷害。這是我們的復仇。

姍姍從後抱住我的腰，我便用力將房門撬開。

「啪。」門鎖很是脆弱，房門緩緩地向內打開。

房間裡異常地漆黑。

說是「異常」，是因為走廊的燈光竟然無法照亮房間內部。門框彷彿就是光明與黑暗的界線，在面前這個兩公尺高、一公尺寬的長方形後，恍似是世界的盡頭，是空無一物的虛空。

我將鐵撬伸進門框後，往四邊敲打，可是完全沒碰到任何實物。

就連地板也不存在似的。

我拾起剛才撬門時門板彈出來的木屑，丟進房間裡。

杳無聲息。

我覺得我們好像站在宇宙邊緣，面前是一個偌大的黑洞。

門板推進門框後也消失了。姍姍仍緊抱著我的腹部，我緩緩向後退。

「門後面⋯⋯是七樓的窗外嗎？」姍姍問。

「我不知道。但我覺得不碰為妙。」我說。

那個黑漆漆的門洞讓我感到很不安，我們便回頭，走到三五一室和三五二室之前。

「我們……不如試試打開三〇一至三五〇其中一扇門看看？」姍姍說。

沒錯，三五〇之後的房間本來就有問題，但宿舍本來存在的房間有沒有變化，也讓我相當好奇。

我們來到三四九和三五〇兩個房間之間。我隨便選了三四九室——大概我不想碰「數房門」主角的房間——重複著之前的步驟，把門撬開。

然而門後不是房間的模樣，又是另一個黑洞。

所以說，這個三四九室不是真實的三四九室，這條走廊也不是真實的諾宿三樓走廊。

我肯定這兒是巴弗滅力量支配著的異世界。

問題是，我們如何在這個異世界裡，找出伊斯白的正體？

「阿燁……那個地窖會在其中一扇門後面嗎？」姍姍問道。

「我不知道。」我們離開三四九室的門前，走到三四三室附近。站在那片漆黑前，令人感到很不舒服。「門後可能是那個地窖，也可能是那長髮女鬼，或是伊斯白本人，甚至有可能是一頭山羊……」

「山羊？」

「那本黑皮書裡，說巴弗滅是以山羊為形象的惡魔，是撒旦的分身嘛……怎麼了？」

當我說明時，姍姍神色慌張地瞪著我，就像我說出非常恐怖的話。

「阿、阿燁，你、你不知、知道『活雕像』那、那則怪談嗎？」姍姍結結巴巴地問。

「就是草坪的雕像會變怪獸什麼的？」

「不、不是怪獸……」姍姍一臉惶悚，說：「那個故事裡，說雕、雕像是山羊……會吃人的山羊……」

我啞然地看著姍姍。我不知道自己錯過了如此重要的細節。

「假、假如七不思議跟那、那個巴弗滅有關，而巴、巴弗滅是有山羊外表的惡魔，那麼草坪上的山、山羊雕塑便不、不可能是巧合……」姍姍壓抑著恐懼，奮力地說出她的想法，而我愈聽愈心寒。「阿、阿燁，會不會我、我們一直搞錯了，惡靈不、不是躲在宿舍裡作惡，而是宿舍本身就是惡靈？」

我感到頭皮發麻。

如果姍姍的推論正確，那麼我們其實一直在惡魔的肚子裡……

伊斯白跟巴弗滅結合，邪惡力量籠罩這片土地，在諾宿興建時已將自己的本體轉移到這棟大樓裡。伊斯白用某種方法，操控了某人，在草坪上放置雕塑……不，搞不好那位雕刻家其實是巴弗滅的信眾之一，一切都是為了讓伊斯白篩選祭品令巴弗滅降世的手段。在諾宿裡死亡、失蹤的人其實都被宿舍大樓吞吃掉，屍體埋藏在大樓後那片寸草不生的泥地，山坡就是伊斯白設計的第二代「萬魔殿」……伊斯白運用力量，改變宿舍裡的現實，讓遇害的學生在不知不覺間消失，而其他人的記憶同時被竄改……

「七不思議」便是現實被更改後出現的破綻，結果以怪談的形式在宿舍流傳……

糟糕了，這樣我們根本沒有勝算！

「妳、妳說得對。我們先找方法離開——」

當我說這句時，那不祥之兆蹦進我視線之內，令我無法繼續說話。

在姍姍上衣的圓形領口旁，左邊鎖骨之上，冒出一個紅黑色的符號。

ת

最後一個祭品的符號。

「姍姍！」我丟下油罐，一把拉住姍姍，單手環抱著她，另一隻手抓住鐵撬，向四方戒備。「妳領口鎖骨上出現祭品符號……」

姍姍臉上僅餘的血色褪去，嘴唇震顫地垂頭向下望，同時拉開衣領，伸手拍打自己脖子之下，就像想打掉爬到身上的蟲子一樣。她應該看不到符號，只能不停地拍打。

「砰！」

左前方的一扇房門猛然打開，我立即舉起鐵撬，以防長髮女鬼或什麼東西從那邊撲過來。

「砰！」

右後方突然傳來另一巨響，我慌忙回頭，只見另一扇門打開了，門後的黑暗似要滲透出來。

「砰！砰！砰！」四周的門一一自動打開，我只能像個傻瓜似的站在走廊中心團團轉。姍姍緊抱著我，同時跟我一樣，焦躁地觀察著四方八面。

「有種便出來！」我大罵道。

突然間，我感到姍姍想甩開我的手臂。

不，不對。她正用手抓住我的手臂，但她的確想從我的臂彎中脫身。

我猛然了解情況，丟下鐵撬，用雙手抱住姍姍。

四周的環境赫然改變，我發現我正探出一扇窗戶之外，勉強抱住姍姍的上半身。

她整個身子掛在宿舍牆外。

「阿、阿燁！」姍姍大吃一驚，雙手往我脖子和肩膀抓過去。

「別放手！」我努力地想把姍姍拉回來，可是角度很糟，我發不出力量。

剛才我覺得姍姍想掙脫，其實是她腳下一空，整個人失去平衡。我不知道惡魔用了什麼方法，直接令姍姍掉出七樓的窗外，而幸好我在千鈞一髮之際抓住她。

「姍姍，妳能不能扳住窗框？我要換一換手……」

當我想方法將姍姍拉回室內時，突然一陣猛風在窗外颳過。

「哇！」姍姍大喊。

我不敢放手，只好緊緊的抓住她。這時候，我看到令我窒息的畫面。

在姍姍正下方的草坪上，綠色的青草消失，地上冒出一個偌大的黑色漩渦。

在那個漩渦中，我看到一張張的臉孔。

那些在宿舍後方的泥地上，我們曾見過的屍骸的臉孔。

有些屍體正舉著手，似是期待著姍姍摔下，掉進漩渦之中。它們正在旋轉著、舞動著，發出怪異的嚎叫。

「別往下看！」

我叫道，可是這句話來得太遲。姍姍往下一看，似乎被那地獄般的景象嚇到，手一鬆，差點從我的手臂中往下掉。

「抓緊一點！」我大喊。

漩渦愈轉愈快，一陣陣強風從下吹上來，就像龍捲風一樣。

「不、不行了……」姍姍被風吹得整個身子往外飄，彷彿有一股力量抓住她，將她往外拉扯。

我的手突然鬆脫了。

眼看姍姍往下墜，我整個人跨出窗口，勉強用左手抓住她的手腕。

「阿、阿燁！你幹什麼！」姍姍抬頭大喊。

我現在只靠一隻右手攀住窗框，支撐著兩個人的體重。

縱使我竭力拉住姍姍，風勢實在太猛烈，我無法讓她抓住下一層的窗框，亦不能拉她回來。我們就像掛在樹梢上兩片枯黃的葉子，無力地被強風吹拂，拚命地抵抗下掉的命運。

可是，這狀況不可能長久維持。姍姍的手腕正慢慢地從我的手掌中滑掉……

我說過我不願意獨個兒倖存。如果無法救到姍姍，我便跟她一起闖進地獄，找伊斯白報仇。

「姍姍，我不夠力了……」我露出苦笑，說：「我們一起到那邊，跟巴士他們打招呼吧。」

話畢，我放開抓住窗框的右手。

「啪！」

我的右手忽然被某東西抓住。

我抬頭一看——

「維基！」

維基以雙手抓住我的右臂，半個身子攀出窗外。

「維基！你不夠力的！會連你也扯下去！」雖然維基突然出手相救令我很高興，但我知道這只會連累他。

「當然夠力，你們再加上巴士我也拉得動。」維基話畢，一下子將我拉回窗邊，我立即以右臂勾住窗框。

「啊！」姍姍大喊一聲。我的左手只勉強抓住她的手指，但她的手指正慢慢鬆開。

她撐不住了。

「姍姍！別放手！只要再一下……」

我看到姍姍露出一個微笑。

一個悲哀的微笑。

然後，我左手上的感覺消失。

「不！」

在我高呼的同時，耳邊忽然傳來維基一句莫名其妙的話，然後一個身影從我身邊往下掠過。

在我搞懂情況後，只見維基頭下腳上朝下俯衝，瞬間抱住姍姍，在差不多五樓的位置翻了一個觔斗，用腳踢了外牆一根水管一下，再一手攀住五樓的窗緣。他接著一躍，便和姍姍消失於五樓的窗子裡。

我看傻了眼，那簡直是比電影特技還要誇張的表演。我目瞪口呆地瞧著下方，不一會維基的臉從低兩層的窗口露出來。

「阿燁，你能攀進去嗎？」維基輕鬆地問。

「嗯、嗯。」我邊說邊爬回室內，然後把頭伸出窗外，朝下望向維基。

「我們在五樓等你，你快下來。你不用擔心，那東西暫時傷不到你。」

維基說這話時，下方的地獄漩渦仍在翻滾，可是他的語氣彷彿不當那是一回事。

維基躍下前在我耳邊說的那句莫名其妙的話，似乎解釋了他那敏捷的動作，但我依然無法理解。

如果我沒聽錯的話，他說的是：

「忍法，飛簷走壁之術。」

這實在太詭異了。

第七章

當諾宿建成時，大門前的草坪便豎著一座雕像。這座雕像由銅製成，高五米，就像是諾宿的標誌。它的形狀相當抽象，由大大小小的三角錐體和扭曲的四方柱體組成。有人說它像一堆廢鐵，有人說它像砲台，但更多人說它像一頭山羊。如果從宿舍大門望過去，雕塑就像一頭垂頭的山羊，四隻腳以奇異的角度支撐著扭曲的身體，歪著頭在吃草坪上的青草。只是，如果說這是一頭山羊便有點奇怪，因爲那個倒三角形的頭頂上有四根彎曲的角。

據說這座雕像曾引發不祥事。

某年颱風襲港，一群男生滯留宿舍，由於風暴導致停電，眾人只好待在一樓的大廳邊玩撲克邊聽收音機廣播消磨時間。在手電筒的微弱燈光下，他們玩了一局又一局，漸漸對遊戲厭倦起來。其中一人提出只有男生才會想到的愚蠢提議——在大風大雨下繞著宿舍跑一圈，看看誰最快。他們興致勃勃，找來讀秒的計時器，然後逐個在玄關出發。每個人回來時也活像落湯雞，其中一人更沾了一身泥巴，看來曾不小心跌倒。在這個情境下男生們起鬨大笑，可是突然間有人冒出一句：「那雕像是不是有點不同了？」

眾人望向雕像，有人說和平時沒兩樣，有人說感覺上「羊頭」的部分好像移了位。一位男生說也許風太大把雕像的某部分吹歪了，畢竟他們從沒研究過雕像的構造，不知道各個部分是否牢固地相連。

兩位男生完成賽程後，提出雕像有異的人再說：「那雕像的顏色好像不同了？」

「羊頭」下方近「嘴巴」的位置，似乎從本來的褐色變成紅色。各人也提出不同的見解，有人說是光線造成的錯覺，有人說是雨水的關係，但沒有人深究下去。在差不多所有人都完成跑圈，全都渾身濕透後，他們發現其中一人沒回來。他們站在玄關，發現那人倒在草坪上，就在雕像旁邊。他們趕過去，發覺那人全身冰冷，已經斷了氣。後來醫院報告指那人是心臟病發猝死，可是眾人也不知道爲什麼死者在病發時沒有向玄關走過來，反而往草坪上的雕像走過去。

而最奇怪的是，事後沒有人認得提出雕像有異的男生是誰。他們都以爲是其他宿生的室友或同學，可是經過點名後，無法確認他的身分。他們無法記起那人的相貌，只有一人說他記得那人的眼睛有點怪，瞳孔長長的。

就像山羊的瞳孔一樣。

——諾宿七不思議　其之一　活雕像

1

我懷著既詫異又疑惑的心情，一口氣從七樓跑到五樓。

從窗外回到室內，我才能確認自己身處七樓東翼走廊盡頭。一如「數房門」的男女主角，我和姍姍不知不覺間從三樓跑到七樓——或者我該說，我們不知不覺間被那邪惡的力量轉移到七樓。我跑過七五〇至七三七號房間的門前，衝進東翼樓梯，三步併成兩步地躍下兩層樓。

在這短短數十秒間，我心頭冒起一連串疑問，更不由自主地往壞方向去想。伊斯白是否已經和巴弗滅合二為一，化身這棟宿舍大樓？我們是不是在它的肚子裡作垂死掙扎？維基是不是被怨靈附身了？他出現拯救我們，會不會是為了令我們掉進更殘酷、更可怕的陷阱？

可是，當我走進五樓走廊，看到維基正在安慰蹲坐在地上啜泣中的姍姍，那些疑問便一掃而空。

那是維基平時的表情。

事實上，如果維基真的被附身了，有意加害我們，他便不用特意出手拯救，任由我們掉進那個地獄漩渦就好。因為之前遇上太多可怕的事，經歷了被亮哥背叛、夜貓被死去的卡莉抓走、姍姍為了脫困逼不得已用石頭「砸死」小丸，我差點忘記了「信任同伴」是何等重要的事情。跟「被惡魔殺死」相比，「被猜疑心害死」更糟糕吧。

「維基、姍姍！」我邊跑邊大喊。

維基抬頭看我，微微一笑，拍了拍姍姍的肩膀，再扶著她站起來。

「剛才好險呢，還好我恰巧經過。」維基以平淡的口吻說道。

聽到維基的話，我不由得走到窗前，探頭向下望。那個黑色漩渦已然消失，窗外下方只是平常的草坪。那些哀嚎的屍體、猛烈的怪風就像沒出現過似的，彷彿只是我們的幻覺。

「維基，你聽我說！」我將視線從窗外拉回室內，一邊謹慎地環顧四周，一邊說：「我們可能就在惡靈的肚子裡，這棟宿舍便是惡魔巴弗滅的實體……」

「阿燁，你說什麼鬼話？」維基打斷我的話。

「你有所不知了！我們之前在山坡上看到很多屍體！巴士、小丸和卡莉已經死了！他們成為巴弗滅的祭品了！夜貓也逃不過魔掌，只要那惡魔抓去姍姍，儀式便能完成！你看，姍姍身上已冒出第五個祭品符號，萬一沒保住姍姍，伊斯白的陰謀便能得逞……」

「那些事情留待一會再說吧。」維基保持著平穩的語調說。「我們先回去交誼廳，姍姍受了驚，這兒不是休息的好地方。」

「不，你不懂！危機已迫在眉睫，我們哪可以悠閒地到交誼廳——」

「搞不懂的人是你啊。」維基嘆了一口氣，苦笑一下。「相信我，我們離開這兒，再慢慢說。來，你跟我一起扶姍姍，這樣較容易走。」

「等等，萬一那長髮女鬼再出現，我們手無寸鐵，怎辦？」從那個異世界回到現實中的七樓後，我手上的鐵撬和油罐都不見了。

「我來打退它就好。」維基說。

「就算你運動神經再好，也不是它的對手啊？」

「阿燁，看這邊。」維基鬆開扶著姍姍左臂的右手，讓她搭著自己的肩膀，騰出雙手。

「臨兵鬥者皆陣列在前。」

不到兩秒，維基在我和姍姍面前結了九個手印——那九個小丸用來消滅亮哥的手印。

「天啊！原來你也懂這個！」我大喊。看到這幕，姍姍跟我一樣目瞪口呆。維基結手印的速度比小丸還要快幾倍，手勢變換之快，就像魔術師變戲法那麼敏捷。

「對，我懂。」

「既然你懂這種咒術，為什麼你要躲起來？不跟我們一起逃走？你只要用這個，夜貓便不會……」我氣急敗壞地說。

「我們之後再談，好嗎？」維基再扶著姍姍的左臂。他似乎有點不耐煩，牽著姍姍往前走。在這情況下，我也只好聽從他的指示，一同離開這條走廊。

我們沿著東翼樓梯往下走，不一會便回到一樓。經過那扇本來通往地窖的灰色鐵門時，我還特意多瞄兩眼，深怕長髮女鬼會突然從門裡撲出來。

走過之前我們跟亮哥搏鬥的活動室前走廊，路過小丸被抓走的電梯前，我們三人平安無事回到交誼廳。我和維基讓姍姍坐在沙發上，她臉上已回復血色，只是依舊愁眉不展。維基坐在她旁邊，脫下那頂卡其色的帽子，用手撥了撥頭髮。

「咦，這些飲料是你買的嗎？」維基拿起茶几上的一罐汽水，問道。

「我撬開自動販賣機拿的。」我坐在他們旁邊的一張椅子上。

維基往自動販賣機的方向瞧了瞧，再拉開拉環，喝了兩口。

「嗯，味道怪怪的。」維基嘴巴上這樣說，卻繼續灌了幾口。

「好了，我們回到交誼廳了，」我直視著維基雙眼，「維基，你回答我，為什麼你懂那些法術，卻自私地藏起來？小丸遇害的一刻尚可以說是事出突然，殺我們一個措手不及，但之後為什麼你要獨個兒留在宿舍，不跟我們一起去求救？你明明有能力擊退怨靈，卻沒有挺身而出，你知不知道我們陷入了多大的危險？夜貓沒救了，姍姍為了活命不得不對被惡魔操縱的小丸出手，你知道我們有多痛苦？」

我一口氣說道。雖然我的語氣很重，每句話都在指責維基，但我心裡其實是相當感激他，因為說到底，他還是冒險救了我和姍姍。

「阿燁，你想知道真相嗎？」維基突然說道。

「我已經全知道了啊！」我指著茶几上那本黑色的書。「我翻過那本《曼德斯．伊斯白爵士巫術之謎》，你之前也有看過吧？伊斯白和巴弗滅結合、儀式的目的、活人獻祭等等我都知道了。」

「你有讀完整本書嗎？」

「沒有，我們哪來時間優哉悠哉看書啊？但我認為已看夠了，裡面說的……」

「我讀完了啊。」維基微微一笑。

「咦？」

「我想我沒有什麼長處，但看書快、記性好這兩點應該比不少人強。」維基說。「畢竟網路上有那麼多資訊，不看快一點，根本看不完……」

「所以書裡有解決巴弗滅的方法？」我問。

「沒有。至少沒有合用的。」

「那麼……」

「你搞錯了，我看書並不是為了找什麼封印惡魔的方法。我是為了找出『真相』。」

「真相？真相不就是巴弗滅……」

我的話沒說完，因為我看到維基的眼神變了。他的樣子忽然變得很認真。

「阿燁，姍姍，你們仔細地聽清楚。」維基以嚴肅的語氣說：「我不說出『真相』的話，我能保證我們安全，那鬼東西沒辦法傷害我們半分，但我們只能維持這種狀態。我一旦將『真相』說出來，事情便超出我的控制範圍，我無法預料是好是壞——不過如果想救回巴士和卡莉他們，後者是唯一的選擇。」

「救回巴士他們？」我驚訝得從椅子站起來。「你說，巴士、卡莉和小丸他們仍有救？」

「對。雖然我沒太大把握，但我認為可能性非常高。」維基瞧了瞧我，又看了姍姍一眼。

「你們認為，我該把『真相』說出來嗎？一說出來便無法回頭了。」

「當然！只要有一絲希望，我們便不能放棄！」我說。

「嗯、嗯！」姍姍也點點頭。

「好，那我們只能希望這決定沒錯誤吧。不過老實說，我也認為只剩下這方法了。」維基邊說邊伸手插進褲袋。

他掏出兩枚硬幣。

這便是「真相」？

「阿燁，你檢查一下這兩個硬幣。」我接過硬幣。那是兩個普通的港幣一元硬幣，外表沒什麼怪異，正面是洋紫荊的圖案，背面刻著阿拉伯數字「1」。我翻來覆去，也看不出這兩個硬幣有什麼特別。

維基攤開手掌，示意我把硬幣還給他。他將兩枚硬幣放在手中，雙手握拳，搖了搖，突然放手，讓硬幣掉到茶几上。一枚硬幣正面朝上，一枚背面朝上，沒有任何怪異之處。

「你們看好，兩枚硬幣，一正一反。」維基說。我和姍姍點點頭。

維基拾起硬幣，再重複一次相同的動作。硬幣啪啦一聲，再次打在茶几表面，其中一枚在打轉，再緩緩躺平。結果也是一正一反。

「看好，一正一反。」

如是者，維基再次拾起硬幣、擲下，不斷重複。他每次都指著一正一反的硬幣，說出相同的話。

當他重複第十次時，我按捺不住，伸手阻止他。

「維基，你在幹什麼啊？」

「阿燁，你看不出來嗎？」維基說。

「看出什麼？」我反問。

「有、有點不對勁啊？」姍姍插嘴說。「為、為什麼老是擲出相同的結果？」

「阿燁，枉你跟我一樣是唸統計的，連中文系的姍姍都比你強了。」維基笑道。

「你們在說什麼？」

「投擲兩枚硬幣，會有三個可能的結果，分別是『兩個正面』、『兩個反面』，以及『一正一反』。在機會率計算上，它們的機率是四分之一、四分之一和二分之一。換言之，如果我擲兩枚硬幣四次，最理想的結果，應該會出現一次兩個紫荊花圖案朝上的『兩個正面』、一次兩個阿拉伯數字朝上的『兩個反面』，以及兩次『一正一反』。可是我剛才擲了十次，每次都只出現『一正一反』。」

「不過連擲十次『一正一反』也有可能發生的啊。」我反駁道。

「連續擲十次『一正一反』的機會率，只有一千零二十四分之一，即是百分之零點零九。你知道這機會有多低嗎？」維基身體向前傾，說：「而且，在你們離開宿舍後，我擲了不止十次。」

「不止十次？」

「我差不多擲了一百次，每次都得到相同的結果。連續擲一百次『一正一反』的機率是天文數字，比中六合彩頭獎的可能性更要低幾億億倍。正常的投擲，應該總會出現一些『兩個正面』和『兩個反面』，才算合理。」

維基話畢，再將硬幣放在手心，合掌搖了兩下，打開，讓硬幣掉在桌面。

這次出現的，卻是兩個反面。

「看，這次是兩個反面了！」我說。

「這更解釋了『真相』。」

「真相？」

「因為我們剛才讓這個世界知道了一項新的資訊，所以它改正過來了。」

我和姍姍以無法理解的眼神瞧著維基。

「我們現在身處的世界，不是現實，而是一個新創造的時空。」

我啞然地看著維基，幾乎無法相信自己的耳朵。

新創造的時空？

「你們知道什麼是『Poltergeist』嗎？」維基突然說。

「是一部老電影的名字？」我說。那部恐怖片我碰巧看過，故事說一家人高高興興住進新房子裡，卻不知道原來那房子鬧鬼，結果小女兒失蹤，家人唯有靠靈媒拯救……

「對，但我說的是這詞彙本來的意思。」維基說：「『Poltergeist』是指『騷靈現象』，例如空無一人的房間傳出怪聲、櫥櫃的門無緣無故自動打開、物件反地心吸力凌空飄浮、窗戶玻璃突然破裂碎掉之類。『Poltergeist』這個詞語來自德語，原意是『吵鬧的幽靈』……」

「等等，這跟你剛才說的『新創造的時空』有什麼關係？」

「別心急，讓我慢慢說，畢竟真相很複雜嘛。」維基攤攤手，繼續說：「這現象存在了上千年，在迷信的時代，人們自然認為是幽靈作祟，可是自從科技發達，人類邁入科學理論的世代，學者們便努力為『騷靈現象』尋找合理的解釋。最常見的物理解釋，都是一些肉眼看不到的外力，例如鬧鬼的房子下有龐大的磁場、環境巧合地令空氣離子化、空中出現球狀閃電之類。美國有一個找到原因的真實個案，某房子的窗戶總會莫名其妙地碎裂，戶主便以為房子鬧鬼，後來才知道原來該房子附近有一座美軍基地，當時美軍正在研發超音速戰機，因為試飛時太接近地面，飛機打破音障發出衝擊波，於是打碎窗戶。美軍將飛行高度調整後，那房子的玻璃便不再破裂……啊，我說得太遠了。」

這是繼之前在迎新營裡，維基發表那冗長的「如何分辨卡其色理論」後，我第二次看到他如此健談。我很想問他為何知道這些事情——不過我想我知道答案，他一定是從網路上獲得這些知識。

「然而，某些學者對『騷靈現象』有另一番見解。」維基表情一轉，似乎是談到話題的核心。「這見解在科學上是頗站不住腳的，但他們的確收集到足夠的數據去支持這說法。在近代不少無法找到物理原因的『騷靈現象』中，研究者發現，關係者之中總會有青春期的少年少女，年齡大約是十二歲至十八歲。」

「關係者是什麼意思？」

「就是戶主的孩子、同一棟公寓的住客之類。研究者做的實驗，便是讓那些少年或孩子離開，到另一個地方暫住，那些盤子亂飛、半夜發出巨響的怪現象便會消失。有些個案更是無疾而終，就是戶主的孩子長大了，脫離青春期，怪事便沒再發生。這一派的研究員認為，這些少年和孩子就是元凶，雖然他們沒有自覺，甚至跟家人一起受驚，但他們就是在潛意識中發出某種能力，製造一連串的反常事件。」

「維基，你說的是……」我似乎猜到他的意思。

「對，我認為我們遇上一次極端的『騷靈事件』，元凶就在我們之中。」維基呼了一口氣，說：「某人的潛意識沒有讓物件亂飛，卻截斷我們身處的時間軸，創造出一個特殊時空，把我們扯進這個世界裡。」

「慢著！這會不會太跳躍了！」我大聲地說：「『盤子凌空浮起』跟『創造一個時空』程度上完全不一樣啊！再者創造時空什麼的簡直是天方夜譚！現實裡哪有例子？」

「有。」維基面不改容地說。

「有？」訝異地反問的不是我，而是姍姍。

「你們有沒有聽過時間裂縫的傳說？」維基問。

我和姍姍面面相覷，不知道維基口中的「時間裂縫」指什麼。

「是某人莫名其妙地掉進另一個時代，再回到原來時間的那種傳聞？」我問。

「大致上就是這種。」維基點點頭。「我隨便舉個年代有點久遠的都市傳說作例子：二十世紀初有兩位英國女大學生到法國旅行，她們到凡爾賽宮觀光時，突然感到一股異樣的壓迫感，然後發覺走到一個沒有任何遊客的詭異地方。她們遇見一位穿宮廷服的年輕紳士，用法語勸告她們別往小徑的另一邊去，而她們走著走著，來到一座華麗的邸宅，看到陽台上坐著一位美女。她們一走近，便被僕役趕跑，而她們之後再感到那股異常的感覺，回到遊客眾多的環境。她們事後翻查資料，發現自己回到一七八九年十月五號，遇上法國大革命的凡爾賽遊行，那位紳士是宮廷使用人，勸告她們避開暴民，至於陽台上的美女，便是法國王后瑪麗．安東尼特。」

「這種時光倒流的傳聞跟我們有什麼關係？」我問。

「你沒發覺嗎？那我問你，假如那兩個大學生沒有說謊，為什麼她們會知道自己回到一七八九年了？」

「因為她們遇上警告她們的宮廷僕役，還有著名的瑪麗王后……」

「你說錯了。」維基有力地說：「她們只是走到一個『跟一七八九年相似』的世界。其實她們沒有任何證據證明自己回到一七八九年。因為遇上勸告自己離開的紳士，看到衣著華麗的美女，加上身處凡爾賽宮，所以她們才認定自己回到一七八九年。在這個事件中，原因和結果是顛倒的，她們是先經歷了怪異的情況，再從已知的歷史中找尋相符的環境。如果她們不是到凡爾賽宮而是到溫莎堡觀光，她們便很可能以為自己遇上伊莉莎白一世了。」

「那、那麼，她們沒有真的回到過去？」姍姍問道。她的神情不再慌張，看來維基的話雖然莫名其妙，卻有著鎮靜的作用。

「不知道，但我想說的是，我們可以用另一個角度來解釋那事件。假如當時那兩位大學生中，其中一人的潛意識隱藏著神秘力量，機緣巧合下創造出一個特殊時空，把自己和同伴拉進去，再在那個世界裡遇上自己認知中的『瑪麗王后』和『凡爾賽遊行事件』，那麼她們便會以為自己回到過去。任何關於時間裂縫的傳說，其實都可以用這角度來解釋。」

「等等，你這個說法毫無說服力啊！」我嚷道。「就算你說的是事實，那兩個女大學生真的被拉進『某人創造出來的特殊時空』，那也無法證明我們目前處於同一狀況！硬幣什麼的，可能是受巴弗滅的神秘力量影響，才出現異常結果……」

「你要證據嗎？我還有很多很多，足以證明這個世界是被創造出來的。硬幣只是最明顯的測試而已。」維基邊說邊從茶几一旁撿起一本小冊——那是我用來指證亮哥已死的二〇〇〇年宿舍紀念冊。

「阿燁，你說亮哥在十一年前的宿舍大火中死去，是引誘我們踏進陷阱的怨靈吧。」維基翻開紀念冊，亮出亮哥的照片。

「對，這不是很明顯嗎？他的手還會變長，而且被小丸的咒術消滅……」

維基搖搖頭說：「不，他未死。」

「他未死？你怎知道？」

「我上個禮拜才跟他吃過飯。」

「什麼？」

說道。

「亮哥是我的表姊夫。」

我和姍姍驚訝地瞪著維基，而他露出尷尬的笑容。

「直到我看到紀念冊，我才知道亮哥的全名和學系，它們都跟我表姊夫的相同，而且我的表姊夫在十年前畢業，這也跟亮哥的資料吻合。我想，十年前畢業、唸土木工程系、在諾宿住過、名字叫費子亮的，應該不會巧合地有兩個人吧。」維基搔搔頭髮，指著照片下方的文字說道。

「你……認識亮哥？」因為維基說的話太出乎意料，我只能問上這一句。

「是啦，可是只見過幾次面就是了。不過因為我入宿前才見過他，所以說他十一年前死去，是完全不合理的。」

「等等，如果你認識他，為什麼你沒認得他的樣子？」

「我不曉得他十年前是個帥哥啊！」維基苦笑道：「他現在比巴士還要胖上兩個碼！鬼會從那個運動健將似的亮哥聯想到我那肥胖的表姊夫！說起來，難怪只挑俊男的表姊會嫁他，看來他們相識時，表姊夫還沒有中年發福……」

「如、如果維基說的是事實，那為什麼亮哥、即是維基的表姊夫會出現？」姍姍插嘴問道。

「妳說中重點了，而且，妳的問題應該更仔細一些——為什麼我的表姊夫會以十年前的形象在我們眼前出現？」維基指著照片中的亮哥說：「答案是，亮哥只是被創造的世界中的一個元素，他根本不是真實的人，就像我之前舉的例子中的瑪麗王后和宮廷僕役。」

我被維基的說法搞糊塗了。如果亮哥不是怨靈，那到底他為什麼會出現？為什麼要帶我們到那個邪惡的地窖？為什麼跟伊斯白和巴弗滅扯上關係？

我不自覺地望向茶几上那本黑皮書。

「阿燁，你在想伊斯白爵士的事情吧？」維基大概看到我的視線，於是說道。「坦白說，亮哥的情況也許還有別的解釋，但你之前說的『回到一八八九年』的經歷，卻是錯漏百出，分明是偽造的。」

「你說什麼！」我氣急敗壞地說：「我沒說半句謊話，我和卡莉看到的，全是事實……」

「不，不，不，我不是指你撒謊。我說的是，你和卡莉在那棟大宅遇見的也是虛構的世界，而那個世界更錯漏百出，有一大堆跟事實不符的矛盾，只要冷靜下來，仔細思考，便會發現不合理之處。事實上，《曼德斯．伊斯白爵士巫術之謎》的內容也是虛構的，根本只是一本仿古的廉價恐怖小說。」

「矛盾？虛構？」

「從最初的『設定』已不合理了。亮哥說，宿舍地下有一個地窖，在一八八九年發生神秘大火，元凶是施行巫術的英國貴族。」

「對啊，這些事情在《曼德斯．伊斯白爵士巫術之謎》一開始也有記載。」

「即使那本書說的是事實，也不可能在諾宿原址發生。」維基斬釘截鐵地說。

「為什麼？」

「香港是哪一年開始成為英國殖民地的？」

「一八……」我的歷史知識很弱。

「一八四二年，南京條約中簽訂割讓條款。」姍姍說。真不愧是中文系。

「對，香港是從一八四二年開始，便有英國人定居，但我們文化大學所在的位置，當年不是『香港』啊。」

「不是香港？」我問。

「啊！」發出叫聲的是姍姍。「文、文大在新界，新界是在一八九八年才租借給英國的，因為租約期是九十九年，所以才有九七主權問題……那麼說，諾宿所在的位置在一八八九年根本不可能有英國人居住！」

「正確。」維基笑了一笑，眼神似乎有嘉許之意。「所以我聽到亮哥說什麼『我們腳下有古老地窖』便提不起勁，那九成是假的，或者是誤傳，總之那什麼英國貴族、巫術之類都不可能在這兒發生。那件事就算真的發生在香港，地點也該在香港島中區，因為當時來港的英國權貴都住在那邊。《曼德斯．伊斯白爵士巫術之謎》書裡根本沒說明地點，依我看，作者本來就對英國地理環境不熟悉，所以才避開地名不寫。那個故事可以發生在倫敦、蘇格蘭、印度、甚至香港，但一定不可能是香港新界。那本書一開始還說主角每天上班也經過伊斯白大宅，就算時間往後移二十年，二十世紀初香港新界還是片鳥不生蛋的土地，頂多有一些原居民聚集的小規模村落，殖民地警官要每天在如此荒蕪的地方執勤？我看他不是警察，而是農夫吧？」

原來因為這個理由，維基才放棄跟我們到地窖，寧願在交誼廳小睡！

「然後阿燁『回到』一八八九年的經歷，也有兩個時代矛盾。」維基繼續說：「阿燁，我問過你為什麼知道那是一八八九年，你說因為看到桌上有一份《每日電訊報》，上面有日期。」

「對。」

「十九世紀末，英國的報紙怎可能在香港讀到啊？當時居於香港的英國人會讀的英文報章，不是『The Daily Telegraph』而是稱為『士蔑報』的『The Hong Kong Telegraph』，或是別稱『德臣西報』的『The China Mail』。那份報紙的存在便是矛盾。」

維基的話令我恍然大悟。對，那時代連遠洋旅行都要搭郵輪，報紙不像今天可以靠飛機即日運送，世界各地都自行辦報，以電報互傳新聞，沒有人會想看數十天前海運而來的外地報紙。

「你說有兩個矛盾，那另一個呢？」我向維基追問。
「你說伊斯白女兒在彈琴吧。」
「對。」
「你說她彈的是柴可夫斯基的《胡桃鉗》。一百年前《胡桃鉗》的確是流行曲，但年份對不上——柴可夫斯基是在一八九二年才發表《胡桃鉗》的。」
所以在一八八九年的時候，《胡桃鉗》的曲子仍未存在——我一方面對這個事實感到詫異，另一方面對維基記得這些瑣碎無用的資料覺得驚訝。
「其實即使不談你和卡莉的經歷，《曼德斯．伊斯白爵士巫術之謎》本身也相當可疑，有大量證據說明它只是後人創作的虛構小說。」維基說。
「你可以從內容找出證據？」姍姍問。
「光是書名我已想吐槽了。」維基微笑道。「『曼德斯．伊斯白』這名字，很明顯是杜撰的。」
「這名字有什麼問題？」我問。
「先談姓氏『伊斯白Eastbeth』。我瀏覽網站多年，頂多只見過『Westbeth』這名字，姓『Eastbeth』的人名我完全沒遇過。而且……」維基突然站起，張望一下，跑到管理員室窗口旁邊的白板前，拿起一支馬克筆，再回到我們身邊。他撥開茶几上的雜物，直接在桌面寫字。
「看，EASTBETH這八個字母，只要調換一下次序……」
他在「EASTBETH」下方寫上另一組字，並且加上箭頭。

「THE BEAST」——獸。

「小丸也說過，聖經啟示錄裡有『騎著獸的大淫婦』的描寫吧。」維基指著文字，說：

「『THE BEAST』便是神秘主義裡稱呼那隻『獸』的名詞。如果說一個家族姓氏是『伊斯白』的貴族跟『獸』扯上關係，未免巧合得太誇張了，怎看都是作者特意安排、有隱喻的名字。伊斯白的名字『曼德斯Mendes』也是，這名字來自『Mendes Goat』，即是代表惡魔的『安息日之羊』，從姓氏至名字都跟惡魔有關？如果他是真實存在的人物，我真的很想問問他的父母，為什麼要替兒子改一個如此彆扭的名字。」

「所以……伊斯白根本不存在？」姍姍戰戰兢兢地問。

「對，他只是某位作者筆下的人物，是為了設定成奸角首腦，特意安排杜撰的一個虛構名字。就像替奸角起名『地獄博士』、『大蛇丸』、跟拉丁文『邪惡Sinestra』相似的『Sinestro』等等。」

我從沒想過，原來名字本身也有這麼深的學問。

「阿燁，你說在地窖的儀式裡，看到額上寫著BABALON的女人吧。」維基邊說邊指了指自己的額頭。

「小丸說聖經裡也提過，她是什麼『巴比倫大淫婦』，她說錯了嗎？」

「那本黑皮書裡也有提過，但你們全部搞錯一點了。」維基再在桌上寫字。「巴比倫的拼法，是BABYLON，不是BABALON。」

「那會不會不是英語，而是另一種語文的巴比倫？」姍姍問。

「不，我可以肯定地告訴你們。因為我知道BABALON的真正意思。」

我和姍姍再次意外地瞧著維基。

「這要從另一個人談起，那是一個英國人，叫阿萊斯特．克勞利。」

「克勞利！」我大喊。伊斯白的副手，被提升成為司祭的男人，便是叫克勞利。

「不用緊張，你見過的那個一定不是我說的克勞利，因為真正的克勞利活到七十歲，在第二次世界大戰後才病死。」維基笑道：「克勞利的確是個神秘學家，在英國的上流社會頗具名氣，更創立了稱為『泰勒瑪』的教派，串連起古老的宗教與巫術。他被狂熱者奉為宗教領袖，但同時被保守派批評為『世上最邪惡的男人』，他甚至曾宣稱自己便是聖經啟示錄中提及的那頭『獸』——我猜，就是因為這點，《曼德斯．伊斯白爵士巫術之謎》的作者才會借用克勞利做為其中一個角色的名字。」

「這個克勞利跟BABALON有什麼關係？」姍姍問。

「在克勞利創立的宗教『泰勒瑪』裡，BABALON是聖女，地位等同於大地之母。這個人物的形象和名字大概是挪用了聖經中那個『巴比倫大淫婦』，為了跟傳統宗教對抗，敵基督的元素便從反面變成正面。」

「所以我看到的，不是聖經裡提及的『巴比倫大淫婦』，而是神秘宗教裡的某個虛構人物？」我問。

「泰勒瑪是阿萊斯特．克勞利在一九〇四年才創立的——」維基平淡地說。「換言之，在一八八九年叫BABALON的女巫仍未存在，甚至連『BABALON』這個字也未誕生。」

「咦？」

「所以我肯定《曼德斯．伊斯白爵士巫術之謎》裡是鬼話連篇啊！如果我沒猜錯的話，這本書的作者是個對十九世紀末至二十世紀初神秘主義和巫術有濃厚興趣的人，他拿這些元素來創作故事，可是他對資料搜集並不嚴謹，但求故事有趣便好，於是無視現實，將什麼女巫啦、惡魔啦、儀式啦，諸如此類的統統塞進作品裡，年份錯誤什麼的都不管。『巴弗滅』也是，作者只是取歷史上有名氣的惡魔來用，雖然對事實一知半解，但以一部二流恐怖小說來說已足夠了。」

「一知半解？」

「小丸也好，那本書裡也好，都說聖殿騎士團崇拜偶像巴弗滅，所以遭羅馬天主教教廷取締，但那根本不是事實。小丸說時我幾乎想反駁她，只是因為當時面對一連串怪事，我搞不懂情況才保持沉默。」

「那事實是什麼？」

「事實就是冤罪啊！跟秦檜以『莫須有』治岳飛的罪一模一樣啊！」維基面露鄙夷之色，說：「中世紀的歐洲是一個階級社會，教廷和王室貴族掌握財富和實權，用來奴役農民。聖殿騎士團因為十字軍東征日漸壯大，而且他們更是一個跨國組織，發動募捐組團朝聖，從事銀行業和商業活動，多年累積了富可敵國的巨額財富。在十四世紀初，他們是法國國王腓力四世的最大債主，面對一生也還不完的債務，腓力四世便耍手段，聯同教廷以異端之名，剷除這個騎士團組織，處死大部分團員。聖殿騎士團一消滅，債務不但一筆勾銷，更可以充公騎士團遍佈各地的資產，這是個超級卑鄙的陰謀啊。」

「所以騎士團根本沒有崇拜惡魔巴弗滅？」

「沒有！完全沒有證據！團員都是被屈打成招的！甚至巴弗滅這名字，在聖殿騎士團滅團事件前根本鮮有記載！團員們的供詞中，對巴弗滅的形象描述也不盡相同，有人說是一隻貓，有人說是一副骷髏，有人說是擁有三副臉孔的頭像，怎看也是逼供的人胡亂誘導的證詞！」

維基愈說愈動氣，他好像對這樁歷史冤案十分憤慨。不過這也難怪，如果他說的是實情，那真是黑暗到爆的政治陰謀啊……

咦，慢著。

「巴弗滅的形象不是山羊嗎？」我問。

「那是十九世紀的事，跟聖殿騎士團事件相隔了五百多年。」維基似乎發覺自己太激動，語氣稍微收斂。「巴弗滅是在十九世紀中期，被一個叫利馮斯·李維的法國神秘主義學家賦予山羊形象的。他畫了一幅山羊頭人身的肖像，稱為『安息日之羊』，此後人們才把『山羊』跟『巴弗滅』聯繫起來。」

維基之前說過，曼德斯·伊斯白的名字中，「曼德斯」便是來自「安息日之羊Mendes Goat」，如此說來，惡魔巴弗滅、伊斯白、山羊三者互有關連，這的確像是虛構作品的脈絡。

「那麼，那個『巴弗滅之印』也是虛構的嗎？」我問道。那個倒五角星裡的山羊頭，一直令我感到不寒而慄。

「那倒是真的。」維基伸手取過《曼德斯·伊斯白爵士巫術之謎》，翻開其中一頁。我一看不由得心頭一顫，姍姍發出驚呼，原來那本書書末某頁，印有那個惡魔圖案。

「這圖案最早出現在法國人思特尼斯拉斯．德蓋特的著作《黑魔法的鑰匙》中，他便是小丸提過的秘密結社『薔薇十字團』法國分支的創辦人。『巴弗滅之印』包含了一堆魔法、巫術和古老宗教的元素，是魔法或巫術的代表圖案之一。」維基頓了一頓，說：「不過，《黑魔法的鑰匙》是在一八九七年出版，所以其實說一八八九年伊斯白爵士利用它進行儀式，也是另一個設定上的破綻。」

「所以姍姍身上的那個符號真的跟巫術有關？」我指著姍姍，向維基問道。姍姍聞言身子微微一震，她大概忘記了她鎖骨上還有那個紅黑色的神秘符號。

「那個啊……」維基再次露出苦笑。「那是令我確認我們不是遇上真正惡魔的關鍵證據。」

「關鍵證據？」姍姍緊張地問。

「你們知道這是什麼嗎？」維基指著書中圖案上五角星尖端的其中一個符號。

「不就是魔法陣的惡魔符號……」我略帶猶豫地說。

「不，這是希伯來文。」

「咦？」

「這個『巴弗滅之印』我好幾年前已從美國一個講解巫術的網站看過，圖案上所有文字和圖形我都知道解釋。」維基用手指繞了那個圓形一個圈，掃過那五個符號，說：「這是希伯來字母，就跟我們常用的英文字母ABC差不多。這五個字母組成的希伯來文詞語，是『利維坦』。」

「利維坦？」

「利維坦是古老猶太神話中的海中巨獸，這名字在聖經上也曾出現過。隨著歷史演進，利維坦在一些信仰中成為邪惡的象徵，跟陸上巨獸『比蒙』相提並論，是撒旦的爪牙，是來自地獄的怪獸。所以巴弗滅之印包含了這匹巨獸的名字。」維基眼珠一轉，微微一笑，再說：「不過，根據一些考證，『利維坦』和『比蒙』其實都不是什麼怪獸，只是普通的生物。」

「是什麼？」

「鯨魚和河馬。」維基邊笑邊抓了抓下巴，露出滑稽的樣子。「古代人類對大自然了解不多，所以往往把一些少見的生物當成神話中的怪獸，加油添醬加上一堆超誇張的特性。你們知道有一種長角的鯨魚嗎？牠叫『獨角鯨』。古時有人在海邊拾到獨角鯨的角，卻把它當成獨角獸的角，再衍生出一堆『神聖的獨角獸』的神話。人總是喜歡以想像力去填補無知。你們想想，假如你乘船出海，看到遠方有一座比你的船還要巨型的龐然大物，在海中載浮載沉，捲起的浪足以令你翻船，你也會認為那是怪獸吧。總之『利維坦』便成為『惡魔麾下的邪惡象徵』了。」

「可是你為什麼說這是證明我們不是遇上真正惡魔的關鍵證據？」我問。維基一說到那些冷知識，便會愈說愈遠。

「因為次序弄錯了啊。」

維基拾起馬克筆，在桌上畫起那些符號來。

「巴弗滅之印裡，『利維坦』的第一個字母在正下方，然後以逆時針方向順序數過去……」

維基在桌上從右到左寫上五個符號——呃，我該說寫上五個希伯來字母。

לויתן

「希伯來文是從右往左寫的，這個詞語便是唸作利維坦。『L—V—I—T—N』，發音大概就是這樣子。」維基指著第三個字母：「然而，根據阿燁你所說，出現在巴士身上的符號不是第一個『L』，而是第三個『I』，之後第二位遇害的卡莉身上的是『V』，這明顯完全弄錯了。假如我們遇上的是真正的惡魔，會在『祭品』身上留下印記，它應該會留下正確的次序，組成代表邪惡的『利維坦』，可是這位惡魔不但搞錯次序，還把文字的方向搞錯了，拿了第三個字母當成第一個，再錯誤地以順時針方向取之後的字母，拼成『I—V—L—N—T』。會犯這種錯誤的，是人，不是惡魔。」

我完全沒想過，維基居然連希伯來語也懂。這傢伙到底從網路學習了多少古怪的資訊？

「或者那惡魔想拿這些字母來拼另一個詞語呢？就像你剛才拿『EASTBETH』重組成『THE BEAST』，說不定這五個字母也能拼成另一個有意思的詞……」我死心不息，想挑出維基理論中的毛病。

「不，不可能。因為這個字母的寫法不同。」維基指著五個字母中最左邊的字母，亦即是曾出現在夜貓手背上的那個符號。

ן

「你說姍姍身上的是『第五個符號』，即是夜貓遇難前身上出現這個吧。可是希伯來文中，有所謂『結尾語法』，有些字母如果放最後，寫法便不一樣。這個『N』如果不是放最後，會寫成這個模樣的。」

נ

維基在桌子的一個空位寫上這符號。

「阿燁，夜貓身上出現的，是哪一個？」維基瞧著我，問道。

我呆了一呆，指了指底部沒有彎曲，跟魔法陣上相同的那個符號。維基露出一副意料之內的表情，微微一笑。

「基於這個緣故，我肯定這不是惡魔玩重組字母，而是某人根本對魔法和巫術一竅不通，不知道這些字母的含意，當成『祭品符號』來使用。」

「我沒想到原來區區一個魔法圖案也有這些學問……」我喃喃地說。

「當然大有學問。先說五角星，五角星在宗教和神秘主義裡都代表了和諧，五個角代表『地』、『風』、『水』、『火』四大元素，以及『靈魂』。可是倒五角星恰恰相反，就像『倒十字架』代表敵基督，倒五角星便代表了邪惡和反動，是惡魔的象徵。倒五角星下方的三點代表跟基督教相反的三位一體神格，而上面兩點分別代表貪婪和淫慾。至於印記上『SAMAEL』和『LILITH』兩組詞語，是來自兩則古老神話傳說。SAMAEL是大天使薩謬爾的名字，有說祂是第五重天的天使長，統領二百萬天使軍，但在另一個傳說中，祂是七大墮天使之一，甚至有說SAMAEL其實是撒旦的原名。至於LILITH，在猶太古典中被稱為神所創造的第一個女人，因為她不服從亞當，所以被神驅逐，成為惡魔之母，歐洲的鄉郊奇談中那些害人的夢魔、女妖，全是她的孩子。在民俗傳說中她後來成為SAMAEL的妻子……」

我的話彷彿打開了維基的開關，他滔滔不絕地解釋了整個巴弗滅之印的每個細節。本來我覺得這個山羊頭很詭異，可是經維基一一分析，這個圖案彷彿只是古人中二病發、把一堆妄想拼湊而成的產物。

「可是，維基，」我打斷他的長篇大論，「這些矛盾和漏洞到底有什麼意思？我們可是活生生地經歷了這一切怪事啊？」

「我一開始便說，我們身處這個世界並不是現實，而是某人潛意識創造出來的。我們面對的，無論是怨靈、惡魔、神秘地窖、一百年前的古老大宅，甚至這棟宿舍，全是這個人想像出來的產物，而這個世界的運行法則，是依照這個人的主觀想法而成的。因為他不懂希伯來文，所以才會把那些字母當成魔法符號，令『怨靈』以錯誤的順序來使用；因為誤信《曼德斯・伊斯白爵士巫術之謎》書中所說是事實，才會令這世界出現一堆怪事。簡單來說，這個人便是這個世界的神，他的潛意識無處不在，但他卻不知道自己便是這個世界的支配者，事情隨著他的情緒失控，再化成現實。」

維基頓了一頓，再說：「而我們的行動和言論，更直接影響這個人的想法，從而改變這個世界的法則。事情發展至今，我想，元凶其實是我們自己。」

2

元凶是我們所有人？

「你是說，我們目前的慘況，是我們自找的？」我錯愕地問。

維基點點頭。

「但我們如何『改變這個世界的法則』？」姍姍也一臉緊張地問。

「說出來便可以了。」維基道。

我和姍姍不解地互瞧一眼，再看著維基，等候他說明。

「你們記得這個吧。」維基舉起雙手，在我們面前演起小丸曾做過的那九個手印。

「你說過這是對惡靈有效的什麼護身咒。」我說。

「我做慢一點，你們好好看清楚。」維基放慢速度，每隔兩、三秒才換一個手印。他一邊重複，一邊說：「這護身咒中每個手印各有名字，例如這個『皆』字咒，雖然只像是簡單雙手握拳，但這手印也有名堂，叫做『外縛印』……而這個『在』字咒，手印稱作『日輪印』，代表了佛教中的彌勒菩薩……」

為了防止維基再次愈說愈遠，我打斷他的話：「有名堂又如何？」

「小丸用來消滅亮哥的手印中，有三個弄錯了。」維基將雙手手指結成一個複雜的手印，說：「她把『鬥』字的『外獅子印』和『者』的『內獅子印』搞反了，『列』字咒的『智拳印』更錯得離譜，那手印是右手握著左手的食指，右手放在左手之上，她卻做了九字護身法以外的『不動明王手印』，變成左手握著右手的食指和中指。那套手印做得亂七八糟，卻依然對怨靈有效，你們不覺得荒謬嗎？」

「你當時有看清楚嗎？」我問。

「我五年前沉迷研究日本神道信仰時已學懂這個了，要不然怎可能如此熟練啊。」維基面不改容，再次在兩秒間完成九個手印。「更何況小丸做了三次，三次都犯相同的錯誤，我當然看得清清楚楚。事實上，即使做對，這咒法也對怨靈無效。」

「無效？」

「九字護身法源自道教，最早見於東晉時期煉丹術家葛洪的著作《抱朴子》，是一種進入山林時護身辟邪之術，只要不斷默唸『臨兵鬥者，皆陣列前行』，魔物便無法接近。後來這個九字訣傳到日本，在日本佛教、道教和本土的神道教糾纏不清的關係下，九字護身法變成佛教密宗和神道教共有的一種咒術，但因為抄錄出錯，將『前行』誤寫成『在前』，於是這版本沿用至今。不過無論中國道教還是日本密宗，九字護身法也顧名思義，是『護身』的咒術，像小丸拿來攻擊亮哥，根本匪夷所思。更重要的是，九字護身法不是隨便任何人結一下手印便能用的，在那些信仰系統中，九字只有修行者使用才有效，小丸才不是什麼修行者吧？」

「那麼，為什麼小丸能擊退亮哥？」

「因為她說『她能夠』啊。」

「她說了便成為事實？」我以難以置信的眼光望向維基。

「對，說了便成為事實。這就是我們身處的這個世界最怪異的法則。」維基苦笑一下。

「我剛才說過，這個世界是我們之中某人創造出來的，世界的規則只是以他的主觀角度來運作，所以我們一旦說出他不知道的事情，就能夠影響這個世界的規律。」

我和姍姍有聽沒有懂似的，呆然地瞪著維基。

「我說過這世界應該是某人的潛意識創造出來的吧，」維基收起笑容，分別瞄向我和姍姍，「也因此『心理暗示』在這兒能夠發揮了異常誇張的功效。廣告業有所謂『閾下知覺廣告Subliminal Advertising』的技術，有美國人曾進行實驗，在電影中插入一閃即逝的隱藏訊息『喝可口可樂』，觀眾雖然沒注意到，但大腦卻接收了，結果影響了行為，不少人看完電影後產生喝可樂的欲望。同樣地，這個支配者很容易被我們的話影響，我們的每句話都能夠改變這個世界的物理法則。在這世界裡支配者的潛意識是『全知全能』的，他可以看到我們每一個動作、聽到我們每一句話，可是卻不能鑽進我們的思想，獲得我們收藏起來的知識，所以小丸說出『我有一套有效的咒術』，那些像玩家家酒的手印咒語就能將『怨靈亮哥』打至魂飛魄散。」

「這太荒謬了！完全是倒果為因啊！」

「我剛擲幣不就示範了嗎？因為這個支配者單純地認為，擲兩枚硬幣的結果該是『平均』

的，既然擲一個硬幣正面和反面的機率各有一半，那擲兩個出現一正一反便很合理了。如果我沒有點破這現象不合理，將真正合乎現實的結果說出來，我們便不會得到之後那個『兩個反面』的結果。事實上我太大意了，這現象的端倪一早已浮現，只是我視而不見，真失敗。」

「一早已浮現？」姍姍問。

維基指著茶几上凌亂的撲克牌。

「我們之前玩牌，巴士洗了四條龍出來，之後阿燁你記得你說了什麼？」

「我說了什麼？」話題突然聚焦在我身上，教我有點不知所措。

「你說『洗牌後，每人手上的牌應該很平均才是嘛！應該每人每款花色有三至四張才合理嘛！數字不應全部相連才對嘛』。於是之後便如你所言，變成這個樣子了。」

維基整理一下那分成四堆的撲克牌，我才看到令我訝異的配牌。我們為了找卡莉，於是趕緊離座，沒有留意巴士派出來的「四條龍」後到底再派了什麼牌。四份牌裡，每一份也跟我說的一樣，每款花色有三至四張，數字零零落落，只能勉強湊成三對，連順子也組不成。

「我們面對的，就像日本的『言靈信仰』，只要說出來，堅信是事實，即使再荒謬的也會成真。」維基指了指姍姍，說。「於是我才可以利用『言靈』的力量，在那危急關頭救回姍姍。」

「啊！所以那時候你說了什麼『飛簷走壁之術』！」我大嚷。

「對。只要說出來，便能成真，當然前提是那句話要讓操控這個世界的人聽得懂，如果我直接說沒有解釋意思的咒語之類的，便沒有效果。」

「可是你居然敢直接從七樓跳下去，萬一你弄錯了，怎辦？」

「我做過實驗嘛。」維基以拇指指了指我們身旁那張破椅子。「我只是擺出空手道家的姿勢，說了句『我的拳風能打碎木板』，連碰都沒碰到便隔空把椅子劈成碎片了。可是我大喊『魔貫光殺砲』卻沒能打穿牆壁、高呼『SHAZAM！』後沒有變身、唸出『美拉索瑪』沒射出火球，我猜這個世界的『神』沒看過《七龍珠》、《驚奇隊長》或玩過《勇者鬥惡龍》吧。」

天啊，我之前還以為那椅子是怨靈襲擊某人後遺留下來的跡象，或是某人又碰上了那些可怕的「七不思議」怪談。那些怪談如影隨形的追著我們出現，我們一談及，怨靈或屍體之類便會冒出來……

咦？

「等等！」因為察覺維基話中的真正意思，我焦躁地說：「你說的是，我們遇上的一切慘況，全因為……我們把話題轉到『七不思議』這些怪談之上？」

「對。」維基無奈地點點頭。「這個世界的法則會隨著我們的話更改，而我們老是在談宿舍的鬼故事，於是鬼便出來了。引導『那個人』往幽冥恐怖的方向思考，導致七不思議成真的，便是我們。」

老天！這有可能嗎？我感到一陣暈眩。難怪我們打算到外面求助時，維基狠狠地打斷我的話——當時我正想說「你留下來只會成為那怪物的下一個獵物」，假如我說了出來，維基就真的有危險了。

「所以『七不思議』跟巴弗滅或惡魔完全無關嗎？」我再問道。

「無關。而且只要摸清楚七個怪談的脈絡，更會明白它們的由來。」

「由來？」姍姍問道。「你說這些怪談都是真的嗎？」

「不，我說的是『由來』，不是說它們是『事實』。」維基緩緩地說：「你們有聽過這說法吧——『大學宿舍的鬼故事和劈腿八卦都一樣，每一棟甚至每一樓層也有誇大的故事』。怪談不會空穴來風，它們一定是由『人』創造出來的，再經過輾轉流傳，添油加醋，令這些傳聞更具真實性。創作者一定是基於某真實事件，或是出於某理由而創作這些怪談，而七不思議之間其實有微妙的聯繫，我們可以找到它們的脈絡。」

「『數房門』、『五樓半』、『樹影懸屍』之類的，有什麼脈胳可言？每個都是獨立的鬼故事啊？」

「要談脈絡便要先弄清楚次序。我說過，諾宿七不思議的順序是『活火鏡樹五數四』，最早的怪談，便是『活雕像』。阿煒，你先答我，『活雕像』的怪談是怎麼樣的？」

「就是一群男生在颱風天幹蠢事，其中一人死在雕像旁邊，宿舍的人懷疑雕像是妖怪，害死了那男生……」

「這則怪談，只要將『妖怪』的部分拿走，不過是一樁很平常的意外。颱風天試膽量一向是我們男生的愚蠢玩意，如果有人抵不住同儕壓力，隱瞞自己心臟不好的事實，結果死於非命，你說這是不是很合乎現實？」

維基的話令我找不到反駁的理由。他說得對，從這個角度看確實很合理。我記得小時候聽過類似的傳聞，像某商場有狐精作祟害死嬰兒、某住宅區有樹妖害司機撞車，其實是先有意外，怪談異聞才隨之傳出。

「可是『活雕像』的怪談中，竟然巧合地跟巴弗滅的形象一樣都是山羊，你不會說這是巧合吧？」我突然想起這一點。

「『活雕像』裡的妖怪，跟巴弗滅無關。」

「無關？我明明記得那個怪談裡說的是吃人的山羊……」姍姍說。

「那頭羊不是西洋的惡魔，而是中國的傳統妖怪。」維基擺擺手道：「這怪談的創作者拿來穿鑿附會的東西，叫『土螻』。」

「土螻？」我說。

「姍姍，妳讀過《山海經》嗎？」維基轉向姍姍問道。

「有讀過，但沒研究過內容……」她回答道。

「山海經是什麼？佛經嗎？」我問。

「不，是古代的Pokemon圖鑑。」維基嘴角微揚，以開玩笑的表情說。「我之前提過鯨魚『利維坦』和河馬『比蒙』吧，西方人會將不明生物、現象配合想像說成惡魔之類，東方人也不遑多讓，會利用想像去說明一些奇奇怪怪的見聞。山海經便是這樣的一部典籍，書中描寫了一大堆怪物，但以科學角度來看，大概是某些目前已滅絕的動物，或是一些自然現象。山海經裡記載了一種外貌像山羊、名叫『土螻』的動物，牠才是『活雕像』的創作者想借用的對象。」

「既然這『土螻』跟巴弗滅一樣有山羊的形象，那巴弗滅也可能是雕像原形啊？」姍姍說。

「不，證據便是『活雕像』的怪談裡，明確指出那頭山羊有四隻角。」

四隻角？

「《山海經．西山經》記載：『有獸焉，其狀如羊而四角，名曰土螻，是食人。』土螻的特徵是『會吃人的四角羊』，巴弗滅的是『兩角山羊頭人身』，兩者同是羊卻有天壤之別。」維基喝了一口汽水，再說：「現在退一步看，這怪談的原點不是很清楚嗎？有一位男生意外去世，宿舍發生不祥事，於是出現流言。宿舍的雕像外形抽象，某凸起處有四根豎起來的金屬條，某個熟悉中國神話的人便將『吃人的四角羊』跟男生去世的地點——即是那雕像——連結起來，於是變成諾宿最古老的怪談。」

維基在桌面寫下「活火鏡樹五數四」七個字，然後指著「火」。

「再來是『大火冤魂』。」維基說：「這沒有什麼好討論的，純粹是描述十一年前舍監宿舍發生大火。這則怪談根本不怪，只是一宗意外。不過我們要留意的，是它發生的位置。它在九樓發生，於是九樓便出現『半夜傳出鬼哭』的流言。」

維基在「火」字的正下方，寫上一個「9」字。

「第三則怪談是『鏡中倒影』，發生地點是八樓洗手間。九樓跟八樓只差一層，而且當時六樓以上都是女生宿舍，鬼故事便很易擴散。八樓西翼洗手間是宿舍中唯一一間有多一面鏡子的洗手間，於是這種特殊性便更容易發酵，演變成新的鬼故事。」

維基在桌上「鏡」字下方，寫上「8」。

「接下來是『樹影懸屍』，這則怪談在二樓發生。不計在宿舍大樓『外』發生的『活雕像』，當時其餘兩則鬼故事都是在宿舍高層流傳的，而且都是女生宿舍。我們都聽說過，諾宿的男生一直認為宿舍分層不公，女生住在六樓以上的高層，男生只能住二至五樓，男宿生或多或少有點對抗心理。『樹影懸屍』和『鏡中倒影』有一些很有趣的相異之處，『鏡』的受害者是死在房間裡，故事只涉及兩位女生，但『樹』卻發生在二樓公用的樓梯間，故事裡的恐怖點更是利用男生看到室友屍體亮出微笑，令配角女生們大驚。依我看，『樹』的創作動機很明顯，便是男生宿舍為了抗衡女宿，杜撰出一個用來嚇女生的鬼故事……搞不好當年的男宿生還在斜坡那邊裝神弄鬼，掛個假人來整女生呢。」維基說罷便在「樹」的下方寫上「2」字。

「當這四則怪談流傳後，我們可以看到，這分佈是相當奇妙的。」維基指著他之前寫上的數字，再在「活」字下寫上「1」。「『活雕像』可以當成在一樓發生，如此一來，諾宿的鬼故事不是發生在低層的一、二樓，便是頂層的八、九樓。『宿舍的鬼故事和八卦一樣每一層也應該有』，更何況諾宿有『樓層對抗比賽』的傳統，基於『人有我有』的心態，住在中間樓層的好事之徒便想方法填補餘下的空格了。」

「你是說，怪談是因為以前的學長學姊不服輸，其他樓層有鬼故事，於是他們也要杜撰一些？」姍姍問。

「對，就是這樣子。你們也聽過『諾福節』中，樓層之間的比賽會有『暗盤』合作吧？因為比賽分數雖然是共同計算，但男生宿舍和女生宿舍兩邊得到最高分的樓層也有獎，男生只要擊敗其他男生樓層便可，反之女生亦然。於是，『借女宿八樓的力量打擊男宿二樓，換取自己的三樓奪得男宿冠軍』之類的合謀自然會發生。而這種想法，造成第五則『七不思議』的誕生。」

維基指著桌上的「五」字。

「『五樓半』裡，牽涉到五樓和六樓兩層，正好是當時男宿和女宿唯一鄰接的樓層。五樓和六樓因為位置接近，關係比其他樓層親密，傳統上這兩層合謀商討比賽策略也較容易，形成一種無形的羈絆。既然宿舍裡高層和低層也有鬼故事，五樓和六樓的某些宿生便合作弄一個嚇人的傳聞出來。這個故事裡，男女主角更是戀人關係，這在之前的怪談是沒有的。」

維基在「五」字下寫上「5」和「6」兩個數字。

「在類似的情況下，三樓和七樓的某些宿生大概也因為這種對抗心理，合作弄一個故事，不讓其他樓層專美。『數房門』的故事裡有一點值得留意，故事中女生在七樓差點掉出窗外時，是一位『學長』救回她的。換言之，三樓和七樓也是男宿，亦即是這怪談是八年前宿舍改制，六樓和七樓改成男宿後『發生』的。故事最後由男生救回女生，隱隱透出一股男性英雄主義的味道，這也是因為創作者是住在三樓和七樓的男生的緣故。」

維基在桌上的「數」字下方，寫上「3」和「7」。

「看，如此一來，一至九樓，就只有四樓沒有著落。」維基用馬克筆掃了一下桌上的數字。「於是四樓的女生們便完成最後一則怪談——『四四四室』。這故事最與別不同的，是主角沒有遇害，既沒有死去，也沒有發瘋，死去的女生只是傳聞中過去的某人。我猜，之前的怪談中，或多或少有一些可以借用的事實，例如有女生在房間猝死、有男生意外墜樓身亡或受傷之類，但四樓沒有。於是故事只能以『過去』的形式來為女鬼的由來解套了。」

維基寫上「4」字後，拋下馬克筆，說：「如是者，『諾宿七不思議』便完成，每一層也有代表作，足夠宿生們拿來吹噓，沒有必要再胡扯新的怪談，而且數目剛好符合日本流行的『七不思議』。這更令這七則怪談的地位變得穩固，不會因為新創作的傳聞搶掉風頭了。」

我呆看著茶几上那些數字。在維基分析、拆解之下，一切怪異離奇的事件，彷彿一一聯繫起來，形成合理的網狀圖。

「你……你如何發現這一切的？」我抬頭瞧了維基一眼，覺得這傢伙簡直比神探福爾摩斯還要厲害。「假如你說的一切都是事實，我們現在被困在某人以異能製造出來的神秘空間，你怎可能看穿這一切真相？就算你發現我和卡莉到過的一百年前的世界是虛構出來、充滿年份矛盾的假象，因為希伯來文字的破綻知道幕後黑手是有超能力的人而不是惡魔，你也無法確認我們現在所在的世界不是本來的現實啊？」

維基撿起之前放在一旁的卡其色帽子，放在他的大腿上。

「阿燁，你看，帽子跟我的褲子顏色一樣。」

「那又如何？」

「它們本來不同色的啊！」

「什麼？我記得明明一樣……」

「不同！」維基大嚷：「雖然看起來很相似，但我帽子的卡其色是偏黃的！它跟我的褲子顏色截然不同！我今天是特意用它們來襯搭這件卡其色迷彩T恤的！」

「所以你的帽子被換掉了？」我真的無法了解這個「卡其癡」。

「不，你看，這個破損的位置是我一個月前弄的。」維其指著帽緣上的破洞。「這頂帽子今天一整天沒離開過我，可是它莫名其妙地變色了。『那個人』的潛意識只能以他所曾看到、他所知道的事實去創造世界，所以帽子上的破洞得以保留，顏色卻無法百分之百複製，因為他不懂得卡其色的奧妙。我是在大家跟亮哥搏鬥時，被你打掉帽子後才發現的。當時我大感驚訝，然後回到交誼廳，看到窗外，便知道我們身處的不是現實世界了。」

「窗外有什麼問題？」

「天上掛著渾圓的月亮，你不覺得奇怪嗎？」

「奇怪？」

「今天是農曆八月十二，還有三天才滿月啊！」

維基一說，我才赫然發現這事實。小丸曾算過今天的吉凶，提過農曆日期；而我們往坡道逃走時，有看到一輪滿月……

我和姍姍立即轉頭望向窗外，接下來發生的一幕，卻教我起雞皮疙瘩。

窗外黝黑的天空中，月明星稀，渾圓的滿月正散發著銀光。然後在數秒間，那月亮慢慢變形，從滿月「修正」成滿月前的上凸月。

就在我們眼前，毫無掩飾地改變了。

我和姍姍目瞪口呆，看著維基，不懂得該如何反應。但維基卻輕鬆地微笑著。

「結果你們要看到這個才相信啊，枉我之前說得嘴唇也乾了。」維基再啜了一口汽水。

「不知道為什麼支配者的潛意識中今天是滿月，但總之這個世界的一切，都是虛構出來的……包括我們的身體。」

維基再一次以平淡無奇的語氣，說出令我震驚的話。

「我、我們的身體？」

「這個涉及物理學裡關於時間與量子力學的假設，詳情我便不談了。」維基聳聳肩。「人類的自我意識，其實是建立在記憶之上，『現在的我』和『一秒前的我』，只是依靠記憶來維繫，這種連續性便構成了『現實』。然而，我認為『那個人』令我們脫離了本來的時間軸，即是把『一秒前的我』變成『現在的我』之間的過程暫停，再製造出『偽造的現在的我』去承接原來的記憶，於是我們便掉進這個離奇荒謬的世界。換句話說，在這個世界被殺，不代表真的死去——所以巴士他們或者有救。」

我突然感到鼻頭一酸，差點掉淚。巴士和卡莉他們有救！縱使我對如何救回他們茫無頭緒，但維基的話真真正正地燃點起一絲希望。

「如、如何救回他們？」姍姍結結巴巴地問。她露出難得的笑容，只是大概由於心情激動，所以連話也說不好。

「我不知道，但至少要先把我們之中那個發動異能、創造世界的人找出來。」維基說：「剛才我說，我有把握維持現狀，使『惡靈』無法傷害我們，是因為我懂得『言靈』，可是如今『言靈』的秘密已公開，那個人現在也知道自己的潛意識造出這個世界，我就不保證『言靈』法則能繼續通用，更不知道他知道真相後，會對這個世界造成什麼影響。由於『死去』的巴士他們根本不是真的已死，所以他們其中之一也可能是元凶，只是他目前在這個世界什麼地方，如何找他出來，我也不清楚。引發『騷靈現象』的青少年，通常都有某件無法解開的心事，只要了解原因，對症下藥，便能平息現象……我想我們也要以類似的手段去解決目前這事件。」

「維基，」我想到一個問題，「假如我們無法找到那個人，或是統統被他假想出來的怨靈殺死，我們會如何？真實世界的我們又會變成什麼模樣？」

「我也不曉得，但如果我的推論沒錯，我們的意識已脫離了『真實世界』，就像用手指卡住鐘面的分針，時針便永遠不能動。我們一旦在這世界全軍覆沒，現實世界的時間軸便永久中止了，沒有未來、沒有過去，我們大概會變成次元之間的塵埃吧……說不定，這就是佛家所謂的『無間地獄』哩。」

維基依然一貫輕鬆，似乎對剛說出來的話有多可怕毫無自覺。

「那麼，到底我們之中誰是『那個人』？」姍姍緊張地問。

維基忽然收起笑容，神色凝重地瞧著我們。他讓我想起我們之前決定逃跑時，他執意留下、一臉緊繃的表情。

「我們可以用消去法，篩走不可能的人選，餘下的人再不可能也是『那個人』。」維基說。「首先，我一定不是元凶。假如我是元凶，小丸便無法以錯誤的手印消滅亮哥、我也沒可能憑什麼胡扯的『忍術』救回姍姍。」

我和姍姍點點頭。

「巴士也不會是，如果這傢伙的潛意識發動異能，大概只會留下他和他心儀的女生。而且他是動漫電玩迷，他是『那個人』的話，我之前喊出『魔貫光殺砲』或『美拉索瑪』的時候，他那單細胞似的頭腦便該在這個奇妙的世界裡引發出相應的效果。」

雖然維基似在戲謔巴士，但他的表情沒變，還是一副嚴肅的模樣。

「卡莉是個天文愛好者，她不會搞錯月圓月缺這些基本常識。所以不是卡莉。」

我不自覺地瞄了窗外那月亮一眼。

「夜貓跟卡莉極之要好，卡莉消失後，她整個人崩潰了，可見卡莉在她心裡占多重要的地位。夜貓的潛意識可能引起一堆嚇怕自己的事，甚至把我們這些臭男生一一幹掉，但一定不可能傷害卡莉，因為潛意識是一個人個性的真實一面，而我不認為她對卡莉是虛情假意。」

維基說得對，如果夜貓是「魔王」，卡莉便不可能遇害。

「小丸是很可疑的，因為她本來就是個喜歡超自然異聞的女生，在這樣一棟鬧鬼的宿舍內，便是她發揮長處的最佳舞台。不過，假如她是元凶的話，她不會在擊敗亮哥，享受同伴讚美擁戴的一刻被自己的潛意識暗算，而應該留到現在，跟自己製造出來的惡魔戰至最後一刻。」

維基抬頭瞧著我和姍姍，令我突然緊張起來。

「剛才我擲硬幣時，姍姍有發現結果不對勁，由此可見，她對『擲幣』這個動作的結果有一定了解，這便跟我之前私下擲一百次都得到『一正一反』互相矛盾，證明她是清白的。雖然說，漂亮的女生心事特別多，但我直覺上認為她跟事件無關。」

維基說出「漂亮的女生」時，姍姍臉上一紅，有點不知所措。也許她沒遇過如此滿不在乎地稱讚她的男生吧……

我把視線從姍姍身上移回前方，赫然發覺維基正瞪視著我。

咦？

不是吧？

元凶是……我？

「維、維基，」我吞吞吐吐地說，「難道你、你想說『那個人』便是……」

「噗。」維基突然笑了出來。「不可能是你啦。雖然相處日子不多，但阿燁你明顯是個缺乏想像力的平凡男生啊！你沒可能憑潛意識創造出如此宏大的世界的，還要加上什麼巴弗滅、什麼聖殿騎士團之類，你根本不知道這些東西吧？雖然我當初發現元凶可能是我們其中一人時曾懷疑過你，還擺出一副敵對態度，但我仔細分析調查後，肯定你不是元凶。」

看到維基爽朗的樣子，我不禁鬆一口氣。

「我投降了啦。我想了好久，調查過宿舍每一處的線索，竟然仍找不到犯人。」維基攤攤手。「因為這個原因，我才決定把這些真相告訴你和姍姍的。本來我打算一個人解決事件，找出『那個人』，然後一口氣粉碎這世界，讓我們的意識回到原來的時間軸……」

「慢著，你忘了數直美啊。」我提醒維基道。

「誰？」

「直美啊！」

維基和姍姍都一臉疑惑地瞧著我。

「直美是誰？」姍姍也問道。

「就是跟妳和小丸迎新宿營同組，住在八樓，今天晚上一直跟我們一起行動的直美啊！」

姍姍眼睛圓瞪，緩緩地說：「阿燁，和我同組又編進諾宿的，就只有小丸一個啊？」

只有小丸一個？

我突然感到一陣寒慄。

「我、我們之前在交誼廳剛相識時，坐在妳旁邊的那個女生不是跟妳和小丸同組的嗎？」

我壓抑著顫抖，指著之前聚會時，姍姍所坐的位置。

「我旁邊沒有人啊？」

剎那間，我眼前一黑。

「維、維基，你告訴我，我們一開始在交誼廳聚會時，有多少人在場？」

「七個，不計亮哥的話，我們三個男生，加上姍姍、小丸、卡莉和夜貓四個女生……」

「我……我看到的女生，有五個……」

姍姍和維基露出惶恐的表情。

「你……你說這個叫直美的女生，一直跟我們一起？」維基慎重地問。

我點點頭。「她一直在我們身旁，然後亮哥說去地窖探險時，她因為害怕而留在交誼廳……」

「當時留下來的，只有我一個啊！」維基說。

我感到呼吸困難。

「所、所以到小丸房間討論組聚活動的，就只、只有妳一個人？」我向姍姍問道。

她點點頭，眼神充滿恐懼。

「但、但直美明明一直跟我們一起啊！」我心慌意亂，焦急地說：「我還跟她一起因為『五樓半』的怪談，回到十一年前宿舍發生大火的一天，她更對我不離不棄，拚命拉住我不肯獨自逃生……不是她扶著奄奄一息的我走出電梯，回到這兒嗎？」

「阿燁，之前失蹤落單的只有你一個，我們發現你的時候，你伏在電梯前，是我們抬你回到交誼廳的……」

維基臉色很難看，而他的話更令我感到五臟顛倒，頭皮發麻。

「那、那麼，」我轉向姍姍，「我們試圖沿著坡道到本部求救時……」

「就只有你、我和夜貓三個……」姍姍接過我的話。

「不可能！我們明明就有四——」

我猛然想起坡道上的情景，令我沒把話說下去。

——「只要我們四個人齊心合力，一定能獲救。」

我曾這樣說過。

然後姍姍問我的是……

——「可是……阿燁，維基到底怎麼了？」

那時候我沒留意，只以為姍姍在意維基的安危，然而事實是她把我說的「四人」當成我、她、夜貓和維基……

亮哥曾在地窖問過我維基和直美為什麼沒來，但亮哥不是真實存在的人，他是「元凶」創造出來的虛構人物——

換言之，我們之中，只有我看到直美。

我一直以為直美只是內向孤僻，所以小丸他們才少跟她搭話，我沒想到原來她在其他人眼中根本不存在……

「阿燁！你說的那個直美，到底……」維基緊張地抓住我的肩膀，問道。

「只有我看到她……」我茫然地說：「她跟亮哥一樣是虛構——」

不對。

我張開嘴巴，但沒繼續說話。

直美不可能是虛構人物！

「不，直、直美是真實的人！」我赫然想起剛到文大的情景。「我在校車上已跟直美碰過面了，當時她因為沒有零錢而被司機留難，既然司機和其他排隊的學生也看到她，便證明她是真正的人！而且，維基你和巴士也有見過她，她不是幽靈或不存在的人物，只是在這個世界裡，你們看不到她而已！」

「等等，阿燁，你說我見過這個直美？」維基問。

「對，你們在宿舍外的校車站接我時，不是揶揄我剛到宿舍便把妹嗎？」

「那個穿灰色運動裝、結麻花辮、戴眼鏡、拖著綠色行李箱的小個子女生便是直美？」維基緊張地追問。

我點點頭。

「難怪我無法找到元凶了，原來我根本不知道她存在啊……」維基放開我的肩膀，向後倒在沙發椅背上。「我敢肯定，這個直美便是我們要找的人，她就是無意間發動異能的始作俑者……阿燁，你對她認識有多深？知得愈多，我們愈容易找出解決這困境的辦法。」

我臉帶難色，說：「我只知道她跟我們一樣是一年級生，唸翻譯系，住在八樓，個性害羞膽小，不擅長說話……其餘一無所知了……」

維基望向姍姍，似乎期望她也認識這個直美，但姍姍更是一臉茫然。

「這樣沒有什麼幫助啊……」維基嘆了一口氣，卻又突然愣住。「等等，阿燁，你說這個女生叫『直美』？」

「對啊。」

「她不會其實是叫『Naomi』吧？」維基把「Naomi」唸成「Ne-o-mi」似的。

「Naomi不就是直美嗎？就像那個肥胖的日本諧星渡邊直美……」

「不是啦！Naomi不一定是日本名字，它也是一個西洋名字，通常譯作『納奧美』，在歐美挺常見的。」維基笑了笑。「我就想，那麼土氣的女生怎可能跟潮流拿個日本名字當自稱啊，那些叫自己什麼『優子』、『陽菜』之類的女生通常化日系原宿妝、戴日式流行飾物模仿日本模特兒……」

「直美也好、Naomi也好，沒什麼關係吧？」我說。

「的確是，不過提起Naomi，就不得不提一下這個名字的由來。」維基的長篇大論冷知識又來了。「這名字歷史相當久遠，跟『約翰』、『彼得』一樣，連聖經也有記載……」

我本來想打斷維基的話柄，但他接著說出一句勾起我注意的話。

當我了解這句話背後的意義時，我猛然明白事件的一切原因。

可是，我來不及告訴維基和姍姍，因為令我血脈倒流、心臟停止的光景，赫然蹦進我的眼簾。

在交誼廳的窗子後，草坪的所在之處，有一頭巨獸正探頭窺看著我們。

這頭怪獸由大大小小的三角錐體和扭曲的四方柱體組成，雖然表面看來是銅製，但那些錐體和柱體正在蠕動，就像成千上萬條蛇，互相糾纏，變成一頭野獸的樣子。

透過窗子，我看到它那副像山羊的面孔，還有頭頂上那四根彎曲異形的角。它正用一隻詭異的眼睛瞪視我們，而那隻由金屬條扭成的眼睛，中間鏤空了一個長長的洞。

就像山羊的瞳孔一樣。

「嘩呀！」姍姍循著我那僵住的視線望過去，然後發出尖叫。

「轟！」

那頭怪獸突然向窗戶猛撞，交誼廳的外牆剎那間倒塌。我們三人立即從座位跳起，可是在我們來得及後退前，那恐怖的山羊頭再次撞進室內。那個山羊頭跟一輛廂型車差不多大，我們就像目睹汽車撞進商店的交通意外——只是，這比交通意外恐怖十倍，因為那山羊頭正張開嘴巴，在噬咬交誼廳的桌椅和雜物。

「快逃！」我一邊向後退了數步，一邊大喊。

維基一手抓住姍姍的手臂，我也連忙伸手去抓，可是與此同時，山羊頭已來到跟前。

「你這傢伙我一拳便能擊倒！」維基突然大嚷——對了，這是「言靈」攻擊！只要說出來，便能成為事實！

維基伸出左手，往山羊頭揮拳，可是眼看拳頭要擊中時，那山羊頭霍然爆開，變成一堆獨立的金屬條，避過維基的拳頭，並且包圍他和姍姍。

就算一拳能擊倒對方，但前提是打得中啊——

「維基！」我大喊。

「我——」維基再次大喊，但他只說了一個「我」字，便無法說下去——一塊布條似的金屬片，突然纏著維基的嘴巴。

「糟糕！」我不顧危險，往維基和姍姍身邊跑過去，可是那些既像蛇又像觸手的金屬條已經纏住了他們，將他們扯到室外的草坪上。

「啊！阿燁！」姍姍大叫。

那團金屬速度好快，被它抓住的維基和姍姍在草地上猛拖，我穿過宿舍的破牆，連跑帶爬地向前追趕，可是他們跟我的距離愈來愈遠。那些七零八落、雜亂無章的金屬漸漸回復山羊的外形，維基和姍姍不斷掙扎，但他們已嵌在那頭金屬怪獸的身上，身體正逐漸埋進那恐怖的雕像之中……

「阿燁！」就在他們兩人快要被那雕像吞掉時，我看到維基掙脫了那掩著嘴巴的金屬片，他朝著我大嚷：「阿燁！只有你能看到那個直美，這一定有什麼特殊意義！別猶豫！去找出她所在之處，救回我們所有人！只有你能做到——」

轉瞬間，維基和姍姍便消失在那雕像之中，而那雕像回復本來的面貌，平靜地屹立在草坪一隅。然而，我回首一看，宿舍的外牆仍在塌陷，從大門開始，宿舍大樓似在緩緩地沉降，就像要埋葬到地下。它讓我感覺到，這個世界的一切似乎正邁向滅亡。

但我知道，我必須找到直美，救回所有人。

因為我已經知道她是誰了。

在活雕像襲擊我們之前，維基說的那句話，我聽得很清楚。

「這名字歷史相當久遠，跟『約翰』、『彼得』一樣，連聖經也有記載，Naomi本來的意思是『喜樂』、『歡樂』……」

——「歡樂」。

伊斯白的女兒「Joy」便是直美自身的投影。

十一年前的火災，舍監楊庭申博士的女兒沒有死去，而且她更在十一年後，意外地回到這個令她失去親人的噩夢之地。

直美便是我曾見過的紅衣小女孩，楊樂筠。

第八章

數年前，諾宿發生火災。

由於當時第三期教職員宿舍仍未興建，宿舍舍監和他的妻子以及一對子女就住在諾宿九樓。九樓東翼全層也是舍監宿舍，曾到過舍監家作客的學生說裝潢相當華麗，跟樓下的宿舍房間有天壤之別。據說任職經濟系教授的舍監對學生不錯，但爲人風流，跟不少女性助教有染。他那位患有精神病的妻子每天也容忍著，可是，當她知道丈夫跟某位一年級的女學生有曖昧時，她終於忍無可忍。

她決定跟家人同歸於盡。

她某天在飯菜中混入安眠藥，待家人睡著後，用鐵鍊把家門鎖上，在半夜三點扭開瓦斯的開關，打算讓一家四口一氧化碳中毒而死。可是，舍監被氣體的氣味刺激醒過來，企圖向外求救。他的妻子一時情急，拿起打火機點火，房間發生爆炸，引起火災。宿生們連忙逃難，而消防員到場後，發覺舍監、舍監妻子和他們三歲的兒子被燒死，七歲的女兒則背部嚴重燒傷，經搶救後拾回一命。

舍監宿舍修葺後回復舊觀，可是翌年第三期教職員宿舍落成，校方決定把九樓的舍監宿舍改建成普通的學生宿舍，增加宿位回應學生的需求。由於曾發生這場人爲意外，宿生們一直謠傳三位死者的鬼魂仍在宿舍九樓東翼徘徊，在凌晨三時會聽到死去的舍監夫婦的爭吵聲，以及被燒死的小孩的嚎哭。

1

如果直美是樂筠，這一切便可以解釋了。

她小時候曾在諾宿生活，對環境瞭如指掌，能夠創造一個跟現實中的宿舍大樓幾近相同的虛構世界的人，她比我們其他人更符合條件。

而且，我想起她在校車上遇上的麻煩。

——「同學，妳只付了兩元。」

——「車費不、不是、兩、兩元嗎？」

——「四年前加價啦。」

直美會犯這種錯，是因為她以前習慣用兩元乘搭校車，而那是四年前甚至更久的事。我們新生一是對校車收費一無所知，一是知道今天的車費是三塊錢，但直美卻反過來問司機「不是兩元嗎」，可見她對文大的印象，停留在過去的時代。

維基說，「那個人」大概不知道自己便是始作俑者，跟我們一樣驚訝，我相信這是事實。因為這能說明直美跟我回到十一年前時，她露出不安的神情的真正原因。

她知道那是宿舍發生大火的一年，即是她的家人被燒死的一年。

而她在活動室門前呆住，不是因為「看到穿紅裙的小女孩」，而是因為「看到自己」。

那個十一年前的自己。

她當時一定很困惑，可是她是個內斂怕事的人，她大概不懂得如何跟我說明。如果換我掉進「時間裂縫」，遇上小時候的自己，我也不知道該不該說出來吧。

直美很可能看到自己時，才回想起「當天」便是她家發生慘劇的一天。

那麼說，當時在火場中抓住我雙腿的，便是她回憶中的父母……

天啊，我還以為直美是個膽小的女生，在那個惡劣的環境下，她居然還有勇氣奮力拉住我。

她心裡到底承受了多少壓力，背負了多重的重擔啊……

「直美！」我對著正在徐徐「沉沒」的宿舍大樓大喊。「直美！妳在哪兒！快出來啊！」

大樓沒有任何反應。大門差不多要沉到地面以下了。

「直美！」我跑到之前被雕像撞破的外牆前。

除了低沉的「轟轟」聲外，宿舍沒傳出半點聲音。

到底發生什麼事？這棟宿舍要自我埋葬嗎？我該留在外面，還是拚死闖進去呢？

該死的，我根本沒有選擇。

我趁著眼前的牆洞消失前，一口氣躍進洞裡。一樓交誼廳的地板已比地面還要低兩米多，我跳進裡面時，差點被那些破爛散亂的桌椅絆倒。

可是在我回到交誼廳裡面後，大樓停止了沉降。四周變回一片靜寂，只是大門外是一面堅固的土壁，我無法透過大門或窗或牆洞離開宿舍。

「直美！」我再次喊叫她的名字。

「直……」我突然想到，或許我不應如此叫她。這個名字只是我老掛在嘴邊，她本來就不是叫什麼「直美」啊！

「樂、樂筠！樂筠，妳在哪兒？出來啊！」我一邊大嚷，一邊往四處張望。

一道紅色的身影赫然躍進我的視野。

那個我在十一年前見過的小女孩，就站在我左後方不遠處。她出現前沒有半點聲響，就像她是從空氣中冒出來的。

「樂筠！」我沒想到，我喚來的不是直美，而是年少的她。我壯著膽子緩步走近，然而這個七歲的小女孩只是默默站著，以哀傷的表情瞧著我。

「妳……妳是Naomi嗎？」我向她問道。

她點點頭，神色依然落寞。

「妳……妳可以解開這個世界，讓我們回到現實嗎？」我不知道該問什麼，只好蹲下來瞧著她的雙眼，提出這個要求。既然她是直美「過去的自我」，也許是直美的分身，有能力影響直美潛意識的運作。

她皺一皺眉，搖了搖頭。

老天，我不知道該怎麼做才好。是要哀求她嗎？還是該威脅恐嚇她？就算她是始作俑者，看到她一臉愁容，我也無法狠下心把她當成敵人啊。

她忽然拉了拉我的衣袖，往身後的走廊指了指。她似乎無法說話。

「妳想我到那邊？」

她點點頭。

於是我站直身子，由她牽著我，往她所指的方向走過去。

我們往電梯的方向走過去，可是剛拐過彎角，我便發現眼前的景色不同了。從一樓電梯前往東翼走，該是活動室和宿生會辦公室，然而我們面前的是一面牆，牆上有一扇門。

我認得這扇門。我不久前就是在這扇門旁，被兩團黑色的物體抓住雙腳，動彈不得。

這是十一年前諾宿舍監宿舍寓所的大門，亦即是大火發生前，九樓東翼單位的大門。

我回頭一看，果不其然，我身後已不再是一樓，而是九樓的走廊了。

雖然忐忑不安，但我在樂筠的注視下，走到大門前方。

她對我點點頭，示意我進去。

我鼓起勇氣，扭動門把，大門嘎的一聲便往房間裡推開。

跟我想像的不一樣，門後沒有火焰，也沒有女鬼，只是佈置相當平凡的寓所。說是平凡也許不大對，雖然家具擺設不華麗奢侈，但這個玄關很寬敞，比我家的大數倍。

樂筠牽著我，帶我往寓所裡走。玄關連接著一條走廊，右邊有一扇門沒關上，我聽到女孩子的笑聲從門後傳出來。

我趨前一看，不禁止住腳步。門後是一個佈置裝潢相當可愛的兒童房間，有一張鋪了粉紅色被子的床，床頭有卡通圖案的裝飾，而旁邊的架子、衣櫥、椅子、窗帘等等都是相同的色調和圖案。床上堆滿布娃娃，有巨大的泰迪熊、毛茸茸的小狗，還有好些迪士尼或三麗鷗的卡通布偶。床邊有一個書架，上面有很多大小不一的兒童書冊，看來這房間的小主人滿喜歡閱讀的。在房間另一邊的窗子旁，有一張兒童用的梳妝臺，一個約莫三十來歲的長髮婦人，正在替一個女孩子梳頭。婦人腹部微微隆起，看來懷有身孕，而那個小女孩跟牽著我的樂筠樣貌相似，不過年紀小得多，看上去應該只有三、四歲。婦人一邊跟小女孩談笑，一邊梳理小女孩柔順整齊的頭髮。

我佇立在門口，跟她們相距不到幾公尺，可是她們沒瞄我半眼，就像我是隱形人一樣。當我正猶豫著該走過去還是離開時，我被那對母女的話抓住注意。

「媽媽、媽媽，為什麼我有兩個名字呢？」小女孩愉快地跟婦人說道。「小貝說我有兩個名字，很奇怪。我說她才奇怪耶！」

「樂筠，妳有兩個名字是因為一個是中文名，一個是英文名喔。」婦人沒停下來，邊整理身前小女孩頭髮邊說。

「那為什麼我有一個中文名，一個英文名呀？」小樂筠天真地問。

「這個啊……」婦人似乎有點不懂得解釋，頓了一頓，再說：「因為這樣子才方便向外國人介紹自己嘛。妳想想，如果迪士尼的小仙子來找妳，跟她說『我是楊樂筠』，她可聽不懂啊。到時你說『My name is Naomi』，她便會懂了。」

「啊！原來是這樣子啊！那麼小貝遇上小仙子便麻煩了，大麻煩了！」小樂筠瞪大眼睛，樣子很逗趣。

「對啊，所以妳要記得自己的英文名字啊。『Naomi』的意思是『歡樂』，跟『樂筠』的『樂』一樣哩。」婦人說：「樂筠要快快樂樂地生活，快快樂樂地學習，快快樂樂地玩耍……」

「嗯！還要快快樂樂地跟媽媽在一起！」

婦人很滿足地點點頭，在女兒的頭上吻了一下。

「對，快快樂樂。」婦人笑了笑，說：「好了，妳要編什麼髮型呢，小公主？」

「我要編媽媽編得最好的那種辮子！」

「呵，好。」

婦人熟練地替小女孩編辮子，不到一陣子，小女孩頭上結了一雙麻花辮，更綁上粉紅色的緞帶。

「完成了，喜歡嗎？」婦人從後抱住女兒，把臉親熱地貼在對方臉頰上，一同瞧著鏡中的倒影。

「謝謝媽媽！好漂亮，好喜歡！」小女孩反過身子抱著婦人，說：「不過我還是喜歡媽媽多一些！」

「嘴真甜喔。」婦人跟女兒笑成一團。

看到這一幕，我赫然明白我正在看什麼。

這是「回憶」。

是直美的回憶。

我轉過頭望向身旁那個七歲的直美，她依舊一臉哀傷，默默地注視著前方。

「我……」我不知道該說什麼，只吐出一個「我」字，便無法再說下去。

她沒理我，伸手抓住房門的門把，緩緩將門關上，然後轉身牽著我往寓所另一邊繼續走。

「我說，你最近好忙啊？」

前方另一扇打開了的門後，突然傳來這一句話。

我和樂筠走到門前，門後是一個飯廳似的房間。我覺得這寓所的房間位置有點奇怪，孩子的臥室居然比飯廳接近玄關，但細心一想，這個世界只是直美創造出來的，不見得跟十一年前真正的舍監宿舍完全相同。

飯廳裡有四個人，圍著一張方桌坐著，似乎正在吃早餐。坐在正前方的是一個男人，他看來年約四十，身穿整齊西裝，儼如一家之主的模樣。他左邊坐著剛才替小女孩梳頭的婦人，只是她如今的肚子已沒有隆起，而她身旁的一張嬰兒座椅上坐著一個大約一歲左右的小孩。坐在男人的右邊的，便是結麻花辮的小樂筠，看樣子她又長大了一些，大概有四、五歲了。

「庭申，我說啊，你最近老是要開會，教務有這麼忙嗎？」婦人邊說邊餵身旁的小孩子吃類似米糊的嬰兒食品。

「是啊。」男人連頭也不抬，繼續用刀叉切開盤子上的培根。

「孩子還小，你再忙也要盡量抽一些時間陪陪他們嘛。」

「嗯，我會的。」男人冷淡地回答。

在他們對話的時候，那個五歲的樂筠默不作聲，只一邊吃雞蛋，一邊低頭看放在桌上的圖畫書。感覺上，她和父親不大親近。

「樂筠，趕緊吃，要遲到了哦。」婦人轉頭對小女孩說。

「嗯。」小女孩乖巧地點點頭，把餘下的吐司一口氣啃掉。

「叮咚。」走廊另一端傳來門鈴聲。

「保姆來接妳啦。」婦人說。小女孩躍下座椅，提著小小的書包，往我的方向走過來。

「樂筠，妳是不是忘了什麼喔？」

「喔！」小女孩往回走，跑到母親身旁，在對方臉頰上吻了一下，再走到父親身旁重複相同的動作。

「爸爸，媽媽，我上學了。」

當她說出這句話時，我身旁的樂筠再次伸手抓住門把關上門。這是「已經看夠了」的意思嗎？為什麼直美要我看這些瑣碎的生活片段？

雖然不能理解，但我只能依照她的指示，見步走步。

前方的走廊有一個拐角，我們轉過後，一個身影卻令我嚇一跳。

那個五歲的小樂筠正站在前方。她靠在一扇虛掩的房門前，以我難以理解的表情，瞧著房間裡面。

我猶豫著該不該走近，牽著我手、穿紅衣的樂筠卻大踏步往前走。她走到另一個自己跟前，構成一幅奇異的畫面——兩個孩子猶如姊妹，只是一個個子較高、一個較矮小，一個穿紅色裙子、一個穿白色衣服，一個長髮垂肩、一個結了一雙麻花辮子。

那個較小的樂筠似乎看不到我們，就像之前的經驗，我是個隱形人似的。我確認這情況後，循著她的視線往房間裡一看，卻教我更為訝異。

那個房間是一個臥室，看來是主人房。室內很明亮，陽光從窗帘間射進來，而因為光線充足，更令這場面顯得突兀。房間裡有兩個人，他們一絲不掛，正在床上纏綿。

那個男的是樂筠的父親，亦即是當年的舍監楊庭申博士，可是那女的不是樂筠的母親，而是一個膚色白皙的年輕女生。那女的正騎在楊庭申身上，以女上男下的姿勢，不斷擺動腰肢，發出呻吟。

我吃驚地來回瞧著他們和我身旁的兩個樂筠。毫無疑問，這是一個通姦的現場，但我沒料到樂筠——即是直美——曾親眼目睹這一幕。

對五、六歲的小孩來說，應該不懂得這是什麼一回事吧。但我從那個年少的樂筠臉上，看出她的想法——她雖然不明白，但也曉得這是一件壞事。在她臉上，我看到糅合著震驚、嫌惡和不安的神情。

「啊！」發出一聲滿足的叫聲後，那女生俯伏在楊庭申身上，兩人都喘著氣，似乎在回味剛才的愉悅。

「看，在你家幹不是特別刺激過癮嗎？」那女的撐起上半身，說。

「妳不知道這有多困難，我老婆一回來，我倆便死定了。」楊庭申笑道。

「怕什麼？我只要躲一躲便好，反正我就住在樓下。你家有後門通往東翼樓梯，我從那兒逃跑，神不知鬼不覺。」女生嬌聲說道。「我看，我們不妨多試幾次，或者晚上你悄悄打開後門的門鎖，讓我溜進來……」

「別說笑了，這樣怎可能不露餡？」

「呵，老實說，你、不、想、要、嗎？」

「可惡。」楊庭申笑了一聲，翻身將那女的反過來壓在身體下，二人再次親熱接吻。那女的翻過來時，我赫然發現一個事實。

這女生的樣子，活像我之前見過的那個「BABALON女巫」。她們有相同的瓜子臉、相同的勻稱五官、相同的烏亮長髮。

這……這便是那場儀式的「原形」？因為直美小時候看過這一幕，所以把它跟《曼德斯·伊斯白爵士巫術之謎》的情節融合了，重現在我和卡莉的眼前？

那麼說，當時充斥我內心的那種嫌惡感，並不是因為什麼惡魔作祟，而是出自直美潛意識中的不安情緒……

「蹉。」在我身旁那個較小的樂筠，忽然跑開，往走廊的拐角走過去。

我正考慮著是否跟上去，穿紅裙子的樂筠卻再次關上房門，往走廊的另一端指了指。

對了，她是要我繼續看事情的發展吧。

拐過下一個彎角後，我再次看到另一扇打開了的門。

我們趨前站在門旁觀看，而我沒想到，這個房間居然和剛才的一模一樣，是同一間主人房。不過，窗外一片漆黑，顯示時間是晚上，房間中也不再是偷情男女，而是楊庭申博士和他的妻子。楊庭申坐在床緣，正在解下領帶，似乎是剛下班回家的樣子，妻子則站在房間的角落，以惱怒的目光瞪著她的丈夫。

「你怎可以如此不要臉？」婦人罵道。「我懷孕時你逢場作戲，我也睜一眼閉一眼算了，你竟然讓那些女人登堂入室，在我們的床上胡搞？而且還是一年級的學生！楊庭申，你壞腦子了嗎？」

楊庭申默不作聲，自顧自的脫下襯衫。

「你以為人家真的喜歡你麼？她們只是看上你的權力地位！你堂堂一位教授，怎麼如此不知羞恥，跟這些小女生搭上了？傳出去，你不怕身敗名裂嗎？」

「又不是我主動找她們的。」楊庭申淡然吐出一句。

「混蛋！」楊庭申的反駁似乎打開了婦人怒氣的開關，她一口氣罵道：「即是說你很被動，來者不拒嗎？你以為自己是情聖嗎？照照鏡子，你不過是糟老頭而已！人家青春少艾，要找個帥哥很困難嗎？她們就是想你給她們打個高分數，寫一封好一點的推薦信罷了！枉你是個博士，卻人頭豬腦，像隻公狗一直發情……」

「可是妳這條母狗連叫我發情的能力也沒有。」

楊庭申忽然站起，衝著妻子說了這一句。他依然保持一副撲克臉，但嘴巴說出相當狠毒的話。婦人似乎沒料到對方如此說，當場愣住。

「妳啊，好歹考慮一下自己的立場吧。」楊庭申以平穩的語氣說：「妳人老珠黃，有什麼條件對我說教？對啊，我喜歡那些小女生，問題還不是出於妳身上？不過生了兩個孩子，便變得像個老太婆似的，任何男人都不會選妳啊。」

楊庭申踏前一步，相反婦人後退一步。

「妳想離婚嗎？沒問題，不過妳也得想一下往後的生活。我身為大學教授，居住不成問題，但妳呢？即使我給妳贍養費，以今天的房價，妳認為可以找到一個像樣的住所嗎？妳要工作嗎？我看妳頂多在百貨店當售貨員打零工吧？缺乏生活保障，我肯定法庭不會把孩子的撫養權給妳。妳看，妳有什麼條件跟我要狠？」

婦人呆然地跌坐在身後一張椅子上，以驚懼的目光瞧著面前的男人。

「妳想報復，想把事情鬧大，讓我身敗名裂嘛，無所謂。不過妳要知道，大學是一個官僚組織，我出事的話，校方只會想方法掩飾，因為對大學來說我是有價值的資產，失去我的學術研究會讓大學損失慘重。反而妳會被抹黑，變成『留不住丈夫的妻子』、『成功男人背後失敗的女人』，而孩子們更要背負妳的愚昧所帶來的後果。」

楊庭申博士的話超狠，句句直刺妻子的弱點。他是經濟學教授，所以能準確抓住事態的利害吧。

「妳安分守己，就能繼續享受這生活，以及戴上『著名學者夫人』的光環，孩子們也能安穩生活，在這個優良的環境裡成長。妳不會笨得不懂選擇吧？」

楊庭申說罷，便往房間中另一扇門走過去，看樣子那是房間裡的浴室。不久裡面傳出淋浴的水聲。

我回頭望向樂筠，卻發現她身旁多了一個人——另一個服裝不同的樂筠。她一邊麻花辮鬆開了，而她拿著一根緞帶。第二個樂筠在這兒多久了？她聽到每一句對罵嗎？對，她應該聽到，因為這是她的「回憶」。她一定是從我開始窺看時已站在這兒了。

她緊張地走進房間，靠近母親。婦人一臉沮喪，連女兒接近也沒有半點反應。

「媽媽……我的辮子散開了……可以請妳替我……」

那個樂筠結結巴巴地說出她找母親的理由。

「妳……妳回房間去吧。」婦人搖搖頭，視線沒有焦點，茫然地瞧著前方。

小女孩無奈地離開，經過我們身旁，往走廊拐角走過去。

紅裙子的樂筠關上房門。她牽著我的手，再往前走。我彷彿感到她的手心傳來一股悲愴感。

下一扇房門後的景象，卻令我有點意外。場景不是舍監寓所室內，而是我曾經到過的一樓自習室——那間十一年前的自習室。就像我之前看到的，七歲的樂筠正坐在一個座位上做家課，她已沒再結麻花辮，而是留著牽著我手的樂筠相同的髮型，不過衣服並不一樣，她穿著一條藍色的連身裙，可能是小學校服。

「樂筠，今天的功課有不懂的地方嗎？」

一把熟悉的聲音冷不防地在我身後響起。我不由得起了一身雞皮疙瘩，但事實上，他的出現也算是意料之內。

經過我身旁走進自習室的，是亮哥。

「沒有呢，大哥哥。」樂筠亮出微笑。「今天的功課不難。」

揹著一個橙色背包的亮哥走到樂筠身邊，瞄了瞄她的作業簿，說：「嗯，不錯啊。我想妳考試不拿第一名，也能拿到第二。妳媽媽應該會很高興吧。」

樂筠的神色稍變，說：「嗯……應該吧。」

亮哥打開背包，掏出一瓶蘋果汁。「對了，妳要喝蘋果汁嗎？」

「嗯！」樂筠再次展露笑容。「謝謝大哥哥！」

亮哥笑著將瓶子遞給樂筠。

「大哥哥，那是什麼？」樂筠指著亮哥的背包裡面。我瞥見背包裡有幾包方便麵和一些飲料，他大概剛從大學本部的超級市場回來。

亮哥從背包拿出一本書，當我看清楚時，不禁再次冒起雞皮疙瘩。

那本黑皮的書，正是《曼德斯．伊斯白爵士巫術之謎》。

「這是我在宿生會辦公室打掃時找到的，某個瓦楞紙箱裡有十多本，看來是以前某位學長自費印刷的小說。我覺得有趣，便拿來看了。」亮哥邊說邊翻開滿是文字的書，讓樂筠看。

「是有趣的故事書嗎？」

「對啊。滿有趣的。」

「可以借樂筠看嗎？」樂筠抬頭望著亮哥道。

「哎，這本書的內容太深，我想妳看不懂啦。」亮哥苦笑了一下。

「我已經開始讀很多字的書喔，像《乞丐王子》啦、《湯姆歷險記》啦、《藍鬍子》啦……」

「這本書的內容不適合妳這年紀看啦。」亮哥再說。「內容很恐怖啊。」

「我不怕喔！《藍鬍子》裡也有人死，我一點都不怕。」

「不是那麼簡單啦……」亮哥搔搔頭髮。

樂筠以水汪汪的大眼睛瞧著亮哥，一副懇求的模樣。

「拿妳沒法。」亮哥笑了笑，將書遞給樂筠。「這本送給妳吧。」

「送給我？不是借我嗎？」

「反正宿生會還有很多本，妳拿去就好。」亮哥突然換個表情，認真地說：「不過，妳要答應我兩個條件。」

「什麼條件？」

「第一，這本書妳可以保留，但妳要上中學後才可以讀。」

「啊！可是我想現在……」

「不，如果妳現在就要讀，那我便不送妳了。」

「我……明白了。」

「第二，別給妳爸媽知道。楊博士知道我送這種歪書給妳，一定會把我罵個狗血淋頭。」

我完全理解。把有描寫「吊滿屍體的萬魔殿」的恐怖小說送給七歲小孩，亮哥你真是亂來啊。

「嗯。」樂筠點點頭。

「如果妳破壞承諾，我以後便不理妳了。」

樂筠張開嘴巴，露出驚訝的表情。她大概沒想到亮哥會說這樣的重話。

「答應嗎？」亮哥再問。

「嗯、嗯。」樂筠大力地點點頭。

亮哥摸了摸樂筠的頭頂，表示稱讚。與此同時，我身旁的樂筠慢慢地關上房門。

原來，亮哥便是「教她家課、請她喝果汁、住三樓的帥哥哥」。或許他是樂筠家人以外最親近的人，所以他才會在這個世界被複製出來。

走廊差不多來到盡頭，前方只餘下一扇打開了的門。

我隨著樂筠往前走，在那扇門後，我再次看到舍監寓所的飯廳，佈置幾乎一模一樣。可是，餐桌上只坐了三個人，分別是楊庭申博士、他的妻子，以及一個坐在小孩座椅的小男孩。那應該是樂筠的弟弟，但跟我之前看到的相比，明顯長大了不少，大概有三歲了。

然而，樂筠並不在。

在我奇怪著這一點時，一直牽著我的樂筠突然放手，往餐桌走過去。我想叫住她，可是她頭也不回，沒瞧我半眼。

從她的背影，我有一種她準備赴死的錯覺。

她坐到自己的位子上，跟家人一同吃飯。楊博士的表情外貌一如以往，可是樂筠的母親精神大不如前，給人一種陰沉落魄的感覺。她好像老了好幾歲，神情憂鬱，動作沒精打采。

除了樂筠的弟弟在進餐時偶爾吵鬧外，其餘三人都只是低頭瞧著眼前的飯菜，默默地咀嚼著。飯桌上瀰漫著一股疏離的氣氛，彷彿用餐的不是一家人，而是幾個在餐廳併桌的陌生顧客。

那股沉默令人很難受。

「今天的菜……算了。」

楊庭申說了半句便打住不說。他是想說飯菜的味道太鹹或太淡嗎？

我不自覺地往門口旁的一張桌子上瞥了一眼，令我明白楊庭申想說什麼。他大概想說「味道有點怪」。

桌上有幾個藥瓶，上面標示著鎮靜劑和安眠藥等字眼。

樂筠的母親跟丈夫決裂後，患上精神病，要服用這些藥物。而它們促成了宿舍大火。

我正在看的，是楊家的「最後晚餐」。

那些飯菜，混了安眠藥。

之後，楊庭申和孩子們便會覺得眼睏，提早去睡，而那個女人便會用鐵鍊鎖上家門，扭開瓦斯……

我該阻止她嗎？只要阻止她，便能解開直美的心結嗎，讓我們回到原來的現實嗎？

我決定不管那麼多，走到餐桌前，往樂筠母親的肩膀拍過去。

可是突然間，我感到有點不對勁。

那女人在飯桌前的背影，似乎起了變化。她的長髮比之前凌亂，衣服也好像變髒了。

然而我來不及住手。當我的手拍上她的肩膀時，我赫然知道面前的是什麼。

那張皮膚漆黑龜裂、嘴巴裂開、眼窩空洞的臉孔，在我不到數十公分的距離外，轉頭直視著我。

那怨靈便是直美的母親。

我不是說她陰魂不散，化成厲鬼，而是她在直美心裡，已經從親切的母親，變成猶如惡靈般的存在。

因為她不但想自殺、跟丈夫同歸於盡，還要殺死無辜的七歲女兒和三歲兒子。

剎那間，我感到恐怖之餘，也感到憤怒。

「就算妳有再大的冤屈，也不能拉妳的孩子陪妳去死啊！」我出於本能地大嚷。

我突然感到腳下一空，整個人往下墜。

我以為我要像「數房門」的怪談那樣子，從不知何處掉落摔死，卻霍然發現自己坐在地板上。我抬頭一看，環境改變了，我似乎身處一個類似病房的空間。

「那個女孩子真可憐哪……」

我往聲音的來源望過去，看到房間近門口處，有兩個穿護士制服的女人在談話。我站起來，環顧病房，看到我左邊不遠處的病床上躺著一個女孩。

那是七歲的樂筠。

她戴著氧氣罩，雙眼闔上，靜靜地躺臥著，像是睡著的樣子。脖子以下包了紗布繃帶，看來是接受了治療，正在等傷口癒合。

「對啊，這麼小便全家也死了，凶手還要是自己的母親……這教她將來如何面對啊？」另一個護士說。我把視線從病床轉到她們身上。

「別說我刻薄，她搞不好死了更好，不用承受這些痛苦。」較高的護士嘆一口氣，說：「吸入過量一氧化碳，一度缺氧，身體又被嚴重燒傷，竟然也能活過來，這反而像詛咒，要她一個人承擔一切，繼續生活。天曉得她能不能忍受植皮和復健的痛楚啦……」

「真是悲劇。之後會有親戚照顧她嗎？」

「聽說只有一位，好像是那個瘋女人的表姊什麼的，總之不是很『親』的親屬。突然塞一個七歲的孩子給妳，妳也不會高興吧。」

「但應該有遺產？」

「有，那個父親是有名的教授，而且據說大學會撥一筆金錢當作養育費或補償之類。也許那個親戚是看在金錢份上，才願意照顧這孩子哩……」

這兩個女人的對話，令我無名火起。在當事人跟前說這些五四三，萬一被對方聽到，對方會有多難受啊——

不對。這是直美的回憶，換言之，她「真的」聽到了。

她在床上沒有睡著，只是單純闔眼。那兩個女人的話，她一字不漏地聽到。

老天。

這對一個七歲的女孩來說是多麼的殘忍啊。

我回頭望向病床，卻發現背後的景色再一次改變了。

那是校園裡的場景。一個穿校服的女孩子坐在操場旁的長椅上，小口小口地吃著麵包。

她是樂筠，亦即是直美。

她看來已有十來歲，大概是中學一年級，我不認得校服是哪一間學校的，但似乎是某間女子中學，我在校徽上看到「Girls School」的文字。她的頭髮散落肩上，似乎沒怎麼打理，有點凌亂，而她的鼻梁上架著一副厚重土氣的黑框眼鏡。她縮著身子，曲起背，身體語言就像說著「孤僻」二字，渾身發出陰沉的氛圍。

「啪！」

突然間，一個排球往她砸過去，差點打中她。

「哎喲！抱歉！」我往聲音的來源看過去，一個穿體育服的短髮女生走近。「沒有打中妳吧？」

直美搖搖頭，將排球遞給女生。

那女生接過排球後，打量著直美說：「妳是A班的Naomi，對吧？想跟我們一起玩嗎？」

直美愣了愣，呆看著那個短髮女生，沒有回答。

「怎麼樣，要加入我們嗎？」

直美依舊沒有回答，只直愣愣地盯著對方。

「嗨！阿君！怎麼這麼慢啦？」兩個女生走近，其中一人對短髮女生說道。

「啊，我只是問問Naomi想不想加入我們……」

二人中的高個子女生臉色一沉，一把挽住那個叫阿君的女孩的手臂，半拖半拉地將她帶走。

「別招惹那種陰沉的傢伙啦……」另一個女生說。雖然她故意壓下聲量，但我仍聽得清楚。「跟那種笨手笨腳又自閉的呆子扯上關係不會有好事。聽說她家人都死了，是被她的媽媽故意害死的……」

阿君瞪大眼睛偷瞄直美，三人愈走愈遠，卻不時回頭對直美投以驚懼的目光。

直美的表情沒有大變化，那些女生離開後，她繼續吃她手上的麵包。

然而，我在她眼中看到一絲悲傷。

她沒有埋怨，沒有因為對方口出惡言而憤怒，相反地，我感到她很想跟那些女生交朋友。

縱使她們言語刻薄，態度惡劣，她仍渴望跟她們交往。

吃完麵包後，直美從身旁的一疊書中抽出一本書。

那本黑色的《曼德斯．伊斯白爵士巫術之謎》。

書邊似乎有被水泡過的痕跡，我猜，那是因為消防員灌救而造成的。這本書沒被燒毀，或者因為她曾把書藏好，放在父母不容易找到的地方。大火燒掉她書架上的書本，反而這本倖免於難。

她一頁一頁慢慢翻著，臉上隨著翻頁露出驚訝、緊張、悲傷等表情。

相比起她平時，她閱讀時神情豐富多了。

或者這才是真正的直美。

「直美……」我不自覺地喊出這名字。

然而她沒有反應。她看不到我的身影、聽不到我的聲音。我仍被困在她的回憶之中。

當我注視著她時，我發覺她的身體有點奇怪的變化。她身上的校服慢慢變成灰色運動服，而她坐著的長椅逐漸變成一張沙發。我揉揉眼，發現環境再改變了。我和已經長大的直美在一間小小的寓所裡，這個房間不大，而且雜物頗多，有點亂。

「阿、阿姨，我今天要進宿舍了。」直美對我身後說。我回頭一看，有一個打扮像是職業女性的婦人對著鏡子整理衣裝。

「嗯。錢足夠嗎？」那女人看來有四十多五十歲。

「夠……」

「我今天要到澳洲出差，下星期才回來。妳還有沒有什麼文件要我簽名？」

「……應、應該沒有了。」

「嗯。」

那女人頭也不回，拖著一個行李箱往玄關走過去。

「阿、阿姨，我……想借用妳那個綠色的行李箱……」

「OK。反正是便宜貨，隨便拿去用。」那女人穿上高跟鞋，對直美說：「Naomi，妳進大學我沒意見，但妳住諾宿真的沒問題嗎？」

「……嗯嗯。」

那女人直視著直美雙眼，然後說：「妳這樣說的話，我就不多說了。我回來後會打電話給妳。」

「嗯……一、一路順風，阿姨。」

那女人點點頭，離開寓所。

雖然這位阿姨語氣冷淡，但我覺得她也關心直美。只是她關心的方法不大熱情就是了。

直美從一個櫃子中拿出行李箱，將一些日常用品塞進去，當中有很多書本。她整理好行裝後，突然瞧著牆上的一面鏡子，一動不動。

怎麼了？

她不是看到我吧？我在鏡子裡連倒影也沒有啊？

直美用手指摸了摸自己的頭髮，那頭散亂的頭髮。

然後她用手指執起右邊的髮端，拉開成三撮，開始把頭髮編成辮子。

她打算編那久違的麻花辮。

我不知道她為什麼要這樣做，但也許，她想以這種方法激勵自己，讓自己面對那段過去。

那段在諾宿悲慘的過去。

她編辮子的手法很生疏，結果兩邊辮子並不平衡，可是她沒有解下來再編。

透過她那副厚重的眼鏡，我從她的眼中看到悲痛、徬徨與恐懼。她編好辮子，拖過行李箱，往大門走過去。我不知道我該不該追上去，但我好想待在她身邊，讓她不用孤獨地重遊故地。

直美打開大門，猛烈的陽光剎那間射進我的眼睛，令我無法睜眼。當瞳孔適應後，我才驚覺，門後不是公寓走廊或大街，而是我幾個鐘頭前才見過的景色。

蔚藍色的天空、偌大的運動場、綠油油的草地。

這是文大的火車站。

「Sorry！Sorry！」

我和眼前的直美不約而同地朝著聲音來源望過去，然後我看到了。

那個戴著耳機、拖著沉重行李箱的冒失男生。

還有剛被他撞倒、腳趾被行李箱輪子輾過的倒楣鬼。

那個揹著背包，待在路邊欣賞文大風景的我。

2

看到另一個自己站在面前，感覺十分詭異。我就像在看立體電影，而主角卻是自己——不，能置身場景之中，這已遠遠超越立體電影了。

我看到自己以不愉快的表情望向那個戴耳機的傢伙，然後悻悻然往左方的校車站走過去。直美也看到這一幕，她瞄著我——我說的是另一個我——再慢慢站在校車站前的隊列中。好些學生從火車站出來，不一會，直美身後也排了好幾個人。而站在隊列最前方的不是別人，正是夜貓和卡莉。

看到夜貓和卡莉，我的感覺很複雜。我知道眼前的她們不過是直美回憶中的片段，真正的她們仍生死未卜，但看到她們愉快地聊著，似乎撫平了我內心的某些創傷……

「噢，不好。」我突然想起另一件事。

看到另一個自己有所動作，我便知道那尷尬的一幕即將重演。站在直美前的我開始脫掉左邊的鞋子，低頭察看腳趾。夜貓和卡莉仍在自顧自的聊天，對我的行為全沒在意，可是，我發覺直美原來一直在打量著我。

對了，如果她沒有一直留意我，這一幕該不會出現在她的回憶之中啊？

我想，一定是從那個冒失鬼向我邊道歉邊逃跑開始，直美便好奇地留意著我。她大概看到我鞋子上的輪印，想知道我有沒有受傷。從她的表情來看，我覺得她好幾次想跟我說話，像是問問要不要幫忙之類的，但她終究沒有動作。我想她還是對跟陌生人搭訕有所顧忌吧。

接下來，那個脫掉鞋子的我開始幹蠢事了。我提起左腳，伸手抓襪子，然後失去平衡，像美國古老卡通片主角那樣滑稽地左搖右擺，再往卡莉和夜貓那邊倒過去。我在慌亂中伸手抓到卡莉的胸部，卡莉整個人嚇得往後仰，微微發出驚叫，而夜貓頓時踏前一步，將卡莉往後拉。

「對、對不起！」我現在才知道我當時的表情十分慌張，簡直像是裝出來的拙劣演技。

「你這混蛋想幹什麼！」夜貓對那個道歉中的我罵道。

在夜貓和另一個我糾纏之際，我赫然發覺，原來直美微微舉手，似乎想說話。可是她根本沒有插入這混亂場面的機會，就在卡莉阻止夜貓繼續追究時，直美已經放棄，默默地站在原位，低頭偷瞄我們。

與此同時，校車駛至。那個狼狽的我胡亂地將腳套回鞋子，一拐一拐地跟著卡莉和夜貓上車。

真是亂七八糟的經歷……

「同學，妳少付一元啊。」

司機的聲音很大，我站在外面也聽到他說的這句。直美卡在門前，露出一副呆愣的樣子。之後結結巴巴地跟司機對話、手足無措地找零錢、另一個我替她解圍的過程，跟我的記憶一模一樣。乘客們魚貫地上車，在最後一人上車後，我連忙跳進車門，站在司機位旁邊，觀看車廂中的情形。

站在車子的正前方，我發現原來直美沿途一直盯著坐在第一排座位的我。她雙手不斷捏緊外套的下襬，像是在努力思考某事。

校車駛到諾宿，車門一打開我便躍出車外，站在站牌下。另一個我下車後，站在草坪前，做出深呼吸的動作。卡莉和夜貓在我身旁走過，我看到卡莉瞄了另一個我一眼。直美下車後一副躊躇的樣子，站在揹著背包的我身後，愣住好幾秒，似乎終於下定決心，說出一句話。

「那、那個……」

「怎麼了？」

「那、那……一元……我會還……」

「那個啊？區區一塊錢，別放在心上吧。」

「那……謝……」

「妳是宿生？我叫阿燁，統計系一年級，住二樓。」

「我、我住八樓，翻、翻譯系一、一年級，叫Na、Nao……」

「是Naomi嗎？妳叫『直美』？我很喜歡看日本的搞笑節目，有一個肥胖的女諧星叫

Watanabe Naomi渡邊直美，外表很糟糕但滑稽到爆……」

「啊、啊……」

看到這一幕，我又想起當時對直美的觀感，以及懷疑自己失言的懊惱。

「嗨！阿燁！」

我回頭一看，巴士和維基正從宿舍大樓走過來。直美拖著行李箱離去，跟巴士他們擦身而過時，巴士還特意回頭瞄了一眼。我想我不用留在「我」身邊，這一刻，應該跟上直美，畢竟她才是這段回憶的主人翁。

我看著直美辦登記手續、領過鑰匙，搭電梯往八樓。我察覺她進入宿舍大樓後，神情明顯起了變化，她編辮子時曾流露的不安、惶恐和悲傷感，再一次掛在臉上。電梯門在八樓打開時，她更站住不動，直到電梯門快要關上她才匆匆走出去。

直美往西翼走過去，來到八〇六室門前。如果她被編到八樓東翼的房間，大概會更不好受吧──她的家人十一年前便是在房間的正上方死去。

直美稍微打掃房間，將書本和日用品之類放好後，坐在床緣深深地吸一口氣。她突然用手掌往自己的兩頰拍了兩下，似是要自己抖擻精神。她關好房門，沿著走廊，從西翼一直走到東翼，不時偷瞄那些打開房門正在清理房間的宿生。她是想激勵自己，重新看一次諾宿今天的模樣，要自己敢於面對過去嗎？

走到東翼盡頭的八五〇室後，她回頭往樓梯走過去。站在東翼梯間，她踏上往九樓的樓梯。即使重回舊地──家人死去的舊地──她也沒有停下來，在九樓的走廊沿著東翼往西翼走了一趟。

之後，她從西翼樓梯走到五樓，重複相同的過程。我亦步亦趨地跟在身後，不過直美步幅小，走在她後方並不吃力。

「……妳猜那個男生說什麼？他居然說『我以為妳是學姐』！呵哈！妳說那笨蛋是不是完全狀況外啊？」

一把熟悉的聲音傳來。我轉頭一看，看到小丸正手舞足蹈地和姍姍在房間中聊天。打開的房門掛著「521」的號碼牌，這是小丸的房間。

我差點有衝動跟她們說話，但我知道她們不過是直美回憶中的片段，眼前的小丸和姍姍只是直美意識創造出來的虛構人物。

要解開這個世界的謎團，唯有跟著這個「回憶中的直美」，直到找到真正的她為止。

直美走遍五樓後，往四樓走去。我漸漸不理解為什麼她要這樣做。我本來以為她是要自己重新認識諾宿，可是她卻跳過男宿的樓層。但來到四樓後，我終於明白她要幹什麼了。

經過房門沒關上的四四三室時，我看到夜貓和卡莉正在打掃房間。

直美看到她們後，露出「找到了」的表情，但她沒有停下來，繼續往東翼走廊盡頭走過去。她站在窗前，不斷回望四四三室，口中唸唸有詞，以蚊子般的聲音說著某些話。

我好奇地走近，傾聽她喃喃自語，當我聽清楚內容時，卻令我大感錯愕。

「……那、那個男生不、不是有心占妳便宜的，他只是被人家的行李箱碰到腳，於是脫、脫鞋子看傷勢……」

直美是要替我解釋，還我清白！

她在宿舍走來走去，不是為了什麼面對過去，而是為了找尋被我不小心摸到的馬尾女生和粗暴金髮女！

因為我在校車上替她解圍，所以她想報恩，替我解開誤會啊……

直美大概是自覺不善辭令，於是對著窗子，重複想說的話好幾次，確保自己說話不再結巴。她回頭望向四四三室，邊走邊停，似乎仍在猶豫如何打開話匣子。

來回踱步數次後，她似是下定決心，往四四三室直走過去。

「……那混蛋真叫人火大，光天化日也夠膽出手，我再碰到他一定要好好教訓這種人渣！」

我和直美剛靠近房門，便聽到夜貓的聲音。

「算了吧，我想他又不是有心的。」是卡莉的聲線。

「不是有心？妳說他是意外碰到妳嗎？」

「他應該只是想看看腳……算了，總之別再提吧。」

「卡莉，我跟妳說，大學裡就是有很多這種披著羊皮的狼，外表看來是個好好青年，實質上不懷好意，是專門騙財騙色的禽獸。妳別鬆懈，讓那些雜碎有機可趁……」

「好啦，好啦。我們待會上哪兒吃晚餐？樓下的食堂還是本部的餐廳？」

聽到這番話，直美怔了一怔，在門前再猶豫一下，然後嘆一口氣，往走廊另一端走過去。她放棄跟卡莉和夜貓說明了。她的樣子好像很懊悔，對自己沒能夠提起勇氣向她們說明事情經過感到苦惱。

我跟著她走進樓梯間，一晃眼卻失去她的蹤影。我往上走了半層樓梯，沒看到人，便立即轉往下走——一轉彎，便看到直美慢慢地踩著梯級向下走。我鬆一口氣，畢竟我不想在她的回憶中「迷路」，我猜只有跟著她才能找到線索——

突然間，我發現異樣。

眼前的直美的衣服不同了。她不再穿著那套灰色的運動服，換上了聚會時她穿的淡黃色T恤和灰藍色長運動褲，手上還拿著那個寒酸的保溫瓶子。

這不是回憶中的直美，而是真正的她嗎？

「直美！」

我喊了一聲，可是她沒回頭。這時我發覺梯間窗子外天色已黑——對了，我仍在回憶中，不過時間跳過幾個鐘頭了。

我跟著直美沿樓梯往下走，來到一樓後，她往食堂走過去。她點過餐，拿著盤子往食堂角落一張無人的桌子前坐下，獨個兒慢慢地吃著晚飯。

「喲！這豬排飯可真便宜啊！不過看樣子份量有點少。」

「那你點兩份就好嘛。」

「那就承維基你貴言，恭敬不如從命！大嬸，請給我兩份豬排飯！另加一杯大可樂少冰塊！」

我往聲音的方向望過去，看到巴士、維基和我在點餐處。對，那正是我們之前吃晚飯時點餐的情景。原來直美也在食堂？我完全沒留意。我將視線放回直美身上，只見她注視著擾擾攘攘中的我們。我們之後進餐的樣子、巴士眉飛色舞地高談闊論的神態，直美全看到眼底下。

直美吃完飯後，她捧著盤子，將餐具放到回收架上。

「這豬排飯意外得好吃，肉質鮮嫩多汁，外皮爽脆……」這時候巴士正在裝食評家胡扯。

直美站在我們餐桌不遠處，待了片刻，期間一直在看另一個我，可是坐在維基身旁的我完全沒發現，只是跟巴士和維基在說著沒營養的廢話。直美好像想跟我打招呼，但半晌後她還是轉身離去。

「我真沒用……」我彷彿聽到直美的心聲。

直美離開食堂後，往交誼廳走過去，在架子前翻過那些書刊——包括那些宿舍紀念冊——之後，拿了一本英文雜誌，走到角落一張座椅坐下。這時交誼廳還有三、四個不認識的宿生，有人在看書，有人在玩手機，各自幹著自己的事。直美將椅子轉了一下，背對著交誼廳其他座位，正面朝著玄關。這角度可以透過大門看到外面的草坪，風景不錯。

「我們不如明天趁週末去逛街吧！難得重逢，我們一定要好好聚一下，玩個痛快啊！」

四個女生從大門走進，說話的，正是小丸。小丸、姍姍、卡莉和夜貓四人回到宿舍，聒噪的小丸先聲奪人，一下子抓住交誼廳所有宿生的注意。

「小丸妳太大聲啦！」卡莉拉了拉小丸。「騷擾到其他人不大好。」

「我真的很興奮嘛！畢竟差不多十年沒見……」

「哪有十年，頂多只有五、六年罷了。」卡莉回答。

「我們先在這兒歇歇腳，繼續聊天吧！」小丸說。

「也好，反正回房間也太早。」姍姍說。

她們四人走到我們之後聚集的沙發前。直美跟我一樣，從她們走進宿舍後便目不轉睛地瞧著她們，不過我可以正大光明地瞪著看，直美卻只是偷瞄著。

「我先回房間換件衣服！」小丸說。

「我也想先放下剛才買的東西。」姍姍指了指手上的手提袋。

「嗯，我們在這兒等妳們。」卡莉頓了一頓，說：「妳們要喝些什麼嗎？趁食堂還沒關門，我去買。」

「我要冰紅茶！」小丸答道。

「麻煩妳了，卡莉，我要一杯熱可可。」姍姍邊說邊掏錢。

「不用啦，難得跟小丸重遇，我請客。」卡莉笑了笑。

「嘿，妳們說，卡莉是不是真的好可愛啊？人見人愛，車見車載……」小丸真的跟巴士很相像啊。

「別挖苦我啦！」卡莉推了小丸一把。「妳們快回來。」

小丸和姍姍往電梯走過去，夜貓便對卡莉說：「讓我去買——」

「夜貓妳在這兒占座位，我去買就行了。」卡莉邊說邊往食堂走過去。夜貓好像想跟上去，但剛巧有兩、三個宿生從大門回來，似乎有意在交誼廳逗留，她便坐在沙發上占著位置。我猜，一般宿生看到她那副不良樣子，才不敢接近。

不久後，卡莉回到交誼廳，理所當然地，我們三個男生也跟她一起。

直美看到這一幕時，那份發自內心的驚訝表露無遺。她直盯著我們，手上的雜誌掉落，眼睛瞪得老大。她似乎沒想到被當成變態的我居然會跟卡莉一起回來。

「夜貓，我回來了。」

「啊！又是你這個混蛋！」

「夜貓！」

「咦？你們認識嗎？」

「我……我今天在校車站不小心踩到她的腳。」

「就、就是啦！夜貓妳就原諒他吧，反正都過去了。」

我們幾個就在那邊上演肥皂劇，旁人看來應該很可笑。可是我看到直美的表情變化。

好羨慕。

好羨慕。

好想加入他們。

好想加入他們。

「好想加入他們。」恍惚中，我聽到直美的聲音。

「好想加入他們……」

我猛然察覺，我真的聽到直美的聲音。我環顧四周，發覺交誼廳的所有人都止住了，包括正在向夜貓低頭道歉的我、在旁邊看好戲的巴士、嘗試拉住夜貓的卡莉，甚至其他陌生的宿生，都凍結在這個場景之中，就像靜止畫一樣。就連正在偷看的直美也變成冰封似的狀態。

「直美？」我抬頭望向天花板，再往周圍叫道。「直美！我知道妳聽到的！妳在哪兒？」

突然間，一股複雜的情緒在我心頭湧現。這種感覺不像是發自內心的，彷彿是某人在我耳邊呢喃，將感覺灌注進我的身體之內。那種情緒，混合著羨慕、嫉妒、不安、悲慟、羞愧和自我嫌惡。

我知道，這是直美的感覺。

「直美，妳出來，我們好好談一下啊！」

我再次大嚷。

然後，我看到了。穿紅裙子的小樂筠在宿舍草坪跑過。

我趕緊追出去，一轉頭，看到她已跑到東翼食堂外，拐到宿舍後方。

「直美！樂筠！別逃啊！」

我胡亂喊著她的名字，往東翼食堂外的宿舍角落跑過去。甫轉過彎，看到那個紅色的小小背影往前繼續跑，我便只好繼續追。當我來到宿舍後面、種滿榕樹的山坡前那片沙泥地時，我看到她剛好跑過東翼側門外，往宿舍西翼後方猛跑。她不是想跟我團著宿舍大樓追逐吧？

「直美！樂筠！Naomi！不管妳叫什麼名字，先停下來啊！」

不知道是我的話奏效還是她累了，她真的慢下來。

「對！別跑！我們……」

然而我話未說完，她腳下的地面忽然裂開，往地底沉下去。不到一秒，她便完全消失於我眼前，而從她消失的位置，我再次看到那令我頭皮發麻的景象。

一條條手臂，正從地面鑽出來。從她沉沒的那個地點，慢慢往外擴散，那些容貌可怖、肢體殘缺、發出痛苦呻吟的屍體，正詭異地在地面蠕動，在泥地上亂抓。

「該死的！直美妳就是不想我來找妳嗎？」我壓抑著視覺上帶來的恐怖感，大喊道。我現在知道這個世界不是真實的，換言之，這些屍體也不過是直美構想出來的產物，縱使它們擺出噁心淒厲的姿態，我理智上也明白不需要害怕。

當然，就算腦袋知道不用怕，身體還是會作出害怕的反應。那些手掌嘗試抓住我的小腿時，我也不由得打了個冷顫，再趕緊避開。

面對一大堆屍體，我該怎辦？像之前一樣，逃回宿舍大樓嗎？

不，我知道我現在只有一件事要做啊。

我咬緊牙關，往屍體群衝過去。我跨過一些來襲的手臂，踹過一些臉容可憎的頭顱，踏過一些爬滿蛆蟲的腐爛背脊，三步併成兩步，邊跑邊閃躲地走到樂筠消失的那個位置。一堆直豎著的手臂像風中的蘆葦般擺動，它們彼此糾纏著，往空氣中不斷亂抓。

我想，我準是瘋了。

我大大吸一口氣，就像跳水似的，往那堆手臂跳過去。它們抓住我後便往地面拉，而地上的泥土就像流沙似的，緩緩地把我整個人包圍、吞沒。當我的臉孔陷進去時，眼前剎那間變得一片漆黑，手腳也無法動彈。

「直美！」

在泥土中我大叫。

我往前伸的手掌赫然能夠活動，接著便是手臂、肩膀。我感到一股冷冽的空氣迎面撲來，可是周圍仍是黝暗一片。拘束著我的那些手臂似乎不見了，而抓住我下半身的力量消失之時，我猛然向下摔落，好像掉了差不多半層樓的高度，頭下腳上地摔到硬邦邦的石地板上。我不知道自己有沒有受傷──反正受傷與否都是假象──只好忍住渾身痛楚，緩緩地爬起來。

「直美！」

在黑暗中我繼續大喊。

「直美──直美──直美──」

四周傳來回音。我似乎在一個偌大的房間裡。

「直美！」我摸黑前進，但伸手不見五指，完全不知道該往哪邊走。走了幾步，腳踢到地上的凸起物，我差點跌倒。我蹲下摸了摸，好像只是地上不平的石磚。

如果我是貓或貓頭鷹等夜視動物便好了，這刻不用像瞎子般無助。

我突然想起維基。

──「我們面對的，就像日本的『言靈信仰』，只要說出來，堅信是事實，即使再荒謬的也會成真。」

在這個世界裡，只要說出來，令直美的潛意識相信是事實，便能成真。

「這……這兒太黑了，我閉一閉眼，適應黑暗後，就能看清楚周圍。」我自言自語地說。

話畢我便閉上眼睛。我覺得這樣做有點蠢，但姑且值得一試。

我闔眼十秒，再打開，四周就像燈火通明的樣子——

可是映進我眼簾的，卻是我無法想像的事物。

好多屍體。

它們一一懸掛在我頭頂上，而我身處一個像運動場館般廣闊的圓形石室的正中。地板和牆壁都由石磚砌成，而屍體由無數的垂吊著的鐵鍊繫著，半掛在空中。那些屍體跟我在宿舍後方的泥地上和山坡上見過的一樣，都是殘缺猙獰的悽慘模樣。

只是數量更多、更多。

我知道我身在何處，雖然我從來沒來過，但我曾「讀」過。

這是《曼德斯．伊斯白爵士巫術之謎》裡，主角曾到過的「萬魔殿」！

該死的，直美居然連這個地方也想像出來了！

「直美！」我不顧一切地大叫。

在我往四周掃視時，我看到後方遠處，一個小小的紅色身影正對著牆壁，有所動作。突然間，那牆上冒出一個缺口，那身影便往那秘道走進去。

「直美！別逃！」

我邊喊邊跑。

「咔噠、咔噠、咔噠噠噠噠噠——」

鎖鏈聲霍然從我身後傳來，我回頭一看，感到一陣暈眩。

直美妳想阻止我到何時啊？

那些屍體都活過來了。

它們在鎖鏈上掙扎，有些甚至扭斷了四肢從空中躍下來，餘下吊在鎖鏈上的半條腿或手臂。有些力氣大的，居然把鎖鏈弄斷了，拖著一堆鎖鏈往我爬過來。我正上方有一具屍體為了跳下來，正在猛抓自己的脖子，想把繫著鏈子的頭顱拔掉。

我無視這噩夢般的場景，筆直地往秘道入口跑過去。鎖鏈、屍體、殘肢一一從上方掉落，我剛避過一個仍掛著肉塊的骷髏頭，卻差點撞上一條被鐵鉤刺穿的大腿。撥開入口前的數條鎖鏈後，我滾進那條只有半個人高度的甬道。我回頭一看，只見一堆屍體在地上急速爬行，往我這個方向前進。最接近的只有十公尺左右，而它正迅速縮短這距離——

我望向甬道之內，看到旁邊有一根麻繩，於是一手抓住，不管三七二十一往下拉。

「嗖」的一聲，秘道入口關上了，同時間牆壁外傳來幾聲低沉的「砰」，應該是屍體撞上牆的聲音。

我不知道該不該佩服直美，她光憑想像便能創造如此龐大的世界。在她的回憶中，我看到她很喜歡看書，搞不好她曾看過很多很多恐怖驚悚故事，害我這刻面對這麼多嚇人的東西。那些恐怖小說作家真是害人不淺啊。

我不再多想，連忙彎著腰沿甬道走著。甬道盡頭是一條明亮走廊，然而當我離開甬道，看清楚四周時，環境又一次叫我呆住。

這是我和卡莉曾到過的伊斯白大宅！

我往走廊另一端望過去，看到樂筠的背影，她往分岔的右邊轉過去。我往前疾跑，然後在右邊的走廊前看到她，這次她在前方的岔路往左拐。

「直美！樂筠！」

在這間大宅裡，我漸漸追上樂筠。畢竟她是個步幅小的小女孩——就算她長大後步幅也一樣小——而我跟前再沒有屍體阻撓。拐過三個彎角後，我已差不多追上她了。

「樂筠！妳為什麼要逃——」

一個人影突然擋在我和樂筠之間——不，雖然是「人影」卻不是「人」。

那副我和卡莉見過、放在伊斯白大宅走廊的盔甲，正舉著劍擋在我面前。它的面罩依然沒有闔上，露出頭盔中的空洞，可是握著長劍的手臂卻猛然砍落，在我跟前半公尺處的地面上砍出一道刀痕。

我急忙迴避，往後退幾步，一邊避開盔甲武士的攻擊，一邊找用來還擊的東西。可是走廊中除了油畫外別無他物，我只能將掛在牆上的油畫拆下來，往對方丟過去——當然，毫無效果可言，盔甲兩下子便將油畫擋住或劈開。

在盔甲身後，我看到樂筠繼續逃跑。不好，這樣子她愈走愈遠，要在這個世界再找到她便太困難了。我必須想方法制伏這個盔甲怪物——

冷不防地，我不小心絆倒，往後跌坐地上。盔甲沒有留情，直接往我肩膀砍過來，我頭腦變得一片空白——情急之下，我只能往前揮拳，並且大嚷——

「你這個紙糊的怪物！」

「啪。」

我肩膀上傳來一陣痛楚，不過不是被劍砍中的痛，而是像被紙扇拍中的刺痛。我定睛一看，那柄長劍正軟趴趴地架在我肩膀上，彎曲成兩段，而我的拳頭刺穿了盔甲的胸甲，打出一個洞。那胸甲看來頗厚，但從我拳頭上的感覺，它彷彿是用瓦楞紙做的。

我一不做二不休，一個翻身往盔甲身上補上幾拳，再粗暴地將它解體。每片裝甲都很輕，就像紙糊的。

幸好在危急關頭我再想起維基說過的什麼「言靈」啊。

我丟下盔甲，確保它不能再追上來，便繼續追趕樂筠。我不見她的身影，但這段路我有印象，我深信她正往那個地方前進。穿過走廊盡頭的樓梯、拐過五個分岔後，我來到那個有機關的牆壁前。那扇我曾和卡莉跟著伊斯白他們走過的機關門。

那扇通往「地窖」的機關門。

牆壁已經打開，露出梯級甬道，而穿紅裙的樂筠在我眼前走進去。

「直美！」

我跑到甬道前，想也沒想便躍下梯級。我好幾次差點踉蹌絆倒，肩頭猛撞牆壁，眼看要滾下去，但仍然勉強穩住，衝到甬道下方地窖前的小房間。

地窖那扇雕刻精緻的大門屹立在前。門上的雕刻卻像生物一樣蠕動，門頂的獸形頭像正張嘴發出低沉的咆哮。我無視這些企圖嚇唬我的伎倆，伸手握著門把，用力拉開這扇恍如來自地獄的大門。

門一開，我便跟地上的山羊頭四目交接。越過那個「巴弗滅之印」，地窖遠處放著祭壇和用金屬柱子架起來的火盆。

然而地窖裡沒有任何人。

「直美！樂筠！Naomi！」我在空洞的地窖中大叫著。

這兒是盡頭了。既然一切從這兒開始，那麼，這兒也該是一切完結之地。我知道直美一定躲在這兒某處……

「直美！妳不用逃跑！不用躲起來！我明白一切了！」我一邊大嚷一邊環視地窖的每個角落。

「妳不是有心加害我們的！我知道！」我繼續說：「妳只是想交朋友罷了！」

我感到地板微微震動。看來我說對了。

「妳只是單純想加入我們，跟我們幾個成為同伴，有這種願望很好啊，不需要掩飾啊！」我高聲說道。「因為妳有這種強烈的願望，才偶然地製造出這個世界，將妳想結識的我們一起拉進來！我很清楚，妳根本沒有任何惡意！」

我被巴士差遣買零食，回到交誼廳時，直美已經坐在大家身旁了。換言之，現實的時間軸是在那一刻斷裂、分割出來的。當時她只是默默地待在我們身旁，聽我們說無聊的屁話，也嘗試過開口加入——這才是她的真正願望。

可是我們不久便談到四四四室、七不思議，將話題帶到宿舍怪談之上。

而我更哪壺不開提哪壺，追問「十一年前是否真的發生大火」。直美內心再堅強，也沒可能受得住大家以獵奇的心態談她的往事，結果這時候，她小時候認識、那位親切的大哥哥便被創造出來，加入對話，企圖將話題拉開——

然而我們的話題卻進一步往更誇張、更詭異的方向邁進，加上巴士那餿主意，玩什麼招魂遊戲，令直美無法控制的潛意識聚焦在這些幽冥怪談之上，導致一連串的恐怖事件爆發。

亮哥從來沒有加害我們的意思。直美大概後來聽說亮哥在那場大火受傷，心裡更不好受，隨著時間淡忘了這位昔日照顧自己的大哥哥，但她的潛意識卻保留著這份記憶。亮哥露出「惡毒的原形」，是在我指責他是元凶之後。因為我說「他是怨靈」，於是直美的潛意識便作出「修正」，要他做出怨靈該做的事。

就像維基所說，一切都是我們自找的。

「直美！妳不要怪責自己！我很清楚！一切都是意外！是陰差陽錯的巧合和意外！」

我高聲嚷道。

地面再傳來震動，一連串的震動。

我踏在山羊頭之上，往下看，發覺有點異樣。

巴弗滅之印好像變得有點透明。

不，是地板變得有點透明。

我就像站在一片毛玻璃之上，透過它，看到下方有些光影晃動。

在那些光影中，彷彿有一個小小的、紅色的影子。

我抬頭望向四周，看到那兩個火盆，便立即衝過去將其中一個推倒，抓起那有點沉重的金屬架。火盆中正在燃燒的煤塊散滿一地，但我沒理會，拖著跟我差不多高度的金屬架回到山羊頭的正中央。

「直美！」

我高喊一聲，雙手奮力撐起金屬架，往山羊的額頭砸過去。「砰」的一聲，地面留下一個小小的凹痕。

「直美！不要抵抗！讓我進來！」

話畢我再狠狠地砸了一下。這次地上留下一道裂痕。

「直美！我想見妳！」

我第三次往地面一敲，地面傳出巨響，從巴弗滅之印中心露出放射線般的裂紋，一直往四方八面延伸。我見狀用力往地面踹了一下——

啪啦！

整個巴弗滅印記和地板化成碎片，令我往下掉。在地板碎裂的瞬間，我看到了。

在地板下面的，是一個正在焚燒中的房間，火舌處處，濃煙正從著火的家具冒出。這個房間我曾經見過，雖然擺設不一樣，但床和書架的位置令我知道這兒是什麼地方。

這是十一年前直美的房間。

穿紅裙子的樂筠俯伏在睡床旁邊不遠處，一動不動像是昏了過去。在房間另一邊的角落裡，穿淡黃色T恤和灰藍色運動褲、結著不對稱麻花辮、鼻梁上架著土氣眼鏡的直美正愁眉苦臉地抱膝蹲坐，以驚懼無助的表情盯著前方。

「直美！」我掉進房間正中，對著直美大嚷。

「阿、阿燁……」直美流著眼淚，對我說：「對不起……對不起……我不知道原來是我的錯……一切都是我的錯……」

「妳胡說什麼！」我衝前蹲到她跟前說：「維基也說過，這是什麼鬼『騷靈現象』，是當事人無法控制的什麼能力造成的，妳不用自責啊！」

「不……是我不好……因為我的內心很醜陋，所以才會想像出那些惡毒的怨靈、可怕的屍體和怪物……是我的錯……我被惡魔附身了……」直美淚如雨下，泣不成聲。「我沒資格跟你們交朋友……我遺傳了媽媽的邪惡，所以才會令大家受苦……」

「妳媽媽只是被心理病連累吧！那也不是她能控制的啊！」我抓住她手臂。我抬頭一看，天花板變回一片火海，四周也愈來愈熱，我感到難以呼吸。「我們先離開這個火場再慢慢說吧！」

「不……我的腿無法動……」直美哭喪著臉，指著伏在地上的七歲的自己，說：「你不用理我，帶她離開便好了。你救她走，你們便能回到現實……」

「那妳呢？」

「我不值得被拯救……」直美嗚咽地說：「我在這兒死掉就好……這樣子才不會再連累他

人……」

「妳說什麼廢話啊！」我大喝一聲。「我怎可以對『朋友』見死不救啊！」

直美錯愕地抬頭望著我。

「直美妳是我們的同伴！就算妳做錯了什麼事情，也可以之後再說！如果妳要認錯，就給我親自對巴士卡莉他們道歉！然後大家高高興興地和好！」

「可是他們根本不知道我是誰……」

「該死的，這時候妳還吐什麼槽啊！」我罵道。「不認識就不認識，我介紹妳給他們認識就好了！」

「不……」

我無視直美的抗議，硬將她揹起來。

「不要……你救我沒用的……」直美指著地上的樂筠，「她才是這個世界的主宰，是我真正的意識，你要救她，才能回到……」

我揹著直美踏前數步，將七歲的樂筠抱起。她們加起來好重，我幾乎撐不住，但我知道這才是正確的做法。

「無論是現在的、還是過去的妳，我都不能放棄！」我說。

我看不到背後直美的表情，但我感到她愣了一愣，接著順從地抱住我的脖子。

從她抱住我脖子的手臂上，我感到一股暖意。

「抓緊了！我們要離開這鬼地方！」

我走到房門前，用腳踢開，外面的火焰比房間裡還要猛烈幾倍。

這是想像出來的情景？還是十一年前大火中，直美親身經歷過的火場？

不管是哪一個，我也得救她們出去。

我衝出房間，身後傳來巨響，原來是書架塌下，倒在小樂筠本來伏著的位置。我往左右兩邊觀察，在右邊看到像是玄關的擺設，便不顧一切跑過去。

看到大門時，我不由得愣住。

大門被鐵鍊鎖上。

對了，七不思議中也提及，直美的母親為了跟家人同死，用鎖鏈鎖上了大門。十一年前一定是消防員用工具破門而入救人，可是這刻我得自救。

工具……周圍沒有工具。就算找到我也沒手運用。

不對。我現在根本不用什麼工具啊！

「直美，抓穩一點，火已經燒熔了門的鉸鏈，看我用腳踢開大門！」

燒熔什麼的當然是胡說的，但這個世界裡，先說先勝。

我對著大門一踢，果不其然，大門一踢便往外倒。玄關外便是我之前見過的九樓電梯前。

可是，門外的情況令我呆住。

門外也是一片火海！

「直美！為什麼外面也著火了？」我驚惶地說。

「我、我不知道……」我感到她在搖頭。

我瞧了瞧抱在手臂中的小女孩。她仍然雙目緊閉，一副昏睡中的樣子。

算了，不管那麼多，總之逃出去就成了！

我揹著直美，抱著七歲的樂筠，躍進梯間。樓梯上下也是火光紅紅，每一級也有烈焰冒出，簡直像是一排排焚化爐。

我往前踏一步，即使隔著鞋子，腳掌立即感到灼熱。
可是我知道不走不行。
「直美，我們一口氣衝下去……」
「但、但是前面的火、火焰——」
「管他的！那丁點痛楚我當然能忍住！我一定能走到一樓的！」
我一說完話，立即連跨數級，向下奔馳。劇痛從腳上往上傳來，但我咬著牙關，繼續往下跑。看來我今天真的「命犯腳煞」了，沒想到被輾被踩之外，還要被火燒。
我一口氣跑了五層樓梯，來到四樓。火焰毫無消退的跡象，我就像在火炎地獄中疾走。黑煙湧進我的鼻腔，每呼出一口氣，我就覺得同時把一分生命力從身體裡吐出來。感覺好辛苦。
「痛——」
腿上的劇痛更令我忍受不了，我低頭瞄了一眼，卻被那景象嚇到——我的褲管下半部已被燒光，鞋子也完全變形，但最恐怖的是我一雙腿，小腿的部分已皮焦肉爛，血水正緩緩從龜裂的黑色痂塊間滲出，就像那長髮怨靈的皮膚一樣。
但我知道，只要這雙腿沒斷掉，我便能靠它們支撐著我們三個人。
我雙臂已經發麻，呼吸變得急促，喉頭嚐到從身體裡湧出來的血腥味，每一步就像刀割一樣刺痛，但我仍奮力一步一步前進。
「阿燁！」直美忽然在我耳邊大叫，伸手指著前方。
在四樓通往三樓的梯間，重重的火焰當中，一個黑色身影佇立在我們的正前方。
那個長髮怨靈。
它就像守著通道，不讓我們通過，要我們陪它一同葬身火海的樣子。

我見狀立即思考該用什麼「言靈」攻擊，該用小丸用過的什麼手印，還是模仿維基說什麼忍法來個物理性打擊……

不，我遽然想起這「怨靈」的正體。

它是直美的恐懼根源，是她回憶中最痛苦的情感實體化而成的形象。

亦即是，這是直美的母親。

也許直美永遠無法理解，為什麼昔日溫柔親切的媽媽，會漸漸變成歇斯底里、意圖殺死自己的魔女。在直美心裡，母親已經變成怨靈一樣的黑暗存在。

但我肯定，直美不會單純地畏懼和憎恨自己的母親。

她會特意編麻花辮回到宿舍，就證明這個她製造出來的「惡靈」當中，隱藏著她對母親的思念。

要消滅惡靈，只有一個方法。

「妳讓我們通過吧，伯母……」我喘著氣，緩緩地說：「請妳不要再這樣對待自己的女兒了……我知道妳也不想的，只是妳的丈夫對妳不好，害妳患上心理病，才無奈地造成這種無可挽回的惡果……我知道妳在後悔，如果妳不想繼續留下遺憾，請讓我帶妳的女兒離開吧。」

怨靈一動不動地佇立著。

我忍住腿上的痛楚，一步一步走到怨靈跟前。它依舊沒動靜，而我來到它面前，向它微微鞠躬。

「媽媽……」直美在我身後沉吟。

「從今天起，妳的女兒就會從妳的咒縛中解脫了……」

話畢，那怨靈突然變成一堆灰燼，在烈焰中飄散。只要直美相信自己脫離母親的束縛，怨靈便不復存在。我繼續踏著大步，往一樓跑下去。

從一樓樓梯間衝出的時候，我已感到暈眩。我想我吸太多黑煙了。雖然這個世界是虛構的，但在直美的想像之下，似乎人還是有極限，會依從某些生物法則的。

我低頭望向雙腿，它們好像比之前細小——啊，因為皮膚都燒光了。我好像以兩根骨頭撐著身體而行……不，小腿好像有兩根骨頭，我該說是以四根骨撐住吧……我在胡言亂語說什麼啊？糟糕，我好像有點神志不清了。

我看到火焰中的交誼廳，再看到宿舍大門。直美好像在我耳邊喊著什麼，但我聽不清楚。交誼廳的天花板不斷掉落焚燒中的碎片，而我只知道我們要往大門逃出去，還有十步、五步、三步、一步……

啪。

我發覺我倒在地上，青草的氣味傳進我的鼻子，臉上傳來泥土的觸感。微風輕輕吹拂，我眼前是綠油油的一片。直美就在我的身邊，她跪在草地上，正在用手推我。我看到她正在哭，哭得一塌糊塗。我望向她旁邊，穿紅裙的小女孩也在。太好了。

我可以安心了。

朦朧中，我看到小樂筠緩緩爬起，轉過身來到我面前，對我亮出真摯的笑容。這個小女孩笑得很漂亮。她伸手摸著我臉頰，擦拭著我臉上的汗水。

「謝謝你，我終於不再孤獨了。」她說。她終於對我開口說話了。

轉眼間，她紅色的身影隨風消散，只餘下我和直美兩人。

太好了。

太好了——

忽然間，臉上的觸感、腿上的痛楚全然消失，我發覺我正站立著，手上抱著一堆零食。

我定一定神，發覺自己站在西翼樓梯間和交誼廳交界。

回來了？

我衝進交誼廳——

「嗨！阿燁回來了。」

「巴士！你活過來了！」我丟下零食，緊緊抱住他。

巴士生龍活虎地嚷道。

「阿燁你好噁心！你搞什麼啊！」巴士從我的臂彎中掙扎掉。

「還有大家！小丸、卡莉，妳們都好好的！」我興奮地說。

「咦，你是叫阿燁吧？為什麼你知道我叫小丸的？」小丸好奇地盯著我。「是不是卡莉之前跟你說過了？對啦，我就是小丸，喜歡的話可以叫我阿丸，但不要叫我小丸子……」

「你們……你們不記得之前發生的事情嗎？」我轉向維基，說：「維基，你該記得吧！全靠你，我才成功解開那個世界……」

「阿燁，你在說什麼夢話？」維基一副不解的樣子。

咦？他們全忘掉了嗎？

還是說，一切只是我作的白日夢？

我環顧交誼廳一周，看到一些陌生的宿生，然而看不到亮哥的蹤影。巴士、維基、夜貓、卡莉、小丸和姍姍都坐在原來的位置。可是姍姍身旁的座位是空的。

我往交誼廳的一角望過去，看到那個坐在背向我們的椅子上，正在轉頭偷瞄我們的人。

跟她四目交投的一剎那，我便知道，之前的冒險並不是虛假的。

我無視巴士和維基的呼喚，走到那個偷瞄我們的人跟前。

直美以複雜的表情瞧著我。她雙眼通紅，似乎快要哭出來。在她眼中我看到強烈的歉意。

我笑了笑，伸手捉住她的手臂，把她從椅子拉起，牽著她走回以訝異目光瞧著我們的同伴跟前。

「剛才我發傻了，請不要在意。」我說。「可以讓這一位同學加入我們嗎？她跟我們一樣是一年級生，住在八〇六室，主修翻譯，叫……Naomi。」

「啊，妳好。」第一個說話的是姍姍。

「咦！阿燁，她不就是你之前在校車站把的——」巴士話沒說完，便被維基踹了一腳。

「大、大家好……」直美怯生生地說。「大、大家叫我直美便可、可以了。」

我瞄了直美一眼，她也稍微望向我，露出一個靦腆的微笑。

◆

那天晚上眾人自我介紹過後，直美坐到姍姍旁邊，我們再一次說著那些無聊的屁話，只是這次我沒有讓話題扯到七不思議，以免提到十一年前大火令直美難堪。因為他們失去了我們一起拚命跟怨靈死鬥的記憶，我感到有一點失落，不過他們忘記那些恐怖的回憶或者不是壞事。事實上，那些經歷也許以某種形式留在各人的心裡，因為夜貓後來對我說了神奇的話。

「我本來還很氣惱的，但不知道為什麼，我覺得你應該不是什麼壞人，就無法繼續討厭你了。」

直美很努力地融入我們之中，而姍姍對她很照顧，有點一見如故似的。談到書本的話題時，維基更跟直美討論了好些我們無法插嘴的話題，像什麼南美文學、日本小說之類的，只是直美會談故事內容，而維基則一直分析作家生平和文學理論之類。

而從這一天起，我們八個人形成一個圈子，開始了大學宿舍生活。

嗯，是正常的大學宿舍生活，沒有怨靈或中世紀惡魔的。

可能因為同是文學院的同伴，直美跟姍姍特別投緣，於是申請了換房，跟姍姍同住。姍姍原本的室友當然不介意搬到八樓，高層比中層清靜和通爽多了。不久後，直美也跟朋友們說明了自己的身世，小丸知道她就是「大火冤魂」的主角時嚇了一大跳，不過大家沒有刻意避諱，反而暗中表示「不打緊，如果妳有什麼需要儘管對我說」。

他們只「暗中」跟她說的其中一個原因，是因為知道直美有需要的話會先向我這個男朋友求助。

我和直美在一個月後交往了。

我是在跟大夥兒去看什麼流星雨的晚上表白的。

巴士知道後還揶揄我嗜好獨特，喜歡土氣妹，可是後來他再說不出口。因為直美愈來愈漂亮，我肯定遠遠超過了巴士判定的「身旁的雛菊」審美水平。聽直美說姍姍教她打扮的竅門，陪她一起逛街買衣服，漸漸宿舍中出現傳言，說五樓有一對氣質非凡的美人姊妹。嗯，對不起各位男宿友，其中一位已名花有主了。看到直美的轉變，我覺得「世上沒有醜女人只有懶女人」的說法是事實，稍微打扮後，直美跟之前判若兩人。不過姍姍私下告訴我，她認為直美變漂亮不是她的功勞，而是因為直美有愛情滋潤。

如果我將這番話告訴巴士，一定會氣死他吧。因為他仍沒有得手，卡莉被夜貓嚴密防護，巴士完全沒有單獨接近卡莉的機會，整天找我和維基訴苦。巴士倒沒死心，搞不好他比我們想像中還要認真。他還找維基惡補天文知識，我想就算他追不到卡莉，多懂一門知識也算是有所得著吧。

姍姍和維基的關係有點微妙。也許因為殘留了部分印象，姍姍似乎對維基頗有好感，但維基繼續他的「網路癡」和「卡其色控」怪癖生活，雖然大夥兒時常碰面，二人卻沒有任何進展。聽說姍姍兩個月內拒絕了十位以上男生的示愛。我有時跟直美聊起在異世界中維基對姍姍英雄救美，猜想如果他們突然記起那段神奇的經歷，會不會改變二人的關係——不，就算記得，維基仍會保持一副撲克臉，我行我素地走冷硬派男生的路線吧。

我沒聽過小丸有沒有人追求，或是她有沒有倒追哪個男生，但她在宿舍超受歡迎，因為個性爽朗幽默不做作，交遊廣闊，而且聽聞她真的如維基所說父母相當富有——雖然維基已失去那段記憶。宿生會的前輩們想找小丸當幹事，可是小丸說她想將時間花在搜刮校園秘聞上，為將來當名記者作準備而婉拒了。

我想，我們之中生活最「平凡」的人應該是我了。在驚濤駭浪般的經歷過後，我很享受這種平凡而幸福的生活。

直美曾問我為什麼喜歡她。我只含糊帶過。我想，我大概在諾宿校車站時，已對她產生好感。從第一眼看到她，我便知道她是個膽怯話少內向的宅女，但她為了微不足道的一塊錢，既努力又笨拙地向我表達謝意，讓我有點感動。我就說我是個平凡人，會因為一些平凡小事感動嘛。我沒說出來，只是因為有點不忿巴士揶揄我剛到宿舍便把妹——我真的沒有這種動機啊，雖然結果反而成為事實就是了。

我後來仔細分析過，明白到為什麼在那段詭異的經歷中，各人會先後遇難。卡莉失蹤回不了房間，是因為她明知我不是變態，卻任由夜貓對我誤會，直美的潛意識故意教訓她的。巴士是因為對我惡作劇，害我在地窖裡出糗，所以被報復。卡莉和我從鏡子逃出生天後，因為跟我有著某種默契，令直美產生醋意，導致卡莉遇害——她的潛意識更為她製造機會，令她自己和我一同被困，重演我跟卡莉落單的一幕。

小丸被抓，是因為直美的潛意識認為她有能力直接威脅自己；夜貓遭屍體抓到地底，大概是因為她一再發飆，拖累了我。最後餘下姍姍和我，直美的潛意識當然要剷除潛在的情敵了。

好吧，或者是我自作多情，但我真的覺得直美一早對我有好感。不過她跟我一樣，不肯說出從何時開始喜歡我。

或者一切盡在不言中吧。

直美後來拿了那本《曼德斯．伊斯白爵士巫術之謎》給我。我大著膽子讀過後，覺得滿有意思的。我給維基看，他看完後便跟我說伊斯白名字中藏著的暗號、書中對巴弗滅的誤解。我一一搶白說明，令他難得地亮出驚訝的表情。

「阿燁，沒想到你居然知道得這麼詳細啊。」

我笑而不語。維基沒想過我是「以彼之矛，攻彼之盾」吧。

不過，到頭來我還是有一點不明白。

為什麼這個什麼鬼伊斯白巫術之謎會出現在直美的潛意識裡？她不會不知道這只是虛構故事嘛。

大學生活已過了三個月，秋去冬來，眼看明天開始便是學期完結後的假期了。

「阿燁，你仍不回家嗎？」維基穿上卡其色外套，準備離開時問道。

「我打算後天才回去，反正家很小，不如宿舍舒服。」我挨在床上，一邊看書一邊答。

「而且留在宿舍可以跟直美過二人世界吧。」維基笑道。

「嗯嗯。」我放下書本，不好意思地點點頭。

維基亮出一副竊笑的表情，從口袋中掏出一個糖果盒大小的東西遞給我。「送你的。」我一看，哭笑不得。那是一盒保險套。

「你等著獨占房間等了很久吧。拿去。」

「我跟直美是很純情的異性交往，你這是什麼意思啊？」我裝作生氣。

「是啦，是我以小人之心度君子淑女之腹。」維基拋下盒子。「總之別搞到我的床上就好。加油啦。」

維基說罷便離開房間了。這傢伙為什麼知道我和直美仍未跨過那條界線啊？我是如此容易被看穿的人嗎？

嗯……我細想一下，的確是。

這天晚上，直美偷偷竄進我的房間，跟我一起用筆電看電影。因為天氣很冷，我倆依偎著，以棉被捲著身子，關了燈，準備一口氣看兩部。天地良心，我本來只是打算看電影的，從來沒有半點非份之想，最多只是摟抱一下，偷偷親一個。或者是天氣太冷了，也可能是因為其中一部愛情電影中男女主角有我沒料到的激烈互動，總之，容我含蓄地說一句，維基送我的東西在不知不覺間派上用場了。

當我聽到鳥鳴聲時，一睜眼已是早上八點。嬌小的直美跟我擠在同一張狹小的床上，親密地相擁著。看著她的俏臉，我感到幸福無比。我好想跟她永遠在一起，建立家庭，告訴她的阿姨我會好好照顧她，不會讓她再次流淚。我想找天跟她一起約亮哥——即是維基的表姊夫——見面，讓他知道當年的小女孩今天已亭亭玉立，並且有一個關心她的人在她身邊。我想跟她一起到她父母墳前，向他們介紹自己，告訴他們即使過去如何惡劣，他們的女兒也能堅強地活下去。

「嗯……早、早安，阿燁。」直美睜開眼，似乎看到我的臉龐後，才想起前一晚發生了什麼事。她的臉上泛起難為情的紅暈，一直延伸到耳根。

我吻了她一下。

「不要，我現在的樣子好糟糕。」她稍微別過臉。

「妳什麼時候都是最可愛的。」我不知道為什麼能說出這種肉麻的話，但這是由衷之言。

「油嘴滑舌……啊！」直美看到床頭的鐘，整個人彈起。「糟糕！我要遲到了！」

「今天是假期啊？」

「不，八點半有一節補課，計出席率的。」直美不顧渾身赤裸，從被窩中躍下床。

在這一秒鐘，我看到那片東西。

剎那間我感到無法動彈，就像被人在後腦狠狠敲了一記。

直美背著我，拾起被踢到床尾的內衣褲，狼狽地穿上，突然若有所思地停下動作。

「阿燁……」她轉身望向我，臉上露出略微擔憂的神色。「那個……很難看吧？」

「不，不。」直美的話令我回復理智。我坐起身子，拉住她。「只要是妳，便不難看。」

直美苦笑了一下，繼續穿衣，在我臉上親了一下後說：「我十一點下課。」

「我會來接妳。」我說。

直美高興地打開門，瞧了瞧外面後，便輕輕關上門離去。

我坐在床上，慢慢地穿上衣服。

我終於明白為什麼伊斯白的故事會走進直美的潛意識裡了。

直美的背脊上，有一大片疤痕。那是十一年前大火中燒傷留下的。疤痕的顏色比膚色深，是一種不自然的紅褐色。

最大片的傷疤在腰椎之上，從腰部至股溝形成一個左右對稱、邊緣破破落落的倒三角形。

在倒三角上方的左右兩端，各有一道長長的疤痕，彎彎曲曲地延伸到兩邊肩胛骨上。那片疤痕，活像一張豎著兩根尖角的山羊頭的正面。就像一頭正在獰笑中的山羊一樣。

（完）

陳浩基

網內人

入選《亞洲週刊》2017年度十大小說！
當代華文推理第一人，巔峰造極代表作！

小雯自殺死了，從22樓墜下，摔得粉身碎骨。但她的姐姐阿怡知道，小雯是被「殺死」的。畢竟她在去世前，才因為一起性騷擾案遭到網路霸凌。為了不讓小雯白白犧牲，阿怡找上了神秘的無牌偵探阿涅，希望他能靠著超凡的駭客技術找出幕後黑手，但隨著真相一層層剝開，事件也急速倒向難以意料的結局……

陳浩基

13·67

華文推理小說的空前成就！
橫掃日本文壇三大獎的曠世神作！

因為一樁糾紛蔓延成暴動，讓整個城市陷入不安。有人怒吼著抗爭，也有人只是默默觀望，而他徘徊在兩端，站在界線上。曾經，他嚮往成為一名警察，只是身處在這個動盪的時代裡，讓他不得不打消念頭。沒想到，偶然聽到的一句話，竟把他捲進危險的漩渦，也讓他和身邊的人的命運，從此走上天差地遠的道路……

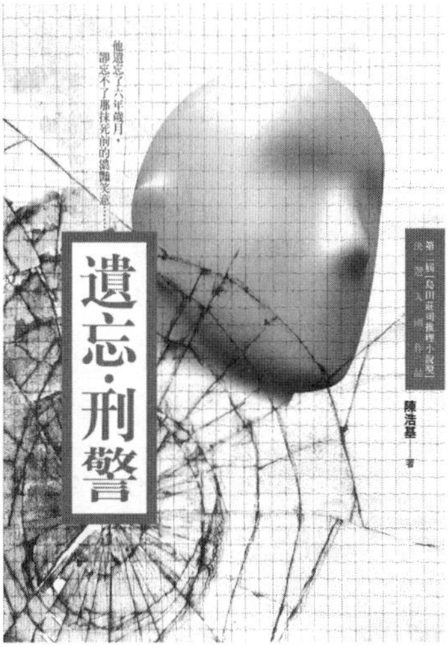

陳浩基

遺忘·刑警

榮獲第二屆「島田莊司推理小說獎」首獎！
陳浩基迷絕不可錯過的起點與經典！

我從睡夢中驚醒，發現今天竟然是2009年！但我明明記得現在是2003年，那樁雙屍命案才發生了一個星期啊！正在不知所措時，有位女記者為了這宗陳年舊案跑來採訪我，並決定和我一起展開調查。然而挖掘越深，我就越感到不安，因為在那段遺忘的過去中，我跟案件之間似乎有著不可告人的秘密……

國家圖書館出版品預行編目資料

山羊獰笑的剎那／陳浩基著.
--初版.--臺北市：皇冠文化. 2018.03
面；公分（皇冠叢書；第4683種）
（陳浩基作品；4）

ISBN 978-957-33-3363-0(平裝)

857.81　　106024675

皇冠叢書第4683種
陳浩基作品 4
山羊獰笑的剎那

作　　者—陳浩基
發 行 人—平　雲
出版發行—皇冠文化出版有限公司
台北市敦化北路 120 巷 50 號
電話◎02-27168888
郵撥帳號◎15261516號
皇冠出版社（香港）有限公司
香港銅鑼灣道 180 號百樂商業中心
19 字樓 1903 室
電話◎ 2529-1778　傳真◎ 2527-0904
總 編 輯—許婷婷
責任編輯—平　靜
美術設計—嚴昱琳
著作完成日期—2017年11月
初版一刷日期—2018年3月
初版四刷日期—2022年07月
法律顧問—王惠光律師

讀者服務傳真專線◎02-27150507
電腦編號◎566004
ISBN◎978-957-33-3363-0
Printed in Taiwan
本書定價◎新台幣380元/港幣127元